ars vivendi
Krimi

JAN BEINSSEN

DÜRERS MÄTRESSE

Paul Flemmings erster Fall

Kriminalroman

ars vivendi

Für Susanna

Jubiläumsausgabe, Juli 2013
9. Auflage

www.arsvivendi.com

Lektorat: Sabine Cramer
Umschlaggestaltung: ars vivendi verlag unter Verwendung
des Kupferstiches *Adam und Eva* von Albrecht Dürer (1504)
Druck: CPI Ebner & Spiegel, Ulm
Printed in Germany

ISBN 978-3-86913-286-0

DÜRERS MÄTRESSE

Ich mag nicht in den Himmel,
wenn es da keine Weiber gibt.
Was soll ich mit bloßen
Flügelköpfchen?

Albrecht Dürer (1471–1528)

1

Über dem Platz lag erhabenes Schweigen. Er fühlte die Präsenz von Tausenden, doch die Stille der angespannten Erwartung lähmte die Masse. Er massierte seine Finger gegen das taube Gefühl der Kälte, den Blick richtete er konzentriert durch den Sucher. Alles, was seine geschulten Augen wahrnahmen, war hundertfach vergrößert. Ihm entging nicht die kleinste Bewegung.

Er rückte einen abstoßend runden Männerkopf mit ungepflegtem Vollbart exakt ins Visier. Für Momente überlegte er abzudrücken, schwenkte dann aber weiter. Er sah grotesk vergrößerte Zähne und grau durchsetztes Haar. Erneut überlegte er, aber nein, auch hierfür würde es sich nicht lohnen, den Zeigefinger zu krümmen.

Paul Flemming zog den Zoom weiter auf. Jetzt füllten sie alle das Bild im Sucher seiner Kamera: Dicht gedrängt standen seine Kollegen auf einem knapp bemessenen hölzernen Podest, verpackt in klobige Mäntel und Fellmützen, gezuckert mit feinstem Puderschnee. Paul lächelte. Ausnahmsweise beneidete er die anderen heute nicht. Er rieb sich weiter die klammen Hände und feixte still: Was nutzten ihnen ihre gut bezahlten Zeitungs- und Fernsehjobs, wenn sie sich bei der lausigen Kälte die Beine in den Bauch stehen mussten und dazu verdammt waren, das Motiv alle aus derselben langweiligen Perspektive abzulichten?

Diesmal hatte Paul die besseren Karten gezogen. Das Motiv stand unmittelbar neben ihm – und bedachte ihn mit einem unfreundlichen Blick.

»Was will der denn hier?«

»Der will Fotos machen«, sagte Paul, wobei er bewusst die dritte Person beibehielt.

»Das war nicht ausgemacht«, beharrte das zierliche Mädchen im goldenen Gewand, während es sich die üppig gelockte Perücke zurechtrückte.

»Ich fotografiere im offiziellen Auftrag des Amtes für Hotelwesen und Fremdenverkehr«, sagte Paul ruhig, weil er sich denken konnte, unter was für einer Anspannung das Nürnberger Christkind an diesem Abend stand.

Das Mädchen nickte verhuscht, lehnte sich über die steinerne Brüstung der Frauenkirche und warf einen verstohlenen Blick nach unten. Der Hauptmarkt war gestopft voll. So voll, dass von der Empore aus kein einziger Pflasterstein mehr zu sehen war. Die Menschen, die sich zwischen Glühwein-, Bratwurst- und Zwetschgen-Männlein-Buden quetschten und ihre Hälse in Richtung Kirche verrenkten, standen auf Tuchfühlung nebeneinander.

»Es wird Zeit«, sagte eine unauffällige, grauhaarige Frau, die dem Christkind nicht von der Seite wich. Paul wischte eine Schneeflocke von der Linse seines Objektivs. Er zuckte zurück, als er hinter seinem Rücken ein lautes Rascheln hörte. Zwei Mädchen, kleiner und jünger als das Christkind, zwängten sich an ihm vorbei. Die Rauschgoldengel.

Unten auf dem Hauptmarkt gingen die Lampen aus, und ein Raunen stieg zu ihnen herauf. Starke Scheinwerfer tauchten plötzlich den Balkon der Kirche in grelles Licht. Die Begleiterin des Christkindes deutete auf eine hölzerne Stufe.

»Was?«, fauchte das Christkind und kniff, von den Scheinwerfern geblendet, die Augen zusammen. »Das war nicht ausgemacht!«

Ihr Wortschatz ist begrenzt, dachte Paul.

»Ich steige da nicht drauf. Bei der Probe war die blöde Treppe nicht da. Ich steige da nicht drauf.«

Tust du doch, dachte Paul. Haben vor dir auch alle anderen Christkinder gemacht. Er wusste um den Trick, die Mädchen erst bei der feierlichen Eröffnung des Christkindlesmarktes damit zu konfrontieren, dass sie ohne den Schutz der Brüstung in gut zehn Metern Höhe über dem Platz thronen und ihren Prolog halten würden. Zwei Arbeiter von den Städtischen Bühnen legten dem Christkind einen Gurt um, schlugen hastig das Kleid darüber und traten zurück in den Schatten. Die ständige Begleiterin drängte das Mädchen mit dezentem Druck auf die Treppe. Dann folgten die beiden Rauschgoldengel.

»Mein Gott, mir wird schlecht«, raunte einer der beiden kleinen Engel.

»Reiß dich zusammen, und kotz mir bloß nicht aufs Kleid!«, zischte das Christkind.

Paul fotografierte. Gnädige Fotos. Er drückte erst ab, wenn sich die Gesichter der Himmelsgeschöpfe wieder entkrampft hatten. Paul verstand sich als disziplinierter Arbeiter. Er war Werbefotograf, kein Enthüllungsjournalist.

»Ihr Herrn und Fraun, die ihr einst Kinder wart, ihr Kleinen am Beginn der Lebensfahrt, ein jeder, der sich heute freut und morgen wieder plagt: hört alle zu, was euch das Christkind sagt!« Die Stimme des Mädchens hallte um viele hundert Watt verstärkt über den Hauptmarkt, und Paul war sich sicher, dass in diesem Moment etliche Zuhörer zu Tränen gerührt nach ihren Taschentüchern griffen. Das Ganze war der größte Kitsch der Weihnachtszeit, aber die vielen wonnevoll rosigen Gesichter, der Dunst aus gegrillten Bratwürsten und gebrannten Mandeln, der tiefe Frieden, den der Schnee der Stadt aufdrückte, all das ging auch an Paul nicht spurlos vorbei.

»In jedem Jahr, vier Wochen vor der Zeit, da man den Christbaum schmückt und sich aufs Feiern freut, ersteht auf diesem Platz, der Ahn hat's schon gekannt, was ihr hier seht, Christkindlesmarkt genannt.«

Paul legte einen Tausender-Film ein. Das extrem empfindliche Material in Kombination mit seinem lichtstarken Teleobjektiv würde ihm exzellente Fotos von den Menschenmassen liefern. Das war es ja, was sein Auftraggeber bestellt hatte: Menschen, die Begeisterung ausstrahlen. Menschen, die bezaubert sind von Nürnberg. Wenn Paul solche Fotos beschaffen konnte, dann hier und jetzt mit vier- oder fünftausend Christkindfans zu seinen Füßen. Er legte seine Nikon an und genoss den Adrenalinkick.

»Dies Städtlein in der Stadt, aus Holz und Tuch gemacht, so flüchtig, wie es scheint, in seiner kurzen Pracht, ist doch von Ewigkeit.«

Er wechselte die Patrone zum fünften Mal. Der Fremdenverkehrsamtsleiter dürfte zufrieden sein. Zwei, drei Fotos verschwendete Paul dann doch für seine Kollegen auf dem kleinen Holzpodest, die sich abmühten, das Christkind möglichst ohne störende Schatten ins Visier zu bekommen, aber Probleme mit dem stärker werdenden Schneefall hatten.

»Ihr Herrn und Fraun, die ihr einst Kinder wart, seid es heut wieder, freut euch in ihrer Art. Das Christkind lädt zu seinem Markte ein, und wer da kommt, der soll willkommen sein.«

Pauls Kamera piepste. Der achte Film war durchgezogen.

»Darf ich mal durch?«

Paul schaute verwirrt von seiner Kamera auf. Das Christkind stand ihm gegenüber.

»Darf ich durch?«

»Ja, sicher«, Paul trat zur Seite, »übrigens«, er streckte seine Hand aus, »das hast du wirklich gut gemacht.«

Das Mädchen wiegte misstrauisch den Kopf.

»Ich spreche von dem Prolog. Große Klasse. Sehr souverän vorgetragen«, bekräftigte Paul sein Lob und hielt die Hand ausgestreckt.

Das Christkind zog ein Paar seidene Handschuhe über, bevor es einschlug. Auf Pauls fragenden Blick hin sagte das Mädchen: »Ich muss in meinem Job jeden Tag unendlich vielen Typen die Hand schütteln. Jeder zweite ist erkältet. Was ist, wenn ich mir durch die ewige Händeschüttelei die Grippe hole? Dann ist es vorbei mit der Weihnachtsidylle. Dann fällt das Christkind aus. Und das darf nicht passieren. Also …«, sie grinste doppeldeutig, »also mach's nie ohne!«

Paul fragte sich, wie sehr Kind das Christkind noch war, dachte aber vorsichtshalber nicht weiter darüber nach, um sich seine Weihnachtsgefühle nicht zu verderben, und drückte die behandschuhte Hand.

Engel, Bühnenarbeiter und Christkind stiegen die Treppen hinab, und Paul freute sich auf einen Glühwein mit seinen Kollegen, um den ganzen Rummel würdig zu begießen. Als er das Kirchenportal verließ und seine Kamera sicher verstaute, um sie vor dem Schnee zu schützen, ärgerte er sich über die instinktlosen Sanis, die ihr Martinshorn lautstark über den Platz hallen ließen, ohne Rücksicht auf vorweihnachtliche Harmoniebedürftigkeit zu nehmen.

Er tauchte in den langsam dahintreibenden Menschenstrom ein und bemühte sich, auf einen der Ausgänge des Marktes zuzusteuern. Über dem allgemeinen Gemurmel, dem Klirren der Glühweintassen und dem feinen Klang diverser Glockenspiele in den Verkaufsständen tönte noch immer das Martinshorn; es schien sogar, als wäre ein zweites hinzugekommen.

»Feierabend?«, krächzte eine heisere Stimme hinter ihm.

Überrascht wandte sich Flemming um und sah einen alten Bekannten. »Sag bloß, du warst auch im Einsatz?« Er deutete auf die schwere Kameraausrüstung, die in einer ausgeleierten Ledertasche über der Schulter des Grauhaarigen hing.

Dieser grinste ihn vielsagend an, wobei seine Augen durch die dicken Gläser seiner Hornbrille unnatürlich vergrößert wirkten. »Hab zu wenig beiseite gelegt für die Rente. Deshalb schickt mich meine Frau weiter raus – bei Wind und Wetter. Kennt keine Gnade, die Chefin.« Lenny Zimmermann, in die Jahre gekommener Boulevardfotograf alter Schule und leidenschaftlicher Fan teurer Großformatkameras, konterte auf Pauls Erkundigung prompt mit einem Gegenversuch: »Und wie laufen deine Geschäfte? Hab gehört, du suchst Aufträge? Zu viel Konkurrenz auf dem Markt, habe ich Recht?«

»Ich kann nicht klagen«, log Paul, der sich der Unterhaltung im Geschiebe und Gedränge der Menschenmenge so schnell wie möglich entziehen wollte. Zumal er – immer, wenn er Lenny traf – an seine eigene Zukunft denken musste und sich fragte, ob auch er weit über die Pensionsgrenze hinaus mit der Kamera unterm Arm durch die Gegend tingeln musste.

»Junger Kollege«, ließ ihn Lenny nicht ziehen, »wenn es mit der Werbefotografie im Moment nicht zum Besten steht, kannst du jederzeit wieder bei uns einsteigen. Wir brauchen immer mal einen Springer – und ich werde mit meinen sechsundsiebzig Jahren bald kürzer treten müssen.«

»Ja, ja«, wiegelte Paul ab und zog seinen Kragen enger zusammen. »Ihr braucht einen wie mich vor allem an den Wochenenden, wenn ihr selbst keine Lust zum Arbeiten habt, stimmt's?«

»Zum Beispiel«, gab Lenny mit ehrlichem Lächeln zu. Dann verkrampfte sich sein drahtiger Körper plötzlich, und Lenny begann seine Jacke nach irgendetwas zu durchsuchen. »Mein Piepser«, sagte er zur Erklärung.

Flemming wurde neugierig, zumal er im Hintergrund abermals eine Sirene zu hören glaubte. »Was ist denn los?«, fragte er, während sich beide an einem Lebkuchenstand vorbei eine Schneise in weniger belebte Regionen des Marktes bahnten.

»Eine Mitteilung vom Polizeipräsidium«, Lenny ließ sein Benzinfeuerzeug aufflackern und entzifferte mühsam den Text auf dem Piepser: »Zwischenfall Christkindlesmarkt – Männliche Person von Fleischbrücke gestürzt – Feuerwehr und BRK zur Unterstützung angefordert.« Gleich darauf klingelte sein Handy. Abermals durchsuchte Lenny ebenso umständlich wie hektisch seine Jacke. »Keine Zeit!«, schnauzte er in den Hörer. Dann sagte er dreimal knapp »Ja« und legte auf.

»Wer war's?«, fragte Paul, dessen weihnachtliche Stimmung längst einer kribbelnden Neugierde gewichen war.

»Victor«, sagte der andere kurz angebunden.

»Dein Chef?«

Lenny nickte. »Wir müssen uns sofort auf den Weg machen.«

»Wir?«, fragte Flemming.

»Du willst doch wieder ins Spiel kommen, oder habe ich dich falsch verstanden?«, frotzelte Lenny und schoss mit einem für sein Alter erstaunlichen Tempo durch die Weihnachtsgemeinde.

Die Fleischbrücke bot ein spektakuläres Bild: Die festliche Illumination wurde ergänzt durch das rotierende Blaulicht von Polizei, Feuerwehr und Krankenwagen. In aller Eile war ein Suchscheinwerfer aufgestellt worden, der von der steinernen Brüstung der Brücke ins schwarze Wasser der Pegnitz hinabstrahlte.

Lenny drängte sich an den Schaulustigen vorbei, hob das rot-weiße Flatterband, das die Polizei zur Absperrung angebracht hatte, und steuerte mit Paul im Schlepptau zielgenau einen Feuerwehrwagen an, von dessen Dach gerade ein Schlauchboot herabgelassen wurde.

Eine zierliche Figur im beigen Trenchcoat und mit strähnigen grauen Haaren gesellte sich zu ihnen: Victor Blohfeld. »Ziemlich spät dran, Lenny. Versagen die alten Beine allmählich ihren Dienst?«, fragte er zynisch.

Paul bemerkte, dass Lenny den Polizeireporter seines Boulevardblatts ganz bewusst ignorierte und stattdessen seine Kamera einsatzbereit machte. Auch Paul griff nun nach seiner Fotoausrüstung. »Nach wem fischen sie denn?«, fragte er.

»Das werden wir gleich sehen«, antwortete Lenny und machte plötzlich einen Satz zur Seite. Er lehnte sich weit über die Brüstung und ließ das Blitzlicht seiner Canon aufflackern. »Da hinten ziehen sie etwas an Land. Wir müssen schnell rüber zur Liebesinsel.«

Mit Paul und den beiden Reportern setzte sich ein Team von Feuerwehrmännern und Rettungssanitätern in Bewegung. Sie drängten sich an Gaffern und Christkindlesmarktbesuchern vorbei, zwängten sich durch den Torbogen am alten Fleischhaus und hasteten die Treppenstufen bis zu der kleinen Halbinsel hinab, die in nahezu vollständiger Dunkelheit lag.

»Den Scheinwerfer hierher!«, brüllte ein Polizist.

Paul, der vom Rennen und von der Aufregung unter seinem Wintermantel zu schwitzen begann, erkannte am Ufer der

Liebesinsel zwei Polizisten, die etwas Unförmiges aus dem Wasser hievten.

Der Scheinwerfer wurde in Position gebracht. Paul tat es Lenny gleich und hielt seine Kamera schussbereit. Ein Notarzt unterstützte zwei Rettungssanitäter, die einen völlig durchnässten Körper auf die Seite zu drehen versuchten. Sie hatten es nicht leicht, denn ihr Patient sah nach gut und gern hundert Kilo aus.

Mit einem satten Klatschen landete der massige Körper auf dem Rücken. Graues Haar klebte kraus über dem weißen, aufgedunsenen Gesicht. Über den mit Flusswasser durchtränkten Lodenmantel legte sich augenblicklich eine dünne Schicht Frost.

Paul trat näher. Er richtete sein Objektiv auf den Kopf des Mannes. Er zoomte heran, starrte durch die Optik – und konnte nicht auslösen, so sehr schockierte ihn das, was er sah. Trotz der zur Fratze verzogenen Gesichtszüge erkannte Paul, dass der Mann vor ihm auf dem schneebedeckten, gefrorenen Boden Helmut Densdorf war.

Blohfeld fand als Erster die Sprache wieder: »Würde es nicht so verdammt unglaublich klingen, dann hätten wir es hier mit unserem hochverehrten Herrn Tourismusamtsleiter zu tun.«

»Aber das kann doch nicht sein!«, platzte es aus Paul heraus.

Der Reporter taxierte ihn unwirsch. »Wieso denn nicht? Auch Bonzen können ertrinken, wussten Sie das nicht?«

»Er lebt!«, durchbrach der Notarzt das aufgeregte Gemurmel.

Paul war wie gebannt und ertappte sich dabei, das Geschehen nun selbst wie ein Schaulustiger zu verfolgen – tatenlos und selbstvergessen.

Er beobachtete das konzentrierte Agieren des Arztes, der zunächst eine Mund-zu-Mund-Beatmung versuchte, dann den Rettungssanitätern knappe Instruktionen gab und einen kleinen Koffer aus Hartplastik öffnete. Innerhalb von Sekunden hatte einer der Sanitäter den Brustbereich des Patienten frei gemacht. Der Arzt holte zwei schalenförmige Platten aus dem Koffer, an denen Drähte hingen.

Paul ahnte mehr als zu wissen, was jetzt kam: Offenbar hatte der Arzt ein Herzkammerflimmern festgestellt und wollte nun einen Defibrillator zum Einsatz bringen.

Tatsächlich setzten die Sanitäter die Platten auf die Brust des Verunglückten, während der Notarzt weitere Anweisungen an seine Helfer gab und einen Knopf drückte. Der Körper des Tourismusamtsleiters bäumte sich auf. Aus seinem Mund sprudelte Wasser, vor seinen Nasenlöchern bildeten sich Bläschen. Der Arzt legte sein Ohr auf Densdorfs Brustkorb. »Noch einmal!«, schrie er.

Abermals bäumte sich Densdorf wie unter Krämpfen auf, um gleich darauf leblos zusammenzusacken. Der Arzt prüfte erneut den Herzschlag. Er stutzte, dann winkte er einen der Polizisten zu sich heran.

»Was ist denn jetzt los?«, herrschte Victor Blohfeld seinen Fotografen an.

»Das musst du schon selbst herausbekommen«, gab der alte Lenny grimmig zurück. »Ich erledige nicht die ganze Arbeit für dich.«

Die beiden gifteten sich noch eine Weile an, während Paul weiterhin durch den Sucher seiner Kamera blickte. Er hatte jetzt so weit herangezoomt, dass er nur noch den halb offen stehenden Mund Densdorfs im Blickfeld hatte.

Er sah, wie sich Worte auf den Lippen des Sterbenden formten.

Der Polizist, der sich dicht über Densdorf gebeugt hatte, blickte erstaunt auf. »Dürer«, stieß er ungläubig hervor, »er hat etwas über Dürer gesagt.«

2

Die Brötchen waren nicht die besten. Das heißt: Sie waren nicht das, was Paul Flemming von ihnen erwartete. Die Brötchen, die sich vor ihm in der Auslage stapelten, waren groß wie die Handteller eines Maurers, außen zu dunkel und innen zu luftig. Im Stadtteil St. Johannis, wo er aufgewachsen war, gab es kleine, knackige Brötchen in seiner Lieblingsbäckerei. Sein neuer Bäcker stand eher auf Masse statt auf Klasse. Immerhin führte er nebenbei die gängigen Tageszeitungen. Auch die, für die der Fotograf Lenny und Polizeireporter Victor Blohfeld arbeiteten. Flemming griff sich das Lokalblatt und wartete, bis er an der Reihe war. Auf der spiegelnden Oberfläche des Glastresens konnte er sein leicht verzerrtes Ebenbild sehen: eine hochgewachsene Gestalt mit dunklen Augen, dichtem schwarzem Haar, das vereinzelt von ersten grauen Strähnen durchsetzt war, ein markantes Gesicht mit einem leicht spöttischen Zug um den Mund – kritische Beobachter mochten es als eine gewisse Art von Arroganz auslegen. Paul war sich seiner Wirkung durchaus bewusst. Und er ahnte: Er war in der kleinen Bäckerei mit der abgenutzten Theke und dem beschlagenen Auslagefenster ebenso bekannt wie unerwünscht. Der Bäcker, ein Mittsechziger, wohl beleibt und seit fünf Generationen im Burgviertel fest verwurzelt, hätte auf diesen nörgelnden Kunden, der kaum seinen Mund zum Grüßen aufbekam, sicherlich gut verzichten können. Noch dazu, wo es sich bei ihm doch augenscheinlich um einen dieser zwielichtigen Künstler handelte. Paul wusste, dass man sich so einiges über ihn erzählte. Etwa darüber, dass er in einer unverschämt teuren Atelierwohnung lebte und junge Mädchen zu sich bestellte, um sie splitternackt zu fotografieren und weiß Gott was mit ihnen zu treiben. Der Bäcker musste ihn, diesen Lebemann, verachten – und wahrscheinlich gleichzeitig eine stille Bewunderung für ihn hegen. Bei dieser Vorstellung lächelte Paul amüsiert und streckte seinem Spiegelbild zum Spaß die Zunge heraus, bevor er die Backstube mit gefüllter Brötchentüte und der Tageszeitung verließ.

Es war neun Uhr durch, Pauls übliche Zeit für den morgendlichen Kontrollgang durch sein Viertel, den Weinmarkt. Das war seine kleine Stadt in der großen Stadt. Er fühlte sich bei diesem Gedanken an den Prolog des Christkinds erinnert. Statt aus Holz und Tuch war seine kleine Welt allerdings solide aus Stein gemauert. Das meiste in den Gründerjahren errichtet. Einige Überbleibsel vom Krieg verschonten Jugendstils, an den Ausläufern seines Reviers standen sogar ein paar anständig herausgeputzte Fachwerkhäuser.

Ein eiskalter Windhauch blies ihm ins Genick, und schlagartig war die Erinnerung an den grausigen Ausgang des gestrigen Abends wieder da. Er zog seinen Schal straffer und die gefütterte schwarze Baseballkappe so weit über seine Ohren, wie es unter modischen Gesichtspunkten gerade noch vertretbar erschien.

»Dürer«, dachte er laut. Das war das letzte Wort aus dem Mund des sterbenden Densdorf gewesen. Das heißt: bis auf einige unverständliche Silben, die danach noch gefolgt waren, die jedoch niemand verstanden hatte.

Paul konnte das Bild der fahlen Lippen, die die einzelnen Buchstaben mühselig geformt hatten, nicht aus seinem Kopf verbannen. Dürer. Was sollte das bedeuten? Hatte er tatsächlich Dürer gemeint? Albrecht Dürer? Oder war das nur das sinnlose Gefasel eines Sterbenden? Wollte er eigentlich »Tür« sagen? Die Tür zum Himmel? Oder – wenn er Densdorfs Lebenswandel, über den er so einiges gehört hatte, bedachte – das Tor zur Hölle?

Paul stapfte weiter durch den Schnee. Nein, nein, Densdorf hatte Dürer gesagt. Und in Nürnberg konnte der Name Dürer nicht missverstanden werden. Es gab nur den einen Dürer. Der Name Dürer war ebenso eng mit der Stadt verknüpft wie umgekehrt. Es existierte eine jahrhundertealte Verbindung. Densdorf hatte beruflich sicherlich ständig damit zu tun gehabt: mit der Vermarktung von Dürer-Ausstellungen, Dürer-Prospekten und sogar von grünen Dürer-Plastikhasen.

Vielleicht war es wirklich so einfach: Ein Mann dachte selbst noch in den Minuten seines Todes an den Job.

»Grüß Gott, Herr Flemming.«

Er nickte bemüht freundlich, obwohl er nicht wusste, wie die alte Dame mit dem altrosa Hütchen hieß, der er jeden Morgen begegnete. Seine kleine Stadt hatte alles zu bieten, was er brauchte. Den – miesen – Bäcker, einen passablen Metzger und ein formidables fränkisches Lokal.

»Hallo Marlen!«

Paul musste lachen, als er Marlen, die Kellnerin aus dem *Goldenen Ritter*, in übertriebener Eile mit einem randvoll bepackten Lebensmittelkarton über den eisglatten Gehweg balancieren sah. Sie hatte bestimmt wieder ihren Chef im Nacken: Jan-Patrick servierte zwar das knusprigste Schäufele weit und breit und kochte »Blaue Zipfel« in einem Essigsud zum Niederknien – seine Erwartungshaltung seinem Personal gegenüber war allerdings gnadenlos.

Wenig später hatte es sich Paul zu Hause bequem gemacht. Es war an der Zeit für sein morgendliches Ritual: unaufdringlicher Jazz im Hintergrund, Espresso und die Zeitung vor sich auf dem Tisch. Aber heute schmeckte der Espresso bitter, die Musik klang irgendwie fade und Paul wurde klar, dass er noch so lange durch sein Viertel bummeln könnte, er würde den Gedanken an Densdorfs Ende doch nicht vertreiben können.

Neue beunruhigende Einzelheiten über den Tod seines Auftraggebers erfuhr Paul, als er ins gummiartige Brötchen biss und den Aufmacher im Lokalteil Zeile für Zeile in sich aufsog. Der Bericht schilderte noch einmal in allen Details den letzten erfolglosen Einsatz von Feuerwehr und Notarzt und mutmaßte, dass Densdorf wahrscheinlich wegen der stellenweise schlechten Räumung der Brücke auf einer Eisfläche ausgerutscht und dadurch über die Brüstung gestürzt war. Die Chance, in ein Grad kaltem Wasser zu überleben, sei gering. Paul schob den Kaffee nun ganz beiseite.

Um sich von der deprimierenden Lektüre abzulenken, ließ er den Blick durch sein kombiniertes Wohn-, Koch-, Schlafzimmer schweifen, ein großzügig angelegtes Loft, ausgestattet mit einem für ein Atelier typischen, riesigen, ovalen Oberlicht und frei von jeder die Sicht und den Geist einengenden Zwischenwand – allerdings hoffnungslos voll gestellt mit Kartons, gefüllt mit Negativen, Fachzeitschriften und Kamerazubehör. Dazu kamen Unmengen von Büchern und DVDs. An den weißen Wänden hingen großformatige Abzüge von Aktaufnahmen. Die meisten in Schwarzweiß und auf Holzrahmen gespannt.

Zugegeben: Etliche der Fotos empfand Paul inzwischen eher als Peinlichkeiten statt als ausgereifte Kunstwerke. Andererseits gehörte das langsame Herantasten an perfektere Ergebnisse bekanntlich zum Handwerk. Er stand zu seinen Frühwerken und hatte wenig Verständnis, wenn seine Aktfotografien als bloßer Voyeurismus abgestempelt wurden.

Ja, Paul verstand sich auf seine Art durchaus als Künstler, zumindest als ein Künstler auf seinem Fachgebiet. Das sollte allerdings nicht heißen, dass er sich mit den Meistern seines Faches – schon wenn er nur an Helmut Newton dachte, lief ihm ein ehrfürchtiger Schauer den Rücken herunter – messen wollte.

Paul stand auf, sah sich gedankenverloren seine Galerie an und fragte sich, wie sich in solchen Momenten wohl seine Vorgänger gefühlt hatten. Eben die vielen Maler aus der Zeit vor der Erfindung der Fotografie. Er musterte selbstversunken eine seiner älteren Aktstudien, als ihm eine frühe Begebenheit in den Sinn kam: Irgendwann – er mochte damals vielleicht zwanzig gewesen sein – hatte er bei einem Pflichtbesuch mit der Schule im Germanischen Nationalmuseum Dürers Kupferstich *Adam und Eva* gesehen.

Warum kam ihm der Gedanke an dieses Bild gerade jetzt? War es eine zufällige Assoziation, weil er gerade seine Fotos betrachtete? Oder lag es daran, dass Densdorf ihn mit seinen dahingeflüsterten Abschiedsworten auf Dürer gebracht hatte?

Paul wandte nachdenklich den Blick von seinen Fotos. Dürer war für ihn mehr als eine Ikone der Kunstgeschichte. In gewisser Weise hatte Dürer ihn zur Fotografie gebracht. Lange war das inzwischen her, dachte Paul, sehr lange …

Ja, besann er sich, *Adam und Eva* hatte bei ihm den Funken überspringen lassen. Er erinnerte sich genau an den Tag, als er das nackte Liebespaar betrachtet hatte und plötzlich meinte, die Gedanken der beiden lesen zu können. Aus ihrem Mienenspiel und ihrer Gestik erahnte er ihre Wünsche und Gefühle. Je länger er das Bild anschaute, desto mehr verrieten ihm die Figuren von sich.

Erst lange nach seinem Schlüsselerlebnis hatte Paul erfahren, dass der Kupferstich *Adam und Eva* für Dürer nur eine Arbeitsprobe gewesen war, die er als Demonstrationsblatt nach Oberitalien mitnahm, um sich dort um einen Auftrag zu bewerben. Später dann, nach seiner Rückkehr, reizte es Dürer, seine Vorstellungen von idealer männlicher und weiblicher Schönheit in großformatige Gemälde umzusetzen. Dürer hatte diese Idee perfektioniert – gar nicht so einfach in einer Zeit, in der Akte von der Kirche legitimiert werden mussten.

Wenigstens muss ich mir darüber keine Gedanken machen, dachte Paul. Ihm war es eigentlich immer nur um eines gegangen: das Studium von Körpern und die hohe Kunst, sie auf zweidimensionalen Bildern zum Leben zu erwecken. Und zwar in einer Perfektion, dass man meinte, sie atmen hören zu können, und das Verlangen verspürte, sie zu berühren.

Warum hatte Densdorf ausgerechnet Dürer gesagt? – Schon merkwürdig: Durch den Tod eines Menschen besann er sich auf etwas, das für ihn einmal maßgeblich gewesen war, das er aber in den letzten Jahren mehr und mehr aus den Augen verloren hatte.

Er zwang seinen Blick zurück zur Lektüre auf dem Tisch. Helmut Densdorf, Leiter des Amtes für Hotelwesen und Fremdenverkehr und zuständig für die Belange des Marktamtes, sein Auftraggeber, war unwiderlegbar tot – vor seinen Augen hatte er sein Leben ausgehaucht. Umgekommen ausgerechnet dort, wo Flemming für ihn arbeiten sollte. Er biss ins Brötchen, kaute ratlos darauf herum, las den Artikel erneut und malte sich die Folgen dieses Dramas für sich selbst aus:

Densdorf tot? Wer zahlte ihm jetzt seinen letzten Job?

Paul war erschrocken über seine eigene Kaltblütigkeit. Aber für allzu viel Pietät fehlte ihm ganz einfach das finanzielle Polster. Er zog mit den Füßen den Papierkorb heran, leerte den Rest des Gummibrötchens vom Teller und kaute stattdessen unentschlossen auf einem Stift herum.

Lenny hatte schon Recht gehabt. Seitdem die Anzeigeneinnahmen der Zeitungen eingebrochen waren und die Verleger mehr und mehr am Personal sparten, wurden Fotografen jeden Alters und jeder Qualifikation auf den Markt gespült. Aufträge, für die Paul vor ein paar Jahren keinen Finger krumm machen musste, erforderten jetzt einen Einsatz wie für den Job des Lebens.

Genau da lag die Krux: Das Klinkenputzen und Anbiedern lag ihm überhaupt nicht. Er war dafür zu stolz – und vielleicht war er dafür auch ein bisschen zu faul, gestand er sich ein. Auf jeden Fall wollte er niemandem hinterherrennen. Wenigstens nicht, solange es irgendwie anders ging.

Verdammt, er brauchte das Geld!

Die Nummer von Densdorf war noch in seinem Telefon gespeichert. Mal sehen, dachte er, es musste ja einen Nachfolger geben oder zumindest jemanden, der den Laden kommissarisch weiterführte, bis ein Nachfolger gefunden war.

»Stadt Nürnberg, Sie sprechen mit Yvonne Wormser«, meldete sich eine dröge klingende Stimme.

Paul stellte sich höflich vor und schilderte seinen Fall. Noch schneller als befürchtet, kam die Frage:

»Können Sie mir bitte Ihre Auftragsnummer nennen, dann werden wir Ihnen das vereinbarte Honorar überweisen.«

»Es tut mir Leid«, sagte Paul, »aber es handelt sich um einen mündlich vereinbarten Auftrag.«

Ihm war schon vor dem nun folgenden Austausch von nett verpackten gegenseitigen Vorhaltungen klar, dass er nichts in der Hand hatte, um an sein Geld zu kommen.

Frau Wormser verabschiedete sich schließlich mit der klaren Botschaft, dass Densdorfs Nachfolger – wer immer das werden würde – sicherlich kein Interesse an Pauls Fotos hätte.

Paul legte den Hörer auf und nahm sich mit einem Seufzen sein Auftragsbuch vor, wohlwissend, dass er nicht viel darin finden würde. Er sah sich in seinem Reich um, das weit und hell war und einen wohltuenden Kontrast zum enggassigen, überwiegend in Zinnober- und Ockertönen gehaltenen Burgviertel bildete. Sein Atelier war sein Ein und Alles, ein wahr gewordener Traum, der sich angesichts seiner finanziellen Verhältnisse aber ganz schnell wieder zur bloßen Wunschvorstellung verflüchtigen konnte.

Er war also wieder am selben Punkt angelangt: das Geld. Paul beschloss, dem ausbleibenden beruflichen Glück ein wenig auf die Sprünge zu helfen und sich nach neuen Aufträgen umzuhören. Er dachte an Lenny Zimmermanns Tipp und wählte die Nummer der Redaktion.

»Blohfeld«, meldete sich der Polizeireporter kurz angebunden.

»Ja, hier ist Flemming«, sagte Paul ins Telefon, wobei er sich bemühte, seiner Stimme strategisch eine Note der Unterwürfigkeit beizumischen.

»Ach, Sie sind es«, sagte der andere, und ihm war anzuhören, dass er Paul keine große Wertschätzung entgegenbrachte. »Den Schock von gestern Abend schon verwunden?«

Schock? Was erwartete Blohfeld, auf diese Frage zu hören? Paul beeilte sich zu relativieren: »Ich bin einiges gewohnt.« Jetzt schnell einen Fuß in die Tür bekommen: »Ich lese gerade Ihre Zeitung.«

»Das ist schön«, sagte Blohfeld gelangweilt.

Paul holte einmal tief Luft, biss in Gedanken die Zähne zusammen und sagte: »Fundierte Artikel, aber bei den Fotos hapert es in letzter Zeit ein wenig, finden Sie nicht auch? Ich dachte, ich rufe mich mal wieder in Erinnerung.«

Am anderen Ende der Leitung herrschte Schweigen. »Zwei Jahre?«, fragte Blohfeld schließlich. »Oder sind es sogar drei Jahre?«

»Drei«, räumte Paul ein.

»Ah, so. Drei Jahre haben Sie nicht mehr für uns gearbeitet. Wir sind eigentlich recht gut versorgt mit Fotografen.«

»Das weiß ich«, sagte Flemming ausdruckslos.

»Was wollen Sie also von mir?«, dröhnte es aus dem Hörer.

»Herr Blohfeld, ich kann und will Ihnen nichts vormachen. Sie wissen selbst, wie der Markt momentan aussieht. Aber ich liefere anerkannt gute Ware und bin kein Preistreiber«, Paul hörte selbst, wie verzweifelt das klang.

Vom anderen Ende der Leitung kam ein spöttisches Hüsteln: »Wie wäre es mit dem Pin-up-Girl für die Seite eins?«

Die Häme in Blohfelds Stimme entging Paul keineswegs. Er wog ab, ob er sich provozieren lassen wollte oder nicht. Dann sagte er: »Das wäre kein Problem. Kommen Sie auf eine Flasche Rotwein bei mir vorbei und blättern Sie meine Aktalben durch. Sie haben die freie Wahl zwischen der schüchternen Lolita und dem Vamp in Lederkorsage.«

»Okay«, sagte Blohfeld jetzt eine Spur aufgeschlossener. »Ich mag Ihre schlagfertige Art. Ich denke, ich habe demnächst etwas Interessantes für Sie.«

»Hat es mit dem Unglücksfall am Christkindlesmarkt zu tun?«, fragte Paul und rieb sich dabei das rechte Knie, das ihn seit einer Verletzung beim Fußballspiel des Öfteren plagte.

»Womöglich«, sagte Blohfeld, nun wieder kurz angebunden.

Etwas in Blohfelds Stimme ließ Flemming aufhorchen – und seine Neugierde erwachen. Vielleicht war es nicht gerade klug, was sein eher schwieriges Verhältnis zu Blohfeld anging, aber er musste einfach noch ein bisschen bohren. »Wissen Sie«, holte er aus, »ich stehe zwar nicht unter Schock, wie Sie es vorhin ausgedrückt haben, aber zugegeben: Mir lässt die Sache von gestern Abend keine Ruhe. Sie haben in Ihrem Artikel mit Fakten ziemlich geknausert.«

»Wenn ich gleich alles schreiben würde, was ich weiß, würde am nächsten Tag niemand mehr die Zeitung kaufen.«

»Klar. Aber warum haben Sie nichts von Densdorfs letzten Worten erwähnt? Keine Zeile über Dürer?«

Blohfeld gab sich wenig auskunftsfreudig: »Dürer? Was gibt es da großartig zu erwähnen?«

Paul streckte sein Bein aus, um das Knie zu entlasten, und bedauerte für einen flüchtigen Moment das jähe Ende seiner Freizeitkickerkarriere, die an einem verregneten Sonntag auf dem Sportplatz am Valznerweiher durch einen Kapselriss besiegelt worden war – unrühmlich in einer großen Pfütze im Strafraum. Paul wartete, bis Blohfeld selbst die Antwort auf seine Frage geben würde.

Der Reporter schwieg zunächst ebenfalls, dann lachte er auf. »Die Geschichte der so genannten letzten Worte ist lang. Meistens steckt nichts dahinter, oder es wird zu viel hineininterpretiert.«

»Aber ist es nicht ziemlich merkwürdig, dass jemand im Augenblick seines Todes ausgerechnet ›Dürer‹ sagt? Ich meine, er könnte ja auch nach seiner Mutter rufen oder meinetwegen den Namen seiner Geliebten hauchen. Aber Dürer?«

Blohfeld ließ sich Zeit mit seiner Antwort. »Nun gut, immerhin ist Albrecht Dürer das Aushängeschild der Stadt, und die Sanierung des Dürerhauses dürfte Densdorf ziemlich in Schach gehalten haben in letzter Zeit.«

Paul gab Blohfeld Recht: Densdorf hatte am großen Ereignis der Dürerhaus-Eröffnung wohl tatsächlich bis in den Tod hinein festgehalten. Der Mann musste – abgesehen von einigen Affären, die man ihm nachsagte – voll in seinem Beruf aufgegangen sein.

»Wenn das alles ist …«, drängte Blohfeld.

»Moment noch«, sagte Paul hastig, um zu verhindern, dass der andere den Hörer auflegte. »Hat Densdorf tatsächlich nur ›Dürer‹ gesagt, bevor er gestorben ist?« Paul erinnerte sich: Durch den Sucher seiner Kamera hatte es so ausgesehen, als ob Densdorf im Todeskampf mehr als ein Wort auszusprechen versucht hatte.

»Ja«, sagte Blohfeld. Flemming hörte das Rascheln von Papier. »Er hat nach der Aussage des Notarztes noch einige unverständliche Töne von sich gegeben, aber ansonsten nichts. Wenn Sie der Fall wirklich so interessiert, hören Sie sich doch mal auf dem Christkindlesmarkt um.«

»Ist das ein Auftrag?«, fragte Paul eilfertig.

»Nein, ein Ratschlag.«

Paul war enttäuscht. »Mehr wollen Sie mir also nicht verraten?«

»Ich bin nicht die Auskunft. Warten Sie, bis es in der Zeitung steht.«

»Okay«, sagte Paul kleinlaut. »Ich werde also ein bisschen auf dem Christkindlesmarkt recherchieren. Auf Wiederhören.«

Paul wollte bereits auflegen, da sagte der andere:

»Rufen Sie mich an, falls etwas Brauchbares dabei herauskommen sollte. Womöglich –«, Blohfeld unterbrach sich und wiederholte dann: »Womöglich kommen wir auf diese Weise ins Geschäft. Hartnäckigkeit besitzen Sie ja.« Blohfeld hängte ein.

3

»Ist das nicht absurd? In der Pegnitz ertrunken?« Paul fasste sich an den Kopf. »In der Zeitung stand ja, er wäre auf einer vereisten Pfütze ausgerutscht und in den Fluss gestürzt, aber ist das denn überhaupt möglich, bei all den Leuten, die ihn am Hineinfallen hätten hindern können?«

»Wenn du mich fragst: kaum. Man muss schon Augen und Ohren fest geschlossen halten oder rückwärts laufen, um so unglücklich in den Fluss zu stürzen.« Max legte das Messer, mit dem er eben noch eine Brezel durchgeschnitten und mit einer dicken Lage Butter bestrichen hatte, beiseite und wischte sich die Hände an seiner Schürze ab. Max hatte merklich abgenommen, seit ihn Paul das letzte Mal besucht hatte. Der betagte Mann, ein Original auf dem Christkindlesmarkt, alterte beängstigend schnell. Man konnte den störrisch sympathischen Hansdampf hinter der zerknitterten Fassade seines Gesichts nur noch erahnen. Das unternehmungslustige Funkeln seiner Augen war nach zwei Schlaganfällen einem müden Flackern gewichen. Aber auf sein Fach verstand sich der alte Max immer noch wie kein Zweiter. »Oder aber man muss ordentlich einen über den Durst getrunken haben. Die Polizei hat schon so manches Mal Alkoholleichen aus der Pegnitz gefischt. Bei mir war der selige Densdorf ein guter Kunde – nur gezahlt hat er ungern.«

»Trotzdem hat er offenbar ausreichend Nachschub bekommen, oder?«

Max zuckte vielsagend mit den Schultern, als wollte er klagen: Wie sollte ein kleiner Marktbeschicker wie er ausgerechnet dem Touristik- und Marktamtschef einen Wunsch abschlagen? Immerhin war Densdorf Herr über die Entscheidung gewesen, welcher Wirt seinen Stand auf dem Christkindlesmarkt aufstellen durfte und welcher nicht.

Flemming lehnte sich auf den Tresen von Max' Stand. Zu dieser Uhrzeit war auf dem Christkindlesmarkt nicht viel los. Die Busse der Amerikaner und Japaner trafen erst nach Mittag ein, und auch die Nürnberger zog es morgens kaum auf einen Glühwein oder die obligatorischen drei Bratwürste »im Weggla« auf den Markt. Dennoch stieg Paul bereits der Duft nach heißem Wein mit Koriander und allerlei anderen weihnachtlichen Zutaten in die Nase.

Max bezwang mühsam die zwei Stufen, die von seinem Stand hinunter aufs Kopfsteinpflaster führten. Er teilte einen scharlachroten Plastikvorhang und führte Paul in die schmale Versorgungsgasse hinter den Glühweinbuden. »Keine Ahnung«, sagte er, als er vor einem der unförmigen Fässer stand. »Keine Ahnung, wie viel er getrunken hat. Sein Durst auf Promillehaltiges war jedenfalls legendär.«

»Vornehm ausgedrückt«, sagte Paul und malte sich aus, wie der beleibte Densdorf einen Glühweinstand nach dem anderen heimsuchte, um seinen Tribut einzufordern.

»Achtzig Grad«, sagte Max und klopfte prüfend auf einen Thermostat, der an einem Strang Kupferrohre befestigt war, die auf verschlungenen Pfaden in das Fass führten, »die ideale Temperatur für einen guten Glühwein.«

Dann war Densdorf in der Stunde seines Todes zumindest von innerer Wärme erfüllt gewesen, dachte sich Paul und hob nachdenklich die Brauen. Das alles erschien ihm so furchtbar und gleichzeitig absurd. »Hatte er denn keinen Begleiter, der das Unglück hätte verhindern können?«

Er sah zu, wie sich Max die drei Stufen zum Deckel des Fasses hinaufquälte. Der alte Mann nahm eine abgenutzte Kelle aus seiner Schürze und tauchte sie in den Wein. Er führte die Kelle mit mühsam kontrollierter, zitternder Bewegung zum Mund. Paul beobachtete das Mienenspiel in dem zerfurchten Gesicht, sah, wie sich die blassen Lippen zufrieden hoben und die Falten um die Augen vergnüglich zu spielen begannen. Max verkostete das billige Gesöff wie den Spitzenjahrgang des Würzburger Bürgerspitals.

»Er hatte eigentlich immer einen Begleiter bei sich. Besser gesagt: eine Begleiterin. In den seltensten Fällen seine eigene Frau«, antwortete Max.

»Auch am Unglücksabend?«

»Mit Sicherheit. Er hat an dem Abend kurz an meinem Stand vorbeigeschaut. Densdorf hielt es nicht aus, sich in die Schlange einzureihen und zu warten. Durch den Prolog des Christkinds verzögert sich die Glühweinausgabe um mindestens eine Viertelstunde. Und dann drängeln die Touristen. Er hat sich also für besonders schlau gehalten und wollte seinen Becher selbst eintauchen.« Max schaute wichtig von seinem Treppchen hinunter. »Ich habe ihn sozusagen auf frischer Tat ertappt. Da war er schon reichlich angetrunken.«

»Hast du bei dieser Gelegenheit auch seine Begleitung gesehen?«, wollte Flemming wissen.

»Nein«, sagte Max und stieg ab. »Das heißt: Da stand wohl jemand im Hintergrund. Aber – wie gesagt – das Licht war trüb, und es war ja schon reiner Zufall, dass ich Densdorf überhaupt erwischt habe.«

Paul musterte nachdenklich das Fassungetüm, an das sich Max mit stolzer Besitzerpose lehnte. Ein aus gebogenen Holzplanken zusammengezimmertes, von drei rostzerfressenen Blechgürteln zusammengehaltenes Monstrum, das durch den immer wieder über den Rand schwappenden Glühwein im Laufe der Jahre die Farbe seines Inhalts angenommen hatte. Paul legte seine Hand auf das Holz. Der angetrocknete Rotwein klebte an seinen Fingern wie geronnenes Blut, und er zog sie angewidert zurück.

Ja, dachte er: Ein Unfall hatte seinen Auftraggeber aus dem Leben gerissen. In die eiskalte Pegnitz zu stürzen, während Tausende in allernächster Nähe feierlich die Weihnachtszeit einläuteten, war so ziemlich die unschönste Todesart, die er sich ausmalen konnte. Ein sehr trivialer und ein sehr überflüssiger Unfall.

»Ein Glühwein mit Schuss wird dir jetzt gut tun«, sagte Max und beäugte seinen Besucher mit dem für ihn typischen flatternden Blick, dem allerdings nichts entging.

Paul kannte Max seit Jahrzehnten – und das Gleiche galt natürlich umgekehrt. Max hatte ihn bei seinen ersten ungelenken Gehversuchen als Fotograf unterstützt. Denn das war das Einzige, was Paul jemals ernsthaft interessiert hatte. So sehr, dass er die Schule sträflich schleifen lassen hatte. Mit einem Funken Wehmut erinnerte er sich an die Zeit, als er das erste Mal bei Max aufgekreuzt war, gerade völlig abgebrannt, noch ohne Ausbildung und geschweige denn einen Job. Max bot ihm an, sich ein bisschen Geld beim Glühweinausschenken zu verdienen. Geld, das er sogleich in irgendwelche Objektive für seine Kameraausrüstung gesteckt hatte.

Er fragte sich, was Max inzwischen noch alles über ihn wusste. War ihm zu Ohren gekommen, dass seine finanziellen Verhältnisse wieder einmal nicht zum Besten standen? Tatsächlich finanzierte er die Miete seiner Wohnung schon seit Monaten auf Pump. Und jetzt war ausgerechnet sein wichtigster Auftraggeber gestorben. Er fragte sich erneut, wie lange er das durchstehen konnte.

»Also, einen Glühwein?«, wollte Max wissen.

Paul lehnte Max' Einladung dankend ab, bat ihn aber, von dem Fass einige Aufnahmen machen zu dürfen. Immerhin war das einer der letzten Orte, die Helmut Densdorf vor seinem Tod aufgesucht hatte. Paul wusste selbst nicht genau, was er mit den Fotos anfangen wollte. Immer wenn er eine Sache nicht vollends begreifen, nicht fassen konnte, tendierte er dazu, die Kamera zur Hand zu nehmen. Fotos waren seine Absicherung, die Kamera ein verlässlicher Halt im Leben. Vielleicht, ging es ihm durch den Kopf, fotografierte er genau aus demselben Grund Frauen. Er bannte sie aufs Negativ, weil er sie selbst nicht halten konnte.

Er fühlte eine leise Unruhe in sich aufsteigen, als er durch die verschneite Fachwerkidylle der Weißgerbergasse ging. Das Gespräch mit Max hatte ihm vor Augen geführt, dass er mehr als nur ein zufälliger Zeuge des tragischen Unglückfalls gewesen war. Paul hatte die letzten Minuten im Leben von Helmut Densdorf aus der Vogelperspektive verfolgt, ohne es zu bemerken. Gut möglich, dass Densdorf auf einem seiner Fotos von der Christkindlesmarkteröffnung abgebildet war. Das hätte zwar keine besondere Aussagekraft, dennoch kribbelte es ihm jetzt in den Fingern, die Filme schnell zu entwickeln.

Sein Blick glitt über die Fassaden der windschiefen Häuser, die sich – blassblau, honiggelb und mintgrün getüncht – angenehm von der allgegenwärtigen Dominanz des roten Sandsteins abhoben. In einigen Fenstern blinkten bunte Girlanden, die ihn an amerikanische Kitschfilme denken ließen.

Noch einmal um die Ecke gebogen, und schon war er in seinem Refugium, auf dem Weinmarkt. Er freute sich beim Anblick des Gemüsestandes, einem Farbklecks auf dem eisgrauen Straßenpflaster. Der Stand war gleich neben *Peggy's Frisiersalon* aufgebaut, den er bislang nur vom Vorbeigehen kannte, wobei er Peggy als dralle Blondine identifiziert hatte.

Dann waren da noch zwei Antiquitätenhändler, Büros (Anwälte, eine ihm aus früheren Jahren wohlbekannte Architektin, ein Notar) und ein Reisebüro. Paul war kein besonders religiöser Mensch, aber auch wenn er es gewesen wäre, hätte er in seinem Quartier nicht lange nach geistlichem Beistand suchen müssen. Die mächtige Sebalduskirche, das Reich von Pfarrer Hannes Fink, stand am Eingang seines Reviers, und auf einen Wecker konnte er in seiner Dachwohnung mit fünfzig Metern Luftlinie Entfernung zum Glockenturm zumindest sonntags auch verzichten.

»Orangen. Drei Stück. Die spanischen, bitte«, sagte er, nachdem er sich für einem kurzen Abstecher zum Gemüsestand entschieden hatte.

»Ich habe zufällig Ihre Lieblingssorte vorrätig.« Die zierliche Gemüsefrau zauberte einen Karton mit knallig orangen Früchten aus einem uneinsehbaren Winkel ihrer Auslagen.

»Lanzarote?«, fragte Paul beinahe ungläubig. Die Frau, von der Paul wusste, dass sie Anfang der neunziger Jahre aus dem Kosovo nach Deutschland geflohen war und hier mit ihrem Bruder eine bescheidene neue Existenz aufgebaut hatte, errötete leicht und nickte. Paul fühlte sich von ihren kindlich unschuldigen Avancen geschmeichelt und freute sich über die Extras, die sie immer wieder für ihn auf dem Großmarkt auftrieb. »Stimmt so«, sagte er, als er ihr das Geld in die kleine, behandschuhte Hand drückte.

»Danke sehr«, sagte die Frau leise. Sie wandte sich sogleich dem Propangasofen in ihrem Stand zu, als wollte sie verhindern, dass er ihre Verlegenheit bemerkte. Paul war froh, heute sie am Stand angetroffen zu haben und nicht ihren Bruder, der ihn wohl eher für einen drittklassigen Kunden hielt, der immer nur ein paar Cent in die Kasse brachte, für den seine Schwester aber Obst und Gemüse in Feinkostqualität einkaufte und reservierte.

Sobald er das Treppenhaus zu seiner Wohnung betrat, fühlte er sich wie schon am Morgen unbehaglich, und fragte sich, ob er nicht ein wenig Angst davor hatte, die Filme des gestrigen Abends zu entwickeln.

Er schloss nachdenklich die Tür auf. Zu Hause begrüßte ihn der überlebensgroße Abzug eines athletisch schlanken Frauenkörpers, der das Kopfende seines Flurs schmückte. Das gertenschlanke Model mit mokkabrauner Haut stand auf Zehenspitzen, die schlanken Beine über Kreuz, die Bauchmuskeln durch glänzendes Öl zur Geltung gebracht, den Kopf weit in den Nacken geworfen, die Arme verschlungen und bis ans obere Bildende gehoben. Eine tätowierte Schlange wand sich quer über die zarten Schulterblätter die Wirbel hinab bis zum Po. Nicht gerade ein Dürer – eher ein sehr früher Flemming, dachte Paul und wandte sich seinem Schreibtisch zu, einer schlichten Glasplatte auf zwei mausgrau lackierten Tapeziertischbeinen.

Er stellte seine Fototasche darauf ab und entnahm ihr die belichteten Filmpatronen, auch die des Vortages. Sorgsam achtete er darauf, dass er keinen der belichteten Filme übersah, denn das war ihm schon öfter passiert, und er hatte sich dann im Nachhinein darüber geärgert, wegen eines einzigen vergessenen Films erneut die Entwicklungschemikalien ansetzen zu müssen.

Er zählte also nach, und, ja, sie waren vollständig. Er nahm die Patronen mit beiden Händen, schaltete im Vorbeigehen mit dem Ellbogen das Radio an und verschwand in der schlauchförmigen Dunkelkammer am Ende seines Ateliers. Im diffusen Halbdunkel knackte er mit routiniertem Griff die Metallhülsen sämtlicher Patronen und fädelte die Filme in seine Entwicklungsmaschine ein. Anschließend verließ er den Raum und machte es sich auf seinem Sofa bequem.

Beim anspruchslosen Gedudel aus dem Radio nickte er ein.

Aus der geschlossenen Schiebetür seiner Dunkelkammer drang ein leises Klingeln. Ein Signal dafür, dass die Filme fertig entwickelt waren. Paul raffte sich widerstrebend auf.

Er verspürte überhaupt keine Lust, seine gemütliche Position auf dem Sofa aufzugeben, und dachte mal wieder darüber nach, ob er nicht komplett auf digitale Fotografie umsteigen sollte. Aber er war in mancher Hinsicht ein konservativer Mensch. Der Umstieg von Schallplatte auf CD war bei ihm damals auch nicht von heute auf morgen über die Bühne gegangen.

Wieder ging er routiniert zur Sache, wischte die nassen Streifen ab und machte sich daran, sie an kleinen Klammern in einem schmalen Metallschrank aufzuhängen, aus dem ihm beim Öffnen feuchte Hitze entgegenströmte.

Paul trottete zum Sofa zurück, streckte sich aus und schloss die Augen.

Ein Läuten an der Tür riss ihn abermals aus seiner Ruhe. Automatisch zog er seinen Terminplaner heran, überblätterte die leidlich ausgefüllten Seiten der letzten Tage und sagte laut: »Mist!« Er hatte es vergessen. Es war glatter Zufall, dass er jetzt überhaupt in seinem Wohnungsatelier saß! Auf dem Weg zur Tür strich er sich die Haare zurecht, zupfte am Hemd, warf einen flüchtigen Blick in den Flurspiegel und war ziemlich gespannt auf das Mädchen, das seine Annonce in der Zeitung gelesen hatte, um sich als Aktmodell bei ihm vorzustellen.

»Hallo, ich bin P…« Das »aul« blieb ihm im Hals stecken.

»Und ich bin Lena.«

Paul war ehrlich überrascht, denn mit Lena hatte er nicht im Entferntesten gerechnet. Wie immer, wenn er Lena sah, öffnete sich sein Herz. Es hatte wenige Frauen in seinem Leben gegeben, mit denen er so sehr auf gleicher Wellenlänge lag wie mit Lena.

Doch in letzter Zeit hatten sie sich selten gesehen, und er konnte nicht anders, als seine alte Freundin und Weinmarktnachbarin sekundenlang zu mustern, bevor er sein Erstaunen über ihren unerwarteten Besuch überwunden hatte.

»Hallo«, sagte er schließlich mit gemischten Gefühlen; er hatte ein schlechtes Gewissen, weil er ihre Freundschaft in letzter Zeit ziemlich schleifen lassen hatte.

»Darf ich reinkommen?«

Lena hatte das glatte, schwarze Haar einer Südeuropäerin, zu dem ihre eisblauen, kindlich klaren Augen einen Kontrast bildeten, eine zierliche gerade Nase, einen Mund, der Brigitte Bardot zur Ehre gereichte, und strahlend weiße Zähne, die allerdings einer leichten Korrektur bedurft hätten. Sie trug einen schlichten Hosenanzug, der ihr ausgezeichnet stand und sie gleichzeitig elegant und geschäftsmäßig wirken ließ.

Lena wollte sich an ihm vorbeischieben, doch Paul füllte unbewegt den Türrahmen aus. »Es ist jetzt gerade schlecht«, sagte er schleppend, in Gedanken bei dem soeben entdeckten Eintrag in seinem Terminkalender.

»Ich bleibe nicht lange.« Lena nestelte etwas überrascht am Kragen ihrer Jacke.

»Ich habe leider gerade wirklich keine Zeit. Können wir nicht demnächst mal einen Wein zusammen trinken gehen? Im *Goldenen Ritter*? Ich lade dich ein, und dann bereden wir alles.«

»Alles?« In ihrer Stimme schwangen Zweifel mit – und Spott. Aber auch Wärme, registrierte Paul erleichtert.

»Lena, ich erwarte ein neues Modell.« Er fühlte sich mies, sie so abfertigen zu müssen. »Wenn du abends keine Zeit hast, kann ich auch auf deiner Baustelle vorbeischauen. In der Mittagspause. Wo arbeitest du gerade? Am Dürerhaus, habe ich

Recht?« Er bemerkte ihr resigniertes Lächeln. »Ich meine: Dann gehen wir richtig schön essen. Oder wir trinken zumindest einen Espresso zusammen.« Paul merkte, dass er sich um Kopf und Kragen redete. »Aber selbstverständlich nur, wenn dein Freund nichts dagegen hat. Du bist doch noch mit dem, äh, Wirtschaftsprüfer zusammen?«

Lenas Augenaufschlag war kokett wie der einer Zwölfjährigen. »Nein, bin ich nicht. Außerdem war er Steuerberater.«

»Aber das macht doch nichts«, beeilte sich Paul zu antworten und musste gleichzeitig lachen. Was redete er da für einen Unsinn! Warum konnte sie ihn nur so leicht aus der Fassung bringen?

Lena lächelte nachsichtig. »Paul, ich bin neununddreißig.«

»Das hört sich ja an wie eine Bankrotterklärung.«

»Auch wenn du aussiehst wie George Clooney, gibt dir das nicht das Recht, dich regelmäßig danebenzubenehmen. Du bist ein instinktloser und gefühlsfremder Ignorant«, sagte sie dennoch mild, und Paul wusste, dass sie ihm auch dieses Mal verzeihen würde.

»Was ist denn, bitte sehr, gefühlsfremd?«, fragte er und lächelte sie an.

»Das Gegenteil von gefühlsecht. Aber von so was hast du wohl auch keine Ahnung.« Lena erwiderte sein Lächeln.

Paul war fast so weit, sie nun doch hereinzubitten. Aber ihm brannte die Sache mit den Fotos unter den Nägeln, außerdem konnte jeden Moment sein Modell auftauchen. Also blieb er, wo er war, und blockierte den Türrahmen.

Lena musste sein Dilemma wohl spüren und hatte offensichtlich keine Lust, sich auf eine längere und aussichtslose Diskussion mit ihm einzulassen. Paul kannte sie, und sie kannte selbstverständlich ihn und seine Trotzigkeit – zu lange, um ihm deswegen böse sein zu können.

»Also gut«, sagte sie und straffte die Jacke ihres Anzugs. »Dann besuchst du mich auf der Baustelle. Ich bin quasi rund um die Uhr im Dürerhaus.«

Paul griff dankbar nach diesem Strohhalm und wollte ihr gerade einen Abschiedskuss auf die Wange drücken. Doch dann fiel ihm eine Zeitungsmeldung ein, die er vor ein paar Tagen im Zusammenhang mit der Dürerhaus-Sanierung gelesen hatte. Dort hatte gestanden, dass ein Schreiner bei einem Arbeitsunfall ums Leben gekommen war. »Hat sich bei euch die Aufregung denn wieder gelegt?«, fragte er.

»Deswegen bin ich eigentlich da.« Lena biss sich auf die Lippen. So, als schiene sie es plötzlich zu bereuen, vorbeigeschaut zu haben.

»Oh.« Wieder überlegte Paul, ob er sich erweichen lassen und Lena endlich hereinbitten sollte. Unentschlossen, aber mitfühlend sagte er: »Das muss für dich ziemlich viel Stress bedeuten, neben der ganzen Bauplanung nun auch noch diesen Todesfall auf der Baustelle zu haben. Das wirft sicher deine Zeitplanung über den Haufen, oder?«

Lena schüttelte den Kopf. »Nein, das ist nicht das Entscheidende. Aber der Mann hinterlässt Frau und Kinder. Es geht mir sehr nahe, wenn du das verstehst. Außerdem …« Sie schaute zu Boden, als müsse sie überlegen, ob sie weiterreden solle, »außerdem bringt ein Toter auf der Baustelle Unglück.«

Paul hob die Brauen: »Ist das nicht bloß Aberglaube?«

»Das Gebäude stammt ja aus einer Zeit, als der Aberglaube dominierte. Da liegt es nahe, dass die Arbeiter zu murren anfangen. Wer weiß, was noch alles passiert.«

»Hör mir auf mit diesen Spukgeschichten«, sagte er und versuchte, sie durch einen Stups an die Schulter aufzumuntern.

Doch ihr Blick blieb kritisch. Was sie wohl mittlerweile über ihn dachte?

Sie riss ihn aus seinen Gedanken: »Ich suche jemanden, mit dem ich über das alles mal ganz in Ruhe reden kann.«

Paul rang immer noch mit sich selbst. Er wusste – eigentlich hätte er sich Zeit für Lena nehmen müssen. Doch er blieb standhaft: »Ein anderes Mal gern. – Warst du auf seiner Beerdigung?« Er nahm ihr angedeutetes Nicken wahr.

»Ich gehe dann mal wieder«, sagte Lena matt.

»Ja – und sorry.« Er ärgerte sich über sich selbst. »Entschuldige mein mangelndes Einfühlungsvermögen«, rang er sich ab und kassierte dafür ein abschätziges Zwinkern. »Die tragischen Unglücksfälle scheinen sich in letzter Zeit zu häufen.« Er bemerkte, wie sich Lenas Augenbrauen, zwei wie mit sorgfältig geführtem Pinsel gezogene schwarze Bögen, minimal hoben. »Densdorfs Ableben ist auch nicht gerade das gewesen, was man sich so wünscht«, erklärte Paul.

»Densdorf?«

Paul ging die paar Schritte bis zu seinem Frühstückstisch, um die Zeitung zu holen.

Lena überflog kopfschüttelnd den Artikel. »Mein Gott. Der Densdorf. Das ist furchtbar.«

Paul entging nicht das feine Zittern, das an ihren Händen entspringend durch ihren Körper fuhr. »Du kanntest ihn?«

»Natürlich.« Sie war jetzt kreidebleich. »Jeder kennt Helmut Densdorf – außerdem ist … war er einer der wichtigsten Fürsprecher der Dürerhaus-Sanierung. Mein Gott, wie furchtbar.«

»Ich habe für ihn gearbeitet. Bei der Eröffnung des Christkindlesmarktes.« Auf Lenas fragenden Blick hin ergänzte Paul in knappen Worten: »Vom Balkon der Frauenkirche aus. Einmalige Perspektive. Davon träumt jeder Fotograf – unter normalen Umständen jedenfalls.«

»Normal«, sagte Lena nachdenklich, »ist das alles nicht. Böse Geschichte.« Sie holte tief Luft, um sich zu sammeln. Das ungeduldige Fußwippen ihres Gegenübers war ihr offensichtlich nicht verborgen geblieben. »Du meldest dich also mal bei mir?«

»Ganz sicher«, sagte Paul, »versprochen.«

Lenas Blick, der zwischen Hoffnung und Zweifel schwankte, war für ihn nicht neu. »Deine Versprechen kenne ich.«

Er zog sie sanft heran und gab ihr den seit etlichen Minuten fälligen Kuss auf die Wange. Ihre Haut fühlte sich zart und warm unter seinen Lippen an. Er drückte sie fest an sich. »Das nächste Mal habe ich ganz bestimmt mehr Zeit für dich.«

»Das will ich hoffen«, flüsterte sie ihm ins Ohr.

»Tschüss«, rief er ihr ins Treppenhaus nach, »und danke für den Clooney.« Als er die Tür ins Schloss drückte, war sein schlechtes Gewissen ihr gegenüber wieder etwas gewachsen.

Er blieb noch eine ganze Weile im Türrahmen stehen. Seine Beziehung zu Lena war eine Besonderheit. Sie hatte sich im Laufe der Zeit immer wieder gewandelt und war gleichzeitig beständig geblieben. Sicher: Die Konstellationen, die persönlichen Einstellungen, all die wichtigen Grundvoraussetzungen des Miteinander-Auskommens hatten sich verändert. Und, ja: Paul würde wahrscheinlich mit Lena ins Bett gehen, wenn sich die Gelegenheit dazu ergäbe, aber das war es wohl nicht, was sie wollte, und das konnte es auch nicht sein, was er wollte. Oder zu wollen hatte. Oder … »Ach, verfluchter Gefühlsdreck!«

Paul passierte die Mokkabraune, dachte an Sex, Liebe, Freundschaft und an verpassten Sex, verpasste Liebe, leidlich gepflegte Freundschaft. Er ließ sich in seinen Schreibtischsessel fallen. Seine Gedanken glitten zurück in die Zeit, als Lena noch keine erfolgsverwöhnte Architektin und gestandene, wenn auch mehrfach schwer enttäuschte Frau gewesen war, sondern eine nach Anerkennung und tiefen Gefühlen suchende Studentin. Sein inneres Blitzlicht flackerte auf, und er sah einzelne, unscharfe Bilder: Lena in der Kneipe, in der sie sich kennen gelernt hatten. Lena an seiner Seite, als gute Freundin und Ratgeberin bei seinen ersten Gehversuchen in der professionellen Werbefotografie. Lena, die Verzweifelte, nach dem Unfalltod ihrer Eltern. Lena im Bett – das verpatzte erste und bislang letzte Mal. Sein übereiltes Türmen und sein mitternächtliches Bad. Der Versuch, den Beinahebetrug an seiner damaligen Freundin mit viel Schaum und Seifenwasser von Körper und Seele zu waschen.

»Verdammt!«

Er schlug mit der flachen Hand auf die Glasplatte des Schreibtischs.

»Verdammt, was war ich für ein Idiot!« Immer und immer wieder hatte er sich vorgenommen, seinen inneren Gemischtwarenladen der Gefühle endlich einmal besser in den Griff zu bekommen. Doch kaum war er – wie eben durch Lena – mit der Realität konfrontiert, gerieten seine Vorsätze ins Wanken. Er atmete tief durch, und ihm fielen die Negative in seinem Trockenschrank wieder ein. Sofort waren seine zwiespältigen Gedanken wie weggeblasen. Die Fotos von Densdorfs Tod! In seinen Fingerspitzen kribbelte es vor Neugierde.

Er befreite die Streifen aus dem feuchtheißen Klima des Trockenschrankes und setzte sich an den Couchtisch, um sie in handliche Abschnitte zu zerteilen.

Den ersten Abschnitt hielt er mit unguten Gefühlen gegen das Licht. Er sah dutzende stecknadelkleine Köpfe – um Densdorf erkennen zu können, würde er jeden einzelnen herausvergrößern müssen.

Im Hintergrund dudelte noch immer die Radiomusik. Entnervt drehte er am Tuner, bis er einen Nachrichtensender eingestellt hatte. Paul stutzte beim dritten Abschnitt des fünften Negativstreifens. Er meinte, den Glühweinstand von Max zu erkennen. Obwohl er im Deuten der Falschfarben von Negativen geübt war, hatte er Schwierigkeiten, Details auszumachen. Er musste sofort einen Abzug machen!

Er ging wieder in die Dunkelkammer und ärgerte sich über die Umstände der klassischen Fotoentwicklung. Am PC hätte er die Bilder sekundenschnell darstellen und per Mausklick Details heranzoomen können. Nervös legte er mit der Rechten den Streifen in den Vergrößerungsapparat ein, während seine Linke einen Bogen Fotopapier aus schwarzer Schutzfolie zog.

Er stellte die Schärfe ein, legte die Belichtungszeit fest und schaltete das Weißlicht des Vergrößerers ein. Mit einer Greifzange beförderte er das Papier ins Entwicklerbecken. Schon nach wenigen Sekunden zeichneten sich die Konturen von Max' Glühweinstand ab. Paul zog das Papier kurz durch das Stopperbad und schwenkte es dann in Leitungswasser, um die überschüssigen Chemikalien abzuspülen. Er hängte das Bild mit einer Klammer an eine quer durch die Dunkelkammer gespannte Wäscheleine und musterte die abgebildete Szenerie aufmerksam:

Im Gang vor Max' Stand drängelten sich die Menschen. Max selbst konnte man im Halbdunkel hinter seiner Theke höchstens erahnen. Paul konzentrierte sich auf das kaum beleuchtete Areal hinter dem Stand. Obwohl verschwommen und trüb, war das große Reservefass deutlich auszumachen. Gleich daneben meinte Paul einen Schatten zu sehen, der die Ausmaße eines menschlichen Körpers hatte. Paul trat näher an den Abzug heran, doch mehr war beim besten Willen nicht zu erkennen.

Er nahm sich den Negativstreifen noch einmal vor. Diesmal stellte er den Vergrößerer so ein, dass nur der hintere Teil des Standes abgebildet wurde. Beim Belichten wedelte er mit seiner Handfläche über die besonders dunklen Stellen der Aufnahme. Ein Trick, um verborgene Graustufen zur Geltung zu bringen.

Hastig ließ er das Papier durch die drei Bäder gleiten und hängte den Abzug neben den ersten an die Leine. Der Schatten neben dem Fass war nun klar als menschliche Silhouette zu identifizieren. Den Proportionen nach zu urteilen, musste es sich um Densdorf handeln.

Paul schwitzte. Die schwüle Luft in der Dunkelkammer und die Aufregung weiteten seine Poren. Er wischte sich über die Stirn, nahm dann eine Lupe zur Hand und suchte den Rest der dunklen Fläche rings um das Glühweinfass ab.

Beinahe hätte er ihn übersehen, doch dann hielt er die Lupe direkt darüber: Kein Zweifel, da war ein zweiter Schatten! Paul fühlte, wie sein Magen vor Aufregung grummelte. Er fuhr den Schatten Millimeter für Millimeter mit seinem Vergrößerungsglas ab. Die zweite Erscheinung war kleiner als die andere. Und deutlich schmaler. Es konnte möglicherweise ein Kind sein. Aber was hatte ein Kind zusammen mit Densdorf im Versorgungshof eines Glühweinstandes zu suchen?

Paul musste eine andere Aufnahme aus dieser Reihe belichten. Er verschob den Negativstreifen in seinen Vergrößerer, wählte eine spätere Aufnahme und schaltete das Weißlicht ein. Dann wieder die drei Bäder und der Schritt zur Wäscheleine:

Nein, das war kein Kind! Paul starrte gebannt auf das neue Foto. Der zweite Schatten tauchte nun unmittelbar neben dem anderen, größeren auf. Von der Körperhaltung her handelte es sich um eine Frau von schlanker Statur. Sie trug offenbar eine Kapuze, oder war es eine Mütze? Ihre Arme hatte sie angewinkelt, als würde sie gestikulieren. Etwas in ihrer angespannten Haltung ließ Paul vermuten, dass sie sich mit Densdorf stritt. Der hingegen stand unbewegt an der gleichen Stelle wie auf dem ersten Abzug.

Pauls Aufregung steigerte sich. Hastig wählte er ein drittes Motiv aus und vergrößerte es. Kaum hing das Bild tropfnass an der Leine, brachte er die Lupe in Position: Der Umriss der Frau war hier noch klarer zu erkennen. Sie stand jetzt gebeugt da und hielt die Arme über dem Kopf, als wollte sie sich schützen. Der größere Schatten hatte seine starre Haltung aufgegeben: Densdorf hatte seinen rechten Arm gehoben, als würde er zu einem Schlag ausholen.

Paul erschrak. Welche Abgründe taten sich da vor ihm auf! War Densdorfs Tod womöglich die direkte Folge eines Streits, den Paul mit seinen Fotos dokumentiert hatte? – Dann wäre es kein Unfall gewesen, sondern Mord.

Pauls Hemd war inzwischen nass geschwitzt. Er brauchte Luft. Er drückte die Schiebetür der Dunkelkammer auf und ging, noch immer nervös und aufgeregt, ins Zimmer zurück. Was sollte er als Nächstes tun? Sicher, er musste auch die anderen Fotos genau analysieren. Aber dann, was dann? Er haderte mit sich selbst.

Dann rang er sich zu einer Entscheidung durch: Die Polizei war die richtige Adresse. Er musste die Bilder beim Präsidium abliefern. Vielleicht wäre es das Beste gewesen, sich sofort auf den Weg zu machen. Denn bis zum Polizeipräsidium war es nur ein Katzensprung, keine Viertelstunde zu Fuß.

Aber beim Gedanken an die Polizei wurde ihm mulmig. Die Ereignisse, die dafür verantwortlich waren, lagen lange zurück, doch es gab nun einmal Dinge, die vergaß man nicht so schnell: Bei Paul war dies seine erste und bisher einzige Nacht in einer Gefängniszelle. Gemeinsam mit einigen Bekannten, darunter auch Lena, war er auf das Bierfest im Burggraben gegangen. Es war Sommer, selbst am Abend hatte es noch über zwanzig Grad. Dreißig Brauereien aus Mittelfranken boten alle erdenklichen Biersorten an. Die Stimmung war ausgelassen und heiter. Sie saßen auf Bierbänken, umgeben von den rosa schimmernden, sandsteinernen Mauern der Burgfestung, beschattet von Kastanien und Eichen. Trotz des Alkoholkonsums ein friedliches Fest. Doch dann tauchte eine Gruppe angetrunkener Männer auf und setzte sich ausgerechnet zu ihnen an den Tisch. Der Ärger ließ nicht lange auf sich warten: Einer der Männer hatte nichts Besseres zu tun, als sich auf dumm-dreiste Art an Lena heranzumachen.

Paul hatte es damals als seine Pflicht gesehen, Lena zu beschützen. Für ihn war es eine Selbstverständlichkeit gewesen, den Betrunkenen in seine Schranken zu weisen. Aber dann war die Situation eskaliert. Alles ging blitzschnell: Ein Wort ergab das nächste. Paul sprang auf, sein Kontrahent ebenfalls. Plötzlich prügelten sie sich, wildfremde Frauen kreischten – und dann kam die Polizei.

Von den eigentlichen Störenfrieden war mittlerweile nichts mehr zu sehen, doch der Ordnung halber musste die von Passanten alarmierte Streife handeln und stellte Paul zur Rede. Paul war selbst immer noch ziemlich verstört, blutete aus der Nase und hatte erhebliche Schwierigkeiten, den Vorfall zu rekonstruieren. Doch statt nach dem Schläger und seinen Freunden zu suchen, fiel der Polizei nichts Besseres ein, als Paul im Polizeiwagen einem Alkoholtest zu unterziehen. Ein Alkoholtest am Ende eines Bierfestes! – Natürlich landete Paul auf dem Revier, und weil seine Kooperationsbereitschaft inzwischen auf null gesunken war, endete die Nacht für ihn hinter Gittern.

Es war weniger der Kater, der ihm am folgenden Tag zusetzte, als vielmehr eine unbändige Wut auf die Polizisten, die ihn eingesperrt hatten. An diesem Tag war in ihm ein tief sitzendes Misstrauen gegen die Ordnungshüter gewachsen, das er bis heute kaum abstellen konnte. Selbst dann nicht, wenn ihn seine Vernunft dazu gemahnte.

Paul schrak aus seinen Gedanken hoch, als es wieder an der Tür klingelte: Diesmal musste es sich um das Mädchen handeln, das sich auf seine Anzeige hin gemeldet hatte. Er durchschritt den Flur, ohne auf eine weitere Überraschung gefasst zu sein.

»Grüß Gott – ach, Sie sind das?«

»Hallo«, presste er heraus. Seine Kehle schnürte sich zusammen. »Sag mir bitte nicht, dass du dich von mir fotografieren lassen willst.«

»Doch«, kam es selbstsicher und eine Spur zu arrogant zurück. »Diese Reporter haben mich gefragt, ob ich's machen würde. Für den *Playboy* und so. Was bilden sich diese Blödmänner eigentlich ein? Meine Mutter hat gesagt: ›Das traust du dich sowieso nicht!‹ Ich habe ihr gesagt: ›Mal sehen, wer von uns beiden größere Schwierigkeiten damit hat!‹ – Also?«

Paul musterte sein Gegenüber. »Du bist dir über die Folgen im Klaren?«

»Was genau meinen Sie?«

»Ein nacktes Nürnberger Christkind dürfte – um es mal ganz sachte auszudrücken – für einen nicht unbeträchtlichen Wirbel sorgen.«

4

Es war bereits nach zehn Uhr vormittags. Paul lag auf dem Sofa und las Paul Austers *Stadt aus Glas*: Ein Mann, der sich im Fluss der Ereignisse verliert und schließlich vollends auflöst – eine gespenstische Vorstellung, zumal Paul ahnte, dass es ihm ähnlich ergehen könnte, selbst wenn er alles andere als fatalistisch veranlagt war.

Paul las – eben, um solche Folgeschäden der Belletristiklektüre auf sein Befinden zu vermeiden – abwechselnd: Er hatte stets zwei Bücher griffbereit. Eines für jede Stimmung. Seine heutige Alternative, Philipp Kerrs *Game Over*, war allerdings genauso wenig geeignet, seine Gemütslage zu verbessern: Eine Story ohne jede Chance für die Protagonisten, am Ende heil davonzukommen, konnte ihm keinen inneren Halt geben.

Er drehte sich zur Seite, fing einen der raren Strahlen der Wintersonne auf, der sich durch das Oberlicht gemogelt hatte. In der Fototasche zu seinen Füßen steckten die Klarsichthüllen mit allen Negativen vom Christkindlesmarkt und sämtliche Abzüge, die er bisher davon angefertigt hatte. Lediglich die Tatortfotos, die er später auf der Liebesinsel geschossen hatte, lagen noch in der Dunkelkammer. Paul hielt sie nicht für besonders wichtig, da neben ihm ja auch unzählige andere Kollegen und Privatleute Aufnahmen gemacht hatten. Eigentlich hatte er an diesem Morgen wie geplant mit der Tasche voller Fotos auf dem Weg zur Polizei sein wollen. Das wäre nicht nur seine Pflicht gewesen, sondern hätte ihn auch von dem Druck befreit, der seit seiner Entdeckung in der Dunkelkammer auf ihm lastete. Aber Paul wäre nicht er selbst, wenn er das Für und Wider seines nächsten Schrittes nicht noch einmal gründlich abwägen würde. Er fragte sich, ob es irgendeinen Journalisten auf dieser Welt gab, der eine solche Entdeckung nicht in erster Linie für seine Zeitung nutzen und erst anschließend damit zur Polizei gehen würde. Er dachte an das berühmte Barschel-Foto: der Tote in der Badewanne. Ein freier Fotograf war letztlich nichts anderes als ein Journalist. Paul redete sich ein, dass es bei seiner Überlegung nicht in erster Linie ums Geld, sondern um journalistische Grundwerte ging. Schließlich griff er zum Telefon. Er musste nicht lange warten, bis er die sonore Stimme von Victor Blohfeld hörte:

»Ja?«

»Flemming hier.«

»Ah«, kam es überschwänglich zurück. »Welche Ehre! Darf ich Sie einmal ganz unverfänglich etwas fragen? Wollen Sie richtig Geld verdienen, oder wollen Sie lieber Ihren Arsch schonen und den guten alten Zeiten nachtrauern, in denen einem die Aufträge nachgeschmissen wurden? Ich hatte Ihnen den Tipp gegeben, sich ein bisschen auf dem Christkindlesmarkt umzusehen, und seitdem nichts mehr von Ihnen gehört!«

Donnerwetter! Was für eine Begrüßung! Paul schob die Bücher endgültig beiseite und setzte sich auf. Hastig straffte er den Gürtel seines Bademantels. »Die Häme ist unnötig. Ich habe Ihre Anregung sehr wohl beherzigt. Ich hatte mich nur nicht sofort gemeldet, weil ich die Eindrücke erst einmal sacken lassen wollte.«

»Sacken lassen. Soso.«

Paul registrierte den Sarkasmus in Blohfelds Stimme sehr wohl und wunderte sich über die schroffe Art des Reporters, den er eigentlich als durchaus feingeistigen Menschen einschätzte. Brauchte er diese raue Schale, um im täglichen Hauen und Stechen des Boulevardjournalismus bestehen zu können?

In knappen Worten berichtete Paul von dem Gespräch mit Glühweinverkäufer Max und bot Fotos von dem Fass an, aus dem sich Densdorf kurz vor seinem Tod bedient hatte. Über seine eigentliche Entdeckung schwieg er vorerst, weil er Blohfelds Zynismus nicht mit einem vorschnellen Angebot fördern wollte.

»Klingt interessant«, lenkte Blohfeld ein, wobei ein Klappern verriet, dass er während des Gesprächs weiter auf seine Tastatur einhämmerte. »Das reicht bestimmt für eine kleine Nachfolgegeschichte, aber danach verschwindet die Story Densdorf in der Versenkung. Jedenfalls solange sich die Unfalltheorie der Polizei halten lässt.«

Die Gedanken in Pauls Kopf schlugen Kapriolen: Was hatte der Reporter da angedeutet? »Wieso?«, hakte er nach. »Hat die Polizei etwa Zweifel daran, dass Densdorf im Suff ausgerutscht und verunglückt ist?«

»Ja«, sagte Blohfeld. »Nach allem, was aus dem Präsidium zu erfahren ist, kommen die Bullen auf der reinen Unfallschiene nicht weiter. Es soll wohl neue Ermittlungen in Richtung Fremdverschulden geben. Aber vorerst nur inoffiziell.«

Paul war elektrisiert: Die Entdeckung auf seinen Fotos würde in diesem Fall umso brisanter sein! »Wenn es kein Unfall war«, überlegte Paul laut, »dann würden auch Densdorfs letzte Worte eine andere Bedeutung bekommen.«

»Fangen Sie schon wieder damit an?«, fauchte Blohfeld durch den Hörer.

»Das ist doch nicht so abwegig«, entgegnete Paul voller Unruhe: »Sollte Densdorf keinem Unfall zum Opfer gefallen sein, könnte der Hinweis auf Dürer dann nicht mehr bedeuten?«

»Ausgerechnet Dürer? Was sollte das schon Großartiges bedeuten?«, schnauzte Blohfeld, wobei ihm eine gewisse Neugierde unschwer anzuhören war. »Dürer hat das bis aufs Feigenblatt nackte Pärchen Adam und Eva gemalt, ein ziemlich gutmütig schauendes Rhinozeros und – natürlich – seinen berühmten Feldhasen. Ansonsten ist er tot. Zu lange, um heute noch als Schlagzeile zu taugen. Jetzt sind Sie an der Reihe: Ich drucke Ihre Bilder vom Glühweinfass mit dem alten Max. Aber was haben Sie noch zu bieten? Wenn Sie weitere Aufträge von mir bekommen wollen, brauche ich Vorschläge.«

Paul besann sich einer seiner Stärken: Er war schon immer gut im Pokern und Taktieren. Wenn er dem Reporter seine Karten jetzt offen auf den Tisch legen würde, wäre das möglicherweise zu früh. Blohfeld würde ihm die Bilder mit den mysteriösen Schatten abkaufen, die Story aber ohne ihn recherchieren. Ein bisschen über sich selbst verwundert, wurde Paul klar, dass er nicht außen vor sein wollte. Densdorfs Ende und vor allem die rätselhaften Begleitumstände hatten ihn inzwischen viel zu sehr ergriffen, als dass er sich jetzt zurückziehen mochte.

Er beschloss, den Reporter vorerst zu vertrösten: »Vertrauen Sie mir, ich werde Sie nicht enttäuschen. Ich bin so dicht an der Sache dran wie kein anderer.« – Und erreichte damit unerwartet genau das, was er haben wollte:

»Wie ich ja schon einmal gesagt habe: Ihre Hartnäckigkeit ist bewundernswert«, sagte Blohfeld nun deutlich milder gestimmt. »Ich werde Ihnen einen Folgeauftrag überlassen – einen sehr verantwortungsvollen.«

Paul interpretierte das Wort »verantwortungsvoll« mit »heikel« und landete damit einen Treffer. Denn was Blohfeld ihm als Nächstes auftischte, war starker Tobak. Zunächst ungläubig, dann erstaunt hörte Paul zu, was ihm der andere über eine kaum bekannte Eigenschaft von Herzrhythmus stabilisierenden Geräten berichtete, wie sie auch am sterbenden Densdorf eingesetzt worden waren: mobile Defibrillatoren.

Natürlich waren ihm die letzten Szenen von Densdorfs Todeskampf sofort wieder präsent, als er Blohfeld zuhörte: »Ein im Defibrillator integriertes Aufzeichnungsgerät, das nach einem ähnlichen Prinzip wie die so genannte Black Box in Flugzeugen arbeitet, hält nicht nur alle angewendeten medizinischen Maßnahmen fest, sondern nimmt zur späteren Analyse der Ersthilfe auch Sprachsequenzen im Umkreis von bis zu drei Metern auf.«

Paul sah den sterbenden Densdorf vor sich, sah, wie er mühsam seine letzten Worte sprach. Der Polizist, der dicht bei ihm gestanden hatte, hatte in der Aufregung sicher nur einen Bruchteil dieser Worte verstehen können, nicht mehr als den Namen Dürers. Paul selbst hatte durch sein Teleobjektiv immerhin erkannt, dass Densdorf mindestens noch eine halbe Minute lang versucht hatte, Silben hervorzubringen, bevor er seine Lippen für immer geschlossen hatte.

Vielleicht ließe sich durch die Auswertung des Defibrillators mehr über die Umstände von Densdorfs Tod erfahren? Wusste die Polizei überhaupt von dem Aufzeichnungsmodus dieses Geräts?

Blohfeld verneinte. Genau an dieser Stelle sollte Paul ins Spiel kommen: »Als Polizeireporter, der mit den Bullen noch einige Jahre klarkommen muss, kann ich es mir nicht leisten, das Gerät selbst abzuhören. Das wäre Unterschlagung von Beweismitteln und könnte mich meinen Job kosten.«

»Ich würde mich nicht weniger strafbar machen«, hob Paul an.

»Mit dem feinen Unterschied, dass es von Ihnen niemand erwarten und Sie deshalb auch niemand verdächtigen würde. Von wem ich die Informationen letztlich bekommen habe, wird die Polizei im Übrigen nie erfahren. Das Presserecht schützt meine Informanten vor Offenlegung der Namen.«

»Ich nehme an, Sie haben bereits einen konkreten Plan?«, fragte Paul.

Blohfelds Plan bestand – wie Paul zweifelnd vernahm – aus einem Hundert-Euro-Schein. Den sollte Paul einem Zivildienstleistenden in die Hand drücken, der bei den Rettungssanitätern des Roten Kreuzes beschäftigt war und ihm Zugang zu den Defibrillatoren gewähren sollte.

»So einfach stellen Sie sich das vor?«, fragte Paul, und ihm wurde flau im Magen.

»Die einfachsten Wege sind die schnellsten und sichersten«, versicherte ihm der Reporter. »Glauben Sie mir, bei hundert Euro wird jeder Zivi schwach.«

Paul bezweifelte das. Andererseits war er geneigt, es auf einen Versuch ankommen zu lassen. Denn die Neugierde ließ ihm kaum noch Ruhe.

»Haben Sie eine Adresse für mich?«, nahm er den Auftrag nach kurzem Zögern an.

»Selbstverständlich«, sagte Blohfeld.

Paul befreite seinen Wagen mit einem Kehrbesen vom gröbsten Schnee. Den Rest musste der Scheibenwischer besorgen.

Was mache ich hier eigentlich?, fragte er sich, während er in Richtung Rathenauplatz fuhr und dann in die Sulzbacher Straße abbog. Was trieb ihn dazu, diesen nächsten Schritt zu gehen? Er hatte Densdorf noch nicht einmal persönlich gekannt. Warum also bewegte ihn sein Tod so sehr?

Paul parkte sein Auto im Hof der Rotkreuzzentrale zwischen einer ganzen Armada beiger Rettungsfahrzeuge. Zwei Sanitäter gingen an seinem Renault vorbei, ohne ihn zu beachten. Dann passierte ein Mann in Monteurskleidung den Innenhof und verschwand hinter einer Tür im Seitentrakt.

Paul fühlte sich beobachtet, doch vermutlich war es nur sein Unrechtsbewusstsein, das ihm dieses Gefühl vorgaukelte. Denn auch der nächste Passant, offenbar ein Sanitäter, der zum Schichtwechsel eintraf, ging achtlos an ihm vorbei.

Paul atmete dreimal tief durch und gab sich dann einen Ruck. Er stieg aus und beschloss, zielgerichtet seinen Plan zu verfolgen. Dieser bestand zunächst einmal darin, einen bereitwilligen und möglichst arglosen Zivildienstleistenden aufzuspüren.

Er musste nicht lange suchen: Neben einem Sanitätsfahrzeug standen zwei junge Kerle, die damit beschäftigt waren, den Wagen ans Stromnetz anzuschließen und verbrauchtes Verbandsmaterial nachzufüllen. Paul beobachtete sie, entschied sich aber dagegen, sie anzusprechen. Zwei Mitwisser waren einer zu viel!

Paul stand lange unschlüssig herum. Er befürchtete schon, sich verdächtig zu machen, denn die beiden Zivis schielten jetzt misstrauisch zu ihm herüber.

Er betrat das Gebäude und ging ohne konkretes Ziel durch die schlichten Gänge des betagten Zweckbaus. Er begegnete einigen wenigen, meist jungen, weiß gekleideten Leuten. An Zivildienstleistenden herrschte also – ganz wie es Blohfeld prophezeit hatte – tatsächlich kein Mangel. Allein die Courage fehlte, um irgendjemanden anzusprechen.

Als ihm ein dünner junger Mann mit Kraushaar und gutmütigen Augen entgegenkam, entschloss sich Paul spontan zum Handeln. Und tatsächlich hatte er mit den hundert Euro und einem Päckchen Tabak das überzeugende Argument dafür parat, zu den Defibrillatoren geführt zu werden. Paul folgte dem jungen Mann – selbst überrascht darüber, dass offenbar klappte, was ihm im Gespräch mit Blohfeld noch unrealistisch erschienen war. Unterwegs erfuhr Paul manches über die Ärzte und Schwestern der Krankenhäuser, die von den Zivis »beliefert« wurden, und die Art, wie sie mit Zivis umsprangen.

Nach erstaunlich kurzer Zeit war Paul am Ziel: Der Zivi führte ihn in einen Raum, in dem es aussah wie in einem unaufgeräumten Kinderzimmer. Überall lagen Einzelteile aus medizinischen Ersthelfersets wild verstreut herum. In einer Ecke erkannte Paul drei handliche Koffer in der typischen Größe von Defibrillatoren.

Der Zivi deutete an, dass in diesem Raum die Geräte nach ihrem Einsatz gelagert, geprüft und anschließend für den nächsten Ernstfall vorbereitet würden. Wenn überhaupt, dann hätte Paul bei diesen drei Exemplaren eine Chance, den Defibrillator aufzuspüren, der am Abend der Christkindlesmarkteröffnung eingesetzt worden war. Paul drückte dem jungen Mann sicherheitshalber noch einen Zehn-Euro-Schein in die Hand. Dann war er allein.

Die Defibrillatoren waren mit kleinen Zetteln versehen, die mit Plastikschlaufen an den Griffen befestigt waren. Darauf hatten die Sanitäter den Einsatztag und -ort vermerkt. Schon beim zweiten Apparat hatte Paul Erfolg. Er nahm das Gerät aus dem Koffer und stellte es auf einen halbhohen Tisch in einer Ecke des ansonsten einrichtungslosen Raums.

Das Aufzeichnungsgerät im Defibrillator funktionierte wie jedes andere Bandgerät auch. Misstrauisch blickte er sich nach allen Seiten um, doch er war tatsächlich unbeobachtet, als er die Starttaste drückte.

Zunächst war ein hoher Piepton zu hören, dann ein verrauschtes Zischen. Nach einigen Schaltgeräuschen hörte er dumpfes Gemurmel. Vielleicht das Gespräch zwischen Rettungssanitätern und Notarzt. Ungeduldig fixierte er das Gerät. Das Rauschen und unverständliche Murmeln setzte sich unendliche zwei Minuten fort.

Dann plötzlich war eine Stimme zu hören. Sie klang sehr nahe, als hätte sich das Mikrofon zum Zeitpunkt der Aufnahme direkt neben dem Mund des Sprechenden befunden: »Ich … oh, mein …«

Paul traf es wie der Blitz. Er erkannte Densdorfs Stimme. Es schloss sich ein qualvolles Röcheln an. Die entscheidenden Passagen wurden ausdruckslos und leise vorgebracht:

»… Dürer«, kam es laut und dann deutlich leiser: »… Dürerhaus … Ich habe … Es war kein Unfall … Lasst sie …« Ein langes Husten schloss sich an. »Lasst sie nicht damit durchkommen.« Dann folgte nur noch ein schwerer Atemzug.

Den Rest der Bandaufzeichnung machten ärztliche Anweisungen und Zwischenrufe der Polizisten aus.

Mit zitternden Händen betätigte Paul die Taste und ließ das Band zurücklaufen. Er hörte es abermals ab. Diesmal machte er sich Notizen auf einem kleinen Block, den er zu Hause eingesteckt hatte.

Als er das Band ein drittes Mal abhören wollte, sah er den Wuschelkopf des Zivildienstleistenden neugierig durch die Tür spitzen. Paul packte den Defibrillator in seine Hülle zurück und verstaute ihn in der Ecke neben den anderen Koffern.

Er ging auf den Zivi zu, sah ihm direkt in die sommersprossenumrahmten Augen und nickte ihm zum Abschied zu. Die auffordernd offen gehaltene rechte Hand des jungen Mannes übersah er dabei geflissentlich.

Paul war daran gelegen, das Gebäude schnellstens zu verlassen. Als er wieder in sein Auto stieg, war er um eine Gewissheit reicher – und tiefer verstrickt in eine Angelegenheit, die ihn nichts anging. Er hatte sich weit aus dem Fenster gelehnt, doch alles war glatt gelaufen. Er musste zugeben, dass ihm diese Art des Nervenkitzels zu gefallen begann.

Paul fuhr den Altstadtring entlang, ohne dabei besonders auf den Verkehr zu achten. Er ließ den Hauptbahnhof links liegen, passierte die Oper und hätte nun rechts einbiegen müssen, um zu Blohfelds Redaktion zu gelangen. Stattdessen blieb er auf dem Ring und fuhr die Anhöhe zur Kaiserburg hinauf. Er hatte noch keine Lust, dem unberechenbaren Reporter gegenüberzutreten.

Paul steuerte seinen Wagen durchs Neutor und manövrierte ihn über das vereiste Kopfsteinpflaster bis zum Weinmarkt.

»Es war kein Unfall ...«, hatte Densdorf gesagt. Was war kein Unfall? Sein Sturz in die Pegnitz? Aber in welchem Zusammenhang stand dann die Erwähnung des Dürerhauses? Hatte Densdorf womöglich andeuten wollen, dass der Tod des Handwerkers im Dürerhaus kein Unfall gewesen war? Aber selbst wenn es so wäre – was hatte Densdorf damit zu tun?

Er stapfte in seinen schweren Winterstiefeln die Treppen bis zu seiner Wohnung hinauf. Er schälte sich – tief in Gedanken – aus seinem Mantel, streifte die Stiefel ab und ließ sie achtlos auf dem Flurboden liegen.

Im Trockenschrank der Dunkelkammer hingen immer noch einige Negativstreifen. Eben die mit den Aufnahmen, die er unmittelbar nach Densdorfs Sturz am Tatort gemacht hatte. Paul hatte sie bislang vernachlässigt und hielt sie auch jetzt noch nicht für besonders wichtig.

Doch als er wenig später wieder in dem engen Raum stand, dessen Wände Chemikalien aller Art ausdünsteten, beschlich Paul ein seltsames Gefühl. Als er seinen Vergrößerungsapparat einschaltete und begann, die Aufnahmen Bild für Bild zu entwickeln, wurde ihm plötzlich klar, dass auf seinen Aufnahmen womöglich doch mehr zu sehen sein könnte als auf den Bildern der Kollegen.

Denn wie schon bei den Christkindlesmarktfotos hatte er auch dieses Mal eine ungewöhnliche Perspektive für seine Aufnahmen gehabt: Auf der Liebesinsel war er nicht nur nahe am Opfer und an den Helfern gewesen. Im Hintergrund spannte sich zudem der venezianische Bogen der Fleischbrücke – und auf ihr standen die Passanten, Neugierigen und Gaffer.

Paul nahm die Lupe und suchte die lange Reihe der Schaulustigen ab. Wonach suchte er? Das wusste er selbst noch nicht genau. Nach einem Hinweis vielleicht, wie auch immer dieser aussehen würde. Oder nach einem bekannten Gesicht.

Oder aber … Paul ließ die Lupe sinken, um sie gleich darauf wieder hochzureißen. Seine Pupillen weiteten sich. Er erkannte zwischen zwei größeren Gestalten die zierlichen Umrisse des Schattens, den er schon auf den anderen Bildern mit Densdorf neben Max' Glühweinfass gesehen hatte.

Es gab kaum Zweifel: Statur, Körperhaltung und die verräterische Kapuze passten. Die Frau hatte Densdorf also nach dem Streit am Glühweinfass weiter begleitet. Er fragte sich, ob die Unbekannte Densdorfs Sturz nicht verhindern konnte oder ihn sogar herbeigeführt hatte. Denn wenn sie eine unschuldige Begleiterin gewesen war – warum stand sie dann zwischen den Gaffern und kniete nicht neben dem Sterbenden auf der Liebesinsel?

Paul konnte seine bisherigen Erkenntnisse drehen und wenden, wie er wollte. Für ihn ergab sich am Ende nur eine Erklärung: Densdorf war nicht durch Zufall in den Fluss gefallen. Und der Unfall im Dürerhaus erweckte zumindest den Verdacht, in irgendeiner Weise mit Densdorfs Tod zusammenzuhängen.

Er schob die Tür der Dunkelkammer auf. Was sollte er mit seinem Wissen, oder besser Halbwissen, nun anfangen?

5

Paul schob seine Verpflichtung, Blohfeld Bericht zu erstatten, noch ein wenig auf. Er saß an seinem gläsernen Schreibtisch und bemalte einen Bogen Briefpapier mit Namen und Pfeilen, die aufeinander folgten oder einander entgegengesetzt waren. Zwischendurch massierte er seinen verspannten Nacken und strich sich über die Lider seiner müden Augen. Er versuchte einen Zusammenhang herzustellen zwischen dem gewaltsamen Tod Densdorfs, dem des Schreiners und denjenigen, die möglicherweise davon profitierten.

Im Fall des Schreiners fiel ihm kein Name ein, den er mit seinem Tod in Verbindung bringen konnte. Nur derjenige Dürers. Aber dieser Gedanke brachte nun wirklich gar nichts. Bei Densdorf hingegen konnte er seinen Bleistift ohne Mühe stumpf schreiben. Die Liste der Verdächtigen reichte von der enttäuschten Geliebten über die betrogene Ehefrau bis hin zu Marktbeschickern, denen der Tourismuschef einen begehrten Standplatz verweigert hatte. Außerdem kamen gehörnte Ehemänner dazu, und war da nicht noch diese Erlanger Kunsthistorikerin, mit der Densdorf in der Presse eine Dauerfehde ausgetragen hatte?

Paul bemühte sich, die wenigen Fakten, die er darüber in Erinnerung behalten hatte, zusammenzutragen: Die Forscherin – ihr Name fiel ihm im Moment nicht ein – hatte gegen Dürer einen Pauls Meinung nach absurden Fälschungsvorwurf erhoben. Demnach sollte Dürer die meisten seiner Werke angeblich gar nicht selbst gemalt haben. Ganz ähnlich wie es Schriftsteller des späten achtzehnten und frühen neunzehnten Jahrhunderts gehandhabt hatten. Über Jules Vernes zum Beispiel wusste Paul, dass er durchaus offen dafür war, in schreibschwachen Phasen die Manuskripte anderer unter seinem Namen herauszugeben.

Aber Dürer? Wie hätte ein anderer die Perfektion seines Stils jemals erreichen können?

Paul brütete noch eine ganze Weile über Densdorfs Umfeld nach. Um sich in diesem Beziehungsgeflecht zumindest einigermaßen auszukennen, brauchte er mehr Informationen. Die würde er nur bekommen, wenn er sich noch intensiver mit dem Fall beschäftigte. Doch wollte er das überhaupt? Neugierde hin oder her – Paul hatte eigentlich genügend andere Probleme, um die er sich kümmern musste. Dringend kümmern musste. Er sah auf seine Armbanduhr. Er konnte es nicht länger hinauszögern, in der Redaktion anzutreten.

»Sie haben eine blühende Phantasie, das muss man Ihnen lassen«, sagte Victor Blohfeld, als Paul ihn eine knappe Stunde später in seine Gedanken einweihte.

Paul hatte es sich in dem ungastlichen Redaktionsbüro so gut es ging gemütlich gemacht und nippte an einem kaffeeähnlichen Getränk in einem dünnwandigen braunen Plastikbecher, als er Blohfeld zuhörte:

»Ich habe mir die Sache mit der Erlanger Dozentin bereits aus dem Archiv kommen lassen. Sie hat einige plausible Belege für ihren Vorwurf, Dürer sei ein Fälscher, angeführt.« Paul sah zu, wie Blohfeld weiter seine Tastatur bearbeitete. »Die Fachwelt hat zum Beispiel bis heute nicht geklärt, wann Dürer seinen *Johannes der Täufer* gemalt hat. Einige Forscher datieren ihn auf die Jahre nach 1495, weil das Gemälde die frischen Renaissance-Eindrücke von Dürers Venedigreise widerspiegelt. Andere tippen angesichts der Tatsache, dass es unvollendet geblieben ist, auf die Jahre nach 1505, als er Nürnberg wegen der Pest fluchtartig verlassen hatte.«

»Schön und gut, das sagt etwas über die zeitliche Zuordnung aus, aber nichts über Dürers Authentizität.« Irgendwie hatte Paul das Gefühl, Dürer verteidigen zu müssen.

Blohfeld nickte und lächelte feinsinnig. »Unsere Feuilletonisten haben mich darüber aufgeklärt, auf was Dürers Erlanger

Intimfeindin hinauswill: Das Bild wirkt so stark und packend, weil der Künstler den Betrachter durch seine – ich zitiere – ›souveräne Beherrschung der Anatomie und Psychologie‹ in den Bann zieht. Aber jetzt kommt der eigentliche Clou: Die Felsformationen und die Bäume im Hintergrund haben mediterrane Vorbilder, das anschließende, steile rote Ziegeldach scheint demgegenüber wie eine diskrete Verbeugung vor dem Norden und dem vermeintlichen Nürnberger Auftraggeber der Tafel zu sein.«

»Sie meinen …«, spann Paul den Gedanken fort. »Der *Täufer* entstand tatsächlich schon um 1495. Ein unbekannter Malergeselle, wahrscheinlich italienischer Herkunft, schuf den eigentlichen Inhalt des Bildes – und Dürer setzte nur den fränkischen Touch hinzu.«

»So jedenfalls sieht es die Kunstforscherin«, bestätigte Blohfeld. »Der nackte, vom rotbraunen Fellgewand mehr betonte als verhüllte Körper des Täufers ist der eines antiken Heros mit allem, was dazugehört. Aber schauen Sie mal genau hin!« Blohfeld hatte das Bild auf den Schirm seines Computers geholt und wählte mit den Cursor einen Ausschnitt. »Im Gegensatz zur Haltung und dem ganzen Drumherum steht das ausgemergelte Gesicht mit klagend zum Himmel gerichteten Augen – die laut unserer werten Unruhestifterin eher an ein Werk des zweiten überragenden Malers aus Dürers Zeiten erinnern: den Isenheimer Altar und den dort abgebildeten, strengen Johannes der Täufer.«

»Mit anderen Worten«, schloss Paul noch zweifelnd den Kreis der Erkenntnis, »Dürers Werke sind tatsächlich nicht die eines einzelnen …«

»… sondern die einer klassischen Bande von Etikettenschwindlern, eines aufs Geldmachen ausgerichteten Syndikats«, brachte es Blohfeld auf den Punkt. »Sie, Flemming, und ich sind Laien in diesem Metier. Aber blättern Sie einmal einen x-beliebigen Kalender mit Dürer-Werken durch. Meinetwegen den, den Sie von Ihrer Bank zu Weihnachten geschenkt bekommen haben. Sie werden feststellen, wie heterogen Dürers Werke tatsächlich sind.«

»Als wären sie von verschiedenen Künstlern seiner Zeit gemalt worden«, schlussfolgerte Paul und fühlte trotzdem ein tiefes Widerstreben gegen diese Theorie.

»Richtig«, Blohfeld klickte das Bild von seinem Monitor und öffnete ein neues Word-Dokument. »Also, dann schießen Sie mal los und diktieren mir Densdorfs letzte Worte. Mal sehen, was ich davon in die aktuelle Ausgabe übernehme und was ich mir aufhebe. Wann überlassen Sie mir eigentlich die Fotos?«

Paul hob zu einer Antwort an, zögerte aber. Er hatte die Bilder bewusst nicht mit zu diesem Treffen genommen. Er hatte die letzten Abzüge von den Filmen, die er auf der Liebesinsel geschossen hatte, zu den anderen Aufnahmen in seiner Fototasche gesteckt und sie in der kleinen Truhe in seinem Flur verstaut. Irgendetwas in ihm sträubte sich dagegen, die Fotos an den Reporter zu verkaufen.

Vielleicht sein wieder aufkeimendes Pflichtbewusstsein. Nach dem Motto: Ich bin ein braver Staatsbürger. Aber nicht brav genug, um die Fotos zur nächsten Polizeiwache zu bringen.

Blohfeld schien seine Gedanken lesen zu können, denn er fragte misstrauisch: »Sie haben die Filme doch nicht etwa schon zur Polizei gebracht?«

»Nein, nein«, sagte Paul, »da brauchen Sie keine Angst zu haben.«

»Das freut mich zu hören«, sagte Blohfeld und konnte es sich offenbar nicht verkneifen zu fragen: »Haben Sie wohl schlechte Erfahrungen mit unseren Freunden und Helfern?«

»Nein«, antwortete Paul knapp. »Ich traue den Jungs einfach nicht besonders viel zu.«

Blohfeld taxierte ihn prüfend. Ihm schien dabei weder Pauls Dreitagebart noch die Ringe unter seinen Augen noch die Tatsache zu entgehen, dass er sich seit Tagen nicht die Haare gewaschen hatte. »Man könnte aber auch den Eindruck gewinnen, dass Sie selbst die eine oder andere Leiche im Keller haben«, sagte der Reporter schließlich.

»Sprechen Sie von meinen Hanfkulturen im Badezimmer? Oder von den Aktfotos der Mädels, die noch nicht ganz achtzehn waren, als ich sie fotografiert habe?«, fragte Paul bissig. »Wissen Sie«, setzte Paul nach kurzem Schweigen versöhnlich nach, »die Polizei erweckt bei mir nun mal automatisch negative Assoziationen. Wenn ich beim Autofahren eine Streife hinter mir kleben habe, frage ich mich sofort, ob ich richtig angeschnallt bin und ob das Verfallsdatum meines Erste-Hilfe-Koffers noch nicht abgelaufen ist. Und wenn ich mich mit einem von denen unterhalte, habe ich sofort das Gefühl, dass er mich wegen irgendetwas verdächtigt, und fühle mich schuldig.«

»Haben Sie dieses Problem schon einmal mit einem Psychiater diskutiert?«, scherzte Blohfeld.

Paul gab keine Antwort. Stattdessen lächelte er sein Gegenüber wissend an. Denn endlich war ihm eine Lösung für sein Problem eingefallen. Die Lösung war eine alte Schulbekanntschaft namens Blohm, die es seines Wissens inzwischen zur Staatsanwältin gebracht hatte.

Als er sich von Blohfeld verabschiedet hatte und nach Hause gefahren war, beschloss er, sich für die Mühsal der letzten Tage zunächst einmal ausführlich selbst zu belohnen: Er nahm sich eine Halbliterflasche Bier mit Bügelverschluss aus dem Kühlschrank und studierte aufmerksam das Etikett. Paul deckte sich in seinem Getränkemarkt in der Südstadt am liebsten mit ständig wechselnden Sorten ein, um von der fränkischen Biervielfalt gebührend zu profitieren. Dieses Mal hatte er ein dunkles Landbier aus der Nähe von Forchheim erwischt.

Paul goss sich ein, lehnte sich zurück und nahm den ersten Schluck.

Für einen ganz kurzen Augenblick befiel ihn ein schlechtes Gewissen, denn angesichts seiner knappen Kasse müsste er sich sein Bier eigentlich in Dosen vom Billigdiscounter holen. Aber er ließ diese Bedenken gar nicht erst ernsthaft in sich aufkeimen. Zugegeben, auf eine gewisse Art mochte er ein Snob sein. Na ja, seine Mutter hätte Paul und seine Wesensart wohl auf eine etwas andere Weise beschrieben: ziemlich oberflächlich und trotz seines durchaus als reif zu bezeichnenden Alters nicht erwachsen. Aber gerade das freute ihn und ließ ihn sich jünger fühlen.

Dazu passte auch sein Hang zum Laissez-faire – seine Mutter hätte es Apathie, Lethargie oder schlichtweg Faulheit genannt. Wie dem auch sei: Wenn ihn ein Aktmodell fragte, ob denn nie jemand in seiner Wohnung aufräumte, sagte er gern: »Doch, manchmal räumen die Mädchen bei mir auf, weil sie auf der Suche nach ihrem Slip sind.« Er verschwieg jedoch die Fortsetzung: »Meistens aber nur, weil ich ihnen Leid tue.« Außerdem war der Satz geklaut von Ernest Tidyman, doch er gefiel ihm, weil er auf ironische Weise den Kern seines Gefühlslebens traf – die Einsamkeit, die ihn mit jedem weiteren Lebensjahr mehr dominierte. Gedankenverloren nahm Paul einen weiteren Schluck. Er schämte sich nicht seiner Vorlieben und war oftmals stolz darauf, einen anderen Lebensweg eingeschlagen zu haben als die meisten seiner Bekannten. Aber eben nur manchmal. Denn der Druck schien mitunter unerträglich. Paul trug als Kinderloser nicht zum Generationenvertrag bei, über den man in letzter Zeit so unangenehm viel hörte. Er bekam dies nicht nur steuerlich zu spüren, sondern auch in Form versteckter Angriffe seiner längst verheirateten und erfolgreich fortgepflanzten Freunde aus Abiturzeiten.

Paul dachte sich angesichts schwerlich zu ändernder Perspektiven oftmals, dass es im Grunde genommen nur die Wahl zwischen asozialen Kinderlosen oder Asozialen mit mehr als drei Kindern gab. Leider sah er kaum eine Chance für sich, irgendwo zwischen diesen beiden Extremen einen Platz zu finden.

Immerhin hatte er es versucht, dachte er, während er sich nachgoss.

Seine Versuche, den goldenen Mittelweg zwischen Privat- und Berufsleben zu finden, waren gescheitert, weil es stets vermeintlich wichtigere Dinge für ihn gegeben hatte: Wenn es ihm in einer Beziehung zu eng wurde, sprich: wenn konkrete Zukunftspläne geschmiedet werden sollten, verspürte er plötzlich das dringende Bedürfnis zu verreisen. Wenn ein Job – was selten genug vorkam – einmal richtig lukrativ zu werden versprach, jedoch mit viel Arbeit verbunden gewesen wäre, stürzte Paul schlagartig in eine tiefe Schaffenskrise. Dieses Mal bestanden diese wichtigeren Dinge darin, ein Puzzle zu lösen. Paul grübelte lange darüber nach, warum er sich von den Geschehnissen der letzten Tage dermaßen in den Bann gezogen fühlte. Je mehr das Bier seine Gedanken beflügelte, desto mehr wunderte er sich über sich selbst und darüber, warum er so viel Energie in dieses Abenteuer steckte. Womöglich lag es an der Verquickung mit dem Namen Dürer?

In dieser Nacht schlief Paul tief und traumlos. Die zweite angebrochene Flasche Bügelbier wachte halb geleert neben seinem Sofa.

Noch immer unschlüssig über die Kräfte, die ihn mobilisierten, ging er am nächsten Morgen gut gelaunt und munter ins Bad und verließ nach spartanischem Frühstück seine Wohnung, um den Weg in den Nürnberger Justizpalast anzutreten. Wieder hatte ihn dieses unbestimmte Gefühl des Tatendrangs übermannt, und ihn trieb ein ähnlicher Adrenalinschub wie bei seinem illegalen Auftritt im Rotkreuzzentrum.

Die schweren, weißen Massen hielten kaum noch auf den Dächern, wenn sich ihnen kein Schneefang oder ein anderes Hindernis in den Weg stellte. Schnee klebte an Baumstämmen und Laternenmasten, an den Brückenbögen über der Pegnitz. Er verwischte die Linien der Wege und Straßen. Paul versuchte sich an seine Zeit als Abiturient zu erinnern, denn das waren auch seine letzten wirklich persönlichen Erinnerungen an diejenige, die er gleich treffen würde: Staatsanwältin Blohm, die er telefonisch um ein Treffen gebeten hatte.

Wie hatten sie damals zueinander gestanden?, fragte er sich. Paul hatte den Schulhof seines Gymnasiums plastisch vor Augen, und er dachte an die Pausen, in denen es nur zwei vordringliche Ziele gegeben hatte: einen Kakao am Kiosk des Hausmeisters zu erstehen und danach – während man den Kakao durch einen Strohhalm saugte – Ausschau nach den attraktivsten Bräuten zu halten. Im Verhältnis zwischen Teenagern gab es lediglich zwei Alternativen: Entweder war da was, oder es war eben nichts – beide Möglichkeiten brachten am Ende nur Probleme.

Die Typen, mit denen er es damals zu tun gehabt hatte, ließen sich relativ leicht einordnen. Da gab es die coolen Jungs mit den schlechten Noten, dafür aber guten Chancen bei den Mädchen. Während aus dieser Kategorie, zu der sich Paul ehrlicherweise selbst zählen musste, im späteren Berufsleben meistens nichts Vernünftiges geworden war, gab es auf der anderen Seite die eher Leisen, Zurückhaltenden und Unspektakulären, die weniger Spaß hatten, dafür aber gute Noten und die später zumeist eine beachtliche Karriere hinlegten.

Doch solange Paul auch darüber nachdachte, konnte er die Staatsanwältin nicht in diesem altbewährten Muster unterbringen. Sicher wusste er bloß noch, dass sie ein sehr freundliches und sehr blondes Mädchen gewesen war, weder besonders strebsam noch besonders sexy – aber ansonsten? Der einzige ganz konkrete Bezugspunkt während ihrer gemeinsamen Schulzeit war ein Nachmittag irgendwann im Herbst gewesen, an dem sie sich durch Zufall in einem Café getroffen hatten und bei einer Tasse Milchkaffee ein paar Worte miteinander gewechselt hatten. Paul hatte diesen Nachmittag angenehm in Erinnerung behalten, und er wusste sogar noch, dass *In the Air Tonight* von Phil Collins im Hintergrund gelaufen war.

Jetzt hätte Paul seine alte Schulfreundin im ersten Moment beinahe gar nicht erkannt, als er sie im U-Bahnhof Bärenschanze traf: Staatsanwältin Blohm kräuselte missbilligend ihre zart geschnittene Nase, als es eine Flocke wagte, sich auf ihr niederzulassen. Beide grüßten sich per Handschlag.

»Tag, Paul«, sagte sie zurückhaltend und ließ das obligatorische »Lange nicht gesehen« folgen.

»Ja, höchstens mal aus der Ferne bei Fototerminen im Gericht«, sagte Paul mit unverbindlichem Smalltalk-Lächeln. Es war schwer, auf Anhieb wieder an das Gefühl der Vertrautheit aus Schulzeiten anzuknüpfen.

Der Staatsanwältin schien es ähnlich zu gehen. Auch sie druckste herum. »Na ja, jetzt haben wir ja etwas Zeit, um uns mal wieder zu unterhalten.« Sie zog ihren Kragen enger zusammen. »Aber nicht hier in dieser Kälte. Beeilen wir uns, in mein Büro zu kommen.«

Pauls Ex-Schulkameradin setzte einen resoluten Gesichtsausdruck auf und schnürte den Gürtel ihres schmal geschnittenen Mantels fest zusammen, bevor sie – mit Paul im Schlepptau – die U-Bahnstation verließ und sich auf dem Weg zum Justizpalast vollends der Willkür dieses unbarmherzig hartnäckigen Winters auslieferte.

Der riesige Bau begrüßte die beiden grimmig und finster. Sie passierten das baumhohe schmiedeeiserne Tor, das sie auf den schlecht gekehrten Hof des Justizgebäudes führte.

Paul versuchte, seine Erinnerungen weiter aufzufrischen: Er hatte die Staatsanwältin, als sie noch keine Staatsanwältin war, alles in allem als etwas unscheinbar im Gedächtnis behalten. Sie war – trotz ihrer langen blonden Haare und der bewegten, wasserblauen Augen – nie eine gewesen, nach der sich die Jungs die Hälse verrenkt hatten. Paul hatte jedoch ihre sanfte und faire Art den Mitschülern gegenüber positiv im Gedächtnis behalten.

Ansonsten wusste er so gut wie nichts über sie. Außer, dass sie irgendwann zum Studieren nach München gezogen war, woraufhin der Kontakt vollends abgerissen war.

Vor etwas mehr als drei Jahren hatten sie sich bei einem Gerichtstermin erstmals wieder gesehen. Er hatte damals im Auftrag von Blohfeld Fotos eines Schwurgerichtsprozesses gemacht. Bis auf solche Ausnahmen hatte Funkstille zwischen ihnen geherrscht.

Frau Blohm (ihren Vornamen verschwieg sie, wenn nur irgend möglich, und hatte es nach Pauls Einschätzung ihren Eltern niemals verziehen, ihn überhaupt erhalten zu haben) grüßte den Pförtner mit einem kaum wahrnehmbaren Nicken. Paul schätzte sie nicht als unhöflichen Menschen ein. Sie hatte es sich wohl lediglich zur Angewohnheit gemacht, in diesem Gebäude so wenig menschliche Regung wie möglich zu zeigen. Paul dachte sich, dass sie in einem Schlangennest arbeitete und es einige der älteren Kollegen nicht ungern sehen würden, wenn sie sich eine Blöße geben würde.

Er nutzte den langen Weg durch die irrgartenähnlichen Gerichtsflure, um sie auf seinen aktuellen Informationsstand zu bringen. Sie zeigte sich verhalten interessiert und sagte, dass er seine Fotos und Negative so schnell wie möglich bei ihr abzuliefern hätte.

Paul war überrascht und fast auch ein wenig gekränkt über ihre unpersönliche, resolute Art. Doch er rief sich selbst zur Ordnung: Was hatte er denn erwartet nach fast zwanzig Jahren? Im Grunde war er ja ein Unbekannter für sie.

Sie erreichten ihr Büro, wo sie ihren Mantel ablegte und ihr Kostüm sorgfältig glatt strich. Sie setzte sich an ihren Schreibtisch, schaltete den Computer ein. Während Paul sich einen Stuhl heranzog, überflog sie kurz die eingegangenen E-Mails und schloss dann ihre Schreibtischschublade auf, aus der sie einen mattgrünen Aktenordner nahm. Sie legte ihn vor sich auf den Schreibtisch und schlug ihn auf.

»Ich weiß gar nicht, warum ich mich darauf einlasse«, sagte sie kühl.

»Weil du ebenso an der Wahrheit interessiert bist wie ich«, beeilte sich Paul zu erklären.

»Ein Unfall ist ein Unfall.«

… ist ein Unfall ist ein Unfall ist ein Unfall …, setzte Paul in Gedanken fort. Laut sagte er entschieden: »Eben nicht. Ich glaube immer weniger daran. Wenn ich dich richtig einschätze, tust du es auch nicht.«

Er sah, wie sie ihre Augen zusammenkniff. Paul war sich der Schwäche seiner Argumentationsbasis bewusst. Dennoch war er fest entschlossen, sich für seine Sache stark zu machen.

»Also gut«, sagte sie schließlich, »deine Beobachtungen scheinen mir recht wichtig zu sein. Der Sturz in die Pegnitz hat auch uns auf Anhieb stutzig gemacht. Die Routine sieht in solchen Fällen zunächst einmal einen Drogentest vor.« Die Staatsanwältin wandte sich ihren Unterlagen zu. Auf einem DIN-A4-Bogen waren drei Kurvendiagramme abgebildet, die sie ihm in knappen, zögerlichen Worten erläuterte: »Wir haben hier drei Infrarotabsorptionsspektren zum Nachweis der gängigsten Konsumdrogen.« Sie schob sich das Blatt zurecht, so dass der Kegel ihres Schreibtischlichts direkt darauf fiel. Doch die Kurven blieben enttäuschend flach.

Paul schaute aufmerksam hin. Ganz bewusst wandte er ihr seine linke Seite zu, die – wie er sich einbildete – markanter wirkte und eine Entschiedenheit ausstrahlte, mit der er sie zum Weiterreden animieren musste. Denn es war ja alles andere als selbstverständlich, dass sie so offen mit ihm sprach.

»Helmut Densdorf hat – es führt kein Weg daran vorbei – schlicht und einfach nur getrunken«, sagte sie ihrem enttäuschten Besucher. »Das allerdings in erheblichem Umfang. Die Konzentration lag bei über drei Promille, als der Amtsleiter in die Pegnitz stürzte.« Diese maßgebliche Erkenntnis ging aus einem vierten Diagramm hervor: »ein Infrarotabsorptionsspektrum zur Ermittlung der Herkunft des Ethanols, sprich: des Alkohols. Der Glühwein hatte zwar Anteil an Densdorfs hohem Promillewert, aber den entscheidenden Kick musste sich der Verstorbene anderweitig geholt haben.« Sie erläuterte, dass eine verdampfte Blutprobe durch einen Gaschromatographen geleitet worden war. Das Chromatogramm hatte die verschiedenen chemischen Komponenten im Blut und ihre Konzentrationen aufgezeigt. Demnach war Schnaps der ausschlaggebende Faktor gewesen: hoch konzentrierter Ethylalkohol aus dem Schnapsglas oder aber als Schuss im Glühwein, folgerte Paul.

Sie schlug die Akte zu und nahm einen Umschlag aus der Schublade, dessen Inhalt sie nun auf die Schreibtischplatte schüttete. Vor ihnen lagen die Fotos vom Unglücksort. Der erschlaffte Körper des übergewichtigen Densdorf, die Kleider vom eisigen Wasser durchtränkt, das feiste Gesicht violett-blau angelaufen und mit kirschroten Linien überzogen. Die Augen halb geschlossen wie in alkoholbedingter Umnachtung.

Die Fotos der Spurensicherung konnten nach Pauls Erinnerung erst entstanden sein, nachdem die Sanitäter vor Ort gewesen waren und zu retten versucht hatten, was nicht mehr zu retten war. Wertvolle Spuren und Hinweise waren dadurch vernichtet worden. Seine eigenen Aufnahmen hatten weit mehr Aussagekraft.

Die Staatsanwältin straffte die Schultern. Sie wirkte angespannt. »Warum sage ich dir das eigentlich alles?«

Paul spürte, dass ihm die Röte ins Gesicht stieg. Das leichte Spiel war schneller beendet als vorgesehen. Ihm blieb wenig Zeit, um nach einer überzeugenden Antwort zu suchen: »Weil du mich schon in der Schule unwiderstehlich gefunden hast und mir nie einen Wunsch abschlagen würdest?«

Sie lächelte ihn an. Herzlich und sichtlich amüsiert. »Ich kann nicht leugnen, dass du noch immer ziemlich attraktiv bist«, gab sie prompt zurück. »Du bist ein Frauentyp, Paul. Aber meine Hormone habe ich fest im Griff.«

Abermals spürte Paul, dass er rot wurde.

»Ich habe dich damals für vertrauenswürdig gehalten, und ich tue es noch heute«, setzte sie fort. »Im Übrigen ist es tatsächlich so, dass du bisher der Einzige bist, der ebenso wie ich nicht an einen Unfall glauben mag. Die Polizei stellt zwar gewisse Ermittlungen an, aber die sind halbherzig und wenig zielführend. Es gibt nicht einmal eine Sonderkommission für den Fall.«

Gewisse Ermittlungen, wiederholte Paul in Gedanken. Jetzt war die Katze also aus dem Sack! Paul fühlte einen leichten Schauder. »Ja, ich habe schon davon gehört«, sagte er interessiert.

Sie nickte. »Tatsache ist: Es gibt keinerlei konkrete Beweise und trotz der vielen Passanten leider keine verwertbare Zeugenaussage.«

Paul war gespannt auf das »Aber«. »Was lässt dich also an der Unfalltheorie zweifeln?«, erkundigte er sich mit einem mühsam unterdrückten, drängenden Unterton.

Seine alte Schulfreundin strahlte ihn mit jenem teils selbstbewussten, teils ein wenig linkischen Lächeln an, das er von ihr noch aus Teenagerzeiten in Erinnerung hatte. Sie sagte: »Ich habe veranlasst, den Sturz von der Brückenbrüstung zu rekonstruieren.«

»Ihr habt den Todessturz nachgestellt?«, fragte Paul verblüfft, denn davon hatte offensichtlich selbst der rundum informierte Blohfeld bislang nichts mitbekommen.

»Ja«, bestätigte sie, »sehr dezent allerdings, denn für weitergehende Ermittlungen fehlt uns das grüne Licht des Oberstaatsanwalts. Der hält nämlich nichts von meinen Verschwörungstheorien«, sagte sie mit milder Selbstironie.

Paul lächelte sie an. Gern hätte er ihr jetzt spontan einen Kakao vom Hausmeisterkiosk ausgegeben, ganz wie in alten Zeiten. »Das ist ja wohl etwas übertrieben«, sagte er dann freundlich. »Zu einer Verschwörungstheorie bedarf es ein wenig mehr.«

»Ich bin ja noch nicht am Ende«, sagte die Staatsanwältin. »Der Fall Densdorf ist leider nicht der einzige, bei dem eins und eins nicht zwei ergibt.« Sie sprach nicht weiter, sondern sah ihn an, als würde sie mitten im Gespräch gemerkt haben, dass sie in ihrer Offenheit zu weit gegangen war.

Paul lehnte sich zurück und streckte die Beine aus. Er gab sich Mühe, lässig und entspannt zu wirken.

Sie nahm den Faden wieder auf. »Was soll's«, sagte sie. »Wir sind hier unter uns. Falls du vorhaben solltest, irgendetwas von dem, was ich dir erzähle, an die Presse weiterzuleiten, leugne ich sowieso, jemals mit dir gesprochen zu haben.«

Paul behielt seine betont entspannte Haltung mühsam bei und wiegte den Kopf. »Du spielst auf Blohfeld an, habe ich Recht?«

Sie nickte und musterte ihn dabei aufmerksam: »Ich habe schon vermutet, dass du wieder für ihn arbeitest.« Sie schaute ihm direkt in die Augen und sagte dann scharf: »Ich kann diese Art von Reportern nicht ausstehen. Blohfeld ist meiner Meinung nach nicht vertrauenswürdig.«

»Er hat eine ziemlich schroffe Art«, räumte Paul ein. »Aber ich kann nicht behaupten, jemals schlechte Erfahrungen mit ihm gemacht zu haben. Er hält Wort.«

Der Blick der Staatsanwältin blieb misstrauisch. »Wie dem auch sei. Halte deinen Reporterfreund da bitte vorerst heraus.«

Paul stimmte zögernd zu. »Abgemacht. – Also, ich höre!«

Die Staatsanwältin räusperte sich. »Es gibt noch einen zweiten Unfall, an dem möglicherweise etwas faul ist«, sagte sie.

Paul konnte sich denken, worauf sie anspielte. Im Nu saß er wieder aufrecht im Stuhl: »Du sprichst vom Dürerhaus. Von dem Arbeitsunfall …«

»Arbeitsunfall … ja«, wiederholte sie bedeutungsvoll und hob provozierend die Brauen. »So kann man es mit viel Phantasie aussehen lassen. – Aber es gibt auch hier Ungereimtheiten.«

Abermals schien sie zu zögern und darüber nachzudenken, ob sie Paul nicht besser hinausschicken sollte. Doch er nickte ihr beschwörend zu.

»Der Schreiner ist an schwersten inneren Verletzungen gestorben. Um sich diese zuzuziehen, hätte er nacheinander von einem Dachbalken erschlagen werden, die Treppen hinunterstürzen und einen Stoß Dachziegel auf den Kopf bekommen müssen.« Sie legte eine Pause ein. »Der Mann war seit über dreißig Jahren im Beruf. Und dann stirbt er ausgerechnet auf dem Bau?«

Paul wurde von einer tiefgreifenden Unruhe erfasst. Einerseits war er dankbar, dass sie ihn an diesen Informationen teilhaben ließ. Andererseits wurde er mehr und mehr zum Mitwisser in einer bizarren Angelegenheit, die kein gutes Ende haben würde. Konnte es nicht doch einfachere Erklärungsmodelle geben? »Vielleicht war es Nachlässigkeit, gerade weil all die Jahre nie etwas passiert ist und er in seiner Routine übermütig geworden war.«

»Den Gedanken hatte ich zunächst auch. Aber es gibt Anhaltspunkte, die einen zweifeln lassen.«

»Mach es nicht so spannend.« Paul trommelte ungeduldig mit den Fingern auf die Schreibtischplatte.

»Erstens war er hoch verschuldet. Um präzise zu sein: Er stand kurz vor der Insolvenz.«

»Du denkst an Selbstmord?«

»Augenblick bitte. Warte mein Zweitens ab: Es konnten Spuren von Haaren und Fasern sichergestellt werden.«

Paul wusste jetzt zweifelsfrei, dass er eine Verbündete gefunden hatte. Noch dazu eine, die im Gegensatz zu Blohfeld auf der richtigen Seite des Gesetzes stand. Dann aber machte er einen Fehler. Einen entscheidenden, über den sich Paul im Nachhinein maßlos ärgerte: »Okay. Ich bin gespannt auf die Einzelheiten, *Katinka*.«

Eine ausdrucksvolle Strenge breitete sich auf ihrem Gesicht aus. Sie schob ihren Stuhl zurück, stand auf und ging zur Tür.

Paul fragte hektisch: »Wirst du mir etwas über diese Spuren erzählen?«

Katinka stand bereits im Flur. »Wohl kaum.«

Paul überlegte fieberhaft, wie er sie doch noch mit seinem Charme einwickeln könnte.

»Wenn du mich jetzt fragst, ob ich heute Abend schon etwas vorhabe, dann sage ich dir erst recht nichts«, fügte sie hinzu.

Paul zuckte ertappt zusammen und sagte beschwichtigend: »Entschuldige. Ich hatte nicht vor, dich um den Finger zu wickeln.«

»Nein?« Sie blieb stehen, neigte den Kopf und lächelte ihn an. Als könnte sie Pauls Gedanken lesen, erkundigte sie sich mit Unschuldsmiene: »Hat dir schon mal jemand gesagt, dass du aussiehst wie dieser Filmschauspieler?«

»Dustin Hoffman?«, witzelte Paul.

»Nein, nein.«

»Peter Falk?«

Katinka Blohm stemmte die Fäuste in ihre Hüften und schaute zu ihm auf. »Nein, du hast da so eine angedeutete Ähnlichkeit: Die Augen immer ein wenig von dunklen Furchen umschattet, das Haar verstrubbelt. Diese frechen, feinen Linien um den Mund – sie spotten der Welt.« Ihre Brauen zogen sich zusammen, während sie ihn weiter eingehend musterte. »Dann ist da noch eine gewisse Kaltblütigkeit in deinen Augen. Ich würde sagen, das ergibt eine Mischung aus Alain Delon und George …«

»Clooney«, vollendete Paul den Satz. »Danke. Das höre ich fortwährend. Ich frage mich, wann Hollywood anruft, um mich zu engagieren.«

»Egal. Es hilft dir ohnehin nicht weiter.«

»Wieso?«, fragte Paul überrascht.

»Weil ich dir deshalb nicht eine einzige zusätzliche Information geben werde. Selbst wenn du der echte George Clooney wärst.« Sie reichte ihm die Hand. »Bis demnächst. Recherchiere meinetwegen weiter, wenn du unbedingt willst, aber lass um Himmels willen Blohfeld aus dem Spiel.«

6

Paul wusste, wann es Probleme gab. Er konnte anstehenden Ärger wittern. Und genau das tat er, als er von seinem Besuch bei Katinka Blohm zurück zum Weinmarkt kam. Er ahnte, dass sich seine persönlichen Vorbehalte gegenüber der Polizei in Kürze bestätigen und verfestigen würden. In der aufflackernden Sorge suchte er nach einem Fluchtweg, doch es war bereits zu spät:

»Grüß Gott!«, sagte der Uniformierte, der sich ihm in den Weg stellte.

»Grüße Sie«, Pauls Erwiderung war mehr gezischt als gesprochen und fiel schärfer aus, als beabsichtigt.

»Ist das Ihr Kastenwagen dort drüben, der blaue?«, der hochgewachsene, klapperdürre Polizist mit pickelübersätem Pubertätsgesicht bemühte sich, unter seiner wenig modischen Brille ein möglichst hohes Maß an Souveränität auszustrahlen.

»Aber das wissen Sie doch«, sagte Paul und nahm die Schärfe aus dem Ton. »Im Übrigen ist es kein Kastenwagen, sondern ein ganz normales Auto.«

»Er hat hinten diesen großen Aufbau drauf«, der Polizist wedelte wie zur Bestätigung seiner Worte mit den schlaksigen Armen in Richtung des Wagens, und das bisschen Autorität, das er aufgebaut hatte, verflog angesichts dieser erbärmlichen Geste.

»Es ist ein handelsüblicher Renault mit Laderaum.«

»Ja«, sagte der Beamte knapp, und seine Augenlider flackerten bedenklich. »Aber« – und dieses Aber zog er in der Betonung bis an die Grenze der Lächerlichkeit. »Aber dieses – wie Sie sagen – handelsübliche Automobil steht im Halteverbot.«

Paul musterte den Kontaktbeamten, und er wusste, dass sich der junge Kerl irgendwie profilieren musste in einem

Stadtteil, der so ruhig war, dass er eigentlich keinen Polizisten benötigte. Betont gelassen sagte er: »Sie wissen, dass ich Anwohner bin.«

»Erstens heißt es nach einer Grundsatzentscheidung des Deutschen Städtetages neuerdings Be- und nicht mehr Anwohner«, musste sich Paul belehren lassen. »Und zweitens: Warum liegt keine Parkberechtigungskarte für Bewohner im Wagen?«

»Liegt sie doch!«

»Nein, ich habe nachgeschaut und keine gesehen.«

»Dann ist sie vielleicht runtergerutscht. Oder es liegt etwas drauf«, Paul spürte seinen Unmut wieder aufkommen. Aber diese sture Beamtenseele war offenbar nicht bereit, ihn ziehen zu lassen:

»Keine Parkberechtigungskarte bedeutet: keine Parkberechtigung«, er zückte seinen Strafzettelblock, als ein schäbiger weißer Lieferwagen mit lautem Gedröhn um die Ecke bog. Das Auto fuhr viel zu schnell für die engen Gassen, und als der Wagen an ihnen vorbeischoss, spritzte ihnen Schneematsch an die Hosen.

Der Kontaktbeamte wandte sich augenblicklich von Paul ab. Dessen Laune besserte sich schlagartig, wusste er doch, was ihn als Nächstes erwartete.

Er folgte dem Polizisten bis vor den *Goldenen Ritter*, wo der Lieferwagen jetzt mit aufgerissenen Türen stand und ein flinker, untersetzter Mann damit beschäftigt war, Kisten voller Salat, sonstigem Gemüse und Champagnerflaschen abzuladen. Paul blieb einige Meter zurück und verfolgte voller Genugtuung den heftigen Disput, der sich zwischen dem Kontaktbeamten und dem Wirt des Restaurants entspann. Paul fiel auf, dass der Wirt während der gesamten Auseinandersetzung weiterschuftete, der stur auf einem Fleck stehende Polizist aber augenscheinlich mehr Energie verbrauchte. Entnervt, demoralisiert und noch immer den Strafzettelblock schwingend, zog er schließlich ab, stolperte über einen durch den Frost herausgetriebenen Pflasterstein und verschwand leise fluchend in der nächsten Gasse.

Noch immer wütend stieß Jan-Patrick einige unübersetzbare fränkische Beleidigungen aus. Seine dunklen Augen funkelten böse über die selbstbewusste Nase hinweg.

»Was steht heute Abend bei euch auf der Speisekarte?«, fragte Paul in der Absicht, den Chefkoch des *Goldenen Ritters* zu besänftigen.

Tatsächlich hielt Jan-Patrick inne. Er stützte sich auf eine Salatkiste, spitzte die Lippen und zählte im Säuselton auf (die Weinempfehlungen nannte er jeweils eine Oktave tiefer): »Zunächst ein frischer Feldsalat aus dem Knoblauchsland mit knusprigen Buttercroutons, dann Entenbrust an Rosmarinsauce mit Kloß und Rotkraut und zum Abschluss Lebkuchenparfait mit Glühweinsabayon. Ich werde dazu einen gehaltvollen fränkischen Roten des Jahrgangs 2003 anbieten und alternativ einen Silvaner: Volkacher Trocken.« Er sog die eiskalte Winterluft in seine Lungen, als stände er im lauen Sommerwind inmitten der Reben eines unterfränkischen Weinbergs. »Vielleicht lassen wir das Menü doch lieber mit marinierten Erdbeeren und Sauerrahmeis ausklingen.«

»Hört sich verführerisch an«, Paul hörte seinen Magen leise grummeln. »Wie immer.«

»Du bist eingeladen. – Wie immer.« Jan-Patrick grinste breit, und sein Mund schien mit mehr blitzblanken weißen Zähnen ausgefüllt zu sein, als dies anatomisch überhaupt möglich war.

Paul wandte sich dem Lieferwagen zu, stapelte zwei Kisten mit knackig frischen Tomaten aufeinander und folgte dem Koch ins Innere des schmalen Fachwerkhauses, das – durch seine Architektur geprägt – eigentlich urfränkisch war, aber von der Atmosphäre, die es atmete, durchaus einen französischen Touch hatte. Die Küche lag gleich im Eingangsbereich. Gläserne Kühlvitrinen ermöglichten es jedem Gast, sich von der Frische der Ware schon beim Eintreten zu überzeugen. Kellnerin Marlen war gerade dabei, in kleine Stücke gehauenes Eis in den Auslagen zu verteilen. In diesem Eisbett würden später säuberlich ausgenommene Flussbarben, Barsche, Goldbrassen, Forellen und Zander liegen.

»Dieser Bull-, äh, Polizist . . .«, schimpfte Jan-Patrick.

Paul genoss es, mit welchem Vergnügen und welcher Vehemenz Jan-Patrick seinen Standpunkt verteidigte und sich in nichtige Details hineinsteigern konnte. Manchmal fragte er sich freilich, was bloße Fassade war und was den echten Jan-Patrick ausmachte.

Der Koch griff sich ein Büschel Kräuter, säuberte es unter sprudelndem Wasser und begann, die Blätter in wahnwitzigem Tempo mit einem sicherlich höllisch scharfen Messer zu hacken. Paul wurde allein vom Zugucken angst und bange. »Er sollte sich lieber mit den Morden befassen, statt unsere Arbeit zu blockieren«, wetterte Jan-Patrick weiter über den Polizisten.

»Morde?«, Paul hatte die willkommene Abwechslung vom düsteren Thema Densdorf gerade zu genießen begonnen, da sprach ausgerechnet Jan-Patrick die Sache wieder an. Paul beugte sich zu einem verführerisch verschnürten Block Hartkäse herab und schnupperte erwartungsvoll daran, doch er konnte all den Köstlichkeiten in diesem Moment nichts mehr abgewinnen. »Ich weiß nur etwas von Unfällen«, log er, weil er spontan nicht einzuschätzen vermochte, wie weit er Jan-Patrick ins Bild setzen sollte. Schließlich hatte er Katinka gegenüber Vertraulichkeit gelobt.

»Unsinn!«, Jan-Patricks Bewegungen mit dem Messer wurden noch schneller, blieben jedoch präzise, »zwei Tote, zwei Motive für Mord.«

Paul ließ den Käse Käse sein und richtete sich auf. »Du sprichst von Helmut Densdorf und dem Toten im Dürerhaus, ja?«

Jan-Patrick nickte. »Es ist ganz einfach. Ich verstehe gar nicht, warum die Presse das nicht schreibt: Jeder weiß von den Affären, die Densdorf hatte. Seine letzte war die Frau des Schreiners.«

»Was?« Paul war fassungslos. Warum hatte er davon bisher nichts gehört? Warum hatte Katinka ihm davon nichts erzählt?

»Der Schreiner stellt ihn zur Rede«, folgerte Jan-Patrick weiter. »Es kommt zum Streit. Dann erschlägt ihn Densdorf. Anschließend rächt wiederum die Witwe des Schreiners ihren Mann und bringt Densdorf um.«

»Moment, Moment, nicht so schnell«, bremste Paul den kochenden Sherlock Holmes. »Woher weißt du von der Affäre zwischen Densdorf und der Schreinerwitwe?«

»Von nirgendwo her«, sagte Jan-Patrick, »ich habe mir das eben gedacht.«

»Gedacht? Du meinst ausgedacht?«, fragte Paul ungeduldig.

»Ja«, sagte der Koch knapp, »aber es könnte durchaus so gewesen sein.« Er strich die klein gehackten Kräuter vom Brett in ein blank geputztes Edelstahlschälchen und hob dann nachdenklich den Kopf. »Vielleicht sollte ich zum zweiten Gang doch besser den Ruppertsberger Gaisböhl Riesling Spätlese anbieten. Meine Kunden bevorzugen das Exquisite, selbst wenn es einmal nicht echt fränkisch ist.«

Paul schmunzelte über die Phantasie seines Bekannten. Er konnte es kaum ablehnen, sich vom Meister auf eine kleine Zwischenmahlzeit einladen zu lassen. Bei einem gemischten Vorspeisenteller, der für eine ganze Familie gereicht hätte, und einem Achtel vom Hauswein sah er seinem Nachbarn nun schon wieder guter Dinge bei der Küchenarbeit zu. »Vortrefflich«, murmelte er kauend, und seine Gedanken blieben rosig und unbeschwert, bis sich Jan-Patrick die Hände an der Schürze abwischte und stirnrunzelnd ein abgegriffenes DIN-A4-Ringbuch unter dem Tresen hervorzog.

»Dieser Auftrag«, murmelte er, »am liebsten würde ich ihn absagen.«

»Belieferst du wieder eine Party?«, fragte Paul unbedarft.

»Nein«, Jan-Patrick fuhr sich mit dem Finger um die große Nase. Er stützte sich auf den Tresen und studierte die Zeilen in seinem Auftragsbuch, die ihm ganz offensichtlich Kopfzerbrechen bereiteten. »Nein, keine von diesen harmlosen Partys«, wiederholte er.

Paul schmatzte lautstark beim Genuss hausgemachter Kürbisgnocchi in Salbeibutter. »Was bedrückt dich, oh Zauberer der wunderbaren Küchenkünste?«, der Wein, ein kräftiger Vertreter seiner Gattung, hatte ihn beschwipst.

»Ich beliefere das Einweihungsfest vom Dürerhaus.«

»Oh«, Paul war plötzlich wieder nüchtern.

»Ja: Oh. Das ist der passende Kommentar.«

»Wird das Fest nicht verschoben? Erst der Tod des Handwerkers – und dann ist auch noch der Gastgeber selbst, ähm, verschieden.«

»Wer ein Fünkchen Pietät besitzt, würde genauso denken«, sagte der Koch verdrießlich.

»Aber?«, Paul legte eine Gabel mit Gnocchi zurück aufs Porzellan.

»In einem halben Jahr ist Kommunalwahl. Das Dürerhaus ist ein Aushängeschild, mit dem sich die Stadtspitze schmücken will. Da darf es keine Verzögerungen geben. So einfach ist das.«

Paul sinnierte einige Augenblicke vor sich hin, während sich Jan-Patrick wieder seiner Arbeit zuwandte. »Was willst du den hohen Herren auffahren?«

»Irgendetwas mit Flusskrebs«, nuschelte Jan-Patrick.

»Irgendetwas? Eine so profane Auskunft in Bezug auf Nahrungsmittel, die Krönung der Schöpfung, hätte ich von dir nicht erwartet«, Paul war erstaunt.

»Der alte Dürer war angeblich Flusskrebsfan. Hat die Viecher verschlungen wie Erdnussflips.«

»Ist ja auch eine Köstlichkeit.«

Jan-Patrick machte eine wegwerfende Bewegung: »Arme-Leute-Essen.«

»Bitte? Flusskrebs ist selten – und total lecker, wenn du ausnahmsweise mal meinen laienhaften Geschmack gelten lässt!«

»Zu Dürers Zeiten waren unsere Flüsse gestopft voll mit dem Zeug. Die dummen Schalentiere galten als Plage, und das zu Recht.«

»Verstehe«, sagte Paul lächelnd und wohlwissend, dass eine weitere Diskussion hier sinnlos war. »Weißt du«, kam er zurück auf den Grund der beiderseitigen Beklommenheit, »ich habe Densdorf zwar nicht näher gekannt, aber noch kurz vor seinem Tod für ihn gearbeitet.«

»So?«

»Ja, ich habe am Abend seines Todes an einem Auftrag von ihm gearbeitet. Auf dem Christkindlesmarkt. So makaber das klingt, aber er ist sogar selbst auf einem der Filme, die ich verschossen habe.«

Jan-Patrick legte sein Arbeitsgerät beiseite und reinigte seine Hände. »Ich kann nicht behaupten, dass mir sein Tod nahe geht.« Seine Augen verengten sich, als er sagte: »Es ist zwar unappetitlich, zu einem solchen Zeitpunkt die Wiedereröffnung des Dürerhauses zu feiern. Aber Densdorf weine ich keine Träne nach.«

Paul fiel die Sache von damals viel zu spät ein, als dass er das Ruder noch herumreißen hätte können. »Tut mir Leid, ich hatte völlig vergessen ...«

Jan-Patrick straffte die Schultern. »Schon gut. Das mit Verena und mir wäre wahrscheinlich so oder so auseinander gegangen.«

Sie war die Liebe deines Lebens. Und das weißt du genau! Paul verkniff es sich, diese beiden Sätze auszusprechen. Stattdessen schob er den halb geleerten Teller beiseite, rückte den Stuhl zurück und hob zu einer Verabschiedung an: »Die Geschichte liegt fünf Jahre zurück.«

»Sechs Jahre.«

»Na, siehst du: umso besser«, er reichte dem Küchenchef die Hand. »Ich muss los.«

Jan-Patrick blieb wie erstarrt vor seiner Arbeitsplatte stehen. »Densdorf hat sie mir ausgespannt.«

»Ja, aber inzwischen ist längst Gras über ...«

»Er hat es eiskalt in Kauf genommen, dass ich sie dabei erwische.«

»Jan-Patrick, vergiss die Sache. Sie ist es nicht wert. Nicht nach all den Jahren!«

»Genau hier haben sie es getan! Musste es ausgerechnet dieses dicke, unsympathische Schwein sein? Ich kann meine Verena noch immer nicht verstehen.«

Paul umrundete den ausladenden Küchentisch im Eilschritt und legte seine Arme um die Schultern seines Nachbarn. »Komm zurück auf den Teppich. Deine Verena war nicht die Jungfrau von Orléans.«

»Ich habe sie geliebt«, beharrte Jan-Patrick, und tiefe Falten zeichneten sich um seinen Mund ab. »Densdorf hatte einen durch und durch miesen Charakter. Er hat sich einen Spaß daraus gemacht, anderen Leuten die Frauen auszuspannen. Für ihn waren sie nur interessant, solange sie gebunden waren. Und danach«, er hob anklagend die Brauen, »hat er sie fallen gelassen. – Aber nun hat er bekommen, was er verdient. Das war die Rache des Schicksals.«

Paul musste noch zwei weitere Achtel leeren, bis er den Küchenchef endlich aus seinen finsteren Gedanken reißen konnte. Schließlich sagte Jan-Patrick etwas, das Paul überraschte, aber auch neue Möglichkeiten erschloss – zumindest dann, wenn die Stadt noch keinen anderen Fotografen für diesen bedeutsamen Tag engagiert haben sollte: »Möchtest du mich auf die Dürerhaus-Eröffnung begleiten und ein paar Fotos schießen? Soviel ich weiß, suchen sie gerade nach jemandem, der die Eröffnungsfeierlichkeiten dokumentiert.«

»Selbstverständlich«, sagte Paul ohne jedes Zögern, wobei sich nicht nur der Geschäftsmann in ihm die Hände rieb.

Schon deutlich besser gelaunt und leicht beschwipst steuerte er auf den Ausgang des Lokals zu. Marlen ergänzte die eisgekühlte Auslage im Eingangsbereich gerade um einen besonders prächtigen Heilbutt, als Paul noch einmal stehen blieb, weil ihm seit einer halben Stunde eine Frage nicht mehr aus dem Kopf ging:

»Sag mal, Marlen: Du kanntest Densdorf doch auch«, begann er vorsichtig.

Marlen lächelte wie immer charmant, aber unverbindlich: »Sicher.«

Paul stützte sich mit seinen Ellbogen auf der Vitrine ab. »Kann ich dich etwas fragen?«

»Sicher«, wiederholte Marlen, wobei ihr Grinsen breiter wurde.

Paul suchte nach den richtigen Worten und begann: »Densdorf war – trotz seines Jobs und seiner gesellschaftlichen Stellung – im Grunde genommen ein dickes, abstoßendes Ekelpaket. Wie um alles in der Welt kommt es, dass sich offensichtlich die komplette Nürnberger Damenwelt mit ihm eingelassen hat?«

»Moment, Moment«, wehrte Marlen mit neckischem Kichern ab, »nicht die komplette Damenwelt. Einige von uns haben Geschmack.«

Paul erwiderte ihr Lächeln. »Aber im Ernst: Kannst du mir sagen, was dieser Antityp an sich hatte?«

Marlen wurde ernster. »Ach, Paul«, sagte sie mit gedämpfter Stimme. »Es ist doch immer wieder das alte Spiel: Macht macht nun mal sexy. Und Macht hatte Densdorf in seiner Position mehr als genug. Außerdem sah man ihn dauernd in der Zeitung, was seine Anziehungskraft auf die eine oder andere bestimmt auch gefördert hat.«

»Das kann aber doch nicht alles gewesen sein«, zweifelte Paul.

»Ich denke, der entscheidende Punkt war seine enorme Selbstsicherheit. Densdorf war ein Mann, dem man einfach alles zugetraut hat. Er war jemand, der nicht lange gefragt hat, sondern handelte.«

»Du sprichst von Charisma«, folgerte Paul.

»Ja«, sagte Marlen bestimmt, »wenn einer Charisma gehabt hat, dann war es Densdorf.«

7

Der Schwung, mit dem er die Öffnung des After-Shave-Flakons über seine Handfläche hielt, ließ diese in *Égoiste* von Chanel ertrinken. Warum mussten die Dosieröffnungen bloß immer so überdimensioniert sein? Wohl, um den Verbrauch zu steigern, argwöhnte Paul. Er klatschte den Duft auf seine Wangen und betrachtete sich im Spiegel über dem Waschbecken seines Badezimmers.

Er posierte ein wenig vor sich selbst und setzte dabei ein überzogenes Zahnpastalächeln auf. Eigentlich gar nicht so schlecht, was er da sah. Dennoch stimmten ihn die grauen Haare mehr und mehr nachdenklich. Sie mochten ja auf einige Frauen interessant wirken. Trotzdem waren sie in erster Linie ein Zeichen des nahenden Alters. Alt sein bedeutete für Paul eine sich durch nachlassende Attraktivität von selbst einstellende Enthaltsamkeit und die dadurch erzwungene Besinnung auf die eigentlichen Tugenden. Doch worin bestanden diese Tugenden?

Paul fiel ein Satz von Thomas Mann ein, den er sich besonders eingeprägt hatte, als er Mann gerade im Wechsel mit Orwell gelesen hatte: »Nur der Spießbürger glaubt, dass Sünde und Moralität entgegengesetzte Begriffe seien; ohne Erkenntnis der Sünde, ohne die Hingabe an das Schädliche und Verzehrende ist alle Moralität nur läppische Tugendhaftigkeit.«

Aussagen wie diese waren es, die Paul trotz gelegentlicher Selbstzweifel darin bestätigten, seinen gewohnten Lebensstil beizubehalten – und die ihn zu Dingen veranlassten, vor denen er sonst vielleicht zurückgeschreckt wäre. Wie etwa, Victor Blohfeld zu diesem Auftrag zu begleiten. Sie hatten sich aus zwei Gründen im vornehmen Erlenstegen verabredet. Erstens, um – mit etwas Glück – ein neues Licht auf den Fall Densdorf zu werfen. Zweitens, um ihren Job zu machen: Blohfeld als Reporter für seine Zeitung und Paul weiterhin als freier Fotograf, quasi als Fotosöldner in Blohfelds Diensten.

Mit der Straßenbahn gelangte Paul an sein Ziel. Der Wagen war gestopft voll mit Menschen und Plastiktüten, in denen Geschenke jeder Art und Größe nach Hause geschleppt wurden. Bis zur Endstation hatten die meisten die Straßenbahn verlassen. Nur einige Paare mit deutlich kleineren Tüten – aber dafür wohl mit hochwertigerem Inhalt – waren mit Paul bis Erlenstegen sitzen geblieben. Die letzten Meter ging er zu Fuß. Vorbei an lang gezogenen Grundstücken, die durch hohe Mauern oder blickdichte Hecken abgeschirmt waren. Der Neuschnee, der unablässig vom Himmel flockte, war so pappig, dass jeder seiner Schritte Geräusche machte wie knirschendes Styropor.

Blohfeld war bereits bei der Arbeit. Paul kam dazu, als Blohfelds Finger schon über dem Klingelknopf neben dem weiß lackierten Gartentor der schmucken Vorortvilla der Densdorfs schwebte. Blohfeld strich eine Strähne seines für sein Alter und seinen Stand etwas zu lang gehaltenen, grauen Haares zurück. Die spitzbübischen Augen über seiner schmalen Himmelfahrtsnase funkelten entschlossen. Dennoch hatte Paul den Eindruck, dass ihm die bestehende Aufgabe nicht leicht fiel.

Aus der Tasche von Blohfelds Wintermantel sah Paul das Kabel eines Diktaphons lugen. Blohfeld gab Paul einen Wink, sich etwas im Hintergrund zu halten, als er den Klingelknopf drückte. Es war immer besser, erst einmal ohne Fotografen in Erscheinung zu treten, wenn es um die niedrigste und doch ruhmversprechendste Aufgabe eines Journalisten ging: das so genannte Witwenschütteln.

Paul blieb also zwei Schritte zurück und verfolgte stumm die ebenso traurige wie groteske Szene. Der Witwenschüttler streckte sein Kreuz, wie um sich zu entspannen. Er wusste ganz offensichtlich um sein – gegenüber Fremden – sympathisches Auftreten und sein gewinnendes Wesen, das vor allem bei älteren Damen Wirkung zeigte.

Die Tür öffnete sich mit weitem Schwung.

»Das Böse in der Welt rührt fast immer von der Unwissenheit her«, sagte eine Frau im Türrahmen. Paul starrte die gespenstische Erscheinung fassungslos an, hielt sich aber unauffällig hinter Blohfeld.

Dieser lächelte bemüht. »Victor Blohfeld. Mein Beileid. Darf ich hereinkommen?«

Die Frau war zutiefst zerrüttet. Ihr faltiges Gesicht war schlecht geschminkt, die Augen rot vom Weinen. Sie war groß und von kräftiger Statur, gleichzeitig aber zerbrechlich und unbeholfen in jeder Bewegung. Mit dem mysteriösen Schatten auf Pauls Fotos hatte sie nichts gemein, und er strich sie gedanklich von seiner Verdächtigenliste.

»Darf mein Fotograf vielleicht auch …?«, fragte Blohfeld.

»Der gute Wille kann so viel Schaden anrichten wie die Bosheit«, faselte Frau Densdorf.

Blohfeld winkte Paul dezent herein. Sie standen jetzt in der Diele der Villa. Paul registrierte antikes Mobiliar und eine ausgeprägte Vorliebe für Tiffany.

»Das Halbwahre ist verderblicher als das Wahre«, drückte Frau Densdorf ihre Enttäuschung aus, und Empörung schwang in ihrer Stimme.

Paul war angespannt. Wie würde Blohfeld auf dieses Gerede eingehen? Wie würde er es schaffen, das Gespräch zu lenken und die Frau zu aussagekräftigen Antworten zu zwingen? Er bemerkte eine Veränderung im Blick des Reporters.

Blohfeld trat näher an die Witwe heran. Er taxierte sie. So intensiv, dass sie seinem Blick nicht ausweichen konnte. Blohfelds Stimme war leise und unaufdringlich, als er sagte: »Ich möchte es vermeiden, gewisse Dinge direkt anzusprechen.«

Mehr als dieser Satz – ein gezielt ausgespieltes Herz Ass – war nicht nötig, um von der Frau für voll genommen zu werden. Paul war beeindruckt.

»Glauben Sie mir: Sie machen es mir leichter, wenn Sie es direkt aussprechen«, sagte Frau Densdorf. Wasser sammelte sich in ihren Augen.

»Sie waren fast dreißig Jahre mit Ihrem Mann verheiratet. Eine Jugendliebe sozusagen.« Blohfeld zog langsam sein Diktaphon aus der Jackentasche.

»Ja, dreißig glückliche Jahre. Ich habe von den Affären meines Mannes bis kurz nach seinem Tode nichts gewusst«, sagte sie mit zitternder Stimme. »Das ist es doch, was Sie wissen wollen, ja?«

Im Hintergrund trat Paul näher und positionierte sich für seine Aufnahmen.

»Es braucht mitunter sehr lange, um einen Menschen wirklich zu kennen.«

Paul zoomte heran, bis ihr Gesicht das Bild vollkommen ausfüllte: Ihr Blick zeigte, dass sie gebrochen war. Es stand ein unverarbeitetes Erstaunen in ihren Augen, und es war nicht zu erkennen, ob es das Erstaunen über den Tod ihres Mannes oder über dessen ausufernden Lebensstil war, den sie über all die Jahre – ob absichtlich oder unabsichtlich – nicht wahrgenommen hatte.

»Liebe auf den ersten Blick ist ungefähr so zuverlässig wie eine Diagnose auf den ersten Händedruck.«

»Praktizieren Sie eigentlich noch als Ärztin, Frau Densdorf?«, fragte Blohfeld und verbesserte sich dann: »Frau Dr. Densdorf.«

Frau Densdorf betrachtete ihn mit leerem Blick: »Seit langem nicht mehr. Ich habe meine Karriere zugunsten der meines Mannes aufgegeben. Bitte, das soll nicht klingen wie ein Vorwurf. Ich habe mich ja selbst für diesen Lebensweg entschieden.«

»Ihr Mann war ein bedeutender Vertreter unserer Stadt. Sein Einfluss und seine Stimme waren außerordentlich gewichtig und ein gebührender Nachruf – «

»Können wir bitte zum Punkt kommen?«, sie wischte sich mit einem spitzenbesetzten Tuch über die Augen, die dadurch nur noch roter und verquollener wirkten. »Für einen anständigen Nachruf haben Sie alles, was Sie benötigen, in Ihrem Archiv. Sie wollen dasselbe von mir hören wie die Polizei. Ob er Feinde hatte. Ich sage Ihnen dasselbe, das ich der Polizei gesagt habe: Ja.«

Blohfeld wechselte einen schnellen Blick mit Paul. »Wer konnte vom Tod Ihres Mannes profitieren?«

Paul schoss seine Bilder. Frau Densdorf schenkte ihm ein schiefes Lächeln. »Komme ich so gut raus in Ihrer Zeitung?« Ihr Blick war bemitleidenswert. »Um ehrlich zu sein, halte ich nicht besonders viel von Ihrem Blatt. Mein Mann tat das auch nicht. Gerade deswegen spreche ich mit Ihnen. Weil es meinen Mann geärgert hätte.«

Blohfeld versetzte diese Äußerung offenbar einen Stich. Paul machte sich seinen Reim darauf: Blohfeld fühlte sich zum Reporter zweiter Klasse degradiert, und das nicht zum ersten Mal während seiner Zeit in Nürnberg. Paul wusste, dass Blohfeld eine bewegte journalistische Laufbahn mit einigen glänzenden Jahren hinter sich hatte. Im Vergleich dazu haftete an seinem jetzigen Posten der Ruch des nahenden beruflichen Endes. Paul hätte es nicht gewundert, wenn Blohfeld selbst sich als jemand betrachten würde, den man aufs Abstellgleis geschoben hatte.

Aber der Reporter besaß offenkundig genug Professionalität, um mit dieser Gefühlswallung fertig zu werden, denn Paul beobachtete, wie sich seine Gesichtszüge wieder glätteten. »Sie glauben also nicht an einen Unfall?«, fragte Blohfeld betont neutral.

»Nein. Ich zum Beispiel hätte – im Nachhinein betrachtet – alle Gründe dieser Welt gehabt, diesen scheinheiligen Betrüger in die Pegnitz zu stoßen. Betrunken, wie er war, hat er wahrscheinlich ohnehin nichts davon mitbekommen.«

Dann lächelte sie gutmütig. Zwischen all den Tiffanylampen und -vasen in der herrschaftlich großen Diele sah sie aus wie eine ältliche, reichlich derangierte englische Lady. »Kann man etwas nicht verstehen, sollte man lieber keine Schlüsse ziehen.«

Paul fragte sich allmählich, ob ihr Besuch nicht doch reine Zeitverschwendung war. Doch dann hörte er Blohfeld fragen: »Wäre es möglich, dass wir einen kurzen Blick ins Arbeitszimmer Ihres Mannes werfen?«

»Was versprechen Sie sich davon?«, fragte Frau Densdorf tonlos.

»Ich könnte mir dann ein besseres Bild machen«, sagte Blohfeld.

Die Witwe zuckte mit den Schultern. Dann ging sie voran, und Paul und Blohfeld folgten ihr eine ausladende Treppe aus dunklem, fast schwarzem Holz hinauf. Das Ambiente des Obergeschosses fiel in Pauls persönlicher Einstufung in den Bereich des spießbürgerlichen Barock. Die Densdorfs hatten einen Hang zum Pompösen. Die dunklen Farben der Tapeten und des Bodens gaben dem Ganzen zudem eine bedrückende Note.

Frau Densdorf öffnete die Tür zu einem großen Zimmer, das von einem mächtigen Eichenholzschreibtisch mit zu Löwenpfoten geschnitzten Füßen dominiert wurde. Dasselbe Motiv fand sich in Schnitzereien an einem ebenfalls gewaltigen Wandschrank und an den Enden der Lehnen eines mit dunkelgrünem Leder bezogenen Schreibtischsessels wieder. Paul war versucht, nach weiteren Geschmacklosigkeiten dieser Art Ausschau zu halten, doch etwas ganz anderes zog ihn in seinen Bann:

Auf dem Schreibtisch lag ein Stoß Bücher. Die weißen Bestandslistenaufkleber auf den Rücken wiesen sie als Leihgaben aus der Stadtbücherei aus. Paul näherte sich dem Schreibtisch. Es handelte sich um kunsthistorische Abhandlungen über die Werke Dürers und anderer Maler aus seiner Zeit.

Während Blohfeld sich mit leidlichem Erfolg um Konversation mit Frau Densdorf bemühte, schaute sich Paul weiter um. Auf einem Ecktisch stapelten sich ebenfalls Bücher. Abermals zum Thema Dürer. Paul fiel auf, dass es sich weder um Dürer-Biografien handelte noch um Fachliteratur über historische Architektur aus Dürers Lebzeiten – was im Hinblick auf die Dürerhaus-Sanierung vielleicht Sinn ergeben hätte –, sondern um reine Kunstführer.

Blohfeld bemerkte Pauls Interesse und zog offenbar die gleichen Schlüsse wie er. An Frau Densdorf gewandt fragte er: »Ihr Mann war von Dürer begeistert, ja?«

Frau Densdorf stutzte, bevor auch sie die Bücherstapel betrachtete. »Oh, nein, nein.« Sie schüttelte entschieden den

Kopf. »Er war nicht gerade ein Mann der Kunst. Er hat erst vor ein paar Tagen damit angefangen, sich diese vielen Wälzer ins Haus zu holen. Bis tief in die Nacht hinein hat er darin gelesen.« Mit ratlosem Ausdruck nahm sie eines der Bücher in die Hand. »Vielleicht wollte er sich damit ablenken.«

»Ablenken, wovon?«, fragte Blohfeld augenblicklich nach.

»Mein Mann hat seit kurzem in Schwierigkeiten gesteckt. Ich weiß nicht, von welcher Art diese Schwierigkeiten waren. Ich will es auch gar nicht wissen. Ich hoffe nur, dass das alles nicht auf mich zurückfällt.« Ihre Wangen glühten, als sie hektisch auf den Reporter zuging und bat: »Gehen Sie jetzt bitte.«

Die Frau tat Paul Leid. Nach den Eindrücken dieser kurzen Begegnung zu urteilen, war Frau Densdorf eine intelligente und vielschichtige Frau, die am Charakter ihres Mannes zerbrochen war.

Weil nach einem ungeschriebenen Gesetz stets die Fotografen fahren und sich die Redakteure chauffieren lassen, setzte sich Paul ans Steuer des Redaktionsautos, auf dessen Türen in großen Buchstaben der Name des Blatts zu lesen war. Blohfeld lehnte sich zurück und massierte mit den Fingern seiner rechten Hand die Stirn.

»Wir fahren noch bei meinem Metzger in Zabo vorbei«, ordnete Blohfeld an, als Paul den Wagen startete. Er fuhr an und bemerkte, dass der Reporter im Beifahrersitz regelrecht zusammengesackt war. Der Mann war augenscheinlich erschöpft und ausgebrannt.

Blohfeld könnte längst Redaktionsleiter sein oder Chefredakteur in München oder Berlin. Wenn er damals nicht über diese dumme Sache gestolpert wäre … Was Paul über Blohfeld wusste, war fragmentarisch und doch schlüssig: Blohfeld war einmal ganz oben gewesen. Er hatte schon in jungen Jahren den Zeitschriftenolymp erklommen und war in der Medienhauptstadt Hamburg gegen immer bessere Gehälter von einem renommierten Verlagshaus zum nächsten gereicht worden.

Doch Blohfeld hatte einen Fehler gemacht. Dieser Fehler lag inzwischen fast zehn Jahre zurück, aber er hatte ihn sein Renommee und eine hoch dotierte Festanstellung gekostet: Blohfeld hatte sich mit obskuren Kunsthändlern eingelassen, mit denen er gemeinsam mehreren Bildern des niederländischen Malers Jan Vermeer nachjagte, die seit dem Krieg verschollen waren. Ihm war es tatsächlich gelungen, die Werke aufzuspüren und in seinem Magazin zu präsentieren. Dann folgte ein vermisster Renoir, dann ein Van Gogh – und dann platzte die Blase mit lautem Knall.

Es war ein offenes Geheimnis, dass Blohfeld seinerzeit einem Hochstapler aufgesessen war und sich auf Basis falscher Tatsachen zu Schlagzeilen hinreißen hatte lassen, die dem Magazin im Nachhinein einen enormen Imageschaden zufügten. Blohfeld und seine gefälschten Meisterwerke gingen nach dem Skandal wochenlang durch die Presse in ganz Deutschland.

Seitdem war Blohfeld in Nürnberg beschäftigt. Nicht beim Marktführer, und die Jobs, die er bekam, waren sicherlich nicht mit denen seiner Glanzjahre zu vergleichen. Seine oftmals bissigen Bemerkungen und seine Launen erklärte sich Paul damit, dass Blohfeld es nie gelernt hatte, mit seinem neuen Leben nach dem Skandal zurechtzukommen. Paul fragte sich, ob Blohfeld sich für sein Versagen hasste.

Sie erreichten den Stadtteil Zerzabelshof wenige Minuten später.

»Eine kleine Zwischenmahlzeit wird uns gut tun«, bestimmte Blohfeld und fügte griesgrämig hinzu: »Auch wenn das unsere Schlappe von eben nicht wettmachen kann. Wir brauchen dringend mehr Informationen. Was uns fehlt, ist ein direkter Draht zur Kripo. Oder besser noch zur Staatsanwaltschaft.«

Paul nickte verhalten und konnte ein verräterisches Hüsteln nicht unterdrücken.

Der Reporter ließ Paul den Wagen direkt vor dem Metzger im Halteverbot parken und sah Paul neugierig an. »Oder haben wir etwa doch noch ein Ass im Ärmel?«

Paul hüstelte erneut.

»Raus damit, Kollege!«

Paul berichtete in knappen Worten von seiner gerade wieder aufgefrischten Bekanntschaft mit Katinka Blohm.

»Na also«, lobte Blohfeld, »wir werden noch richtig gute Partner.«

Paul klammerte sich an das Lenkrad. »Ich habe versprochen, keine Informationen an Sie weiterzugeben«, wandte er halbherzig ein.

»Kommt Zeit, kommt Rat«, gab sich Blohfeld genügsam – vorerst jedenfalls, wie Paul ahnte.

Als er zusammen mit Blohfeld den Laden des Metzgers betrat, sah er durch die offene Tür hinter der Theke, dass durch den Hintereingang Schweinehälften hereingetragen wurden. Unwillkürlich musste er wieder an die Toten denken, die ihn in seinen Gedanken seit drei Tagen auf Schritt und Tritt begleiteten.

8

Dürer, Dürer, Dürer. Einerseits war ihm Albrecht Dürer ja seit vielen Jahren sehr vertraut. Zumindest konnte Paul das von seinen Werken und seinen Lehren behaupten. Der Privatmann Dürer hatte ihn dagegen bisher weniger interessiert. Vielleicht musste er diesen Standpunkt nun ändern. Denn in Verbindung mit den Ereignissen der letzten Tage stolperte er seltsam häufig über Dürer, überlegte Paul, während er es sich in seiner Wohnung gemütlich machte und sich auf einen ungestörten Abend zu Hause vorbereitete.

Ein anderer hätte sich wahrscheinlich vor den PC gesetzt und im Internet geforscht, um die Wissenslücken zu füllen. Aber das war nicht Pauls Ding. Er musste ein Gefühl für Dürers Privatleben, seine Welt, seine Freunde und seine Geheimnisse entwickeln. Dieses Gefühl konnte unmöglich in der kalten Datenwelt eines Computers entstehen.

Also nahm Paul eines seiner Bücher aus dem Regal. Vor etlichen Jahren hatte er sich für ein kleines Vermögen, wie ihm heute schien, mehrere großformatige Bildbände über Dürer gekauft, um mehr über dessen Perfektion in der bildhaften Analyse der menschlichen Anatomie zu erfahren.

Beim Blättern dachte er an die Dürerhaus-Eröffnung und daran, wie er seinen Kontostand durch seine Fotoaufnahmen bei dieser Gelegenheit aufbessern könnte. Er legte das Buch wieder beiseite, ging zum Fenster, durch das er einen unverbauten Blick auf die Kaiserburg genoss, und öffnete es. Er sog die frische Winterluft tief in seine Lungen und jonglierte beschwingt mit Zahlen. Zum ersten Mal seit den bedrückenden Erlebnissen aus Densdorfs Todesnacht spürte er nicht mehr dieses bleierne Gewicht auf seiner Seele lasten.

Doch kaum hatte er sich wieder auf sein Sofa gesetzt, wurde ihm klar, wie irrig seine gedanklichen Zahlenspiele waren. Er hatte weder seine laufenden Kosten berücksichtigt noch seine Schulden, geschweige denn die Zinsen, die er monatlich zahlen musste.

Paul schüttelte die unschönen Gedanken ab und nahm das Dürer-Buch erneut zur Hand. Er wollte gründlich vorgehen und entschloss sich deshalb zu einem kompletten Neustart. Er begann folgerichtig mit den Basisinformationen:

»Dürer, Albrecht, Maler, Zeichner, Stecher, Reißer, geboren am 21. Mai 1471 in Nürnberg, gestorben am 6. April 1528 in Nürnberg, heiratete am 7. Juli 1494 Agnes Frey. Mit Dürer stellt Nürnberg einen der berühmtesten Künstler der Welt, der einer Epoche, der Dürerzeit, seinen Namen gab«, las er in dem kiloschweren Band.

Nürnberg als Geburtsort Dürers war kein Zufall. Sein Vater Albrecht, ein begnadeter Goldschmied aus Ungarn, hatte sich 1455 an der Pegnitz niedergelassen, weil er sich in der blühenden Handelsstadt ein gutes Geschäft erhoffte. Die Reichsstadt zu dieser Zeit – dagegen nahm sich München wie ein Kuhdorf aus! Der alte Dürer behielt Recht, machte den großen Reibach, ehelichte Barbara, Tochter seines Lehrmeisters Hieronymus Holper, und zeugte Sohn Albrecht. Der wurde als drittes von achtzehn Kindern geboren, von denen freilich fünfzehn im Kindesalter starben. Dürer der Ältere wollte den Filius natürlich ebenso zum Goldschmied machen, doch Albrecht hatte Flausen im Kopf. Schon als junger Bengel war er ein Aufrührer, der mit Konventionen brach.

Paul lächelte bei dem Gedanken an den Zoff, den es daheim bei den Dürers gegeben haben musste.

Mit fünfzehn lag der Ehrgeizige seinem Vater so lange in den Ohren, bis der ihn 1486 dem Maler Michael Wolgemut anvertraute. 1490 begab sich Dürer auf Wanderschaft. Basel, Colmar, dann Straßburg. Nach vier Jahren kam er zurück und heiratete seine Agnes, knackige neunzehn Jahre jung und mit Männern völlig unerfahren. Für Dürer eine gute Partie, denn Agnes' Vater saß im Großen Rat und hatte einflussreiche Freunde, die ihm bald satte Aufträge bescheren sollten. Außerdem gab es eine Mitgift von zweihundert Gulden.

Paul las schmunzelnd weiter, stutzte dann jedoch: Laut Biografie verließ Dürer seine junge Ehefrau schon nach wenigen Monaten, um nach Venedig zu reisen. Der erste von zwei langen Ausflügen. Vordergründig, weil er der Pest entkommen wollte, die in diesen Jahren jeden vierten Nürnberger Einwohner dahinraffte.

Aber warum ließ er dann seine Frau zurück? Hatte diese Erlanger Forscherin tatsächlich Recht, benötigte Dürer seine Frau also als Statthalterin, um seine Auftragsmalerei am Laufen und die namenlosen Maler bis zu seiner Rückkehr bei der Stange zu halten? Das würde vieles erklären und wäre Wasser auf die Mühlen derjenigen, die inzwischen die Urheberschaft Dürers an seinen bedeutendsten Werken bezweifelten.

Oder gab es einen viel trivialeren Grund? War die Reise von langer Hand geplant, also eine Flucht aus dem Ehekäfig? Paul blätterte zurück: Dürer war damals dreiundzwanzig. Das Geld, das er in Italien ausgab, stammte ausnahmslos von seiner Frau, denn er war seinerzeit noch nicht vermögend. Tobte er sich auf Kosten von Agnes aus? Nachdenklich blätterte Paul einige Seiten weiter und blieb bei dem Porträt einer jungen Frau mit gelocktem rötlichem Haar und entschiedenen dunklen Augen hängen. Die *Junge Venezianerin*, wie die Bildunterschrift mitteilte. Dürer hatte die unbekannte Schönheit mehrere Male Modell sitzen lassen. Ihr Blick verströmte vertraute Unbekümmertheit. Eine Freundin? Gespielin? Paul suchte erfolglos nach weiteren Hinweisen, doch die Informationen, die er aus diesem Buch ziehen konnte, waren weitgehend ausgeschöpft.

»Die 1498 herausgebrachte Folge der Apokalypse begründete seinen Ruhm. Anfangs von Conrad Celtis geprägt, wurde nach dessen Tod der Humanist Willibald Pirckheimer zum einflussreichsten Freund …«

Das Läuten der Türklingel holte Paul schließlich aus der Welt des längst Verstorbenen. Er öffnete noch mit dem Buch unter dem Arm und blickte in das breite Grinsen des Nürnberger Christkinds.

Das Mädchen drehte den Kopf, um den Buchtitel lesen zu können. »Dürer. Hm. Stimmt es eigentlich, dass er in Wahrheit schwul war?«

Paul konnte gerade noch verhindern, dass ihm der schwere Band aus den Händen glitt.

»Sorry, Herr Flemming«, sagte das Christkind, das sich dem völlig perplexen Paul jetzt ganz offiziell als Hannah vorstellte. »Ich kenne mich ein bisschen aus. Bin aufs Albrecht-Dürer-Gymnasium gegangen. Da nimmt man ihn durch, den Dürer, und zwar nicht nur ein Mal. Die Lehrer sagen, dass er schwul war. Hat was mit dem Pirckheimer gehabt.«

Paul hatte im ersten Moment Schwierigkeiten, dem Mädchen Kontra zu geben, so wenig hatte er mit ihrem Auftauchen gerechnet. »Er war mit Agnes Dürer verheiratet. Soviel ich weiß, viele glückliche Jahre lang. Keine Ahnung, ob er bisexuelle Neigungen hatte. Seine Werke sind Weltklasse, und der Rest ist reichlich egal.« Eigentlich war ihm wirklich egal, ob Dürer schwul gewesen war. Aber warum verteidigte er ihn dann gegen diesen »Vorwurf«?, fragte sich Paul im Stillen.

Hannah hob unschlüssig die Schultern. »Ich stehe nicht auf ihn. Typen, die sich die Haare bis zu den Schultern runterhängen lassen und dann noch Löckchen reindrehen, sind nicht mein Ding.«

»Vor fünfhundert Jahren gab es andere Modetrends als heute«, sagte Paul und studierte mehr belustigt als verärgert die blassblauen Augen seines Gegenübers.

»Mein Fall war der Typ jedenfalls nicht«, betonte Hannah und wechselte flugs in die Gegenwart: »Diese Schwimmerin, meine Namensvetterin, hat sich auch fotografieren lassen. Halb nackt und so, Sie wissen schon. Sie hat danach einen Hunderttausend-Euro-Werbevertrag bekommen. Was meinen Sie, was erst für ein nacktes Christkind rausspringt!«

Paul klemmte sich den Wälzer unter den Arm und ging zurück zum Sofa. »Vergiss es. Jeder anständige Nürnberger würde mich dafür lynchen.«

Hannah, in knallengen Jeans und ultrakurzem Kuscheljäckchen ganz forscher Teenie, heftete sich an seine Fersen und startete einen etwas unbeholfenen Versuch, sich bei Paul beliebt zu machen: »Hey, wow, Sie haben ja jede Menge Dürer-Bücher!«

»Ich mache keine Aktfotos von Ihnen!«

»Von dir.«

»Was?«

»Du darfst mich gern weiter duzen.«

»Du mich aber nicht«, begehrte Paul ein letztes Mal auf.

»Es sollen ja keine, äh, obszönen Fotos sein«, erklärte ihm das Mädchen. »Aber warum soll ich auf diese Werbeverträge verzichten? Die bringen mir richtig Kohle.«

Er versuchte, sich in die junge Frau hineinzuversetzen: Hannah musste sich ihre eigenen Gedanken machen und sich fragen, warum dieser Flemming so verkrampft auf sie reagierte. Sie musste sich fragen, ob er mit seinen knapp vierzig Jahren Angst davor hatte, von einem Teenager angemacht zu werden. Wahrscheinlich lachte sie still in sich hinein.

Hannah biss auf die äußeren Enden ihrer flauschigen Handschuhe, die sie noch in den Händen hielt. So, als würden sie plötzlich Selbstzweifel plagen. Dann aber legte sie los: »Sie sehen eigentlich gar nicht aus wie ein gehemmter Typ. Was stellen Sie sich wegen ein paar harmloser Akte so an? Sonst sind Sie doch auch nicht prüde: Diese rassige Schwarze in Ihrem Flur durfte ja auch für Sie Modell stehen, und Sie haben sicher noch schärfere Aufnahmen herumliegen, oder?« Sie grinste ihn keck an. »Okay, ich werde Geduld mit Ihnen haben. Erstens, weil Sie trotz allem ein sympathischer Typ sind. Und zweitens machen Sie wirklich gute Fotos. Ich habe also gar keine andere Wahl.«

»Komm«, sagte er, einer plötzlichen Laune folgend, und nahm seinen Mantel vom Haken. »Ich habe noch nichts gegessen. Du kannst mich begleiten, wenn du magst.«

Hannah willigte ein, und Paul führte sie ins *Café Sebald*, eine feine Adresse, für die sie nur den Platz zu überqueren brauchten. Gedämpftes Licht, dezent eingespielte Musik und das vornehm leise Klirren von Besteck empfingen die beiden, als sie das Café mit angeschlossenem Restaurant betraten. Paul hatte schon öfter vorgehabt, sich mal wieder unter die Schickeria zu begeben und sich ein Essen und den ein oder anderen Drink im *Sebald* zu gönnen. Mit der jungen, prominenten Begleiterin an seiner Seite hatte er nun den passenden Anlass gefunden.

Eine Kellnerin mit strahlend weißer Bluse und ebensolchen Zähnen nickte ihnen zu und wies auf einige wenige freie Plätze an der Bar. Die anderen Gäste, zumeist in Gespräche vertieft, waren durch die Bank sehr gut gekleidet – für Pauls Geschmack vielleicht sogar ein wenig zu gut. Die edle Einrichtung des Lokals mit viel dunklem Holz und auf Hochglanz polierten Zapfanlagen erinnerte ihn daran, dass es kein billiger Abend werden würde.

Sie standen noch immer in der Eingangstür. »Meinen Sie, dass wir hier wirklich etwas zum Sattwerden bekommen?«, fragte Hannah zweifelnd und legte die Stirn in Falten.

Paul dirigierte sie direkt an die hohe, ebenfalls edel gestylte Bar. »Wie wäre es mit Sateespießchen?«, fragte er und schob für sie einen Hocker zurück.

»Pommes mit Currywurst wären mir lieber«, sagte Hannah und bedachte den Barkeeper mit einem nicht gerade freundlichen Blick.

Paul zollte dem vorlauten Christkind erstmals Respekt. »Ich dachte, Ihr Teenies steht auf so was«, sagte er.

»Auf was genau?«, fragte sie.

»Auf wenig Essen für viel Geld«, antwortete er schmunzelnd.

Hannah sah ihn nachdenklich an. »Sie dachten, dass ich diesen Schuppen hier cool finde, ja? Wenn Sie wirklich mal vorhaben, eine Neunzehnjährige abzuschleppen, versuchen Sie es lieber mit einem echt abgefahrenen Laden in Gostenhof.« Sie schob ihren Hocker zurück. »Kommen Sie«, sagte sie und nahm Paul an die Hand.

Erstaunt, aber nicht verärgert über ihre schroffe Art, ließ er sich von dem Mädchen durch den Schnee führen. Sie mussten nicht weit gehen, bis sie zu einem Dönerimbiss kamen, aus dem ihnen eine Wolke warmer, knoblauchgeschwängerter Luft entgegenblies.

Hannah bestellte einen Döner »mit alles« und eine Cola. Keine Diätcola. Und auch sonst schien Hannah mit aller Gewalt nicht dem Bild entsprechen zu wollen, das Paul von der Jugend hatte. Zugegeben: Sein Abstand vergrößerte sich seit seinem dreißigsten Geburtstag rapide, und das meiste, was er über die Kids von heute wusste, hatte er mangels eigenem Nachwuchs im Fernsehen aufgeschnappt. Aber diese Hannah war etwas Besonderes. Sie fügte sich in kein vorgefertigtes Klischee.

Gesättigt traten sie den Rückweg an. Als sie den Weinmarkt erreichten, kamen ihnen Pauls Bäcker und dessen Frau entgegen. Paul beobachtete amüsiert den empörten Blick der beiden, die sie taxierten wie zwei Aussätzige. Hannah hatte sich bei ihm untergehakt, so dass sie wie ein Paar wirkten. Er konnte sich das Gespräch des Bäckers mit seiner Frau ausmalen, das folgen würde, sobald sie die nächste Ecke hinter sich hatten:

»Das Mädchen ist ja noch ein halbes Kind!«

»Jetzt macht er vor nichts mehr Halt.«

Hannah knuffte ihn in die Seite: »Warum grinsen Sie?«

Paul antwortete nicht.

»Also gut«, sagte er, als sie den Flur seines Hauses betraten. »Ich mache ein paar Porträtaufnahmen.«

»Spießer«, zischte Hannah und musste sich in ihren schlechtesten Gedanken über ihn bestätigt fühlen.

»Ich kann dir Flemming-Originale zeigen, bei denen dir die Ohren schlackern«, verteidigte sich Paul und fixierte sie mit festem Blick. »Aber ich werde nicht derjenige sein, der das Christkind von seinem Podest stürzt. Du bekommst von mir anständige Aufnahmen zu einem anständigen Preis. Wir machen erotische

Fotos, wenn du willst. Erotische Bilder, für die du dich nicht auszuziehen brauchst.« Sie zog eine Flappe.

»Ich mache Erste-Klasse-Fotos. Auf Wunsch verrucht, meinetwegen. Meine Aufnahmen sind …«

»Ach, du große Scheiße!«, Hannah blieb im Türrahmen seiner Wohnung stehen.

Auch Paul erstarrte. »Oh, verflucht!« Er schaute sich hektisch um. »Was für ein verfluchter Mist!«

Zweimal war ihm bereits das Auto aufgebrochen worden. Das erste Mal während eines Urlaubs in Südfrankreich, den er mit seiner Ex-Freundin verbracht hatte. Die Diebe hatten die Zentralverriegelung geknackt und den Wagen durchwühlt. Es war nichts Wertvolles verloren gegangen, aber beide hatte damals ein tiefes Gefühl der Verletzlichkeit befallen. Das zweite Mal war ihm die Scheibe zum Beifahrersitz eingeschlagen worden. Ausgerechnet in der Tiefgarage eines noblen Hamburger Fischrestaurants. Die Diebe hatten Pauls Handy und seine zwanzig Jahre alte Lieblings-Nikon mitgehen lassen, die er dummerweise auf dem Rücksitz hatte liegen lassen. Wieder hatte er sich verletzt und gedemütigt gefühlt. Doch all das war nichts gegen die totale Niedergeschlagenheit, die ihn ergriff, als er jetzt seine verwüstete Wohnung betrat und die mit animalischer Wollust zerfetzten Reste seiner Werke betrachten musste.

»Hier hat sich einer sauber ausgetobt«, stammelte Hannah. »Die schönen Akte«, jammerte sie, als sie die Fetzen der Mokkabraunen von der Wand hängen sah.

Paul ging unsicheren Schrittes durch sein Atelier. Er tastete sich zögernd durch die Trümmer seiner Einrichtung, fassungslos und ohne den Funken einer Ahnung, was ihm widerfahren war. Er stolperte über einen halb geleerten Karton geradewegs auf sein Sofa und ließ sich auf den Rücken fallen. Der Mond stand direkt über dem Haus, und als Paul ins Oval des Oberlichts starrte, erschien es ihm als übergroßes Auge, das ihn böse ansah.

9

Die Kripo arbeitete mit Tesafilm. Das war Paul neu. Zwei Beamte von der Spurensicherung bestrichen Türklinken, seine blaue Weihnachtskeksdose mit den goldenen Sternen drauf und andere Gegenstände, die eine glatte Oberfläche hatten, mit einem feinen schwarzen Pulver, pusteten ganz sachte darüber und klebten einen Streifen Tesa darauf. Sie zogen ihn wieder ab, und es waren zu seinem Erstaunen tatsächlich so etwas wie Fingerabdrücke darauf zu erkennen.

»Das sind wahrscheinlich Ihre eigenen«, sagte einer der Spurensicherer lapidar. »Profis tragen Handschuhe und hinterlassen keine Fingerabdrücke.«

»Warum machen Sie sich dann die Mühe?«, fragte Paul.

»Man kann nie wissen«, entgegnete der andere Spurensicherer und zog wieder einen Streifen Klebeband von der Rolle.

Paul stand der Sinn danach, sich zu betrinken. Es war inzwischen längst neun Uhr abends durch. Er könnte seinen Kummer beim Iren in der Weißgerbergasse mit zwei oder drei Guinness ertränken. Oder mit Weißwein drüben bei Jan-Patrick. »Kann ich hier noch irgendetwas tun?«, fragte er in den Raum.

»Nein«, sagte Spurensicherer Nummer eins. »Der Einbrecher ist über die Feuerleiter gekommen. Das Badezimmerfenster stand offen. Das sollten Sie in Zukunft schließen, bevor Sie die Wohnung verlassen«, belehrte er Paul.

»Der Versicherung wird das gar nicht gefallen«, sagte Spurensicherer Nummer zwei wissend.

»Aber ich war doch nur kurz einen Döner holen …«, setzte Paul an. Als keine Reaktion erfolgte, ging er, ohne ein weiteres Wort zu verlieren. Es hatte wieder zu schneien begonnen. Das Kopfsteinpflaster war rutschig, und er fluchte leise über die Unwegsamkeiten der Burgviertelgässchen. Die von zwei dunkelgrün lackierten eisernen Säulen flankierte Scheibe von Jan-Patricks Lokal war beschlagen. Es war wie üblich berstend voll, und Paul wollte bereits in Richtung Weißgerbergasse kehrtmachen, als er von Ferne eine ihm wohl bekannte Gestalt um den Nordturm der Sebalduskirche huschen sah. Pauls Herz öffnete sich – soweit das in seiner momentanen Situation überhaupt möglich war – und er beeilte sich, die kurze Distanz bis zur Kirche zurückzulegen.

Das schlanke gotische Turmpaar war angestrahlt und hob sich kontrastreich vom Weißgrau des Schneehimmels ab. »Pfarrer Fink!«, rief Paul, doch die voluminöse Gestalt war bereits wieselflink durch das Hauptportal geschlüpft. Paul erhaschte gerade noch einen Blick auf das zum Pferdeschwanz gebundene Haar des Pfarrers.

»Hannes!«, rief er noch einmal und stemmte sich gegen die mit grotesk gruseligen Fratzen eines Nachkriegskünstlers überladene Tür. Das riesige Langhaus war nur spärlich beleuchtet. Er durchquerte den dreischiffigen Hallenchorbau nahezu blind, bevor er den Pfarrer vor dem düsteren Sebaldusgrab fand, das, vom einfallenden Licht eines der hohen Mosaikfenster berührt, geisterhaft gezackte Schatten warf. »Hannes, nicht erschrecken, ich bin es, Paul Flemming.«

Der korpulente Geistliche machte nicht im Geringsten einen erschreckten Eindruck, als er sich ihm zuwandte. Paul bemerkte eine kleine weiße Flasche mit Sprühventil und einen Lappen in seinen Händen. »Dieser Reliquienschrein steht hier seit 1397«, sagte er mit bedeutungsschwangerer Stimme und ließ seinen Blick mit würdevoller Langsamkeit über den prächtigen Eichenholzkorpus gleiten, der von einem wuchtigen Gehäuse aus geschwärzter Bronze geschützt war. »Bis heute hat er allen Bilderstürmern getrotzt. Bis heute«, wiederholte er mit bösem Unterton und wischte an einer rautenförmigen Platte. »Graffiti auf dem Grab des Heiligen St. Sebald. Bei allem Verständnis für die Jugend – wenn die kleinen Giftzwerge noch mal hier auftauchen, versohle ich ihnen höchstpersönlich den Allerwertesten.«

»Du predigst Gewalt?«, fragte Paul scherzhaft und ließ sich gern auf ein ablenkendes Geplänkel mit dem Pfarrer ein. Er kannte Fink schon seit langem und schätzte seine schroffe, aber herzliche Art. »Ausgerechnet in der besinnlichen Adventszeit«, fügte er süffisant hinzu.

»Hör mir auf mit Advent. Das bedeutet bloß Stress. Außerdem bin ich in bester Gesellschaft. Jesus war in der Wahl seiner Mittel auch nicht immer zimperlich.«

»Jesus?«, fragte Paul überrascht.

Pfarrer Fink ließ vom Wienern der Silbertafel ab, strich sich durch den borstigen Schnauzer und holte zu einer seiner Geschichten aus, mit denen er bei Dekan und Gemeinde wohlwissend aneckte. »Als Jesus fünf war und an einem Bach spielte, lenkte er das Wasser mit bloßer Willenskraft in kleine Teiche um. Ein Spielkamerad nahm einen Zweig und fegte das gesammelte Wasser aus den Teichen. Jesus wurde wütend und herrschte den Jungen an. Er sei ein Dummkopf, brüllte er und verdammte ihn dazu, auf der Stelle zu verdorren wie seine Teiche. Der Junge fiel tot um.«

»Oh«, Paul verschlug es für einen Moment die Sprache, »das ist hart.« Er räusperte sich, um dann vorsichtig anzumerken: »Ich bin nicht bibelfest, aber von dieser Passage habe ich weder im Konfirmandenunterricht noch beim Weihnachtsgottesdienst gehört.«

»Kein Wunder. Sie stammt aus den Apokryphen«, sagte der Geistliche und ergänzte erklärend: »aus der Bibel gestrichene Evangelien. Eine von den vielen lesenswerten, aber für uns nicht gerade werbewirksamen Schriften, die Papst Gelasius I. Ende des fünften Jahrhunderts in den Giftschrank gesperrt hat. Sind erst 1886 von französischen Bibelforschern wieder ausgegraben worden.« Pfarrer Fink stützte die Hände auf die Knie und erhob sich schwerfällig. »Aber predigen darf ich sie noch immer nicht.«

»Ein Glück für die Graffiti-Sprayer.«

Pfarrer Fink kniff die Augen zusammen und ließ den Schalk aufblitzen, der gern aus ihnen funkelte. »Was willst du eigentlich, Flemming?«

Paul betrachtete seinen späten Gastgeber mit Sympathie. Er freute sich immer, wenn er mit dem Pfarrer zusammentraf. Schon als sie sich kennen gelernt hatten – das mochte so elf oder zwölf Jahre her sein –, hatte er ihn gleich gemocht. Damals hatte Paul im Auftrag irgendeiner Zeitung bei irgendeinem Anlass in St. Sebald Aufnahmen gemacht. Fink war aufgefallen, wie wohltuend kreativ sich Paul bei der Motivsuche von den anderen Knipsern abhob. Umgekehrt hatte Paul Finks unorthodoxe Art der praktizierten Religiosität beeindruckt. Aus reiner Nachbarschaft entwickelte sich bald eine Freundschaft, die gleichermaßen durch viele ernste Gespräche wie auch belanglose Albernheiten vertieft wurde.

Fink taxierte seinen Besucher kurz und folgerte: »Keinen Platz im *Goldenen Ritter* erwischt?«

»So direkt hätte ich es nicht ausgedrückt.« Paul ließ feine Steinkörnchen, die sich aus dem Putz der Wände gelöst hatten, unter seinen Füßen auf den Marmorfliesen knirschen.

»Dann sag es indirekt.«

»Ja, gut. Ein oder zwei Gläser könnte ich jetzt vertragen. Bei mir ist eingebrochen worden.«

»Komm mit«, sagte der Pfarrer ohne jedes Zögern. Er durchquerte das Gewölbe zielsicher bis zur modernen Orgel, einem stilistischen Fremdkörper, der an der sandsteinernen Südfront vor den hochgezogenen Mosaikfenstern wie eine Schrankwand aus dem Möbelprospekt wirkte. Jeder seiner Schritte klang deutlich im Kirchenschiff wider. Fink ließ die haushohen, aluminiummatt schimmernden Orgelpfeifen links liegen und führte ihn zu einer kaum erkennbaren Tür an der Flanke des riesigen Instruments. Die Tür führte geradewegs in das Innere der Orgel. Er sah eine wüste Ansammlung von Kabeln, Luftschläuchen und Bergen aus Notenheften.

»Als die neue Orgel in den 70er Jahren eingebaut wurde, hat man zwar einen innenarchitektonischen Frevel begangen, aber eines nicht vergessen«, holte Fink mit salbungsvoller Stimme aus. Er lenkte Paul durch das Gewirr von Strippen zu einer weiteren Tür. Dahinter verbarg sich ein winziger Raum mit kompaktem Zweiersofa, Nachttischchen – und einer stattlichen Minibar.

»Mit Kirchensteuergeldern für das Abendmahl gekauft, verwerflicherweise vom Kirchendiener unterschlagen, für die besondere Verwendung an dieser Stelle versteckt und …«, er zauberte einen Korkenzieher aus seinem dunkelgrauen Mantel, ließ den Korken ploppen und reichte Paul die Flasche, »und von uns in der Stunde der Not geleert.«

»Was wird der Kirchendiener dazu sagen?«

»Wenn er schlau ist, gar nichts.« Fink nickte Paul aufmunternd zu. »Trink und freunde dich mit dem Gedanken an, den Einbrechern zu vergeben. Das waren arme Schlucker, die gedacht haben, sie könnten vom Reichtum eines stadtbekannten Fotografen profitieren.«

»Reichtum?« Paul verschluckte sich an dem staubtrockenen Messwein. »Jetzt hör aber auf. Wenn du dich schon über ein paar lausige Graffiti aufregst, dann soll ich den Einbruch in mein Haus, in meine Intimsphäre einfach so wegstecken?« Paul redete jetzt so laut, dass das Echo jedes seiner Worte vom spinnennetzartigen Rippengewölbe klar und scharf zurückgeworfen wurde.

Der Pfarrer nahm die Flasche aus seinen Händen, ließ seine hervortretenden braunen Augen lächeln und nahm einen tiefen Schluck Wein, bevor er sagte: »Was uns widerfahren ist, ist nichts gegen die wahren Unbillen des Lebens.«

»Hannes, ich weiß nicht, ob dein klerikales Ge…«, protestierte Paul zögerlich.

»Als ich die Witwe von Helmut Densdorf trösten musste – in ihren schlimmsten Stunden –, da lief es doch ab wie immer. Ich habe ihr im Geiste die Hand gehalten, ihr beigestanden. Aber der da oben hat mich mit dieser schweren Arbeit allein gelassen. Jeder weiß, dass Densdorf das Gegenteil von dem war, was man als christlich bezeichnen kann. Das sechste Gebot hat er so offensichtlich mit Füßen getreten, dass es offensichtlicher gar nicht ging.« Die Flasche wanderte abermals zu seinem Mund. »Er soll – Gott behüte – sogar versucht haben, sich am Christkind zu vergreifen.«

»An Hannah?«, Paul konnte seine Überraschung kaum verbergen.

»Ja, und nicht nur an ihr. Zumindest von einer ihrer Vorgängerinnen weiß ich, dass sie sich in psychiatrischer Behandlung deswegen befindet.«

»Böse Sache«, stammelte Paul.

»Ja.« Pfarrer Fink hielt die Flasche fest umklammert. »Außerdem war er sturzbetrunken, als er in die Pegnitz stürzte.«

»Ja, das sagt man. Aber woher weißt du das?«

»Aus der Zeitung.« Auf Pauls erstaunten Blick hin ergänzte er: »Nicht aus der, die du liest, sondern aus der seriösen Konkurrenz.«

Paul nickte. Er schloss daraus, dass Katinka Blohm inzwischen zumindest mit einem Teil ihrer Ermittlungsergebnisse an die Öffentlichkeit getreten war. »Irgendwelche neuen Details?«, fragte er.

»Sie haben einen Promillegehalt festgestellt, mit dem er seinen Führerschein für das nächste Jahr ganz sicher losgewesen wäre. Den Alkohol muss er sich einverleibt haben, kurz bevor er in die Pegnitz fiel.«

Das ist nichts wirklich Neues, dachte Paul, sagte aber: »Ein böser Tod, selbst für einen Mistkerl.«

»Da haben wohl Gott und Teufel gemeinsam die Hände im Spiel gehabt.«

Ein lautes Knarren ließ die beiden aufschauen. Sie verließen die Orgel. Paul empfand die dunkle Leere des Sakralbaus plötzlich als unheimlich, doch die Ruhe in den dunklen Augen des Pfarrers besänftigte ihn.

»Keine Sorge, das sind nur unsere menschlichen Mäuse.«

»Bitte was?«, fragte Paul irritiert.

»Wir haben Untermieter im Dachstuhl. Offiziell darf ich davon nichts wissen, weil ich sie sonst verscheuchen müsste.

Das sind bemitleidenswerte Gestalten. Brauchen im Winter eine frostsichere Bleibe. Der Dachstuhl unserer Kirche ist trocken und einigermaßen warm. Sollen sie doch unter Gottes schützender Hand nächtigen.« Und mit erhobener Stimme fügte er scharf hinzu: »Solange sie nichts mitgehen lassen.«

10

Paul schaltete das Licht nicht ein, als er wenig später durch seine verwüstete Wohnung ging. Müde streifte er die Schuhe ab, ließ den Mantel nachlässig auf den Flurboden gleiten und legte sich erschöpft auf sein Sofa unterhalb des Oberlichts.

Die Fakten, die Paul bisher gesammelt hatte, waren dünn. Den Wein des Kirchendieners schwer in seinen Gliedern spürend, rekapitulierte er die Ereignisse der vergangenen Tage:

Da waren zwei Tote. Über den einen, den Handwerker im Dürerhaus, wusste er nach wie vor so gut wie nichts. Über den anderen, Helmut Densdorf, immerhin, dass er ein untreuer Ehemann gewesen war und sich vor seinem Tod ungewöhnlich plötzlich und intensiv mit Albrecht Dürer beschäftigt hatte – was auch immer man sich darunter vorzustellen hatte. Außerdem gab es die große Unbekannte, den Schatten – das Phantom.

Die zentrale Frage blieb: Warum hätte diese Unbekannte Densdorf in die Pegnitz stürzen sollen? Er spielte zum wiederholten Mal durch, welche Personen er mit Densdorf in Verbindung bringen konnte. Doch seine Überlegungen blieben spekulativ. Vielleicht würde er sich wirklich einmal mit der Erlanger Dürer-Expertin unterhalten müssen. Er überlegte, ob er dazu Katinkas oder Blohfelds Rückendeckung benötigen würde oder allein damit klarkam.

Er war inmitten seiner Grübeleien, als er plötzlich ein Geräusch hörte. Es war ein leises Kratzen, kaum wahrzunehmen, und er beschloss in seiner momentanen Lethargie, es nicht weiter zu beachten.

Was noch? Warum hatte sich Densdorf meterweise Kunstbücher ausgeliehen und noch im Todeskampf über Dürer fabuliert?

Dürer – Paul hatte seine Wissenslücken über Dürers Leben inzwischen immer besser schließen können. Etwa die über

Dürers Vertriebswege. Die waren außerordentlich fortschrittlich gewesen: Dürer hatte für die Vervielfältigung seiner Werke eine Vorstufe der modernen Druckerpressen verwendet. Er hatte sogar ein Netz aus Agenten gesponnen, die seine Bilder international vermarkten sollten.

Dieses Wissen hatte Paul vor allem der Erlanger Dürer-Forscherin zu verdanken. Er nahm eine ihrer jüngsten Veröffentlichungen zur Hand, die er aus einer Zeitung ausgerissen hatte und die wie durch ein Wunder trotz des verwüstenden Einbruchs noch immer auf seinem Couchtisch lag, und las zum wiederholten Male darin. Merkwürdig – die Kunsthistorikerin war einerseits eine der intimsten Kennerinnen und glühendsten Verehrerinnen Dürers und brandmarkte ihn im selben Atemzug als Fälscher. Unermüdlich listete sie Beweis um Beweis für sein angeblich falsches Spiel auf. Einige fand Paul eingängig und überzeugend, andere an den Haaren herbeigezogen.

Zugegeben: Es hatte schon mehrfach Indizien dafür gegeben, dass Dürers Werke nicht immer sicher zuzuordnen waren. Paul versuchte sich an die Aufregung um das Bild *Dürers Mutter* zu erinnern: Ein Bild, das jahrelang unbeachtet in den Archiven des Germanischen Nationalmuseums in Nürnberg gelagert hatte, war von Experten vor wenigen Jahren plötzlich als Dürer-Original erkannt worden. Andere Experten wollten das nicht glauben und hatten es einem unbekannten Künstler aus dem fünfzehnten Jahrhundert zugeschrieben.

Wieder meinte Paul, ein feines Kratzgeräusch gehört zu haben. Aber er beschloss, es auch dieses Mal zu ignorieren. Er starrte durch das Oberlicht in den klaren Nachthimmel und spann weiter seine Gedanken.

Seiner Erinnerung nach hatte bereits Ende der siebziger Jahre eine US-Kunsthistorikerin besagten Frauenkopf Albrecht Dürer zugeordnet. Sie war darauf gekommen, nachdem sie Ähnlichkeiten mit einem in den Florenzer Uffizien hängenden Dürer-Bildnis festgestellt hatte, das seinen Vater darstellte. Manche Forscher teilten ihre Ansicht, doch blieben in der Fachwelt starke

Zweifel an der Echtheit. Erst ein Vierteljahrhundert später wurden beide Elternbildnisse in Wien wissenschaftlich untersucht. Auf Basis einer – wie sich Paul entsann – reinen Indizienkette wurde das Bild dann offiziell in den Kreis der anderen originalen Dürer-Gemälde aufgenommen, obwohl einige Fachleute ihre Zweifel nie ablegten. Diese Zweifel machten Paul misstrauisch. Er fragte sich, wie stark die Konservatoren an der Wahrheit interessiert waren und wie weit an der Aufrechterhaltung des Mythos Dürer.

Ein neues Geräusch durchschnitt die nächtliche Stille in seiner Wohnung. Diesmal deutlich lauter und klarer. Paul war nicht allein.

Ruckartig setzte er sich auf. Im ersten Moment kam ihm der abwegige Gedanke, die Kriminalbeamten wären zurückgekommen. Vielleicht, weil sie etwas vergessen hatten. Dann hörte er das leise Klirren von Geschirr.

Im Nu war er auf den Beinen. Von der Wirkung des Alkohols spürte er nichts mehr. Er fühlte, wie sich seine Brustmuskulatur instinktiv spannte, als er die wenigen Schritte zu seiner Küchenzeile eilig zurücklegte. Im Stillen verfluchte er sich dafür, beim Eintreten das Licht nicht eingeschaltet zu haben.

Wieder ein feines Klirren. Paul spürte sein Herz wild schlagen. Er war nicht ängstlich veranlagt und wusste, dass er sich verteidigen und es mit einem potenziellen Angreifer aufnehmen konnte. Dennoch: Die Angst steckte in ihm und machte seine Bewegungen starr und ungelenk.

Er hatte jetzt die Küchenzeile erreicht und tastete sich langsam zum Lichtschalter vor. Noch drei Schritte, noch zwei, noch einer. Die Fingerkuppen seiner rechten Hand berührten den Schalter.

Das, was er im gleichen Moment aus den Augenwinkeln wahrnahm, war eine schwarze Gestalt ohne Gesicht. Er riss den Kopf herum, doch es war bereits zu spät. Ein Schlag von der Wucht eines schweren Hammers traf ihn an der Schläfe. Paul taumelte, verlor aber nicht das Bewusstsein. Er sah Sterne oder vielmehr helle Lichtblitze. Alles drehte sich um ihn. Trotzdem gelang es ihm, all seine Kräfte zu bündeln und nach dem Schatten zu greifen.

Er hielt den rauen Stoff eines Mantels in den Händen und riss daran. Die Gestalt reagierte heftig, und Paul wurde abermals von einem kraftvollen Schlag getroffen. Er taumelte zurück, stützte sich an der Küchentheke ab und fegte dabei das zum Trocknen aufgeschichtete Geschirr von der Abstellfläche.

Inmitten des ohrenbetäubenden Klirrens von berstendem Porzellan holte sein Gegner zum dritten und letzten Schlag aus. Er traf Paul in der Magengrube, woraufhin dieser wie ein Klappmesser zusammenfuhr.

Schmerzerfüllt blieb Paul in den Scherben liegen und beschimpfte den – wer auch immer es war –, der ihm das angetan hatte.

Lange Sekunden verstrichen ungenutzt. Paul zwang sich zur Vernunft: Es machte keinen Sinn, in einer solchen Situation weiter den Helden zu spielen. Der andere hatte ohnehin längst die Wohnung verlassen. Paul atmete tief durch. Ein Mal, zwei Mal, zehn Mal. Mit noch immer wild schlagendem Herzen stand er mühsam auf und hangelte sich an der Küchentheke entlang in Richtung Telefon.

Für unsichere Momente schwebten seine zitternden Finger über den Tasten, und er war sich nicht sicher, ob er zuerst den Notarzt oder die Polizei anrufen sollte.

Schließlich legte er das Telefon wieder beiseite und sah an sich herunter. Schlimm verletzt hatte er sich bei dem kurzen Kampf wohl nicht, zumindest spürte er keine Schmerzen, die auf mehr als ein paar blaue Flecke hindeuteten. Und bei dem Gedanken an die Polizei fühlte er sich an das wenig überzeugende Vorgehen der beiden Kriminalbeamten nach dem ersten Einbruch in seine Wohnung erinnert.

Mit nachlassender Aufregung kehrte die Wut zurück. Paul fragte sich, was es bei ihm Tolles zu stehlen gab, um gleich zweimal hintereinander Opfer eines Einbruchs zu werden. Er musste kein Detektiv sein, um zu erkennen, dass es sich hier nie und nimmer um einen Zufall handeln konnte. Die Polizei wiederum würde es wahrscheinlich als solchen darstellen. Er würde seine Aussage sicherlich in stundenlangen, zermürbenden Befragungen erklären müssen. Dazu fühlte er sich momentan schlichtweg nicht in der geeigneten Verfassung. Er brauchte jetzt jemanden, der ihm nicht nur zuhörte, sondern der ihn auch ernst nahm und verstand.

Abermals nahm er das Telefon und tippte entschlossen eine Nummer ein.

Katinka Blohm meldete sich schon nach dem ersten Klingeln. Zunächst verwundert über den nächtlichen Anruf, war sie mit einem Treffen am nächsten Morgen ohne weitere Nachfragen einverstanden.

11

Sie hatte sich zwar nicht in Schale geschmissen. Zumindest nicht zu sehr. Trotzdem beschlich Paul das Gefühl, dass sie an diesem Morgen deutlich mehr Zeit vor ihrem Kleiderschrank verbracht hatte als üblich.

Als Paul in Katinka Blohms sachlich eingerichtetem Büro stand und darauf wartete, dass sie ein Telefongespräch beenden würde, musterte er seine alte Schulkameradin. Ja, sie hatte sich tatsächlich herausgeputzt. Paul war nicht so vermessen zu glauben, dass sie sich wegen ihm besondere Mühe mit ihrer Garderobe gemacht hatte. Obwohl, man konnte nie wissen.

Er betrachtete ihr Gesicht. Es war recht unscheinbar mit kleinem Mund und kleiner Nase, darüber zwei hübschen blauen Augen, die Offenheit und Herzlichkeit verströmten, über denen aber meist ein Schleier der Müdigkeit oder der Enttäuschung hing. Katinka Blohm strich sich durchs Haar und zwinkerte ihm wegen des Telefonats verständnissuchend zu.

Hatte sie in der Schule auch schon diese langen Haare gehabt? Jedenfalls hatte sie Paul nicht als eine dieser legendären Blondinen in Erinnerung, die mit ihren Barbiefrisuren kokettiert hatten. Schon eher als stille Beobachterin, die sich auf dem Pausenhof lieber im Hintergrund gehalten hatte.

Endlich legte sie auf. »Entschuldige.« Sie deutete auf einen Stuhl. Paul zog ihn sich heran und setzte sich ihr gegenüber. »Also«, hob sie an und schüttelte ungläubig den Kopf. »Bei dir ist zweimal hintereinander eingebrochen worden? Was sagt die Polizei dazu?«

Paul verdrehte die Augen. »Darum geht es ja gerade. Ich bin hier, weil ich der Kripo – um es vorsichtig auszudrücken – nicht besonders viel zutraue. Nach dem ersten Einbruch waren sie da und haben mit Belehrungen um sich geworfen. Das war's dann auch schon.«

»Ich bin aber erst recht die falsche Adresse für dich«, stellte Katinka Blohm klar. »Was ist denn überhaupt gestohlen worden?«

»Erst dachte ich, es würde gar nichts fehlen und dass es sich um reinen Vandalismus handeln würde. Aber inzwischen sind mir doch ein paar Dinge aufgefallen: Ich kann ein Weitwinkelobjektiv nicht mehr finden, es fehlt ein alter Siegelring, der auf meinem Nachttisch lag, und eine gerahmte Aktaufnahme ist verschwunden.«

»Eine Aktaufnahme?«, fragte die Staatsanwältin ungläubig.

»Ja, spricht etwas dagegen?«

»Nun – das Objektiv und der Ring lassen sich beim Pfandleiher versetzen. Das würde für einen Junkie als Täter sprechen. Aber das Aktfoto? Zu Geld machen kann er es wohl kaum – obwohl es sicherlich von hohem künstlerischem Wert ist.«

Paul nickte nachdenklich. »Sehr schmeichelhaft. Mir wäre es aber trotzdem lieber, wenn die Leute meine Bilder kaufen würden, statt sie zu stehlen.«

Katinka Blohm lächelte, und der müde Schleier verschwand aus ihrem Blick. »Das mangelnde Einfühlungsvermögen der Polizei ist aber sicher nicht der einzige Grund dafür, dass du zu mir kommst, oder?«

Paul schüttelte den Kopf. Er rutschte unruhig auf dem ungepolsterten Holzstuhl hin und her. »Es fällt mir etwas schwer, mich richtig auszudrücken«, begann er zaghaft. »Niemals – vielleicht abgesehen von einigen Erlebnissen in der Kindheit – habe ich mich so sehr …« Er stockte.

»Gefürchtet?«, fragte Katinka Blohm behutsam. »Ist es das, was du sagen willst?«

Ja, dachte Paul, das war es tatsächlich. Er hätte nicht gedacht, dass es ihn eine dermaßen große Überwindung kosten würde, zuzugeben, dass er furchtbare Angst gehabt hatte, und war nun erst recht erleichtert darüber, einer alten Schulfreundin anstelle irgendeines anonymen Kriminalbeamten gegenüberzusitzen.

Er hatte das Gefühl, Katinka vertrauen zu können und hatte das Bedürfnis, ihr von einem Verdacht zu erzählen: »Ich glaube, dass die Einbrüche in Zusammenhang mit den beiden Todesfällen stehen.«

»Aber warum?«

Ihre Frage war berechtigt, dachte Paul und hatte keine schlüssige Antwort parat. Außer der wenig greifbaren, dass er das zwingende Gefühl hatte, dass es so war.

Katinka stützte das Kinn auf ihre verschränkten Hände und blickte ihn aufmerksam an. »Die einzige sinnvolle Erklärung für deine Vermutung wäre, dass der Einbrecher hinter den Fotos vom Christkindlesmarkt her war. Aber die sind ja offenbar nicht geklaut worden, oder?«

»Nein, nein«, beeilte sich Paul zu sagen, doch im gleichen Moment wurde ihm klar, dass er noch gar nicht nachgesehen hatte, ob seine Bilder immer noch in der Fototasche steckten, die er in der kleinen Truhe im Flur verstaut hatte.

»Warum hast du sie mir eigentlich immer noch nicht gebracht?«, fragte Katinka. »Zeigen sie denn außer deinem ominösen Schattenphantom überhaupt etwas Wesentliches?«

»Nein, nein«, sagte er abermals.

»Na also«, Katinka lächelte mild. »Wenn du mich fragst, sprechen die gestohlenen Gegenstände für einen Gelegenheitsdieb. Einem, der beim zweiten Versuch wahrscheinlich mehr Beute machen wollte und nicht mit deiner Anwesenheit gerechnet hat.«

Paul versuchte sich einzureden, dass Katinka wohl Recht hatte. Um sich selbst abzulenken und aus wieder erwachender Neugierde nahm er das Thema ihres letzten Gesprächs wieder auf: »Verrätst du mir heute etwas mehr über deine große Entdeckung: die Haare und Fasern?«

Katinka zögerte. »Mein lieber Paul, nicht nur für Ärzte gilt die Schweigepflicht.«

»Aber ich bin doch quasi … auch ein Betroffener«, sagte Paul bittend.

Katinka verdrehte die Augen. »Eigentlich dürfte ich dir das wirklich nicht erzählen, und auf keinen Fall darfst du es deinem Journalistenfreund Blohfeld gegenüber erwähnen.« Sie bedachte ihn mit einem strengen Blick. »Wir haben bei Densdorf etwas gefunden, das uns stutzig gemacht hat«, sagte sie. »Kunstseidefasern, die sehr feine, aber charakteristische Pigmentpartikel enthielten.«

Rede nicht drum herum, dachte Paul, hielt aber diplomatisch den Mund.

»Dem Stoff nach zu urteilen scheinen die Fasern aus dem Mantel einer Frau zu stammen, der vermutlich dem hochwertigen Segment zuzuordnen ist.«

»Seiner eigenen womöglich?«, blieb Paul vorsichtig.

Sie schüttelte den Kopf. »Seine Frau kommt kaum in Frage. Die beiden traten fast nie gemeinsam in der Öffentlichkeit auf.«

»Aber du sagtest auch etwas über Haare. Sind sie zuzuordnen?«

»Das menschliche Haar besitzt eine ausgeprägte Struktur, die man mit Hilfe des Rasterelektronenmikroskops erkennen kann. Wir haben eine energiedispersive Röntgenfluoreszenz durchgeführt.«

»Eine was?«

»Wir haben geprüft, ob die Haare von Männlein oder Weiblein stammen.«

»Und?« Paul konnte seine Neugierde kaum unterdrücken.

»Weiblein. Aber das sagt ebenfalls noch wenig aus. Mag sein, dass der Tote kurz vor seinem Ableben ein Date mit einer Edelhure gehabt hat.«

»Oder eben doch mit seiner eigenen Frau«, entgegnete Paul nachdenklich und rief sich seine Eindrücke der verwirrten und gekränkten Frau Densdorf in Erinnerung.

»Um ganz sicherzugehen, müsste ich weitere Untersuchungen anordnen. Aber das kommt uns viel zu teuer. Immerhin – wir haben Keratin, ein faserartiges Protein, das Horngewebe wie zum Beispiel Fingernägel bildet. Es steckte in seiner Haut.«

»Es ist also zum Kampf gekommen«, folgerte Paul und dachte an das Foto, das Densdorf mit erhobener Faust vor der Unbekannten zeigte.

»Möglicherweise. Oder zu einem heftigen Liebesakt.«

Paul merkte, wie nun Katinka unruhig auf ihrem Stuhl hin und her rutschte. »Auch an der Leiche des Schreinermeisters haben wir auf der Hautoberfläche der Hände Keratin gesichert, das nicht von ihm stammt. Und nun das Beste: Es ist identisch mit dem an Densdorfs Leiche!«

Auch Paul wurde nun von einer zunehmenden Unruhe erfasst. »Du willst behaupten, die Spuren stammen von ein und derselben Person? Beide Männer hatten also Kontakt zu derselben Frau?«

Katinka nickte langsam und sah ihn bestimmt an.

»Ließ sich das Keratin denn einer bestimmten Person zuordnen?«, fieberte Paul dem Ergebnis entgegen.

»Nein, dazu bräuchten wir ja eine positive Gegenprobe desjenigen, der das Keratin an den beiden Toten hinterlassen hat. In der üblichen Kartei liegt allerdings nichts vor.«

»Wir haben es demnach nicht mit einem alten Kunden zu tun?«

»Oder einer alten Kundin – nein, Paul, leider nicht. Denn das würde die Sache für uns alle wesentlich einfacher machen.«

Der Weg zurück nach Hause fiel Paul schwer. Es war nicht mehr direkt Angst, die er verspürte, vielmehr hatte er das Vertrauen in die Sicherheit seiner eigenen vier Wände verloren. Von der Geborgenheit, die er zu Hause stets empfunden hatte, war nach den beiden Einbrüchen ebenso wenig übrig geblieben wie ein letzter Rest von so etwas wie einer Intimsphäre.

Als Erstes musste er jetzt prüfen, ob mit den Bildern von Densdorfs Todestag alles in Ordnung war – denn Katinka hatte ihn mit ihren Vermutungen ziemlich verunsichert. Paul atmete erleichtert auf, als er die Tasche mit seiner Fotoausrüstung aus der unscheinbaren Truhe unter der Garderobe hervorzog. Die Tasche war unberührt geblieben, seitdem er die Negativstreifen und Abzüge vom Christkindlesmarkt und der Liebesinsel hineingesteckt hatte. Bei diesem Gedanken durchfuhr ihn plötzlich ein neuer Schreck. Vielleicht war der Dieb tatsächlich kurz davor gewesen, das zu finden, was er bei seinen Einbrüchen gesucht hatte.

Paul hatte eine böse Vorahnung. Er spurtete durch seine Wohnung und drückte die Schiebetür am Ende des großen Raums grob beiseite. Die schwarz gekachelte Dunkelkammer lag wie im Schlummer leer und ruhig vor ihm. Er knipste alle drei Rotlichter an, die den schmalen Raum notdürftig beleuchteten. Ein Blick auf die Anrichte neben dem Vergrößerungsapparat reichte aus, um seine Vermutung bestätigt zu sehen. Sämtliche Filme, die er in den Tagen und Wochen zuvor belichtet hatte, waren verschwunden. Nicht einmal eine leere Filmpatrone hatte der Einbrecher zurückgelassen.

Er eilte zurück zu der kleinen Truhe, nahm seine Fototasche heraus und schaute nachdenklich auf die Filme vom Christkindlesmarkt, die wohlbehalten in seinen Händen ruhten. Sie waren dem Dieb durch die Lappen gegangen. Doch es war Zufall gewesen, dass er sie in der Fototasche gelagert hatte. Hätte Paul sie nicht dort deponiert, um sie zur Polizei zu bringen, wären sie jetzt verloren.

Kaum erholt von dem Schreck, setzte er halbherzig seine Bemühungen fort aufzuräumen. Was nicht er selbst schon im alltäglichen Trott in Unordnung gebrachte hatte, hatte der Einbrecher besorgt.

Paul las die losen Blätter eines Aktenordners auf, den der Einbrecher offensichtlich aus reiner Zerstörungswut durch die Gegend gepfeffert hatte. Es waren größtenteils Zeitungsartikel. Er wunderte sich über sich selbst, dass er so viele Texte ausgeschnitten und aufbewahrt hatte, ohne jemals wieder einen Blick hineingeworfen zu haben.

Bei seinen Aufräumarbeiten ging Paul nicht besonders planvoll vor, und das meiste sortierte er gleich aus, um es ins Altpapier zu werfen. Doch einer der längst vergessenen Artikel ließ ihn verharren: Der Text handelte einmal mehr von Dr. Evelyn Karczenko, der streitbaren Kunstexpertin aus Erlangen, und von ihrem Steckenpferd, der systematischen Fehlersuche im Gesamtwerk Albrecht Dürers. Paul sah sich das abgedruckte Porträtfoto der Frau an: stufig geschnittenes braunes Haar, spitze Nase, spitzes Kinn, eine schmale, kantige Designerbrille über zwei kleinen, entschieden blickenden Augen. Ihm war diese Frau unsympathisch. Er legte den Artikel auf seinen Schreibtisch zu dem anderen, den er neulich ausgeschnitten hatte, und wandte sich der nächsten Ecke des Zimmers zu.

Paul sammelte weiterhin wahllos verstreute Fotos, aber auch lange vermisste Auftragskopien und etliche weitere Zeitungsausrisse ein. Als er auf einen weiteren Artikel der Karczenko stieß, eine kritische Analyse von Dürers *Landauer Altar*, war das für Paul der sinnbildliche Wink mit den Zaunpfahl. Erstmals meinte er, eine Ahnung zu haben, die ihm im Fall Densdorf weiterbringen könnte. Mit neu erwachender Energie las er die Artikel über Dr. Evelyn Karczenko, und schnell wurde ihm klar: Der Karczenko ging es einzig darum, Dürers Ansehen zu schaden und sich selber dadurch Geltung zu verschaffen.

Nach allem, was Paul über Densdorf wusste, musste die Karczenko zu seinen Erzfeindinnen gezählt haben. Denn sie schadete mit ihren Angriffen nicht nur dem Andenken an eine Legende, sondern – wenn sie Erfolg hatte – auch einem der wichtigsten Publikumsmagneten Nürnbergs. Das konnte Densdorf nie und nimmer recht gewesen sein!

Paul fühlte erneut ein nervöses Kribbeln und empfand es auch dieses Mal nicht als unangenehm. Im Gegenteil: Endlich meinte er, in die richtige Richtung zu denken. Mit einem Mal ergab vieles einen Sinn. Selbst die Faser- und Haarspuren, von denen Katinka gesprochen hatte. Denn wäre es nicht möglich, dass …

Er bremste sich selbst in seinen Gedanken, die sich in seiner Euphorie zu überschlagen drohten. Also gut, mahnte er sich zur Ruhe, wenn du Klarheit haben willst, musst du persönlich mit ihr reden.

12

Über die Bundesstraße 4 hätte Paul normalerweise eine knappe halbe Stunde bis nach Erlangen benötigt. Wegen der winterlichen Straßenverhältnisse saß er allerdings fast eine Stunde in seinem Renault, bevor er die tief verschneite Stadt erreichte. Er kannte sich in Erlangen nicht besonders gut aus. Die Bismarckstraße mit den Gebäuden der Geisteswissenschaften erreichte er nur unter Zuhilfenahme eines Stadtplans. Obwohl wegen des Wetters nur wenige Leute mit ihren Autos unterwegs waren, brauchte Paul eine halbe Ewigkeit, bis er endlich einen Parkplatz gefunden hatte.

Dann wurde es für ihn noch einmal schwierig, sich zwischen Anglisten, Romanisten, Germanisten und Philosophen durchzufragen. Schließlich erreichte er unweit des Audimax sein Ziel: eine Cafeteria, in der er sich mit Dr. Karczenko verabredet hatte.

Er hatte sich zunächst selbst darüber gewundert, wie schnell die Karczenko am Telefon eingewilligt hatte, sich mit ihm zu treffen. Doch nun war er da, und die Kunsthistorikerin kam ihm, kaum dass er die Cafeteria betreten hatte, mit ausladenden Schritten entgegen. Sie war kleiner, als er erwartet hatte, und ihre Züge waren deutlich weniger verhärmt als auf dem Zeitungsfoto. Ihr Gesicht strahlte sogar große Offenheit aus, während ihre Augen ihn neugierig und intensiv begutachteten.

Sie setzten sich an einen Tisch etwas abseits der Grüppchen von Studenten und vereinzelten Dozenten.

»Was kann ich für Sie tun?«, fragte sie frei heraus.

Paul musste sich selbst eingestehen, dass er sie sich weit unsympathischer vorgestellt hatte und nun sogar fast enttäuscht war, auf einen ganz offensichtlich aufgeschlossenen und kooperativen Menschen zu stoßen. Weil er nicht gleich antwortete, sagte die Karczenko:

»Sie sind einer der – zugegebenermaßen – unzähligen Dürer-Fans, die mich zur Rede stellen wollen, habe ich Recht? Aber ich muss Sie in Ihren Erwartungen korrigieren: Ich kneife nicht vor der Konfrontation. Schießen Sie also los, und beweisen Sie mir das Gegenteil meiner Theorien.«

Paul schätzte sein Gegenüber auf Mitte fünfzig. Im Geiste glich er sie mit dem Phantom auf den Bildern ab, die er am Christkindlesmarkt und an der Fleischbrücke gemacht hatte. Figur und Haltung stimmten überein. Für ihr Alter war die Historikerin gut in Form. Fit und beinahe athletisch. Paul traute ihr zu, Densdorf in die Pegnitz gestoßen zu haben. Zumindest körperlich wäre sie dazu in der Lage gewesen. Aber ihre herzliche Art irritierte ihn.

»Ich merke schon, dass Sie nicht beginnen möchten«, redete sie weiter. »Dann lassen Sie mich Ihnen die Grundzüge meiner Arbeit erläutern. Ich vertrete die Theorie, dass sich jedes Bild mit moderner Technik zu fünfundneunzig Prozent seinem wahren Schöpfer zuordnen lässt. Legt man diese Theorie zu Grunde, war Dürer zwar ein großer Mann – ein großer Geschäftsmann«, sie setzte ein Lächeln auf, das auf Paul selbstsicher, jedoch einstudiert wirkte, »nur das Malen hat er zu großen Teilen anderen überlassen.«

»Jeder ernsthafte Dürer-Kenner würde Ihnen hier und jetzt das Gegenteil beweisen«, entgegnete Paul schärfer als vorgesehen. »Ihnen geht es gar nicht um Dürer, sondern um Ihr eigenes Fortkommen.«

Die Karczenko lächelte – das Gespräch schien ihr echte Freude zu bereiten. »Ich habe einen kleinen Trost für alle so genannten Sachverständigen: Denken Sie an Picasso, der ja alle seine eigenen Werke verlässlich erkannt haben soll. Eines hat er – das ist verbürgt – in einem Museum als Fälschung entlarvt. Ein Irrtum, wie sich später herausstellte. Doch erst Fotos, die ihn beim Malen des angeblichen Abklatsches zeigten, überzeugten ihn von seiner Urheberschaft. – Bei Dürer verhält es sich leider genau umgekehrt.«

Paul pochte auf die Tischplatte. »Wie wollen Sie denn einen solchen Vorwurf untermauern, wenn der Maler seit Ewigkeiten tot ist?«

»Oh«, sagte die Historikerin kokett, »das spielt für uns keine Rolle. Wir verlassen uns auf den Sachverstand unserer Rechner. Unsere Software analysiert Gemälde mit übermenschlicher Akkuratesse und erkennt persönlichen Stil sicherer als jeder Experte. Wir richten uns einzig und allein nach der Mathematik des Pinselstrichs.«

Paul bewunderte den selbstsicheren Auftritt der Kunstexpertin, wollte von seinem Verdacht jedoch nicht so schnell ablassen. Das Ziel dieser Frau lag für ihn allzu offensichtlich auf der Hand: Sie wollte international Karriere machen. Ihr Ehrgeiz ließ sie in Kauf nehmen, dass es dabei Opfer gab.

»Ein Computer mit Kunstsachverstand?«, fragte Paul. »Und der wurde in Erlangen erfunden?«

»Nicht ganz«, antwortete sein Gegenüber schmunzelnd, »ich bin erst seit Kurzem an dieser Universität, um meinem Forschungsobjekt räumlich näher sein zu können. Meine Methode hatte ich bereits vorher entwickelt.«

»Aha«, sagte Paul unschlüssig darüber, wie er weiter vorgehen sollte. »Wie genau funktioniert denn Ihre Methode?«

»Meine Studenten – zumindest die besten unter ihnen – erkennen inzwischen mit bloßem Auge Stilmittel und Materialien verschiedenster Epochen und mit Röntgen- oder Infrarotlicht einzelne Farbschichten«, sagte sie. »Rasterelektronenmikroskope und Röntgendiffraktometer verraten ihnen sogar, ob für eine bestimmte Zeit typische Farben verwendet wurden. Für mich aber liegt das Geheimnis eines jeden Bildes ganz offen an der Oberfläche. Ich stamme aus einer Familie der Mathematiker. Ich erfasse die Bilder digital, genauer gesagt in neunhundert Bildpunkten pro Zentimeter – das ist genug, um ein einzelnes Pinselhaar zu verfolgen. Jeder der Bildpunkte enthält eine Information über Helligkeitsstufen und Mikrostrukturen des Pinselstrichs. Deren Verhältnis zu den Informationen der Nachbarwerte bringt eine Unzahl statistischer Vergleichswerte hervor.«

Die Selbstgefälligkeit der Karczenko machte Paul wütend. Nein, nicht ihre Arroganz an sich, sondern die Tatsache, dass sie sich gegen sein großes Vorbild richtete. »Wie kommen Sie darauf, sich aus ein paar Bildpunkten ein Urteil über Dürers kulturelles Vermächtnis bilden zu können?«

»Warum regen Sie sich auf? Perugino hat seine *Madonna mit Kind* auch nicht allein gemalt. Nach unserer Analyse haben mindestens drei weitere Künstler geholfen.«

Paul schüttelte langsam den Kopf. Woher nahm die Frau ihre Ignoranz der gesamten anderen etablierten Kunstwelt gegenüber?

Die Karczenko sprach weiter, als würde sie Pauls Zweifel ahnen: »Bleiben wir mal bei Pietro di Cristoforo Vannucci, alias Perugino: Der Computer hat die Malstile in seiner *Madonna* zu Punkten in der Grafik eines Würfels vereinfacht. Bei einigen Personen auf dem Bild liegen sie nahe beieinander. Also war es nur ein Künstler, der sie malte, wahrscheinlich Perugino. Anders war es bei den übrigen Personen, wo es erhebliche Abweichungen gibt.« Sie spreizte die Finger und wedelte mit ihnen in der Luft wie ein Magier, während sie erklärte: »Der Computer übersetzt die Bildpunkte in ein mehrdimensionales Muster. Waren mehrere Künstler am Werk, liegen die Datenpunkte entfernt voneinander, bei einer Künstlerhand häufen sie sich dagegen auf engem Raum.«

»Bei Dürer gibt es keine Häufung?«, fragte Paul und hörte selbst, wie kleinlaut er klang.

Die Kunstexpertin zuckte mit den Schultern. »Bedaure, nein.«

Paul stand auf. Er blickte auf seine Gesprächpartnerin herab, doch die schaute nicht einmal auf. »In Nürnberg ist Ihnen niemand dankbar dafür, dass Sie Dürer in Misskredit bringen, ist Ihnen das bewusst? Sie schaden der Stadt und ihrem Ansehen«, und demontieren mein Idol, fügte er in Gedanken hinzu.

Die Karczenko behielt ihr überlegenes Lächeln bei. »Sicher. Ihr Fremdenverkehrschef war einer meiner erbittertsten Gegner.«

»Sie geben es also zu?«, fragte Paul verblüfft.

»Natürlich.« Auch sie stand jetzt auf. »Leider hat Herr Densdorf nie verstanden, dass ich weder ihm noch Dürer schaden will. – Längst sind Kunstfälscher auch zu Experten alter Maltechniken und herkömmlicher Analyseverfahren geworden. Wir können daher gar nicht anders als aufzurüsten, um noch besser zu werden im Auseinanderhalten zwischen Original und Fälschung.«

Paul versuchte, aus ihren kleinen Augen zu lesen. Doch ihre Gedanken blieben ihm verschlossen. Er fragte sich, wie weit diese Frau gehen würde, um ihre Überzeugungen durchzusetzen. Er ließ einen Testballon steigen: »Einen Kritiker sind Sie mit Densdorf ja los geworden.«

Die Karczenko zog ihre Brauen zusammen. »Densdorf war nie ein ernst zu nehmender Kontrahent für mich. Der Mann tat mir Leid.« Sie trat einen Schritt näher an ihn heran. »Ich denke, unser Gespräch ist damit beendet.«

»Danke. Trotzdem«, sagte Paul und wandte sich zum Gehen. »Nur noch eines«, sagte er dann.

»Ja?«, fragte die Karczenko verwundert.

»Was hat Picasso eigentlich geantwortet, als man ihn mit der angeblichen Fälschung vorgeführt hat?«

Die Karczenko grinste ihn an. »Er soll geantwortet haben, dass er Picasso-Gemälde schließlich genauso gut fälschen könnte wie jeder andere.«

Noch vom Auto aus rief er Blohfeld an und informierte ihn stichwortartig über sein Gespräch mit der Karczenko.

»Insgesamt«, sagte Paul zusammenfassend, während er mit seinem Renault um eine vereiste Kurve bog und das Handy krampfhaft unters Kinn gekeilt hatte, »macht die Karczenko einen sehr verdächtigen Eindruck.«

»Verdächtig«, wiederholte Blohfeld wenig überzeugt. Dann sagte er, dass er sich Pauls Vortrag noch einmal ganz in Ruhe und nicht übers Handy anhören müsste, um sich ein Urteil bilden zu können. Er schlug vor, sich – um Zeit zu sparen – direkt mit Katinka Blohm zu treffen.

»Ich weiß nicht, ob das so klug ist«, sagte Paul. Er musste an einer roten Ampel bremsen, schlitterte dabei aber einen guten Meter über die Haltelinie hinaus. Der Fahrer eines von rechts kommenden Wagens hupte ihn wütend an. »Wie Sie wissen, ist sie eine alte Bekannte von mir, und ich bin gerade dabei, wieder so etwas wie ein Vertrauensverhältnis zu ihr aufzubauen.«

»Dabei werde ich Sie bestimmt nicht stören«, blieb Blohfeld beharrlich.

Von wegen, dachte Paul bitter und machte einen letzten Versuch: »Ich kann mir eigentlich nicht vorstellen, dass Katinka Sie sehen möchte.«

»Ich verlasse mich auf das ›eigentlich‹«, sagte der Reporter unbeirrt. »Wenn Sie mich eigentlich nicht sehen will, macht sie bei dem, was wir ihr zu sagen haben, mit Sicherheit eine Ausnahme.«

Paul konnte schwer einschätzen, wie Katinka reagieren würde. Doch ihm blieb nichts anderes übrig als dem Dreiergipfel zuzustimmen. Sie verabredeten sich für den nächsten Vormittag.

13

Etwas nervös, aber voller Tatendrang verließ Paul am nächsten Morgen seine Wohnung, um Blohfeld zum verabredeten Besuch bei Katinka Blohm zu treffen. Die eisige Schneelandschaft begrüßte ihn in malerischer Schönheit, aber er nahm die Zuckergussensembles auf den Hausdächern, Laternen und Parkuhren nur flüchtig wahr, als er sich auf dem schnellsten Weg zum Treffpunkt machte.

Blohfeld wartete bereits, ungeduldig mit dem rechten Fuß wippend, vor der U-Bahn-Station. Er hatte den Kragen seines Trenchcoats hoch geschlagen und sah aus wie die zu klein und zu schmal geratene Version eines Mafioso.

Paul brannte darauf, ihm ausführlich von seinem Gespräch mit der Karczenko zu berichten. Tatsächlich hörte der Reporter aufmerksam zu, als sie die Rolltreppe ins Untergeschoss des U-Bahn-Verteilers nahmen und dabei mit knappen Gesten Absagen an Verkäufer von Obdachlosenmagazinen und illuminierten Nikolausmützen vergaben.

»Soso, eine Kunsthistorikerin verdirbt den angestammten Kunstmarkt und verprellt die Touristen, macht sich so den Tourismuschef zum Feind und stößt ihn am Ende in die Pegnitz. Ein wenig abenteuerlich, nicht wahr?«, fragte Blohfeld schließlich. »Es bringt uns außerdem leider nicht weiter.« Er griff in seine Jackentasche und zog sein speckiges Notizbuch hervor. »Wenn ich alle Fakten, die wir bislang haben, mit einbeziehe, müsste die Karczenko das Mordopfer sein und nicht die Täterin.«

Vielleicht wollte sie ihrem Mörder ja zuvorkommen, dachte Paul und starrte nachdenklich auf die Kaugummiflecken am Boden des U-Bahn-Waggons. Er gab sich dem monotonen Rhythmus des im Gleis schaukelnden Zugs hin, während er seinen Gedanken freien Lauf ließ. Egal welche Rolle die Karczenko in dieser Angelegenheit spielte, so blieb der Zusammenhang zwischen den Todesfällen und dem Namen Dürer unzweifelhaft bestehen. Er dachte wieder an die Satzfetzen, die er vom Defibrillator abgehört hatte. Die abgehackten Worte ließen viel interpretatorischen Spielraum. Immerhin wusste er, dass Densdorf nicht nur Dürer, sondern explizit das Dürerhaus erwähnt hatte, und dann war da ja noch die kryptische Aussage »Lasst sie nicht damit durchkommen.« Das Wörtchen »sie« konnte alles heißen. »Sie« für die dritte Person Plural oder »sie« als dritte Person Singular. Am interessantesten erschien ihm der letzte Teil: »… nicht damit durchkommen.« Wer sollte womit nicht durchkommen?

»Sagen Sie mal«, sagte Blohfeld mit einem süffisanten Unterton und stieß ihn in die Seite. »Stimmt es eigentlich, was man sich von Ihnen und dem Christkind erzählt?«

Paul fuhr erschrocken auf.

»Damit das von Vornherein klar ist: Wenn an den Gerüchten etwas dran ist, wollen wir die Ersten sein, die die Fotos drucken«, wurde der Reporter konkreter.

Paul bemerkte den neugierigen Blick zweier älterer Damen auf dem Sitz gegenüber und zischte Blohfeld mit vorgehaltener Hand ins Ohr: »Nichts ist dran. Gar nichts. Es wird keine Nacktfotos vom Christkind geben.«

Blohfeld lachte auf. »Habe ich wohl einen wunden Punkt erwischt? Ich dachte, Sie sind in Geldnot? Eine bessere Chance, sich aus den Schulden zu fotografieren, gibt es doch gar nicht.«

Paul starrte ihn böse an. Wie konnte sich die Sache mit Hannah schon bis in Blohfelds Kreise herumgesprochen haben? Er würde sie dringend treffen und zurechtweisen müssen. Hier ging es um seine Ehre. Wer in Nürnberg das Christkind oder die Bratwurst in Misskredit brachte, galt als Ketzer – seine Karriere, ja, er selbst wäre geliefert, wenn Blohfeld die Story druckte!

»Ihnen steckt wohl noch immer Ihre Langwasser-Dokumentation in den Knochen, was?«, neckte ihn der Reporter weiter.

Diese Bemerkung machte es für Paul keineswegs besser. Geistig wurde ein Kapitel zwangsgeöffnet, das er vergessen und fest verschlossen geglaubt hatte: eine Foto-Session in der Nürnberger Trabantenstadt Langwasser. Die Idee war gut gewesen …

»Sie haben diese vielen nackten Hausfrauen porträtiert«, sagte Blohfeld und löste bei den beiden alten Damen auf den Plätzen gegenüber ein wissbegieriges Hälserecken aus.

»Sie müssen das im Kontext mit der Architektur sehen«, zischte Paul. »Die Wolkenkratzer mit ihren Hunderten anonymer Balkons … Ich wollte Frauen darstellen, die diese Monotonie tagtäglich beleben, also bewohnen.«

»Und warum ausgerechnet nackt?«

Die beiden Omas beugten sich unmerklich vor.

Paul fauchte Blohfeld an: »Die Architektur der Hochhäuser ist minimalistisch, will heißen: auf das Nötigste begrenzt. Ich wollte diese Aussage bei der Darstellung der Bewohnerinnen aufgreifen.«

»Unter minimalistisch verstehe ich eigentlich etwas anderes«, sagte Blohfeld sichtlich erfreut über Pauls wütende Reaktion. »Dann haben Sie kräftig eine verpasst bekommen, habe ich das richtig in Erinnerung?«

Paul setzte zu einer Antwort an, ließ es angesichts der gaffenden Großmütter aber bleiben. Ja, dachte er. Er hatte bei seiner letzten Aufnahme Schläge kassiert. Und zwar gewaltig. Von einem Vorarbeiter aus einer Lkw-Motorenfabrik. Der hatte die Aussicht auf seine nackte Frau, die vor einem wildfremden Mann mit Kamera posierte, alles andere als amüsant empfunden. Paul war knapp einem Kieferbruch entgangen. Das Projekt Langwasser hatte er nach dieser Erfahrung eingestellt.

Paul sah sich von Blohfeld unnötig provoziert. Er war sauer und entschied, für den Rest des Weges zu schweigen.

Die Staatsanwältin sah nur kurz von den Unterlagen auf ihrem Schreibtisch auf, als sie ihr Büro betraten. Nachdenklich studierte sie einige Notizen und ließ ihn und Blohfeld noch einige Minuten schmoren, bevor sie zögerlich mit dem herausrückte, was sie gerade gelesen hatte: »Jetzt haben wir es schwarz auf weiß. Das Labor bestätigt, dass unzweifelhaft Zusammenhänge zwischen Densdorfs Tod und dem des Schreinermeisters im Dürerhaus bestehen. Auch an der Leiche des Schreiners konnten Fasern eines Wintermantels gefunden werden – identisch mit denen im Fall Densdorf. Nun warte ich auf den Vergleich der Haarprobe. Aber ich bin schon jetzt fest davon überzeugt, dass auch die identisch ist.« Erklärend fügte sie hinzu: »In einer Hautfalte unter seinem Kinn hat der Gerichtsmediziner nach langwieriger Nachuntersuchung tatsächlich ein Fremdhaar finden können. Zusammen mit den Keratinspuren haben wir damit Beweismittel auf drei Ebenen, die auf die Beteiligung ein und derselben Person hindeuten.«

Paul hörte aufmerksam zu und blickte sich dann – irritiert über Katinkas Gesprächigkeit in Anwesenheit eines Journalisten – nach Blohfeld um. Dieser hatte eine Leichenbittermiene aufgesetzt, und Paul konnte sich denken, dass der Reporter damit seine wahre Begeisterung über diese Neuigkeit verbergen wollte.

»Herr Blohfeld«, sagte Katinka schließlich, »es ist im Kollegium hinlänglich bekannt, dass Sie bei uns ein und aus gehen. – Sie wissen, dass ich Ihnen über ein schwebendes Verfahren eigentlich nichts sagen darf.«

»Von einem Verfahren kann nicht die Rede sein, werte Frau Blohm. Sie haben ja nicht einmal einen Tatverdächtigen.«

Katinka nickte lächelnd. »Genau genommen haben wir nicht einmal einen Mord. Denn offiziell gelten beide Todesfälle nach wie vor als Unfall.«

Allmählich dämmerte es Paul, was seine alte Schulfreundin vorhatte: Sie fischte bei der Affäre Densdorf – genau wie er und Blohfeld – im Trüben. Dadurch, dass sie ihre Karten nun offen auf den Tisch legte, erhoffte sie sich im Gegenzug stichhaltige Hinweise von Blohfeld. Paul betrachtete Blohfelds Pokergesicht und fragte sich, ob er den Köder erkennen und trotzdem schlucken würde.

»Also gut«, sagte der Reporter, »auch wir haben eine recht interessante Information. Aber zunächst möchte ich ein wenig mehr von Ihnen hören.«

»Wir sind hier nicht auf einem orientalischen Basar, Herr Blohfeld. Wenn Sie sachdienliche Hinweise haben, ist es Ihre Pflicht …«

»Meine Pflicht?«, unterbrach sie Blohfeld. »Sie haben mit diesem Spielchen angefangen. Eine Hand wäscht die andere.«

Katinkas Wangen begannen zu glühen, woraus Paul seine Schlüsse zog: Sie spielte mit dem Feuer, weil sie auf offiziellen Wegen mit ihren Ermittlungen nicht weiterkam und sich keinesfalls allein auf die Polizei verlassen wollte, war darin aber nicht sonderlich geübt.

Tatsächlich nahm sie den Faden wieder auf. »Die Analyse der Spuren lässt wie gesagt darauf schließen, dass in beiden Fällen tatsächlich ein und dieselbe Person kurz vor dem Tod der beiden Männer direkten Kontakt mit ihnen gehabt hat. Eine weibliche Person.«

»So weit, so gut«, sagte Blohfeld ein wenig enttäuscht. »Jedoch bleibt es fraglich, ob diese eine Person wirklich in beiden Fällen der Mörder bzw. die Mörderin ist, denn gerade auf diesen Zusammenhang haben wir keinerlei Hinweise.«

Katinka zögerte. Paul spürte, dass sie gegenüber der Presse keinesfalls zu viel preisgeben wollte. Andererseits hatte sie mit Sicherheit nicht viel, was preiszugeben war, und konnte im Gespräch mit diesem versierten und ausgebufften Reporter vielleicht noch etwas gewinnen.

»Jetzt sind Sie an der Reihe«, forderte Katinka ihn heraus.

Blohfeld blieb dem Deal treu. Er berichtete über die Tonaufzeichnungen des Defibrillators, ohne Pauls nicht ganz legale Beteiligung daran zu erwähnen. Katinka folgte seinen Schilderungen sichtlich überrascht. Sie machte sich Notizen und kündigte an, das Band sicherstellen zu lassen.

Dann zog Blohfeld – auch für Paul unerwartet – einen weiteren Trumpf aus der Tasche: »Ziehen Sie eigentlich in Erwägung, dass Densdorf das Opfer eines Racheaktes für eine Tat geworden ist, die er selbst begangen hat?«

Paul war perplex: Dies war eine erste sinngebende Mordtheorie, die sich erstaunlicherweise in weiten Teilen mit dem Szenario deckte, das Jan-Patrick entworfen hatte.

»Helmut Densdorf?« Auch Katinka war völlig verblüfft. »Sie spielen darauf an, dass er selbst Täter war?«

»Wäre es möglich, dass Densdorf den Schreiner getötet hat? Motiv: sexuelle Rivalität, womöglich. Er wiederum ist daraufhin Opfer der Leidtragenden geworden.«

»Bitte? Wie kommen Sie darauf? Wo ist der Anhaltspunkt?« Katinka sprach damit genau das aus, was auch Paul in diesem Moment dachte.

»Antworten Sie doch bitte einfach auf meine Frage«, beharrte Blohfeld.

»Bei dieser Hypothese müsste eine unbekannte gemeinsame Geliebte oder die Witwe des Schreiners als zweite Täterin in Frage kommen«, folgerte Katinka. »Immerhin: Das brächte einen Sinn in den Fund der Faser-, Haar- und Keratinspuren.«

»Hat die Polizei die Witwe des Schreiners bereits verhört?«, forschte Blohfeld.

Katinka zog die Notbremse. »Moment, Moment, das geht mir jetzt doch ein bisschen zu weit.« Sie sah erst Blohfeld an, dann wechselte ihr Blick zu Paul und wieder zurück zu Blohfeld. »Wenn Sie sich dazu bereit erklären, den Inhalt unseres Gesprächs vorerst nicht zu veröffentlichen, bin ich damit einverstanden, dass wir uns weiterhin austauschen. Aber für heute reicht es.«

Paul verstand den Wink und wandte sich zum Gehen. Blohfeld schloss sich nach knapper Verabschiedung an.

Kaum hatten sie das Büro verlassen, hielt Blohfeld ihn am Ärmel fest.

»Sehen Sie den Mann am Ende des Ganges?«, flüsterte er ihm zu.

»Ja«, sagte Paul, als er eine sich langsam nähernde Gestalt sah.

»Das ist ihr Chef«, zischte Blohfeld. »Kommen Sie, wir bleiben noch ein wenig.« Er drängte ihn in eine Nische.

Die Gestalt, ein älterer Herr in obligatorischer Robe und mit schlohweißem Haar, ging achtlos an ihnen vorbei und verschwand – ohne anzuklopfen – in Katinkas Büro. Blohfeld zog Paul am Ärmel aus der Nische und postierte sich direkt an der Tür. Durch das dünne Holz konnten sie Gesprächsfetzen aus dem Büro hören. Es klang nicht nach einer freundlichen Unterhaltung.

»Kommen Sie«, mahnte Paul den Reporter zum Gehen. Ihm gefiel es nicht, an Türen zu lauschen.

Blohfeld willigte widerstrebend ein. »Ja, lassen Sie uns gehen.« Dann lächelte er unversehens.

»Was amüsiert Sie?«, erkundigte sich Paul.

»Ich gehe jede Wette ein, dass Ihre Schulfreundin gerade großen Stress bekommt: zu viel aufgewirbelter Staub zum falschen Zeitpunkt.«

»Sie meinen, sie bekommt wegen ihrer Ermittlungen Druck aus den eigenen Reihen?«, fragte Paul ungläubig.

»Das liegt sogar sehr nahe«, sagte Blohfeld. »Wir haben zwei Morde. Wahrscheinlich Taten aus Eifersucht und Leidenschaft. Aber da schwebt dieser mögliche Zusammenhang mit Albrecht Dürer in der Luft. Wenn das die große Presse aufgreift – und ich rede jetzt von der wirklich großen Presse –, dann bedeutet das einen Imageschaden für Nürnberg, der sich gewaschen hat. Ihre Kleine ist bald raus aus der Sache, glauben Sie mir.«

Wortlos gingen sie durch die endlosen Flure des Justizpalastes, wobei ihre Schritte auf den blank polierten Marmorplatten beunruhigend laut widerhallten. Paul fühlte sich von sich selbst verfolgt.

Keinesfalls wollte er nach diesem neuerlichen unbefriedigenden Besuch bei Katinka Blohm allein sein. Spontan bat er Blohfeld, ihn ein Stück zu begleiten. Der Reporter überlegte kurz, willigte dann aber ein.

Unterwegs berichtete Paul Blohfeld von dem zweiten Einbruch in seine Wohnung. Der Journalist reagierte gelassen und horchte erst auf, als Paul andeutete, dass er den Einbrecher flüchtig gesehen hatte.

»Beschreiben Sie ihn!«, forderte ihn Blohfeld auf.

»Groß, hager, dunkles mittellanges Haar. Für ein Phantombild würde es nicht reichen«, gestand Paul ein.

»Besser als gar nichts«, sagte Blohfeld, dem man anmerkte, dass er sich bereits wieder Gedanken darüber machte, wie er das eben Gehörte zu einer Story für seine Zeitung machen könnte.

Entsprechend gut aufgelegt gab sich der Reporter dann auch, als die beiden das Burgviertel erreichten: »Wenn Sie eine anständige Hausbar haben, komme ich sogar auf einen Sprung mit in Ihr Atelier.«

Am Weinmarkt angekommen, blieb Blohfeld stehen und maß mit Anerkennung im Blick das schmucke Mehrfamilienhaus ab, dessen Dachgeschoss Pauls Atelier beherbergte. Sie wollten gerade das Haus betreten, als sich Paul aus reinem Zufall noch einmal umsah. Nicht dass er den Verfolger gespürt hätte, der sich an ihre Fersen geheftet hatte. Es war eher eine unbestimmte Eingebung. Pauls Blick streifte *Peggy's Frisiersalon* und den Gemüsestand, und dort, gleich neben dem Stand, sah er eine Gestalt, die ihm das Blut in den Adern gefrieren ließ.

»Das ist er!«, stieß Paul aus.

Blohfeld reagierte sofort und folgte Pauls Blickrichtung. Ein groß gewachsener junger Mann mit ungepflegtem Äußeren, schulterlangem krausem Haar, Bart und einem schluderig um den Hals gewundenen orangefarbenen Damenschal erwiderte ihren Blick. Der Reporter spurtete augenblicklich los.

»Kommen Sie mit, Flemming«, rief er, »den schnappen wir uns.«

Als sie beide auf den Gemüsestand zuhielten, setzte sich auch die Gestalt in Bewegung. Erst trat der Mann unschlüssig von einem Bein auf das andere, dann nahm er in Richtung des *Goldenen Ritters* Reißaus.

»Halten Sie sich links«, kommandierte Blohfeld, »ich schneide ihm von der anderen Seite den Weg ab.«

Paul spurtete über den Platz. Das heißt: Er versuchte zu spurten. Denn die Sohlen seiner Stiefel hatten ein schlechtes Profil, so dass er bei jedem zweiten Schritt ins Rutschen geriet.

»Der Kerl haut ab«, rief Blohfeld, der bereits wesentlich näher an die schlaksige Gestalt herangekommen war, nun aber wohl fürchtete, nicht allein mit dem Mann fertig zu werden.

Paul kürzte ab, indem er sich zwischen zwei eng geparkten Autos hindurchzwängte. Der Verfolgte aber ließ sich nicht einholen, sondern beschleunigte das Tempo.

»Er entkommt uns!« rief Blohfeld. »Machen Sie schneller, Flemming!«

Im gleichen Augenblick hatte der Mann die steinerne Treppe erreicht, die hinauf zur Lammsgasse führte. Ihre Stufen waren mit blank poliertem Eis überzogen. Paul spürte wieder seine alte Sportverletzung und strauchelte schon beim ersten Schritt. Blohfeld gab nach der vierten Stufe auf. Geschlagen mussten sie zusehen, wie der Unbekannte um die nächste Häuserecke verschwand.

»Man lauert Ihnen auf«, sagte Blohfeld außer Atem, als sie den Rückweg zu Pauls Wohnung aufnahmen. »Sie wissen ja, dass ich kein besonderer Freund der Polizei bin, aber sollten Sie diesen Vorfall nicht besser melden?«

Paul neigte dazu, ihm zuzustimmen. Sein Unsicherheitsgefühl wuchs. Aber er war niemand, der sich ins Bockshorn jagen ließ. Plötzlich hatte er wieder den Abend auf dem Bierfest im Burggraben vor Augen: das ungerechtfertigte Verhör und seine Nacht im Gefängnis. Nein, sagte er sich, nein. Jetzt erst recht nicht! Es war abzusehen, dass die Polizei, außer Fragen zu stellen, nicht viel für ihn tun konnte.

Er hielt also an der Einladung fest und bat Blohfeld in seine Wohnung.

»Sie glauben wirklich, dass die Staatsanwaltschaft den Fall Densdorf fallen lässt?«, griff Paul ihr ursprüngliches Gespräch wieder auf und deutete auf sein Sofa.

Doch Blohfeld kam es offenbar nicht in den Sinn, sich zu setzen. Er überflog die Titel der Kunstbände in Pauls Regalen, streifte mit Blicken die Bilder an den Wänden, die Paul nach den Einbrüchen wieder aufgehängt hatte. »Ich denke, man war mit der ursprünglichen Unfallversion ganz zufrieden.«

»Man? Sie sprechen von Katinka Blohms Vorgesetzten?«

Blohfeld nahm sich eine mattgraue DIN-A3-Mappe von einem Sideboard und kam damit zum Sofa, wo Paul bereits Platz genommen hatte. »Für mich hörte es sich so an, als hätte ihr Boss von seinem Boss das Gleiche zu hören bekommen. Die wollen einfach keine Unruhe in Zusammenhang mit unserem heiligen Albrecht Dürer.«

»Die?«, fragte Paul.

Blohfeld ging auf diese Nachfrage nicht ein. »Was glauben Sie, warum uns die Blohm so auskunftsfreudig gegenübertritt? Aus reiner Nächstenliebe bestimmt nicht. Sie füttert uns an, um im Gegenzug Informationen von uns zu erhalten. Sie ist Profi genug, um die lose Bekanntschaft mit Ihnen dafür auszunutzen. Und sie hat diese Tricks offenbar bitter nötig, denn etwas Greifbareres als wir scheint sie auch nicht in der Hand zu haben.«

Paul hatte keine Lust mit Blohfeld über Katinkas Taktik zu spekulieren und sagte: »Ich bin der Letzte, der nicht Verständnis für jede Art von Ehrenrettung Dürers hätte, aber geht das nicht zu weit?«

»Das fragen Sie noch?« Blohfeld bedachte ihn mit einem mitleidigen Blick. »Nürnbergs Verhältnis zu Albrecht Dürer ist wie die Liebe zu einem alten, wertvollen Schmuckstück. Man kennt seinen Wert, bewundert seinen Glanz, sucht nach der optimalen Präsentation und lässt es dann unentschlossen in der Versenkung verschwinden. Wie das Geschenk der Patentante, das in der Schublade landet.«

»Aha«, sagte Paul wenig schlauer.

»Was den berühmtesten Sohn der Stadt angeht, haben sich in Nürnberg immer wieder Phasen glühendster Verehrung mit Zeiten des Vergessens abgewechselt«, dozierte Blohfeld. Er schien sich tatsächlich darüber zu ärgern, als er sagte: »Es waren kurzsichtige Ratsentscheidungen, die Nürnberg ins kunsthistorische Abseits geschoben haben.«

»Sie spielen auf die Dürer-Originale an, die nach und nach weggegeben worden sind?«

»Ja, so kann man es nennen. Ob blauäugig oder aus kurzsichtiger Berechnung – die meisten Originale bleiben uns heute vorenthalten. Genau da kommen wir zum Knackpunkt: Nürnberg hat sich inzwischen endlich seiner Pflichten besonnen. Das Dürer-Jahr. Die Dürerhaus-Sanierung. Die Kurskorrektur im Germanischen Nationalmuseum. Die ganze Stadt ist im Dürer-Fieber. Auch die Justiz fühlt sich diesem neuen Denken verpflichtet.«

»Sie meinen, das Dürer-Andenken steht über der Aufklärung von zwei Morden?«, fragte Paul, noch immer wenig überzeugt.

Blohfeld setzte sich ihm direkt gegenüber und blickte ihm geradewegs in die Augen: »Dürers fünfhundert Jahre alte Meisterwerke sind so kostbar und fragil geworden, dass viele von ihnen nicht nur mit Reise-, sondern sogar mit Austauschverboten belegt worden sind. Die Stadt will ihre letzte Chance nicht vertun, Dürer dahin zurückzuholen, wo er hingehört. Die Wiedereröffnung des Dürerhauses wird ein Ereignis von Weltrang sein. Die internationale Presse hat sich angekündigt. Man legt größten Wert darauf, die Aufmerksamkeit jetzt nicht auf irgendwelche vermeintlichen Skandale zu lenken.«

»Jetzt reden Sie selbst wie einer dieser Politiker«, sagte Paul.

»Genau. Sie haben es erfasst. Es geht hier um Politik, was die Angelegenheit nicht einfacher für uns macht. Denn Nürnberg steht unter dem enormen Druck, zwischen all den schillernden europäischen Wirtschafts- und Kulturmetropolen nicht völlig zu verblassen und in der Provinzialität zu versinken. Dürer ist das einzige echte Aushängeschild von internationaler Durchschlagskraft – abgesehen von den Bratwürsten vielleicht.«

»Aber gerade dieses Festklammern an einer Ikone ist doch provinziell.«

»Sie sagen es, Flemming, Sie sagen es.«

»Wie sieht unser Plan also aus?«, fragte Paul.

»Wollten Sie mir nicht etwas zu trinken anbieten?«, fragte Blohfeld zurück.

Paul stand auf und verschwand hinter seiner Küchenzeile. »Bier, Wein oder einen Sherry?«, rief er.

»Ein wenig härter darf's schon sein.«

Paul zog den Kühlschrank auf und nahm die Eiswürfelschale aus dem Gefrierfach. Mit einem gut eingeschenkten Whiskyglas kehrte er zu Blohfeld zurück.

Zu seinem Missfallen sah er, dass der Reporter die graue Mappe inzwischen aufgeschlagen hatte und dabei war, die darin enthaltenen Schwarzweißabzüge über den Couchtisch zu verteilen.

»Diese Akte sind recht gewagt«, sagte Blohfeld. »Ist das noch Kunst oder schon …«

»Sagen Sie jetzt nichts Falsches«, Paul stellte das Whiskyglas mit Wucht auf den Tisch. Die Eiswürfel tanzten nervös im ölig braunen Alkohol.

»Wieso? Sprechen Sie nicht gern über Ihre Arbeit?«, fragte Blohfeld mit provozierendem Funkeln in den Augen. Er schloss die Finger seiner Rechten um das Glas, nahm einen vorsichtigen Schluck, nickte zufrieden und sagte: »Jaja, ich kann mir das gut vorstellen: Dieser ständige Spagat zwischen Anspruch und Schund – er muss Ihnen schwer fallen.«

Paul war drauf und dran, die Aktfotos zusammenzuklauben und zurück in die Mappe zu stecken. Aber das würde Blohfelds Unterstellung nur noch bestätigen. Es war ja tatsächlich so, dass Paul ein Vermittlungsproblem mit seinem Interesse für Sexualität und nackte Körper hatte. Denn im Zusammenhang mit seinem Aussehen wurde er nur allzu oft vorschnell als Frauenheld abgestempelt – oberflächlich, ohne jeglichen geistigen Tiefgang. Das kränkte ihn und machte es nicht gerade einfacher, seinen Interessen nachzugehen. Blohfeld gegenüber wollte er sich jedoch nicht offenbaren. Also lehnte er sich zurück und schlug in gespielter Gelassenheit die Beine übereinander.

Der Reporter stellte das Glas wieder auf den Tisch zurück und nahm sich stattdessen eines der Bilder. Es war eines der wenigen von Pauls Fotos, das ein Paar zeigte. Der Reporter schob die filigrane Brille bis fast ans Ende seiner spitzen Nase. »Was sehen wir hier? Eine junge Frau, die so ausgestellt ist, dass man sie in gedruckter Form unterm Ladentisch verkaufen möchte. Sie liegt auf …«, er blickte kurz auf, »sie liegt auf Ihrem Sofa. Sie ist über den Schoß eines Mannes gebeugt. Der Mann ist offenbar, ja, er ist höchst offenbar erregt. Die Frau nimmt sich seiner Regung an, während ihre langen Haare über seinen Waschbrettbauch streichen.« Blohfeld tauschte das Bild wieder gegen sein Whiskyglas ein. »Im Internet würde ich ein ähnliches Foto sehr schnell finden, wenn ich den Begriff ›Blow job‹ eingeben würde.«

So nicht! Pauls beruflicher Stolz duldete es nicht länger zu schweigen. Nun nahm er das Bild, das er eigentlich selbst für nicht besonders gelungen hielt, und forderte mit leicht zitternder Stimme: »Putzen Sie sich bitte erst einmal die Gläser Ihrer Brille und schauen Sie dann genauer hin.«

Tatsächlich griff Blohfeld automatisch nach seiner Brille, ließ sie dann aber doch da, wo sie war.

»Was sehen Sie?«, fragte Paul forschend und hielt dem anderen das Foto hin. »Was genau sehen Sie?« Er ließ dem Reporter einige Momente Zeit. »Können Sie wirklich etwas erkennen? Ist das Ganze nicht eher nur ein Schattenriss, der Ihre Phantasie anregt?«

Blohfeld lachte in sein Whiskyglas.

»Ich sehe zwei Figuren, die selbst kaum beleuchtet und noch dazu im Gegenlicht aufgenommen wurden«, redete Paul weiter. »Die Frau hat ihre Beine gespreizt, ja, aber was man sieht, sind lediglich verschiedene Grauabstufungen, mehr nicht. Die Erregung des Mannes? Sind Sie sicher, dass es sich nicht nur um den Pflanzenstiel im Hintergrund handelt?«

Blohfeld schaute sich irritiert nach einer in Frage kommenden Pflanze um.

»Würden Sie Ihre Hände dafür ins Feuer legen, dass das Paar überhaupt nackt war, als ich es fotografiert habe?«

Blohfeld schmunzelte anerkennend. »Netter Versuch.« Seine Blicke streiften die Bilder auf dem Tisch. »All diese Brüste und Hintern und hochgeschobenen Röcke – Sie mögen das meinetwegen mit künstlerischer Radikalität rechtfertigen. Aber ich spüre Ihre innere Zerrissenheit.« Blohfeld blickte ihn eindringlich an. »Die Seelenqual, die entsteht, wenn kulturbedingte Tabus auf natürliche, triebhafte Sexualität treffen.«

Abermals war Paul nahe dran, die Bilder in der Mappe verschwinden zu lassen. Er wusste, dass er einem intellektuellen Duell mit Blohfeld auf Dauer nicht gewachsen war. Selbst dann nicht, wenn es um sein eigenes Fachgebiet ging.

Ihm fiel nichts Besseres ein, als mit einem Zitat zu kontern, das er in der Schule das erste Mal gehört hatte und das er sich zu Eigen gemacht hatte:

»So gewinnt derjenige ein Stück Freiheit, der es schafft, sich selbst zu leben nach eigenem Gesetz.«

»Goethe?«, fragte Blohfeld.

Paul schüttelte den Kopf. »Friedrich Schiller.«

Nun war es Blohfeld, der die Bilder einsammelte und in die Mappe zurücklegte. Dann lächelte er, und es wirkte ehrlich. »Schöne Aufnahmen. Mein Kompliment. Ein wenig zu scharf für unser Blatt, aber Sie verstehen es, Fotos mit Leben zu füllen.« Er leerte sein Glas. »Haben Sie noch einen davon?«

Beide gingen in die Küche, wo Paul dem Reporter nachschenkte. Der nippte am Whisky und trat dann zielstrebig an eine kleine Tafel, die Paul zum Notieren seiner nächsten Einkäufe an die Wand gehängt hatte. Blohfeld wischte die Tafel mit der Faust ab und begann, mit einem kleinen Kreidestück darauf zu schreiben.

»Also, noch einmal: Wir haben zwei Tote.« Er schrieb die beiden Namen auf. »Beide verbindet die Tatsache, dass an den Leichnamen fremde Spuren identischer Herkunft gefunden wurden. Wahrscheinlich stammen sie von einer Frau. Ich frage erneut: Welche Frauen bringen wir mit den beiden Toten in Verbindung?« Er schrieb die Namen der beiden Witwen sowie den der Erlanger Kunstsachverständigen an die Tafel. Beim letzten Namen stutzte er. »Dr. Evelyn Karczenko. – Ich weiß ja, dass sie Ihre Favoritin ist, aber mir ist das zu weit hergeholt. Ich glaube kaum, dass sie etwas damit zu tun hat.«

»Aber sie hat ein Motiv«, sagte Paul trotzig.

Blohfeld streifte ihn mit einem nachdenklichen Blick. Er legte den Kopf etwas zur Seite und sagte: »Wie erklären Sie folgenden Widerspruch: Dr. Karczenko zieht Dürers Andenken in den Schmutz, um bekannt zu werden und Karriere zu machen. Wenn sie aber zwei Männer ermordet, wird sie zwar bekannt, macht ihre Karriere aber höchstens im Frauenknast.«

Paul überlegte. »Angenommen, die beiden Todesfälle waren weder Unfälle noch Morde. Was, wenn es sich beide Male um Notwehr handelte?«

»Zwei Mal Notwehr ist ein Mal zu viel«, beharrte Blohfeld auf seinen Bedenken. Er leerte sein zweites Glas und wischte die Tafel wieder ab. »Nein, nein. So kommen wir nicht weiter.« Er machte Anstalten zu gehen.

»Warten Sie«, sagte Paul. »Wie wollen wir jetzt vorgehen?«

Blohfeld war bereits auf dem Weg zur Tür. »Ich weiß es nicht, Flemming. Ich weiß es nicht.«

»Aber ich«, sagte Paul, nachdem die Wohnungstür hinter Blohfeld ins Schloss gefallen war, und beschloss, ab jetzt das Zepter selbst zu führen.

14

Paul nahm sich Zeit, um abzuwägen, welcher Schritt der nächste sinnvolle wäre, um einige der allmählich lästig werdenden Rätsel aus der Welt zu schaffen. Er hatte das Licht in seinem Atelier gedämpft, so dass nur die Konturen seiner Möbel zu sehen waren. Der erste Gedanke, der ihm kam, war zwar nahe liegend, aber leider illegal und nicht durchführbar: Indem er sich Haarproben der drei hauptverdächtigen Damen – der beiden Witwen und der Erlanger Kunsthistorikerin – besorgen und sie mit den an den Leichen sichergestellten Proben vergleichen lassen würde, könnte er die wahre Täterin einkreisen oder aber alle drei sicher aus dem Kreis der Verdächtigen ausschließen.

Doch er wusste schon während er darüber nachdachte, dass dieser Plan bereits an der ersten Hürde scheitern würde: Blohfeld würde ihm zwar zugestehen, dass es eine sichere Methode sei. Im gleichen Atemzug aber würde er sagen, dass sie niemals einen Richter finden würden, der ohne jeden konkreten Tatverdacht einer solchen Gegenprobe zustimmen würde. Paul konnte sich die Einwände des Reporters lebhaft ausmalen.

»Nein, nein, mein lieber Flemming. Das haut nicht hin. Wir leben immer noch in einem Rechtsstaat, und da können Sie nicht einfach hingehen und den Leuten die Haare vom Kopf reißen.« Und er hatte ja Recht, dachte Paul.

»Schlag dir das aus dem Kopf«, sagte er laut zu sich selbst. »Wir kommen sonst in Teufels Küche.«

Eine andere, wesentlich nüchternere Idee schien ihm dagegen umsetzbar zu sein: Man müsste noch einmal mit den in Frage kommenden Frauen sprechen. Man müsste dabei ein paar Fallen auslegen, um sie aus der Reserve zu locken. Und man müsste penetrant sein, um nicht sofort wieder abgewimmelt zu werden. Doch wer war in diesem Fall »man«?, fragte sich Paul mit gewisser

Sorge. Wer konkret sollte die Befragungen vornehmen? Da blieb wohl nur er selbst, denn sein Vorschlag war viel zu unausgegoren, um jemand anderen damit behelligen zu können.

Paul fühlte sich trotz der Strapazen des langen Tages putzmunter und überlegte, was er mit seiner Energie nun anfangen sollte. Schweren Herzens besann er sich schließlich seiner häuslichen Pflichten. Er wog ab, wo es seine Wohnung am nötigsten hatte, und entschied sich für die Küche. Das Geschirr der letzten Tage, das nicht bei dem Gerangel mit dem Einbrecher zu Bruch gegangen war, stapelte sich noch immer neben dem Spülbecken. Paul ließ heißes Wasser ein, gab drei Spritzer Spülmittel hinzu und nahm sich als Erstes eine Kaffeetasse vor, in der eine braune, sirupartige Masse schwappte.

Er tauchte sie gerade ins Becken, als das Telefon läutete.

»Ja?«, schnauzte Paul leicht gereizt in den Hörer. In diesem Moment läutete es auch noch an der Tür.

»Polizeipräsidium Nürnberg, Einbruchsdezernat«, meldete sich eine Stimme am Telefon.

»Was gibt's?«, er hetzte durch den Flur.

»Wegen des Delikts in Ihrem Anwesen Am Weinmarkt, Dachgeschoss. Die Ermittlungen sind so weit abgeschlossen. Aus unserer Sicht handelt es sich um einen ganz normalen Diebstahlseinbruch.«

»Wie beruhigend.« Paul drückte mit dem Ellbogen den Türknauf herunter.

»Laut der von Ihnen erstellten Liste sind Wertgegenstände wie eine Fotokamera Marke Nikon, ein goldener Siegelring sowie eine Fotografie gestohlen worden. Das spricht für einen typischen Einbruch.«

Vor der Tür stand Hannah. Paul bedeutete ihr hereinzukommen. »Haben Sie eine Ahnung, wer es gewesen sein könnte?«, fragte er in den Hörer.

»Entweder ein Junkie oder eine Polenbande.«

»Polenbande? Machen Sie es sich da nicht ein wenig zu einfach?«

»Nun ja. Es können auch Russen oder Tschechen gewesen sein.«

»Wenn Sie meinen.«

»Meinen Kollegen hat es allerdings stutzig gemacht, dass der Dieb die zweihundert Euro, die in Ihrer Besteckschublade lagen, nicht angerührt hat.«

»Die haben Sie gesehen?«, wunderte sich Paul.

»Natürlich. Bargeld in der Küchenschublade zu verstecken, ist nicht gerade originell. Profidiebe schauen da als Erstes nach. Sind Sie sicher, dass Ihnen nicht noch irgendetwas anderes abhanden gekommen ist? Dass der Einbrecher etwas ganz Bestimmtes gesucht hat?«

Paul zögerte und entschied sich dann, sein Wissen für sich zu behalten. »Ich wüsste nicht, was. Nein, sonst fehlt nichts.«

»Gut. Wir legen Ihren Fall dann vorerst zu den Akten.«

»Und das war's dann?«

»Sollten wir zu weiteren Erkenntnissen gelangen, werden wir Sie selbstverständlich informieren.«

Paul beendete das Gespräch und legte den Hörer beiseite. Hannah hatte es sich auf einem Freischwinger bequem gemacht. Jetzt beugte sie sich vor und schüttete den Inhalt einer Plastiktüte auf den Parkettboden.

Paul ignorierte die Aufforderung aus Baumwolle, Seide und Synthetics, setzte sich in den Freischwinger ihr gegenüber, legte den Kopf in den Nacken und schloss die Augen.

»Hallo erst mal, Mister Flemming. Wer war das gerade?«

»Die Polizei.«

»Haben sie den Einbrecher noch nicht geschnappt?« Hannah angelte mit der Fußspitze nach der Wäsche, die sie auf den Boden geschüttet hatte.

»Ach was«, winkte Paul übellaunig ab.

Hannah schleuderte entmutigt den BH von ihrem Fuß. »Sie sind wohl nicht besonders gut drauf heute, was?«

»Bis eben war ich's noch«, er intensivierte die Schwingbewegungen seines Stuhls.

»Okay, Herr Griesgram. Wollen wir vielleicht langsam mal mit dem Fotografieren anfangen?« Sie stand auf und begann damit, ihre Bluse aufzuknöpfen.

»Warte«, sagte Paul und erhob sich ebenfalls. »Du behältst deine Klamotten an.« Er wischte den Anflug ihres Protestes mit einer energischen Bewegung weg und sagte: »Wir fangen wie besprochen mit den Porträts an. Du stellst dich vor den Spiegel und schminkst dich erst mal vernünftig. Geh in das kleine Bad neben der Wohnungstür. Die Neonröhre hat die stärkste Leistung, da siehst du jeden Pickel.«

»Sehr charmant.«

»Wer charmante Fotografien macht, darf nicht charmant sein.«

»Noch so eine Berufsweisheit und ich überleg's mir anders.« Hannah verdrehte die Augen und verschwand im Bad.

Paul lehnte sich erleichtert in seinem Freischwinger zurück, als sein Blick auf Hannahs Handtasche fiel, aus der die aktuelle Tageszeitung ragte. Er zog die Zeitung heraus und schlug sie auf. Er las zunächst den Sportteil, ärgerte sich über das letzte Spiel des Clubs und überflog dann noch einen Bericht über die Basketballer des RCE Falke.

Er blätterte wieder zurück, und der Aufmacher im Lokalteil sprang ihn geradezu an:

Mord auf dem Christkindlesmarkt: Polizei nimmt Witwe ins Kreuzverhör!

Jetzt war es also raus: Die Unfalltheorie ließ sich auch der Öffentlichkeit gegenüber nicht länger halten. Paul setzte sich wie gebannt auf und studierte den Artikel Zeile für Zeile. Demnach hatte die Polizei aufgrund von fremden Faser- und Gewebespuren an der Leiche eine Vergleichsprobe angeordnet.

Dann flachte die Spannungskurve allerdings rapide ab. Enttäuschender Ausgang des aufgebauschten Artikels: Die Vergleichsstests ließen auf sich warten. Bis dahin musste die Witwe wieder aus dem Verhör entlassen werden, da ohne jeden Beweis kein ausreichender Tatverdacht gegen sie bestand.

Paul hatte leise Zweifel, ob diese Tests überhaupt zu einem überzeugenden Ergebnis führen konnten.

»Sie sehen angespannt aus. Ist was nicht in Ordnung?«, fragte Hannah, als sie aus dem Bad kam. Gekonnt geschminkt und mit aufgestecktem Haar sah sie reifer aus – und sehr gut. Paul konnte nicht umhin, ihr zuzustimmen: Sie hatte wirklich das gewisse Etwas, das ein Model braucht. Er konnte es ihr kaum abschlagen, ein paar Fotos zu schießen. Was hatte er schon für Gründe, ihrer Karriere im Weg zu stehen, mal abgesehen von den Bedenken wegen ihres Amtes als Christkind? Er würde Kompromisse finden und die Aufnahmen entsprechend gestalten.

»Also?« Hannah nahm sich die Zeitung und schüttelte leicht verächtlich den Kopf. »Dass ausgerechnet Sie mir meine Zeitung klauen. Haben Sie kein Geld für eine eigene?«

»Ich habe sie mir nur geliehen. Was dagegen einzuwenden?«

»Nö. Aber ich bin neugierig: Welcher Artikel hat Sie so gefesselt?«

»Die schreiben über Densdorf. Wie es scheint, haben sie soeben eine Tatverdächtige laufen lassen. Kannst du dir vorstellen, warum Densdorf und der tote Schreiner verfeindet gewesen sein sollten?«

»Vielleicht hatte Densdorf ja etwas mit seiner Alten am Laufen?«

»Wohl kaum. Denn wie du schon sagst: Die ›Alte‹ des Schreiners gehörte nicht zur bevorzugten Altersklasse von Densdorf.«

»Es bleibt also spannend.« Mit diesen Worten legte Hannah die Zeitung beiseite und beendete die Diskussion. »Machen wir lieber die Fotos.«

Paul willigte ein. Er nahm sich viel Zeit, und die Bilder, die er später entwickelte und abzog, zeigten eine junge Frau, die Charisma und Weiblichkeit ausstrahlte, als würde sie seit Jahren in großen Ateliers posieren.

15

Der Zeitungsartikel, den Paul gelesen hatte und der die Schreinerwitwe in den Kreis der Verdächtigen erhob, ließ ihn nicht los, selbst als er sich einer ganz anderen Sache widmete: dem Schreiben von Weihnachtskarten.

Ein gutes Dutzend lag vor ihm auf dem gläsernen Schreibtisch. Eher klassisch schlicht gehaltene für seine Eltern, Witzkarten mit verulkten Weihnachtsmännern für entfernte Freunde, eine sehr edle, mit Bedacht ausgewählte für Lena und eine ähnliche für Katinka. Ach ja, eine Dürer-Persiflage für Pfarrer Fink und zuletzt einen im Liegestuhl dösenden Nikolaus, der von knapp bekleideten Engelchen umgarnt wurde, für Blohfeld.

Pauls Texte auf den Rückseiten der Karten blieben spärlich, um nicht zu sagen rudimentär, denn in seinen Gedanken nahm gleichzeitig sein Plan konkretere Formen an, sich selbst weiter um die Aufklärung der Fälle zu bemühen – die Witwengeschichte überzeugte ihn bei längerem Nachdenken immer weniger.

Also gut: Paul wählte wieder die Straßenbahn, um nach Erlenstegen zu gelangen, weil er keine Lust hatte, seinen Wagen schneefrei zu schaufeln. Er hatte längst nicht mehr ein so mulmiges Gefühl wie beim ersten Besuch bei der Densdorf, und doch zögerte er, bevor er den Klingelknopf neben dem schmiedeeisernen Gartentor betätigte.

Er wartete und drückte nach einiger Zeit ein zweites Mal. Nichts tat sich. Er sah hinüber zu der Villa und wartete darauf, dass sich die Haustür öffnete oder sich zumindest eine Gardine bewegte. Doch die Densdorf tat ihm diesen Gefallen nicht. Entweder weil sie ihn nicht empfangen wollte oder weil sie nicht zu Hause war.

Paul versuchte es ein drittes und ein viertes Mal. Dann beschloss er, es am nächsten Tag erneut zu versuchen. Paul wandte sich um und stieß dabei beinahe mit einer älteren Dame zusammen, die ängstlich einen Schritt zurückwich. Sie hatte fahle, faltige Haut und trug ihr graues Haar zum Dutt zusammengebunden. In den Händen hielt sie eine Plastiktüte, die sie krampfhaft an ihre Brust presste.

»Entschuldigen Sie bitte«, sagte Paul und wollte der Dame ausweichen.

»Wollen Sie zu Frau Dr. Densdorf?«, erkundigte sich die Alte mit leicht krächzender Stimme.

»Ja«, sagte Paul, »aber sie ist offenbar nicht daheim.«

»Was wollen Sie denn von ihr?«, fragte die Alte und blickte ihn aus ihren kleinen Augen misstrauisch an. »Sind Sie etwa von der Polizei?«

»Ich habe noch einige Fragen an Frau Densdorf«, sagte Paul und ließ damit offen, ob er womöglich tatsächlich Polizist war.

»Von mir werden Sie jedenfalls nichts erfahren.« Sie trat einen weiteren Schritt zurück.

»Sind Sie eine Bekannte?«

Die Alte nickte zögernd. »Ja.« Sie deutete auf die Plastiktüte. »Ich bin extra den ganzen Weg gegangen, um ihr ihre Stola zurückzubringen, die sie nach unserem letzten Rommé-Nachmittag bei mir liegen gelassen hat.«

»Oh, Sie spielen gemeinsam Rommé?«, erkundigte sich Paul mit aufgesetzter Freundlichkeit, um seine unverhoffte Chance zu nutzen.

»Gelegentlich. Natürlich nur mit kleinen Einsätzen«, sagte die Alte eine Spur freundlicher.

»Wissen Sie: Ich finde es großartig, wenn Damen in Ihrem Alter aktiv bleiben und gemeinsame Unternehmungen organisieren. Gerade für die trauernde Witwe ist so etwas jetzt ganz wichtig.«

»Meinen Sie?«, fragte die Alte geschmeichelt.

»Ganz bestimmt.« Er trat näher an sie heran. »Die Sache mit ihrem Mann muss Frau Densdorf schwer getroffen haben.«

Die Alte nickte.

»Ein fürchterlicher Tod«, sagte Paul.

»Ein fürchterlicher Mann«, sagte die Alte für Paul völlig überraschend. »Er hat die arme Marlies ständig betrogen.«

»Davon hat sie aber erst nach seinem Tod erfahren«, sagte Paul.

»Von wegen!« In die Alte kam jetzt Bewegung. Sie fuchtelte mit der Plastiktüte herum, während sie redete: »Ganz genau hat sie es gewusst. Frauen spüren es, wenn sie betrogen werden. Die gute Marlies hat still gelitten und geschwiegen. All die Jahre.«

»Die Arme«, pflichtete Paul ihr bei.

»Aber was zu weit geht, geht zu weit!« Die Alte dämpfte ihre Stimme, als sie sagte: »Ihr Mann wollte sich absetzen. Mit einer Jüngeren wollte er nach Übersee auswandern. Die Tickets hatte er schon gekauft.«

»Kursiert das als Gerücht in der Nachbarschaft?«, wollte Paul wissen.

»Für wen halten Sie mich?« Die Alte strafte ihn mit einem bitterbösen Blick. »Ich habe die Tickets selbst gesehen. Mit meinen eigenen Augen.«

»Konnten Sie den Namen der anderen Reisenden lesen?«

»Nein, so indiskret bin ich nicht.«

»Dann wenigstens den Namen des Reiseveranstalters oder der Fluglinie?«

Die Alte schüttelte den Kopf.

»Wo bewahrt Frau Densdorf die Tickets auf?«

»Marlies hat sie natürlich sofort vernichtet.«

»Vernichtet?«, fragte Paul entgeistert.

»So etwas bewahrt man nicht auf, mein Herr. Sie hat sie zerrissen und in den Müll geworfen.«

»Verflucht!«

Die Alte musterte ihn, schien dann einen Entschluss zu fassen und drückte ihm die Tüte in die Hand. »Sie sehen vertrauenswürdig aus, junger Mann. Mitunter ist Marlies nachmittags in ihrem Garten und schneidet die Sträucher zurück.«

»Sträucher schneiden? Im Dezember?«

Die Alte nickte. »Der Winter ist die beste Zeit dafür. Da fließt noch kein Saft durch die Äste. Nehmen Sie die Stola und bestellen Sie ihr schöne Grüße von mir. Ich muss wieder heim, mich friert es.«

Ohne ein weiteres Wort zu verlieren, ließ die Alte ihn stehen und entfernte sich wackeligen Schrittes.

Sträucher schneiden? Die Witwe Densdorf erschien Paul von Mal zu Mal wunderlicher. Dennoch beherzigte er den Rat der Alten, öffnete das Gartentor und umrundete die Villa. Hinter dem Gründerzeitbau erstreckte sich eine parkähnliche Gartenanlage. Das Anwesen machte einen sehr gepflegten Eindruck.

Nach einer Weile erspähte er Frau Densdorf in einer schwer einsehbaren Ecke hinter den Stämmen zweier mächtiger Kastanien. Sie trug einen dunkelgrünen Gärtnerkittel über ihrem Wintermantel und hielt eine gekrümmte Astschere in der Hand.

»Bitte nicht erschrecken«, kündigte sich Paul an, als er näher trat.

Die Witwe fuhr herum. Die Augen in ihrem aufgedunsenen Gesicht musterten ihn irritiert.

Paul hielt ihr die Tüte hin. »Das soll ich Ihnen geben.«

Sie griff danach, schaute hinein und lächelte. »Nett von Ihnen. Haben Sie wohl meine Freundin Lore getroffen?«

»Ja. Eine sympathische Frau«, schmeichelte sich Paul ein. Plötzlich spürte er einen sanften Stoß an seinem Bein und wandte sich erschreckt um.

Ein beängstigend großer, schwarzer Hund stand hinter ihm und beschnüffelte ihn.

»Sitz, Roxy!«, befahl Frau Densdorf, worauf der Hund augenblicklich von Paul abließ. »Brav.«

»Ist das Ihrer? Ich habe ihn beim letzten Mal gar nicht gesehen«, sagte Paul mit respektvollem Blick auf den Hund.

»Er darf nicht ins Haus. Er ist sonst in seinem Zwinger. Sie können ihn ruhig streicheln.«

Sehr vorsichtig näherte Paul seine Hand dem Kopf des Hundes und tätschelte ihn. Der stieß ein erfreutes Winseln aus und wedelte mit dem kupierten Stummelschwanz. »Braves Hündchen.«

»Was kann ich denn für Sie tun, Herr …«

»Flemming.« Paul blieb in der Hocke neben dem Hund sitzen und kraulte dessen Hals. Roxy schmiegte sich an sein Bein. Er bekommt wohl nicht oft solche Streicheleinheiten, dachte Paul. »Mir ist seit unserem Gespräch neulich einiges Neues zu Ohren gekommen. Wussten Sie zum Beispiel, dass Ihr Mann eine größere Reise geplant hatte?«

Mit Frau Densdorfs Freundlichkeit war es schlagartig vorbei. »Wer hat Ihnen das erzählt?«

Paul spürte, wie sich die Muskulatur des Hundes unter seinen Händen anspannte. Er ließ von dem Tier ab und erhob sich langsam. »Ich wollte Sie nicht kränken, aber es ist allgemein bekannt, dass Ihr Mann ins Ausland wollte.«

»Quatsch«, fauchte Frau Densdorf und schmiss die Gartenschere auf die schneebedeckte Wiese, »das können Sie höchstens bei Lore aufgeschnappt haben, und die weiß gar nichts.«

»Haben Sie die Flugtickets noch?«, fragte Paul ohne weitere Umschweife.

»Nein, und damit Sie es wissen: Ich habe nicht nachgeschaut, mit wem mein Mann Hals über Kopf das Weite suchen wollte. Es interessiert mich nicht, ob sie Inge, Marion oder Andrea heißt, verstehen Sie? Es interessiert mich einfach nicht!« Sie bückte sich und suchte im Schnee nach der Gartenschere.

»Wenn Ihr Mann tatsächlich einen Neubeginn im Ausland geplant hatte, brauchte er eine Menge Startkapital.«

»Dieser Gedanke ist mir auch gekommen«, nuschelte die Witwe vor sich hin. »Aber auf unseren Konten fehlt nichts.«

»Dann muss er sich eine andere Quelle erschlossen haben«, sagte Paul.

Frau Densdorf hatte ihre Schere wieder gefunden. Sie richtete das spitze Ende direkt auf Paul, als sie sagte: »Es interessiert mich nicht.« Sie starrte ihn finster an und wiederholte mit erhobener Stimme: »Es interessiert mich nicht!«

Der Hund stand angespannt neben seinem Frauchen im Schnee und blickte die Witwe fragend an. Paul gefiel dieses Bild gar nicht. Er beschloss, schleunigst den Rückweg anzutreten. »Danke, ich möchte Sie heute nicht weiter behelligen.«

Er reichte ihr die Hand, doch sie hielt weiter die Schere umklammert.

Paul ging die ersten Schritte rückwärts und behielt den Hund dabei genau im Auge. Dann wandte er sich um und bemühte sich, auf dem Weg zum Gartentor keine übertriebene Eile an den Tag zu legen.

Er war vielleicht zehn Meter weit gekommen, da meinte er, einen gezischten Befehl der Witwe zu hören. Das Wort war kurz, sagte aber alles: »Fass!«

Paul brauchte sich nicht umzusehen, denn er hörte bereits am keuchenden Hecheln, dass sein kurzfristiger Hundefreund in diesem Augenblick zähnefletschend hinter ihm her war. Paul beschleunigte das Tempo. Er rannte – soweit der tiefe Schnee das zuließ – auf die Villa zu. Das Keuchen und Schnaufen hinter ihm wurde sehr schnell lauter. Paul konnte sich lebhaft vorstellen, wie sich das Gebiss des Hundes jeden Augenblick in seine Wade graben würde.

Er hetzte am Seitenflügel des Hauses vorbei. Der Gartenzaun war in Sichtweite, doch der Hund hatte ein viel höheres Tempo drauf als er. Paul rannte, so schnell er konnte.

Dann machte er einen Fehler: Er drehte sich um, sah den Hund knapp drei Meter hinter sich, stolperte über eine Unebenheit im Schnee und fiel hin.

Paul tauchte mit dem Gesicht voran in den Schnee. Er konnte sich kaum aufrappeln, da hatte ihn der Hund schon erreicht. Die schwarzen Augen des Tieres fixierten ihn mit tödlicher Entschiedenheit. Das furchteinflößende Gebiss des Hundes vor Augen, schrie Paul auf.

Doch es passierte nichts.

Roxy beließ es beim Knurren, so dass sich Paul langsam aufrichten und seinen Weg zum Gartentor fortsetzen konnte. Im Zeitlupentempo entfernte er sich von dem Hund und war froh, als er das Tor hinter sich schließen konnte.

Trotz der Kälte war er völlig durchgeschwitzt. Er stützte sich auf einen Zaunpfosten und rang nach Luft. Aus dem Garten starrten ihn Roxy und sein Frauchen böse an.

Einen weiteren Besuch bei der Witwe würde er sich – wenn irgend möglich – ersparen.

Auf dem Rückweg fragte er sich, ob Blohfeld ebenfalls weiter recherchierte und im Gegensatz zu ihm bei seinen Recherchen ein leichteres Spiel haben würde.

Aber bis er ihn wieder traf, riefen andere Pflichten. Paul musste dringendst seine Finanzlage in Ordnung bringen. Wenn er ernsthaft als Fotograf bei der Dürerhaus-Eröffnung ins Geschäft kommen wollte, dann musste er nun schleunigst die Weichen dafür stellen: Er musste sich vor Ort ein Bild machen. Netterweise hatte Jan-Patrick einen Termin für ihn vereinbart, bei dem er mit einem Vertreter des Rathauses über sein Honorar verhandeln konnte. Wer weiß, dachte er, vielleicht würde er bei dieser Gelegenheit auch gleich das Versprechen einlösen können, Lena auf ihrer Baustelle zu besuchen.

16

Er musste ein Mal umsteigen, dann hatte er sein Ziel erreicht. Von der Haltestelle Tiergärtnertorplatz waren es nur wenige Minuten bis zum Dürerhaus. Die Tür, an der noch das Baustellenschild mit der Mahnung *Betreten auf eigene Gefahr* hing, war angelehnt. Paul stieß sie auf und trat ein.

Seine Augen mussten sich erst an das Zwielicht in der großen Tenne gewöhnen. Dort war Platz genug für Fuhrwerke, die zu Dürers Zeiten Säcke mit Getreide, Kisten mit Gemüse und geräuchertem Fisch anlieferten. Paul stand vor einem großen Arbeitstisch und stellte sich vor, wie die Hausherrin genau an dieser Stelle saß und zusammen mit ihren Gehilfen die säuberlich aufgerollten Druckwerke ihres Mannes in kleine Fässer steckte, um sie bei den weiten Transporten vor Beschädigungen zu schützen. Meistens waren sie zusätzlich in Wachspapier eingewickelt worden und konnten so – zumindest theoretisch – Jahrhunderte überdauern.

Die Tenne war in ihren Originalzustand zurückversetzt worden. Paul wunderte sich nur darüber, warum Lena gerade hier einen unpassend modernen Tresen zur Ausgabe von Kopfhörern für Führungen einbauen hatte lassen. Aber ihm sollte es egal sein. Er war nicht der Architekt, der die Sanierung des Dürerhauses zu verantworten hatte, sondern …

»Der Fotograf!« Ein Mann von schwer einzuschätzendem Alter kam ihm entgegen. Er lächelte einen Deut zu freundlich. Seine Haare waren gewellt und geschmeidig zurückgekämmt, seine schlanke Nase zierte eine Brille mit markantem Horngestell. Der Mann machte den Eindruck eines Germanistikstudenten, der längst kein Student mehr war, aber einen Großteil seiner Abende damit verbrachte, mit Gleichgesinnten italienisch zu kochen und anschließend stundenlang über Sartre und Camus zu philosophieren.

Der ewige Student drückte ihm fest die Hand. »Schön, dass Sie gekommen sind, Herr Flemming. Dr. Winkler mein Name. Der Bürgermeister freut sich schon sehr darauf, demnächst Ihre Bekanntschaft machen zu dürfen. Vorerst müssen Sie allerdings mit mir vorlieb nehmen. Haben Sie Spesen zu berechnen? Wir sind selbstverständlich bereit, für alle Unkosten kurzfristig aufzukommen.«

Paul kam nicht dazu, sich über die ungewöhnliche Großzügigkeit des Rathausvertreters zu wundern, denn seine Aufmerksamkeit wurde von einer Frau auf sich gezogen, die gerade den Raum betrat und ihn an eine Zeitreise denken ließ: Die Frau trug ein braunes Leinenkleid, eine altertümlich biedere weiße Bluse und eine Kopfbedeckung, die vage an eine Kochmütze erinnerte. Sie kam lächelnd auf ihn zu und brachte Paul völlig aus dem Konzept, als sie sich höflich vorstellte:

»Dürer. Agnes Dürer. Fühlen Sie sich bei mir wie zu Hause«, sagte sie mit der vornehm leisen Stimme einer älteren Edeldame.

Paul schaute sich hilfesuchend nach Dr. Winkler um. Der grinste nur.

»Das war auch so eine Idee von Lena Mangold. Unsere Architektin und Projektleiterin versteht sich eben nicht bloß auf die Kulisse.«

Frau Dürer zwinkerte aufmunternd. »Ich bin das lebende Inventar. Leihgabe des Schauspielhauses. Und ich muss sagen, das hier verspricht eine sehr vielseitige Rolle zu werden.«

»Sie übernimmt die Führungen«, ergänzte Winkler. »Das gibt dem Ganzen einen individuellen Touch, den andere Museen nicht haben.«

»Mit der echten Agnes möchte ich allerdings nicht tauschen«, übte sich die Schauspielerin aufgekratzt in ihrer Rolle. »Albrecht rührt keinen Finger im Haushalt. Dauernd die vielen Gäste, und an mir bleibt die Hausarbeit hängen«, die vermeintliche Agnes Dürer knickste zum Abschied und entfernte sich wieder in den hinteren Teil der Tenne.

Lebendiger konnte Geschichte wohl nicht sein. Paul beglückwünschte Lena gedanklich zu ihrer Leistung, von der er bisher doch lediglich den Eingangsbereich gesehen hatte.

Der Adlatus des Bürgermeisters ging in Richtung Treppenhaus und bedeutete Paul, ihm zu folgen. Baufolien hingen von der Decke, Handwerker waren damit beschäftigt, das Geländer abzuschleifen.

»Das wird terminlich aber knapp«, bemerkte Paul.

Dr. Winkler zuckte die Schultern. »Leider ja. Sehr knapp sogar. Wir sind durch das unerwartete Ableben unseres Schreinermeisters in enorme zeitliche Bedrängnis geraten.«

Gestelzter hätte man es nicht ausdrücken können, dachte sich Paul. Aber das passte zu Winkler. Alles an ihm war aufgesetzt. Die Art, die Frisur, selbst der steife Anzug wirkte trotz der vorgeschobenen Jugendlichkeit gequält seriös, seine Zuvorkommenheit konnte dies nicht überspielen. Beim Passieren eines Raums zögerte Winkler plötzlich. Er schien mit sich zu hadern, ob er einen Abstecher machen sollte. Schließlich gab er sich einen Ruck.

»Hier«, sagte er mit belegter Stimme und schob eine blickdichte Folie beiseite, mit der der Türrahmen verhängt war, »hier ist es passiert.«

Paul sah einen völlig leeren, weiß getünchten Raum mit einer Fensterreihe vor sich. Die altgrün getönten Butzenscheiben waren aufgeklappt, so dass eine freie Sicht auf das gegenüberliegende Wohnhaus möglich war. Der Raum war licht und freundlich. Nichts deutete auf den grausamen Unfall hin, der sich vor wenigen Tagen in diesen vier Wänden ereignet hatte. Doch dann fiel Pauls Blick auf die ebenfalls in freundlichem Weiß gehaltenen Bodendielen. Das frisch gebeizte Holz wies genau in der Mitte des Raums einen großen, hellbraunen Fleck auf. »Das ist doch nicht etwa …«

»Doch«, sagte Winkler mit bedauerndem Nicken. »Der Boden war noch nicht versiegelt, als es passierte. Da hilft auch wiederholtes Abschleifen und Polieren nichts. Der Fleck bleibt. Ein Mahnmal.«

Paul schluckte schwer, als er sich dem makabren Zeugnis des Unglücks näherte. Der Fleck wirkte wie eingebrannt. Er beugte sich hinab und sah, dass die dunkle Verfärbung tief in die feine Maserung des Holzes eingedrungen war. Nur an den offenbar neuen, glänzenden Nägeln, mit denen die Dielen an dieser Stelle befestigt waren, war das Blut nicht haften geblieben.

»Ja, es ist schlimm: Genau an dieser Stelle ist er ums Leben gekommen«, sagte Winkler salbungsvoll, als er sich am Rand der Verfärbung positioniert hatte. »Erschlagen, wahrscheinlich von einem nicht abgesicherten Balken. Eine verhängnisvolle Fahrlässigkeit – was für ein Leichtsinn für einen Profi.« Er seufzte eine Spur zu theatralisch und schaute nachdenklich aus dem mittleren der drei Fenster. »Was für eine böse Ironie des Schicksals es doch ist, dass kurz darauf auch unser Tourismusamtsleiter auf so tragische Weise ums Leben kam.«

»Hm«, Paul nickte etwas irritiert über den plötzlichen inhaltlichen Schwenk.

Winkler sagte mit düsterem Blick: »Nun – Sie haben ja noch ganz zuletzt für ihn gearbeitet.« Er mied Pauls Blick, als er fortfuhr: »Sie haben doch nichts dagegen, uns die Bilder von der Christkindlesmarkteröffnung zu überlassen?«

Paul war verdutzt. »Doch, habe ich«, sagte er dann mit leichter Entrüstung. »Als ich die Fotos neulich einer Kollegin von Ihnen im Rathaus angeboten habe, wollte sie nichts davon wissen. Warum der plötzliche Sinneswandel?«

Winkler war die Angelegenheit offenbar selbst unangenehm, denn er trat unschlüssig von einem Bein auf das andere. »Wir – das heißt: Dr. Frommhold hat ein gesteigertes Interesse an Ihren Aufnahmen.«

»Sie haben mich neugierig gemacht«, ging Paul auf die Sache ein. »Wie kommt es zu diesem gesteigerten Interesse?«

»Sie sind ein cleverer Mann, Herr Flemming«, antwortete Winkler auffällig leise und steuerte auf die Ausgangstür zu. »Die Antworten liefern Sie sich durch Ihre Fragen doch gleich selbst. Mir ist das Thema zu pikant, wenn Sie erlauben.« Winkler beschleunigte seinen Schritt und Paul hatte Mühe mitzuhalten.

»Nun«, sagte Winkler bedeutungsschwanger, als sie wieder im Parterre angelangt waren. »Was gedenken Sie, uns für die Dürerhaus-Eröffnung in Rechnung zu stellen?« Er hob die Hände und sagte beschwörend: »Bedenken Sie. Das ist kein Allerweltstermin. Es handelt sich um eine exklusive Fotoreportage.«

Bin ich im falschen Film?, fragte sich Paul und biss sich auf die Lippen. Wollte ihn Winkler tatsächlich hoch- statt herunterhandeln? Paul beschloss, einen Köder auszulegen: »Na ja, ich denke, da hatte ich schon schwierigere Aufträge.«

Winklers Augenlider begannen prompt zu flattern. »Stellen Sie Ihre Qualitäten nicht in Frage. Sie sind unser Mann, und wir sind bereit, einen entsprechenden Preis zu zahlen.«

»Ich soll doch nur einen einzigen Abend lang fotografieren? Oder habe ich da etwas falsch verstanden?«

Winkler trat dicht an ihn heran. »Machen Sie es mir doch bitte nicht so schwer. Herr Frommhold hat Ihnen diesen lukrativen Auftrag zugeschanzt, um im Gegenzug die Bilder von der Christkindlesmarkteröffnung zu bekommen.«

»Warum sind die Bilder für ihn so wichtig?«, Paul hatte nun definitiv genug von diesen Spielchen.

»Weil sie – wie gesagt – für ihn in gewisser Weise pikant sein könnten.« Winkler fiel es hörbar schwer weiterzureden. Er brachte nur noch ein gepresstes »Frauengeschichten« heraus.

»Densdorf hat es übertrieben«, sagte Winkler nach einem kurzen Moment des Schweigens und hüstelte verklemmt. »Das beinahe öffentliche Ausleben seiner – äh – Triebe schadete seinem Ruf und dem der, äh, Stadt.« Er hüstelte erneut und fügte verlegen nuschelnd hinzu: »Kein Ruhmesblatt für uns.«

Dass Densdorf ein rücksichtsloser Schürzenjäger war, wusste Paul bereits. Doch dass er für seine Leidenschaft seinen Job aufs Spiel gesetzt hätte, bezweifelte er. Er musterte den Abgesandten des Bürgermeisters, der seinem Blick auswich. Paul wusste ja, dass die Politik mitunter ein schmutziges Geschäft war. Was er in diesen Minuten erlebte, übertraf allerdings seine schlimmsten Klischeevorstellungen. Hinzu kam: Er glaubte seinem Gegenüber kein Wort.

»Herr Winkler«, startete er einen Versuch, »kann es unter Umständen sein, dass Herr Frommhold ein persönliches Interesse an den Bildern hat?«

Winkler lief prompt rot an. Seine Antwort fiel entsprechend barsch aus: »Herr Flemming, ich biete Ihnen gutes Geld für Ihre Negative. Eigentlich könnte man von Ihnen erwarten, dass Sie sie aus reinem Ehrgefühl gegenüber Ihrer Heimatstadt ganz ohne jede Gegenleistung herausgeben.« Doch dann erkannte er offenbar, dass Paul niemand war, der sich so einfach abspeisen ließ. Winkler legte eine Kunstpause ein und holte dann aus: »Ich sage Ihnen jetzt etwas, das Sie auf gar keinen Fall von mir haben: Herr und Frau Frommhold gehen in privaten Dingen seit längerer Zeit getrennte Wege. Zwischen Frau Frommhold und Herrn Densdorf gab es kürzlich offenbar engere Kontakte. Sie werden verstehen, dass es Herrn Frommhold ein großes Bedürfnis ist, nach Densdorfs Tod jeglichen Skandal zu vermeiden, der mit seinem Namen in Verbindung gebracht werden könnte.«

Wenn sich Paul einbildete, dank dieser Information nun am längeren Hebel zu sitzen und weiter nachhaken zu können, dann täuschte er sich, denn Dr. Winkler fügte schneidend hinzu: »Diskretion ist nun oberstes Gebot – immerhin wollen Sie ja weiterhin Aufträge von uns bekommen, oder sehe ich das falsch?«

Paul zwang sich zu einem Lächeln und sagte ausweichend: »Ich bin womöglich mit Ihrem Angebot einverstanden. Sie müssen sich nur ein wenig gedulden.« Er registrierte sehr wohl, wie sich Winklers Brauen düster verengten. »Bei mir ist eingebrochen worden«, fügte Paul hinzu. »Ich muss meine Bestände neu sortieren. Geben Sie mir ein paar Tage Zeit, bitte.«

Als Paul auf dem Heimweg war, hatte er einen Auftrag über fünftausend Euro in der Tasche und damit seinen Lebensunterhalt für die nächsten zwei Monate locker gesichert. Aber er hatte diesen Auftrag nur im Tausch gegen eine Lüge bekommen: Die Zusage, dass er die Negative herausgeben würde. Er fragte sich jetzt beunruhigt, ob es womöglich Bürgermeister Frommhold oder seine Frau selbst gewesen waren, die seine Wohnung nach den Negativen durchwühlen lassen hatten.

Verflucht …! Er schlitterte über eine glatte Stelle auf dem Kopfsteinpflaster. Vielleicht, ja, vielleicht war Frau Frommhold sein Phantom, und sie könnten sich weitere Nachforschungen über die anderen Verdächtigen sparen.

Wenn allerdings mit Frau Frommhold wieder einmal eine neue Kandidatin ins Spiel gebracht wurde, bekam Paul allmählich erhebliche Probleme mit seiner Glaubwürdigkeit. Denn Paul war sich durchaus im Klaren darüber, wie seltsam er auf Katinka wirken musste, wenn er mit seinen ständig wechselnden Verdächtigungen bei ihr vorsprach.

Paul stapfte durch die dicke Schneedecke, die den Tiergärtnertorplatz bedeckte, und machte sich – vorbei am vergoldeten und frisch polierten Ritter im Erker des Fachwerkhauses am Ausgang des Platzes – an den Abstieg in sein Viertel. Der Abstieg war wörtlich zu nehmen, denn immerhin trennten seine Wohnung und das Dürerhaus etliche Höhenmeter. Die Bürgersteige waren schlecht gekehrt, weil bei dem anhaltenden Schneefall kaum jemand die Energie zum Fegen aufwenden wollte.

Beim mühsamen Vorankommen hing er seinen dumpfen Gedanken nach: Mit jedem Tag, an dem er sich als Hobbydetektiv versuchte, nahm die Zahl der Verdächtigen und Motive zu. Nur leider nicht die Zahl der handfesten Beweise. Das Phantom, das er auf Negativ gebannt hatte, gewann nicht etwa an Kontur, nein, im Gegenteil: Es verlor! Wenn er nicht aufpasste, würde der Fall für alle Zeiten ein unheimlicher, unerklärbarer Spuk bleiben.

Es war längst dunkel und lausig kalt. Er hatte sich viel zu lange im Dürerhaus aufgehalten. Er schlug den Kragen seiner Jacke nach oben und zog den Kopf ein. Seit dem Frühstück hatte er nichts zu sich genommen. Der Gedanke an seinen leer geräumten Kühlschrank trug nicht dazu bei, seine Lust auf den bevorstehenden Abend zu steigern. Vielleicht, dachte er sich, würde er auf einen Sprung in der *Kaiserburg* vorbeischauen. Die mit Nippes jeder Art überladene Kneipe, urig gemütlich mit einem unterirdischen Gewölbe inklusive Spinnenweben und Ritterrüstungen, lag gleich in der Nähe an der Oberen Krämersgasse.

Pauls Wohlfühlbarometer stieg prompt, als er in die schmale Flucht der Gasse einbog. Die wenigen Meter bis zum Kneipeneingang musste er in nahezu vollständiger Dunkelheit zurücklegen. Die eng stehenden Häuser schirmten das Mondlicht ab, und die einzige Straßenlaterne in der Nähe war ausgefallen.

Spezialität der *Kaiserburg* war ein dunkles Landbier, das jede Woche frisch aus einer kleinen Brauerei in der Fränkischen Schweiz angeliefert wurde. Dazu würde sich Paul ein Schäufele mit Kloß bestellen. Schon beim Gedanken daran lief ihm das Wasser im Mund zusammen. Oder, dachte er, als seine Schritte langsamer wurden, um nicht wieder auf dem kaum gestreuten Pflaster auszurutschen, er würde sich für Käsespätzle mit einer Hand voll Röstzwiebeln und Feldsalat mit Speck entscheiden. Oder vielleicht –

»Halt bloß dein Maul!«

Paul spürte einen heftigen Hieb auf seinen Schultern. Er fuhr zusammen und war gelähmt vor Schreck.

»Wenn du mich anzeigst, mach ich dich kalt! Habe keine Probleme damit. Verstanden?«

Die Stimme, die er in seinem Nacken hörte, klang jung und aggressiv. Gleichzeitig meinte er, ein leichtes Lallen aus den Drohungen des Mannes herauszuhören. Paul sagte keinen Ton.

»Ganz ruhig. Du kommst mit!«

Paul spürte einen festen Griff an seinem Kragen. Er fügte sich, als der Unbekannte ihn in eine Nische ein paar Meter vom Kneipeneingang entfernt zerrte. »Ich bin ganz ruhig«, zwang er sich zu sagen, hörte aber selbst, wie seine Stimme zitterte. »Ich habe nicht viel Geld bei mir.«

»Halt's Maul!« Der Mann zog seinen Griff fester. Pauls Kragen spannte sich um seinen Hals. »Verdammt, Mann, kapierst du nicht? Es geht nicht um dein Geld!«

Paul röchelte. Es gelang ihm, den Kopf ein kleines Stück nach hinten zu drehen, und er sah in die verkrampften Gesichtszüge eines jungen Mannes mit krausem Haar und ungepflegtem Jesusbart: Es war der gleiche Mann, dem er zwei Tage zuvor mit Blohfeld hinterhergejagt war. »Was wollen Sie von mir?«

»Wenn du dich wehrst, ramm' ich dir ein Messer in deinen verschissenen Bonzenarsch!«

Paul würde es nicht wagen, einen Ausbruch zu versuchen. In seinem Kopf schwirrten die unterschiedlichsten Gedanken. »Sie können meine Uhr haben. Ist ein echtes Liebhaberstück.«

»Den Dreck kannst du behalten.« Der Mann ließ ein Klappmesser aufschnappen und erhöhte den Druck auf Pauls Kehle. »Ich habe nichts, überhaupt nichts zu verlieren! Geht das in deinen verblödeten Kapitalistenschädel? Wenn du mitspielst, lass ich dich in Ruhe. Wenn nicht, bekommst du mein Messer rein. Und, verflucht, ich hätte verdammt großen Bock drauf!«

»Regen Sie …«, Paul musste husten, »regen Sie sich ab.« Er fasste an seinen Hals, spürte aber im selben Moment, wie sich die Spitze des Messers durch den Stoff seines Mantels und durch den Pullover bohrte. »Was wollen Sie?«

»Verschissener Drecksack! Du vögelst mit deinen Fotohuren und verdienst ein Schweinegeld dabei.« Der Mann lachte rau. »Ich habe mehr drauf als du. Hast du studiert? Nein? Ich schon. Aber du zockst die Weiber ab. Und die Kohle!«

Paul fühlte ein warmes Rinnsal seinen Rücken entlanglaufen. Das Messer drang langsam und schmerzhaft ein Stückchen in sein Fleisch ein. »Was? Was wollen Sie von mir?«

»Bist du so blöd oder tust du nur so? Die Negative.«

Im selben Moment musste Paul die Augen zusammenkneifen, weil ihn ein greller Lichtschein traf. Die Tür der *Kaiserburg* öffnete sich, und eine Clique angetrunkener Jugendlicher kam auf sie zu.

Der Druck auf seinen Hals ließ sofort nach. Paul wandte sich um, aber da war es schon zu spät. Sein Angreifer floh überhastet.

Er blieb zurück. Überfallen, verstört, verletzt. Das alles überstieg langsam seine Kräfte.

Die Einbrüche in sein Loft hatten ihn mehr getroffen, als er sich eingestehen wollte. Es war ein sehr intimes Gefühl der Kränkung gewesen, seine eigenen vier Wände von fremder Hand durchwühlt zu sehen. Aber jetzt – ein Überfall auf offener Straße! Paul hatte das Gefühl des Ausgeliefertseins nie zuvor so intensiv empfunden. Er fühlte sich erbärmlich schwach.

Seltsamerweise musste er an Hannah denken. An die Frische ihrer Jugend. Ihm wurde klar, wie alt er selbst geworden war. Der Angriff hatte ihm die eigene Verletzlichkeit vor Augen geführt – die Schicksale von Densdorf und dem des Schreinermeisters waren plötzlich gar nicht mehr so weit entfernt von seinem eigenen. Wie schnell konnte man plötzlich zum Opfer werden!

Sein Angreifer hatte Unrecht mit seinen Unterstellungen. Paul lebte seit Ewigkeiten allein. Sein Liebesleben war Mittelmaß. Sein Einkommen sogar unteres Mittelmaß. Er schloss die Wohnungstür auf, passierte die traurigen Reste der nackten Mokkabraunen, zog sich aus und legte sich auf sein Sofa. Er schloss die Augen, und obwohl sein Loft gut beheizt war, umfing ihn eine eisige Kälte.

17

Man sagt, dass der Schlaf seelische Wunden zu heilen hilft. Er hatte wie ein Toter geschlafen, fast neun Stunden lang. Doch bei ihm war nichts geheilt. Er musste sich zusammenreißen, um seine Gefühle nicht allzu offensichtlich nach außen zu tragen. Der Alptraum der letzten Nacht war allgegenwärtig, als er durch sein Revier schlich, halbherzig in *Peggy's Salon* winkte und sich auf die Suche nach dem Kontaktbeamten machte, der um diese Uhrzeit normalerweise vorm *Goldenen Ritter* herumlungerte, um Jan-Patrick beim Falschparken zu erwischen. Er wollte den nächtlichen Überfall bei ihm melden, weil er nicht die geringste Lust hatte, es noch einmal mit den blasierten Kriminalern zu tun zu bekommen, die den Einbruch in seine Wohnung bearbeitet hatten. Und auch Katinka wollte er mit diesem neuesten Zwischenfall nicht konfrontieren; jedenfalls vorerst nicht, denn er konnte nicht abschätzen, wie sie reagieren würde.

Er wollte diese lästige und wahrscheinlich völlig nutzlose Angelegenheit bald hinter sich bringen und dann schnell wieder nach Hause gehen. Die – ziemlich kleine – Stichwunde in seinem Rücken schmerzte, doch das war nebensächlich für ihn, weil er darauf brannte, den Fall Densdorf endlich aufzuklären, selbst wenn er inzwischen kaum mehr an seine eigenen Pläne glauben mochte.

Der Kontaktbeamte war nicht vor, sondern erstaunlicherweise im *Goldenen Ritter*. Paul fragte sich, ob ihn die Kälte ins warme Innere getrieben hatte oder ob er dem Wirt mit einem Strafzettel hinterhergelaufen war. Um in das Restaurant zu gelangen, musste sich Paul an Jan-Patricks Lieferwagen vorbeizwängen, der im absoluten Halteverbot auf dem Bürgersteig stand. Erstaunlicherweise schrien sich Polizist und Gastwirt heute nicht an, sondern saßen einträchtig über eine Karte gebeugt nebeneinander.

»Zum Rucola-Löwenzahn-Salat mit Kaninchen und Fenchelmus empfehle ich einen frech-frischen Kir Framboise«, hörte er Jan-Patrick mit wie üblich gespitzten Lippen formulieren.

»Was ist mit der Nachspeise? Meine Frau besteht auf was Süßem!«, lauschte Paul den drängend neugierigen Worten des Polizisten und konnte kaum glauben, was für eine unvorstellbare Szene er da gerade verfolgte. Wollte dieser spindeldürre Hänfling ausgerechnet bei seinem Erzfeind ein Festessen arrangieren?

»Ananas-Carpaccio mit Honigeis-Nougatspitz und kandiertem Koriander«, sagte Jan-Patrick beleidigt, weil er den Hauptgang überspringen musste. Im selben Moment bemerkte er Paul in der Tür. Er winkte ihn heran, und als der Polizist eiligst aufstehen wollte, presste Jan-Patrick ihn mit sanftem Druck zurück in seinen Stuhl. »Ein Familienfest«, sagte er beiläufig und schlug die Karte auf dem Tisch dezent zu, »unser lieber Freund und Helfer wird sich verloben.«

Noch so ein Ding, dachte Paul. Dieser blasse Unsympath hatte eine Frau gefunden? Halb verwundert und halb belustigt setzte er sich dazu. Jan-Patrick schenkte ihm ein Achtel Wein ein.

»Ein fruchtiger Franke, du schmeckst grünes Gras und einen Schuss Zitrone, ein Verkünder des Frühlings«, schwärmte Jan-Patrick, als er eingoss. Paul, der es längst aufgegeben hatte, bei Jan-Patrick irgendetwas abzulehnen, registrierte mit gewisser Anerkennung, dass der Polizist nur ein Glas Wasser vor sich stehen hatte. Der Wirt stellte den Bocksbeutel vorsichtig zur Seite: »Was führt dich zu mir?«, fragte er.

Paul leerte das Glas fast in einem Zug und wandte sich direkt an den Polizisten: »Sind Sie im Dienst?«

Dessen Oberkörper straffte sich prompt. »Selbstverständlich«, sagte er und tippte demonstrativ auf das Wasserglas. »Ich trinke nie im Dienst.«

»Ich möchte eine Anzeige erstatten«, sagte Paul.

»Da sind Sie bei mir richtig«, sagte der Beamte und zückte sekundenschnell Block und Stift. »Was ist Ihnen entwendet worden?«, fragte er übereifrig.

Paul fragte sich, ob er nicht doch besser um die Ecke zur Rathauswache gehen sollte. Aber er wollte die Sache jetzt hinter sich bringen. »Ein Überfall, gestern Abend im Burgviertel.« Er berichtete dem Polizisten detailliert von den Vorkommnissen, ließ allerdings die Sache mit den Negativen aus. Er registrierte erstaunt, wie ausführlich sich der Kontaktbeamte die Personenbeschreibung des Täters notierte.

»Wenn ich mich nicht täusche, können wir die vorbildliche bayerische Kriminalstatistik in Ihrem Fall um ein weiteres aufgeklärtes Verbrechen ergänzen«, sagte der Polizist mit vor Stolz geschwellter Brust, nachdem er seine Notizen mehrere Minuten lang ausführlich begutachtet und dabei mehrere Male in seinem Block hin- und hergeblättert hatte.

»Kennen Sie den Mann?«, fragte Paul überrascht.

»Ich selbst kenne ihn weniger. Aber Pfarrer Fink dürfte ihn umso besser kennen. Der Mann wohnt bei ihm. Oder besser: Er haust – in der Kirche. Ein Obdachloser, der unterm Dach von St. Sebald Quartier bezogen hat.« Der Polizist erhob sich. »Im Vertrauen gesprochen: Dieses asoziale Element war mir schon lange ein Dorn im Auge. Ich bin froh, endlich etwas gegen ihn in der Hand zu haben.«

Pfarrer Fink. Das war das Stichwort. Paul kribbelte es in den Fingern, die Sache selbst zu erledigen. Zusammen mit Fink würde er den Hausierer aufspüren und … und – Fink würde sich wohl kaum an einer Lynchaktion beteiligen, auch wenn Paul jetzt genau danach der Sinn stand. Die Schnittverletzung an seinem Rücken schmerzte noch immer, und allein schon die Erniedrigung der Attacke aus dem Hinterhalt hätte es gerechtfertigt, sich den Kerl vorzuknöpfen.

Andererseits war das eindeutig eine Sache der Polizei. Und der Stadtteilbeamte machte den Eindruck, als würde er sich freuen, dass er endlich einmal einen richtigen Fall bearbeiten durfte. Paul überließ den Obdachlosen seiner Verantwortung und verabschiedete sich aus dem *Goldenen Ritter.*

Er schloss die pastellblau lackierte Lokaltür hinter sich und lief geradewegs Lena Mangold in die Arme. Sie war trotz der anhaltenden Kälte wie immer schick und geschäftsmäßig gekleidet: Sie trug ein eng anliegendes beiges Kostüm und darüber eine mit Kunstpelzrevers versehene Jacke im gleichen Farbton.

»Hey, Lena!«, grüßte Paul salopp, um seine Überraschung zu überspielen. »Ich war gestern auf deiner Baustelle im Dürerhaus. Du warst leider nicht da. Gut siehst du aus.«

»Wenn du auf meine fahle Gesichtsfarbe anspielst: Dafür kann ich mich bei Herrn Dürer bedanken.« Lena verdrehte genervt die Augen. »Der Stress mit den Sanierungsarbeiten geht mir stärker an die Nerven, als ich es mir eingestehen wollte.«

Paul lud sie spontan zu einem Kaffee bei sich zu Hause ein und überließ ihr den Vortritt auf dem schmalen Gehsteig entlang den bauchigen Wänden vierhundert Jahre alter Bürgerhäuser.

Lena ging durch den Flur, und man merkte an ihrer Unbefangenheit, wie vertraut sie mit der Umgebung war. Eben eine alte Bekannte, die schon oft hier gewesen war und sich auskannte. Im Vorbeigehen grüßte sie die lädierte Mokkabraune. »Hübsche Kreolen trägst du, Süße.«

Paul stellte sich an seine Espressomaschine und Lena machte es sich auf seiner Couch gemütlich. Sie griff sich ein Fotomagazin, streifte die Schuhe ab und winkelte die Beine an.

»Mit aufgeschäumter Milch?«, fragte Paul und ließ das silberne Ungetüm laut zischend Wasserdampf ausstoßen.

Lena drehte das Magazin in ihren Händen um neunzig Grad und betrachtete das aufgeschlagene Bild mit leichtem Missmut. »Warum müsst ihr Fotografen eigentlich immer nackte Frauen aufnehmen?«

Paul wandte sich von der brodelnden Maschine ab. »Lass mich doch meinen Spaß haben«, verteidigte er sich mit einem lausbubenhaften Lächeln.

»Dann aber bitte mit Frauen, die es wert sind.«

Paul servierte den Milchkaffee. »Mit wem genau?«, fragte er und setzte sich zu ihr. Er atmete tief ein, und schnupperte ihr Parfüm. Schwer, tulpenhaft und süß, im Grunde der Duft einer reifen Dame. Aber an Lenas Körper verströmte das Parfüm die jugendliche Frische einer Sommerwiese.

Das Kokette verschwand kurz aus ihrem Lächeln, als würde ihr genau in diesem Augenblick bewusst werden, dass sie kein Teenager mehr war und das Gespräch pubertäre Züge annahm. Doch schnell hatte sie ihre Sicherheit wiedergefunden und klopfte ihm anzüglich auf den Oberschenkel. »Du musst dich nur mit offenen Augen umsehen, mein Lieber.«

»Vorsicht«, warnte Paul sie scherzhaft. »Jeder Fotograf hat seine ganz eigene Technik.«

»Hm«, Lena schaute ihm geradewegs in die Augen. »Es gibt jemanden, bei dem würde ich gern erfahren, welche Technik er drauf hat. Und mit diesem Wunsch bin ich wohl nicht allein, Mr. Clooney.«

»Auf wen spielst du an?«, fragte er.

»Dein Christkindchen zum Beispiel.«

»Lächerlich«, tat Paul die Sache ab und fand den Spaß plötzlich gar nicht mehr so komisch.

»Okay, mag sein, dass du ihr tatsächlich zu alt bist. Wie steht es dann mit deiner Friseuse, oder nehmen wir die kleine Brünette vom Obststand. Die hat einen gefährlich verliebten Blick. Ich an deiner Stelle würde mich vorsehen«, neckte sie ihn.

»Was soll denn das jetzt heißen?«

»Ich halte meine Augen offen – im Gegensatz zu dir.«

»Jetzt komm zurück auf den Teppich, Lena. Was weißt du von meiner Gemüsefrau?«

»Nennen wir es weibliche Intuition«, sagte sie. »Vielleicht schätzt du deinen Marktwert in der Damenwelt zu niedrig ein, Paul.«

»Danke für das Kompliment«, sagte er ein wenig bärbeißig, »aber ich komme mit meinem Marktwert ganz gut zurecht.« Er wandte seinen Blick ab, betrachtete das Fotomagazin. Da fielen ihm die Negative vom Christkindlesmarkt ein. Sie steckten noch immer in seiner Fototasche in der kleinen Truhe, wo sie zwar in Sicherheit waren, was auf Dauer aber kein besonders geeigneter Aufbewahrungsort war.

Paul schätzte Lenas Gesellschaft und fühlte sich wohl, wenn er mit ihr zusammensaß, im Duft ihres Parfüms schwelgen konnte und wenn sich ihre Arme oder Knie bei der ein oder anderen Bewegung berührten. Er sah seine ewige Flamme an und hatte plötzlich das Bedürfnis, sie ins Vertrauen zu ziehen.

»Ich habe da etwas, das du sehen solltest«, sagte er.

Paul klärte die staunende Lena kurz über die brisanten Filme und ihren Inhalt auf und holte die Fototasche aus ihrem Versteck.

»Alle Welt ist hinter diesen Fotos her«, berichtete er auf dem Weg ins Labor. »Schon erstaunlich, dass sie für so viele verschiedene Menschen von dermaßen großer Bedeutung zu sein scheinen. Sogar eingebrochen haben sie deswegen bei mir.«

»Was?«, fragte Lena mit Unglauben in der Stimme. »Das ist ja furchtbar. Bist du sicher, dass es wegen der Bilder passiert ist?«

»Ja«, Paul nickte. »Es ist zwar auch einiges andere gestohlen worden – «

»Was denn?«, unterbrach ihn Lena.

»Ein Weitwinkelobjektiv …«

»Etwa eines von deinen alten Analogen?«, fragte sie besorgt.

Paul nickte.

»Oh, das ist schlimm. So eines ist heutzutage kaum noch aufzutreiben.«

»Allerdings«, sagte Paul verschnupft, »außerdem kann der Dieb den ideellen Wert sicher nicht einschätzen.«

Minuten später saßen sie auf unbequemen dreibeinigen Hockern vor einer Milchglasscheibe, die von hinten mit Neonröhren beleuchtet wurde. Paul klemmte die Negativstreifen darauf, schwenkte ein bewegliches Vergrößerungsglas über die Bilder und vertiefte sich in das Betrachten der Details.

»Ich hätte die Negative längst bei der Staatsanwaltschaft abgeben müssen. Aber mich kribbelt es in den Fingern, mehr aus ihnen herauszukitzeln.«

»Was siehst du denn darauf?«, fragte Lena und ihre Stimme verriet, dass auch sie in erwartungsvoller Spannung war. »Ich erkenne überhaupt nichts. Schwarz ist weiß, Tag ist Nacht, auf Negativen ist alles vertauscht.«

»Nicht ganz«, sagte Paul, konzentriert bei der Sache. »Das ist eine Frage der Vorstellungskraft. Du musst nur lange genug hinsehen. Das Gehirn passt sich an.«

»Meines nicht«, sagte Lena und rieb sich die Augen. »Mal anders gefragt: Was erwartest du denn zu sehen?«

Paul fuhr mit dem Vergrößerungsglas langsam über den zweiten Negativstreifen. »Das, wonach der Einbrecher gesucht hat.«

»Du gehst also ernsthaft davon aus, dass auf deinen Bildern eine belastende Situation festgehalten wurde?«

»Ja, und zwar eine, auf die sogar unser Bürgermeister scharf ist. Und eine, die irre Obdachlose so wild macht, dass sie mich mitten in der Nacht überfallen. Irgendein Motiv für all den Unsinn muss sich in diesen Filmen finden. Ich muss nur lange genug danach suchen.« Er fuhr die Lupe auf den nächsten Streifen herunter.

»Vermutest du eine kompromittierende Situation?«

»Allerdings«, sagte Paul, musste sich aber eingestehen, dass es nicht sehr wahrscheinlich war, dass er ein eindeutiges Foto finden würde. Was er vor drei Tagen herausvergrößert hatte, waren Aufnahmen von dem Phantom und Densdorf kurz vor einer tätlichen Auseinandersetzung gewesen sowie Fotos, auf denen das Phantom an der Brückenbrüstung gegenüber der Liebesinsel zu sehen war. Was ihm fehlte, waren Fotos, die bewiesen, dass Densdorf und das Phantom ein Paar gewesen waren.

»Schau mal hier!« Er schob das Vergrößerungsglas ganz dicht über das Negativ Nummer dreiundreißig des dritten Films. Es bedurfte einiger Übung, aus den falschfarbenen Konturen irgendeinen Sinn herauszulesen. »Das ist der Stand vom alten Max. Aus der Vogelperspektive sieht man fast nichts, weil die rot-weiße Markise alles verdeckt. Aber das Glühweinfass hinter dem Stand ist deutlich zu erkennen.«

Lena rückte näher heran. Sie spähte durch die Lupe. »Für mich hat das alles einen Rotstich. Das irritiert.«

»Lass dich davon nicht ablenken.« Er legte einen Arm um ihre Schulter, als er erklärte: »Das Fass, an dem ihn Max kurz vor seinem Tod noch gesehen hat, ist einwandfrei identifizierbar. Den dritten Film habe ich ungefähr zehn Minuten vor dem Prolog des Christkinds verschossen.«

»Das ist interessant«, sagte Lena leise.

»Siehst du den kleineren Schatten neben den Umrissen Densdorfs?« Paul zog den nächsten Streifen auf. »Hier ist er noch einmal zu sehen und hier wieder. Ich habe diesen Schatten auf den Namen ›Phantom‹ getauft. Er taucht auf den anderen Negativen noch öfter auf. Aber das hier ist interessant.« Ein Bild, das leider verschwommen war, zeigte die beiden sehr nahe beieinander stehend in einer vertraulichen Körperhaltung. Ein weiteres Bild ließ beide Schatten noch enger zusammenrücken.

Paul nahm sich einen Streifen nach dem anderen vor. Aber er konnte zunächst kein weiteres Foto von Max' Glühweinstand finden. Minute um Minute verstrich, und Lena saß wortlos an seiner Seite.

Nachdem sie das Christkind aus allen erdenklichen Perspektiven bewundert hatten, stieß Paul endlich wieder auf eine Aufnahme, die Max' Stand zumindest tangierte. Allerdings nicht im Zoombereich und daher kaum erkennbar. »Da ist das Fass wieder zu sehen. Und da ist wieder der große Schatten. Er scheint sich über irgendetwas zu beugen – oder über jemanden.« Paul justierte das Vergrößerungsglas neu. »Da ist auch wieder der kleinere Schatten, das Phantom! So eng, wie die beiden beieinanderstehen, würde ich darauf tippen, dass sie sich küssen.«

Lena drängte ihn beiseite. »Ja, wirklich. Vielleicht haben sie sogar Sex miteinander. – Findest du die Vorstellung nicht prickelnd, es zu tun, wenn du weißt, dass Tausende ganz in deiner Nähe sind?« Sie beugte sich noch tiefer über die Negativstreifen. »Unverkennbar, das eine ist Densdorf! Aber wer ist die Figur im dunklen Mantel?«

»Die Mörderin.« Paul fuhr sich mit der Hand durch die Haare und atmete tief durch. »Aber leider kann ich mich abmühen, soviel ich will – mein Phantom bleibt ein vager Umriss, ein konturenloses Abbild.«

»So darfst du nicht denken«, sagte Lena und strich ihm sanft über die Schulter. »Mach Schluss für heute. Morgen siehst du vielleicht schon mehr.«

Paul schob das Vergrößerungsglas beiseite. Im schummrigen roten Laborlicht sah er Lena unsicher an. Er fühlte sich nicht wohl in seiner Haut und war froh, seine altvertraute Freundin in seiner Nähe zu wissen.

»Du hast Recht«, sagte er leise zu Lena. »Machen wir für heute Schluss.«

Sie lehnte ihren Kopf an seine Schulter. »Und dann gibst du die Fotos endlich ab und hältst dich brav raus aus dieser scheußlichen Angelegenheit.«

»Ja, es wird Zeit, diese Bilder endlich loszuwerden«, sagte Paul nachdenklich.

Lena schien zu bemerken, dass ihn die Sache sehr belastete, denn sie sprach schnell ein anderes Thema an: »Was machst du eigentlich in acht Tagen?«, fragte sie leise.

Paul verstand den Wink nicht sofort – zu weit weg war er in seinen Gedanken vom Alltagsgeschehen. Doch dann begriff er und freute sich über Lenas nette Nachfrage. »Um ehrlich zu sein: keine Ahnung«, sagte er. »Wie ich Weihnachten verbringen werde, habe ich mir bisher nicht überlegt – vor allem noch nicht, mit wem.« Er schenkte ihr sein schönstes Clooney-Lächeln.

18

Der Abend, der mit neuen Schneemassen das Oberlicht zusätzlich verdunkelte, stellte Paul vor eine Reihe unerfreulicher Fragen:

Befand er sich wegen der Fotos und seiner Nachforschungen weiterhin in Gefahr? Sollte er womöglich Personenschutz anfordern? Er tat diesen Gedanken schnell ab, weil die Polizei wohl weder seinen Bildern noch seiner Sorge um sich selbst allzu große Bedeutung beimessen würde.

Denn was hatte er denn – nüchtern betrachtet – in der Hand? Ein paar verschwommene, dunkle Fotos, in die man viel oder eben wenig hineininterpretieren konnte. Dann sein täglich wechselnder Verdacht gegen diverse Frauen, bloß weil ein paar Gewebespuren darauf hinwiesen, dass beide Opfer irgendwann einmal Kontakt zu einer großen Unbekannten gehabt hatten. Und am Schluss die Einbrüche und der Überfall auf ihn, Ereignisse, die ebenfalls mangels Beweisen nicht mit den Mordfällen in einen schlüssigen Zusammenhang zu bringen waren. Im Grunde hatte er also nichts Greifbares, und es war aus seiner Sicht nur eine Frage der Zeit, bis Katinka dem Rat ihres Chefs folgen und den Fall ruhen lassen würde.

Die zweite Frage betraf den Mann, der ihn überfallen hatte und in seine Wohnung eingebrochen war. Warum war der Mann hinter den Negativen her und was hatte er eigentlich mit der ganzen Sache zu tun? Paul war sich fast sicher, dass es sich um jemanden handelte, der vorgeschickt wurde. Ein Auftragsdieb und bezahlter Schläger – und möglicherweise eine direkte Spur zum Mörder?

War es dann wirklich schlau gewesen, ihn dem dünnhäutigen Kontaktbeamten zu überlassen oder sollte er ihn zusammen mit Pfarrer Fink nicht doch besser selbst stellen? Genug Mumm besaß der Pfarrer ja. Das hatte er in der Vergangenheit schon bei verschiedenen Gelegenheiten bewiesen.

Die dritte Frage kreiste um sein Versteckspiel mit dem Bürgermeister beziehungsweise dessen Adlatus. Was sollte er ihm wegen der Christkindlesmarktfotos sagen? Da steckte er in einer echten Zwickmühle. Denn – natürlich – lockte ihn das Geld, das ihm mit dem lukrativen Dürerhaus-Auftrag in Aussicht gestellt worden war. Wenn es aber wirklich Frau Frommhold gewesen war, deren Faserspuren an den beiden Leichen gesichert worden waren, würde er sich mit der Übergabe seiner Negative an den Bürgermeister selbst zum Mittäter machen. Das stand im krassen Gegensatz zu seinem Vorhaben, den Fall aufzuklären.

Er ging mit schleppendem Schritt ins Badezimmer, klappte seinen Rasierspiegel auf, schäumte Kinn, Wangen und Hals ein und verschob die Antwort auf diese und die anderen Fragen auf ein anderes Mal.

Die vierte Frage duldete dagegen keinerlei Aufschub: Wie sollte er die Miete für diesen Monat bezahlen? Der Auftrag für die Dürerhaus-Eröffnung stand auf wackligen Füßen und von Hannah war kein Geld zu erwarten.

Mit der Zahnbürste im Mund schlurfte er ins Atelier zurück. Er addierte und subtrahierte diverse Eurosummen, kam am Ende jedoch mit deprimierender Gewissheit immer bei der Null an. Der Einzige, von dem er zur Zeit verlässlich Honorare erwarten konnte, war Blohfeld. Aber auch das nur dann, wenn er etwas Neues lieferte oder sich anbot, ihm erneut zu assistieren.

Paul stand inmitten seiner Wohnung und begann, sich langsam um die eigene Achse zu drehen. Er schloss die Augen, suchte nach angenehmen Gedanken und sah sich schließlich auf einer grünen Sommerwiese liegen, vor sich einen gebogenen Grashalm, über den ein Marienkäfer krabbelte. Er konzentrierte sich auf dieses Bild, und es gelang ihm, die Zahlen aus seinem Kopf zu verbannen.

Als er die Augen Minuten später wieder öffnete, hatte er sich von seinem ursprünglichen Standort um einiges entfernt und stand nun vor seinem Bücherregal. Ihm stach eines seiner früheren Lieblingsbücher über Albrecht Dürer ins Auge, und er nahm es aus dem Regal.

Als er es aufschlagen wollte, blätterten die Seiten von selbst bis zu jener Stelle, an der der Buchrücken durchgedrückt war: Vor ihm tat sich Dürers *Liegender weiblicher Akt* von 1501 auf. Er betrachtete eine antiquiert dargestellte, aber auch nach heutigen Maßstäben attraktive Frau, die ihm auf der Seite liegend und auf dem linken Arm abgestützt ihr Profil darbot. Die Frau, nur in Graustufen abgebildet, hatte kleine Brüste, recht kräftige Schenkel und ein Bäuchlein, das sie nicht etwa verbarg, sondern unbekümmert zur Schau stellte.

Dürers vielfältige künstlerische Auseinandersetzung mit dem Akt und die innere Freiheit, mit der er an die Gestaltung des menschlichen Körpers herangegangen war, waren ungeheuer innovativ, fand Paul.

Paul blätterte um. Eine stehende und bis auf ein Kopftuch ebenfalls nackte Frau winkte ihm zu: Dürers *Weiblicher Akt* von 1493. Paul wusste, dass das Bild als die erste erhaltene Aktdarstellung eines deutschen Künstlers galt, die nach einem lebenden Modell gezeichnet worden war.

Die nächste Seite brachte einen weiteren revolutionären Tabubruch: den *Sündenfall* von 1510. Dürer hatte es als Erster in der Kunstgeschichte gewagt, Adam und Eva als erotisches Liebespaar darzustellen.

Paul bewunderte die Bilder und doch sah er sie in seiner aktuellen Lage mit anderen Augen als früher. Er stellte sich die Reaktionen auf Dürers Veröffentlichungen vor und die Anfeindungen, denen er in seiner prüden Umgebung ausgesetzt gewesen sein musste – wenn selbst Paul im einundzwanzigsten Jahrhundert recht häufig auf Vorbehalte wegen seiner Aktfotografie stieß, wie mochte es dann erst zu Dürers Zeiten gewesen sein!

Wirklich radikale Zeichnungen hatte Dürer wohl niemals herausgeben dürfen, denn da hätte sicher schon seine Agnes einen Riegel vorgeschoben. Doch wer weiß, spann er den Gedanken weiter, vielleicht hatte es ein Kabinett der selbst zensierten Dürer-Werke gegeben. Gut versteckt und sorgsam gehütet. Paul beugte sich noch etwas tiefer über das Dürer-Buch. Doch dann sah er sein Spiegelbild in der gläsernen Platte des Couchtisches und musste lachen: Ein Mann mit vor Aufregung geröteten Backen und ziemlich zerzausten Haaren glotzte ihn an. Paul, sagte er sich, du verrennst dich schon wieder in eine fixe Idee. Kaum ist eine Spur erkaltet, springst du auf die nächste an, und das Ganze bringt dir keinen müden Euro.

Er legte das Buch beiseite und beschloss, an die frische Luft zu gehen, um wieder einen etwas klareren Kopf zu bekommen. Bei dieser Gelegenheit konnte er auf einen Sprung bei Pfarrer Fink hereinschauen und mit ihm über dessen rabiaten Untermieter sprechen, womit sich Pauls Problem Nummer zwei eventuell gleich lösen ließe.

Mit neu erwachtem Tatendrang brachte er aber zunächst eine andere wichtige Angelegenheit hinter sich: Er rief Blohfeld an. Doch der wollte sich am Telefon nicht aufhalten und vereinbarte stattdessen ein Treffen für den nächsten Tag. Auch recht, dachte sich Paul.

Er wusste, dass er Pfarrer Hannes Fink zu dieser fortgeschrittenen Stunde im Pfarrhaus antreffen würde, einem liebevoll hergerichteten Anwesen mit großzügigem Innenhof. Tatsächlich saß Hannes in seinem Arbeitszimmer, aus dessen Fenster einladend gelbes Licht schien und hinter dem sich die charakteristische Silhouette des Geistlichen mit Pferdeschwanz abzeichnete.

Die Einrichtung des verwinkelten Hauses war altertümlich, eine Mischung aus Antiquitätenladen und Sperrmüllsammlung. Er brauchte dem Pfarrer keine langen Erklärungen zu liefern. Paul begleitete Fink über knarrende Dielen ins Arbeitszimmer, einem quadratischen Raum, dessen drei fensterlose Wände bis zur Decke mit Büchern voll gestellt waren. Auch auf dem Boden lagen Bücher. Das winzige Stück Wand, das nicht von einem

Bücherregal in Anspruch genommen wurde, musste als notdürftige Galerie herhalten. Vier Bilder hingen eng übereinander. Paul betrachtete sie flüchtig und deutete auf die verblasste Kopie einer Bleistiftzeichnung, die das Profil eines Mannes mit Doppelkinn und Knick in der Nase zeigte.

»Pirckheimer«, sagte Fink, der Pauls Interesse bemerkt hatte, während er beiden dunkles Bier eingoss. »Das Porträt stammt von 1503. Eigentlich eine eher durchschnittliche Arbeit Dürers.« Er lächelte süffisant. »Aber eine mit pikanter Zugabe.«

Paul trat einen Schritt näher heran, konnte aber nichts Ungewöhnliches an der schlichten Skizze erkennen.

»Ganz am Rand«, erklärte Fink, »der klein geschriebene Satz.«

Paul erahnte einige winzige Hieroglyphen, die für ihn keinen Sinn ergaben.

»Das ist Altgriechisch«, erläuterte Fink und reichte ihm den gut eingeschenkten Tonkrug. »Übersetzt steht da: ›Mit erigiertem Penis in den Steiß‹.«

In Pauls Gesicht stand Erstaunen. »Dürer verblüfft mich in letzter Zeit immer mehr.«

Fink neigte den Kopf. »Ja, bezeichnend ist auch, dass dieser Satz von keinem Kunstführer übersetzt wird. Man will dem Ansehen Dürers nicht schaden – was durchaus für seine Urheberschaft spricht. Andererseits: Der gute Albrecht konnte kein Altgriechisch. Also hat es wohl der beschenkte Willibald Pirckheimer selbst an den Rand gekritzelt. Aber, wer weiß …«

»Erstaunlich«, sagte Paul und trank nachdenklich einen Schluck Bier. »Ich habe mich viel zu wenig mit Dürers Privatleben beschäftigt – und wohl einiges verpasst.«

Fink lachte, als er sich den Schaum vom Mund wischte. »Ja, die alten Knaben sind immer für eine Überraschung gut. Ich halte den Spruch auf dem Bild für eine Liebeserklärung, wenn auch für eine versteckte.«

»Liebeserklärung? Wer erklärt da wem seine Liebe?«

»Pirckheimer seinem Freund Dürer.«

»Jetzt fängst du auch damit an«, stöhnte Paul und dachte an Hannahs Äußerungen über Dürer.

»Dürer war ein Weltstar wie Warhol, daneben Pirckheimer, der Vorzeige-Humanist und einflussreiche Ratsherr – was zwischen den beiden ablief, ging weit über eine Männerfreundschaft hinaus.«

Paul betrachtete eingehend die Zeichnung Pirckheimers. Ein weises Altherrengesicht, hinter dem ungezügelt die sexuelle Phantasie brodelte. Ja, das anzügliche Lächeln, das ihm Dürer verpasst hatte, sprach für diese These. Aber trotzdem …

»Beide waren auf Frauen fixiert, ganz klar. Po, Brüste und barockes Bodybuilding haben Dürer gefesselt. Und seine anatomisch detaillierten Werke waren zu seiner Zeit Provokation pur. Sein Meisterstich *Vier Hexen* muss auf die Leute die Wirkung eines Pornos gehabt haben. Seine eigene Frau hat er ›alte Mandelkrähe‹ genannt. Es gibt Briefe, die außerehelichen Sex eindeutig belegen«, ereiferte sich der Pfarrer.

»Auch die homosexuellen Ausflüge?«, wollte Paul wissen.

»Ja, auch die.« Fink dirigierte ihn aus dem Raum. »Sex war Thema Nummer eins für die beiden. Als der Meister auf seiner zweiten Italienreise war, hat ihm Pirckheimer schriftlich angedroht, seine Agnes zu beschlafen, wenn er nicht schleunigst zurückkäme. Dürer hat geantwortet, dass Pirckheimer ihm mitteilen sollte, wie es war.« Der Pfarrer grinste in sich hinein. »Es gibt sogar einen Radierstift, dessen Schaft mit einer erotischen Gravur versehen ist. Eines von diesen Fundstücken, die sie bei der Restaurierung des Dürerhauses gefunden haben.«

»Ach, da gab's tatsächlich noch was zu finden?«, fragte Paul erstaunt.

»Ja, Federkiele, ein zerbrochenes Tintenfass, allerlei Kleinkram. Die haben extra ein paar Panzerglasvitrinen angeschafft, um das Zeug in die Ausstellung aufzunehmen«, sagte Fink.

Paul erinnerte sich, beim Gang durchs Dürerhaus einige schlanke Säulen mit Glasquadern darauf gesehen zu haben. Für seine Fotodokumentation würde er die Fundstücke außerhalb dieser reflektierenden Aquarien fotografieren müssen. Darüber müsste er unbedingt mit Winkler sprechen, merkte er sich gedanklich vor.

»Was ist ein original Dürer-Pinsel wert?«, fragte er.

»Schwer zu sagen. Eigentlich ist es ja mehr ein ideeller Wert. Aber ein Sammler, der verrückt genug ist, würde einige große Scheine dafür auf den Tisch legen.« Fink wechselte den Tonfall, als er nun sagte: »Aber deswegen bist du nicht hier. Dieser bayerisch überkorrekte Kontaktbeamte hat mich schon ins Bild gesetzt. Lass uns in die Kirche gehen. Um diese Zeit müsste der, den du suchst, zu Hause sein. Wenn er es wirklich war, der dich nachts überfallen und deine Wohnung verwüstet hat, hat er die längste Zeit unter Gottes Dach gehaust.«

Fink konnte knallhart sein, das hörte Paul deutlich aus dessen Stimme. Sie durchquerten den vor kurzem vom Schnee geräumten Innenhof des Pfarrhauses, um sich dann durch den Neuschnee auf dem Sebalder Platz hinüber zur Kirche durchzukämpfen, deren hell angestrahlte Türme sich wie zwei drohende Finger gegen den schwarzen Nachthimmel abhoben.

Kurz darauf standen sie vor dem Kirchenportal am Westchor. Die schwarze Pforte mit den gruseligen, plastisch herausgearbeiteten Darstellungen der apokalyptischen Reiter versperrte ihnen trotzig den Weg. Sie ließ sich nicht öffnen, da mochte Fink noch so oft am Türknauf drehen. Sie mussten mit den Füßen den Sockel vom Schnee befreien. Paul suchte nach einer Möglichkeit, an der Tür zu ziehen, und legte seine Hände mangels weniger gespenstischer Alternativen auf die Sense des Sensenmannes, dessen hohle Totenaugen ihn zu fixieren schienen. Die Tür wehrte sich beharrlich gegen alle Versuche, sie aufzuziehen. Der fest gepappte Schnee auf der Schwelle erwies sich als widerstandsfähig. Die zahnlose Mundöffnung im Schädel des Sensenmannes kam Paul wie zu einem höhnischen Lächeln verzogen vor. Mit vereinten Kräften wuchteten sie die mächtige Pforte schließlich so weit auf, dass sie gerade hindurchpassten.

Fink schaltete das Notlicht ein. Den unförmigen Klumpen, der auf der anderen Seite des Kirchenschiffs im Ostchor lag, sahen sie sofort. Wortlos stürzten die beiden auf den leblosen Körper zu.

Schockiert und gleichzeitig angewidert beugte sich Paul über das, was einmal ein Mensch gewesen war und nun mit ausgestreckten Armen und Beinen auf dem Steinfußboden lag. Unmittelbar neben dem monumentalen Bronzegrab des Stadtheiligen St. Sebald. Paul sah einen dunklen, blutverkrusteten Haarschopf.

Fink legte seine rechte Hand auf den zerstörten Körper und murmelte etwas, das das Wort »Vergebung« enthielt.

Paul, hin- und hergerissen zwischen Ekel, Angst und Neugierde, überlegte kurz, ob er seine kleine Leica, die er immer in der Manteltasche bei sich trug, herausholen sollte. Die Pietät verbot es ihm, und er wusste auch nicht, ob er überhaupt fähig war, sie in seinen zitternden Händen einigermaßen ruhig zu halten.

Der Pfarrer hockte neben der Leiche. Er beendete das leise Gebet, dann erhob er sich und sagte überraschenderweise: »Hast du eine Kamera dabei?«

Paul nickte verständnislos.

Fink zog ein Handy aus seinem Mantel. »Bevor ich die Polizei verständige, möchte ich, dass wir hier alles sauber dokumentiert haben. Ich will keinen Ärger mit der Landeskirche bekommen. Der Landesbischof soll sich selbst ein Bild machen können, bevor er aus zweiter Hand von der Presse informiert wird.«

Paul bewunderte die nüchterne Professionalität des Pfarrers: Er war es gewohnt, mit dem Tod umzugehen – und trotzdem war auch er kreidebleich.

Ihm gelang es, einige Fotos zu schießen, wobei er bei jedem Aufflackern seines Blitzes gegen Schübe von Übelkeit ankämpfen musste.

Fink sprach in sein Handy. Auch jetzt noch nüchtern und kühl. Dann winkte er Paul hinter sich her. »Bis die Polizei da ist, schauen wir uns in der Bleibe des armen Kerls um. Es muss ja nicht sein, dass er hier irgendwelche Drogen gehortet hat.«

»Du willst Beweismittel beiseite schaffen?«, fragte Paul ziemlich verstört.

»Ich möchte mir erst einmal nur ein Bild machen«, sagte der Pfarrer und steuerte zielstrebig auf die Südturmhalle zu. Sie verließen das Hauptschiff in Richtung einer unscheinbaren Nische, einer schlichten Gebetsecke. Der Pfarrer nestelte an seiner Hosentasche und zog einen archaisch anmutenden Schlüssel mit großem, gezacktem Bart heraus. Die hölzerne Tür mit Eisenbeschlägen quietschte beim Öffnen.

»Wenn die Türen so gut verschlossen sind, wie konnte der Obdachlose dann nach oben gelangen?«, wollte Paul wissen.

Der Pfarrer lächelte nachsichtig: »Schau dir doch die alten Schließanlagen an. Die kriegt man genauso gut mit einem zurechtgebogenen Stück Draht auf.«

Paul folgte Fink eine schmale Wendeltreppe mit einem dünnen Eisengeländer hinauf. Die Steinstufen waren abgetreten, und je höher sie kamen, desto schmuddeliger wirkten die Wände. Das flaue Licht der wenigen lieblos angebrachten Birnen in simplen Blechfassungen ließ einige verstaubte Heiligenfiguren in vergessenen Winkeln des Treppenhauses erahnen.

Die Treppe endete unspektakulär vor einer schludrig zusammengezimmerten Holztür. Fink öffnete sie und führte Paul auf eine Empore, den Engelschor. Vor ihnen erstreckte sich schmal, hoch und schlicht das Langhaus der Kirche, an dessen Ende der schwarze Kubus des Sebaldusgrabes und daneben der Tote zu sehen waren. Sie standen gut fünfzehn Meter über dem Kirchengestühl, das von hier oben winzig und zerbrechlich aussah. Paul ging nur zögernd weiter, denn hier gab es kein Geländer mehr.

Fink setzte seinen Weg unbeirrt fort. Seine vollen Wangen glühten rosig. Paul folgte, bemerkte aber mit Unbehagen, dass die Stiegen immer schmaler wurden. Er wusste, dass die Kirchtürme siebzig oder achtzig Meter hoch waren. Die Hälfte, schätzte er, hatten sie zurückgelegt. In diesem Moment verließ Fink erneut das Treppenhaus. Sie kamen an nachträglich eingebauten Stahlbetonwänden vorbei, bevor sich ihnen der Blick auf den Dachboden öffnete. Hoch aufragend, versehen mit unzähligen Längs- und Querstreben, zwischen denen das Karminrot der Dachschindeln durchschimmerte. Der gigantische Aufbau sah für Paul aus wie der Bauch eines auf den Kopf gestellten Schiffes.

Für einen Moment vergaß er den Grund ihrer Kletterpartie und berührte ehrfürchtig die verwitterten Sandsteinquader einer Wand, auf der Reste aufwendiger Steinmetzarbeiten zu erkennen waren. Die Wand stand völlig frei in dem riesigen Dachstuhl und hatte weder eine tragende Funktion noch irgendeinen anderen ersichtlichen Zweck. »Was ist das?«, fragte er.

»Das ist nichts mehr«, sagte Fink lapidar. »Das war mal etwas: die Fassade des romanischen Teils der Kirche.«

»Eine alte Fassade?«

Fink nickte. »In der frühen Gotik ist die Kirche erweitert worden. Die Baumeister haben die neue Kirche einfach um die alte herumgebaut. Die Außenmauer ist zum Teil stehen geblieben.«

»Eine Kirche in der Kirche. Nicht schlecht«, sinnierte Paul, doch Fink trieb ihn zur Eile. Sie betraten einen Holzsteg, der zu beiden Seiten lediglich mit einem hölzernen Handlauf gesichert war. Darunter bildeten die mausgrauen Halbkugeln des Tonnengewölbes eine bizarre architektonische Landschaft.

»Bleib unter allen Umständen auf dem Steg. Das Kreuzrippengewölbe kann dich nicht halten«, ermahnte ihn der Pfarrer. Aber das brauchte er gar nicht. Paul hatte absolut nicht vor, den sicheren Weg zu verlassen, wo doch schon die Holzdielen unter seinen Füßen bei jedem Schritt beängstigend knarzten. Er wagte es kaum, nach unten zu blicken. Aus den Augenwinkeln registrierte er, dass sie jetzt direkt oberhalb eines der großen Kronleuchter waren, dessen Gegenpol und Fixierung wie ein überdimensionales Wagenrad aussah.

»So, das ist es«, sagte Fink und deutete auf eine Nische, in die ein schäbiger Rucksack und eine unansehnliche Daunendecke gestopft waren. »Hier hat er gehaust.«

Paul sah sich ungläubig auf dem zugigen Dachboden um. Hier war es kalt und ungemütlich. Staub und Spinnweben, Holzsplitter und zerbrochene Dachziegel überall. Und es hätte ihn nicht gewundert, wenn im nächsten Augenblick ein Schwarm Fledermäuse aufgestiegen wäre.

»Sieh mal hier«, Fink winkte Paul zu einer anderen Nische herüber. »Altarkerzen. Die hat er geklaut. Ich glaube nicht, dass er dafür etwas in den Klingelbeutel geworfen hat.«

Paul betrachtete die traurige Unterkunft des Toten und fragte sich, wie ein Mensch so leben konnte. In einer anderen Ecke sah er etwas auf dem Boden liegen. Beim Näherkommen erkannte er einen Malblock, aus dem schon fast alle Blätter herausgerissen waren, daneben einen Malkasten, so wie ihn Grundschüler benutzen. Fast alle Farben waren aufgebraucht. »Er hat gemalt«, stellte er verwundert fest.

»Sicher hat er gemalt«, sagte Fink. »Das war sein Job.«

»Sein Job?«

Fink nickte nachdenklich. »Ja, in dem armen Kerl steckten viele Talente. Ich kenne seinen Werdegang. Kein sehr glücklicher. Zunächst war er Kirchenmaler, aber das füllte ihn offenbar nicht aus. Er entschloss sich zu einem Studium der Kunstgeschichte und ist auch ziemlich weit gekommen. Er war sehr intelligent. Aber er hatte schon früh Probleme mit Alkohol und anderem Zeug. Er brach das Studium mittendrin ab und hat nie seinen Abschluss an der Uni nachgeholt, obwohl ich es ihm immer wieder geraten habe.«

Paul nickte. Er hob den Zeichenblock auf und blätterte darin herum. Die wenigen Reste zeigten rudimentäre Skizzen, mehr nicht. Paul wollte den Block schon weglegen, als er bei einem Bild hängen blieb. Er blickte in zwei Augen. Es waren tatsächlich nur Augen. Nichts drum herum. »Das ist erstaunlich«, sagte er.

»Was?«, Fink trat interessiert näher.

»Diese Augen«, Paul drehte das Bild, »da fehlt das Gesicht.«

»Ja«, bestätigte der Pfarrer, »nicht einmal Augenbrauen hat er gemalt. Aber die Augen selbst sind gut getroffen. Wirken sehr lebendig.«

»Allerdings«, Paul starrte fasziniert auf die Zeichnung, »sie kommen mir bekannt vor.«

»Die Augen?«

»Ja. Es ist, als würde ich diesen Blick kennen.«

»Aber es fehlt das Gesicht. Keine Nase, kein Mund. Wie gesagt: Nicht einmal die Brauen hat er dazugemalt«, sagte Fink. »Wie willst du da etwas erkennen?«

»Ich weiß nicht«, sagte Paul. »Es ist nur so ein Gefühl.«

»Und hier ...«, Fink war inzwischen zurück zum Mittelsteg gegangen und zeigte auf einen kindshohen Blechkranz, der einen Kreis von etwa anderthalb Metern Durchmesser bildete. »Hier muss er durchgefallen sein, der Unglückliche.«

Paul folgte ihm zögernd, denn der Weg war kaum beleuchtet. Er blickte über den Rand des Blechkranzes hinweg und zuckte erschrocken zurück.

»Starke Aussicht, was?«, fragte der Pfarrer provokant. »Bis nach unten sind es genau achtundzwanzig Meter. Den Sturz überlebt niemand. Wahrscheinlich hat er von hier aus die Gemeindemitglieder beobachtet und ist übermütig geworden.«

Paul wagte sich erneut vor. Er blickte hinab und konnte direkt auf das pechschwarze Dach des Sebaldusgrabes schauen. Die Gliedmaßen der Leiche sahen von hier bizarr verbogen aus. Wie eine willkürliche Ansammlung zerbrochener Streichhölzer. »Wozu dient das Loch?«, wollte er wissen.

»Das weiß keiner genau«, sagte Fink. »Am wahrscheinlichsten ist die Theorie, dass hier an Himmelfahrt die Christusfigur hochgezogen wurde. So was gehörte zur mittelalterlichen Schaufrömmigkeit. Damals musste man den Leuten Action bieten, um sie in die Kirche zu locken – na ja, vielleicht wäre das heute auch wieder nötig.«

Ein Knarren und Dröhnen hallte durchs Kirchenschiff bis zu ihnen hinauf. Dann hörten sie Stimmen.

»Die Polizei ist da«, sagte Fink. »Wir sollten nach unten gehen.«

»Ja«, stimmte Paul zu.

Fink hatte sich bereits zum Gehen gewandt, als Paul einer spontanen Intuition folgend das Bild mit den Augen aus dem Block riss, bevor er ihn zurück in die Nische legte. Er faltete den Zettel und steckte ihn in seine Hosentasche. Katinka sollte sich die Skizze ansehen, bevor sie bei der Polizei in irgendeinem Aktenordner verschwinden konnte.

Paul machte in dieser Nacht kein Auge zu. Sein Atelier lag im nächtlichen Dunkel. Die Luken seines Dachfensters waren weit geöffnet, um die stickige Heizungsluft herauszulassen.

Es kam – einmal abgesehen von den letzten Tagen – nicht oft vor, dass er sich einsam fühlte. Er hatte sich auf das Leben als Single eingerichtet und vermisste weder einen festen Partner noch eine Familie. Vielleicht war der Zug für ihn abgefahren. Vielleicht auch nicht. Paul spürte keinen Drang, sich selbst unter Druck zu setzen.

Er dachte an einen alten Freund zurück, der ebenfalls Fotograf war. Sie hatten eine ganze Zeit lang zusammengearbeitet. Paul erinnerte sich gern an die vielen gemeinsamen Termine, bei denen sie sich assistiert und angespornt hatten, immer in freundschaftlicher Konkurrenz zueinander.

Rechtzeitig vor ihren Aufträgen trafen sie sich in verschiedenen Nürnberger Frühstückslokalen und benoteten sie für ihren ganz persönlichen Frühstückslokaltest. Die Qualität vom Rührei mit Speck spielte dabei eine ebenso große Rolle wie der Preis des Milchkaffees und ihr Urteil darüber, wie knackig der Hintern der Bedienung war.

Sie tauschten sich in allen wichtigen und unwichtigen Dingen des Lebens aus. Belanglosigkeiten gewannen in ihren Diskussionen nicht selten größere Bedeutung als die vermeintlich wichtigen Dinge des Lebens. Dieser Freund hatte Paul Wahrheiten sagen dürfen, die aus dem Mund eines anderen beleidigend und entwürdigend gewesen wären.

Irgendwann sagte er kurzfristig ein Skifahren am Wochenende ab. Wenig später zog er zu der Frau, die er liebte, nach Salzburg. Paul und sein Freund hatten noch Kontakt. Allerdings selten.

Nein, Paul war kein überzeugter Single. Dennoch hatte er diese Rolle bewusst gewählt und würde sich immer wieder aufs Neue für diesen Lebensweg entscheiden. Einer der Zwiespälte, die ihn ausmachten.

Er rollte sich in seinem Bett zur Seite. Das Bett war breit für zwei. Die Kälte, die durch die Dachluken ins Atelier strömte, kroch unter sein Laken.

Ihn fröstelte, und er fühlte sich nun doch sehr einsam.

19

Am nächsten Morgen war er entsprechend unausgeschlafen und zermürbt. Kaum aufgestanden, kamen ihm die fürchterlichen Eindrücke des Vortages in den Sinn. Er konnte die schrecklichen Bilder von dem zerschmetterten Leichnam nicht abschütteln.

Außerdem schwirrten noch immer die vier offenen Fragen durch seinen Kopf, die er sich vor seinem Besuch bei Pfarrer Fink zurechtgelegt hatte: vor allem die letzte, die seine finanzielle Situation anbelangte. Er griff also zum Telefonhörer.

Erstaunlicherweise war Blohfeld gut aufgelegt. Er ließ sich von Paul jedes Detail über den Tod des früheren Kunststudenten in der Sebalduskirche schildern und beschwerte sich nicht einmal darüber, dass Paul sämtliche Fotos von der Leiche Pfarrer Fink überlassen hatte. Und als ihn Paul um ein weiteres Honorar anging, ohne eine konkrete Gegenleistung benennen zu können, sagte der Reporter überraschend zu. »Das geht schon in Ordnung. Ich lasse Ihnen ein paar zusätzliche Fotos als Ausfallhonorar vergüten. Das fällt der Buchhaltung nicht auf.«

»Was muss ich dafür tun?«, hakte Paul nach.

»Nichts. Bleiben Sie nur einfach am Ball«, flötete der Reporter gönnerhaft in den Hörer. »Und was unser Treffen angeht: Seien Sie in einer Viertelstunde am U-Bahnhof Plärrer. Es gibt viel zu bereden.« Blohfeld hängte ein.

Besser gelaunt als kurz nach dem Aufstehen verließ Paul das Haus. Die Obstfrau war die Erste, die er im blendenden Weiß des Neuschnees wahrnahm. Sie starrte ihn so direkt an, dass er ihrem Blick nicht ausweichen konnte. Mit Lenas Worten im Hinterkopf hob er zögerlich eine Hand zum Gruß – seine Unvoreingenommenheit war dahin. »Morgen«, sagte er freundlich, aber kurz angebunden von weitem.

»Guten Morgen, Herr Flemming.« Die Gemüseverkäuferin strahlte ihn an.

Er machte sich auf den Weg zum Bäcker und stapfte mühsam durch die weiße Masse, die zu räumen niemand mehr imstande war. Beim Betreten des Ladens schlug ihm die feuchtwarme Luft der Backstube entgegen, und er fing in seiner dicken Winterkluft sofort an zu schwitzen.

Der Bäcker beäugte ihn wie immer skeptisch distanziert. Als Paul seine Zeitung bezahlen wollte, meldete sich sein Handy. Mit entschuldigender Geste legte er die Geldbörse beiseite und drückte die grüne Taste.

»Wo bleiben Sie denn?«, schepperte Victor Blohfelds Stimme aus dem Apparat. »Wir sind spät dran. Ich warte auf Sie!«

Mit Blohfelds Gönnerhaftigkeit schien es bereits wieder zu Ende zu sein. Paul bahnte sich seinen Weg durch das immer stärker werdende Schneegestöber zur nächsten Straßenbahnhaltestelle, wobei er sich den Schal schützend vor den Mund zog.

Erschöpft ließ er sich in einen Sitz der Linie neun fallen und schaute beunruhigt auf die Uhr. Kurz bevor die Straßenbahn den zentralen Verkehrsknotenpunkt erreicht hatte, sah er den Reporter bereits vorm U-Bahn-Eingang stehen. Blohfelds graues Haar lugte unter einem ebenfalls grauen Hut hervor, die Himmelfahrtsnase leuchtete frostig rot.

»Das waren mehr als fünfzehn Minuten«, grüßte der Reporter mit einem angedeuteten Lächeln.

Paul passte Blohfelds Ton ganz und gar nicht. Ihm wurde einmal mehr klar, warum er sich vor Jahren dagegen entschieden hatte, sein Geld als Pressefotograf zu verdienen.

Doch im Grund hatte Blohfeld Recht mit seiner Art, ihn wie einen Mitarbeiter zweiter Klasse zu behandeln. Fotografen gab es wie Sand am Meer, und jeder gab alles für einen leidlich lukrativen Auftrag. Blohfeld hatte die freie Auswahl.

»Wohin fahren wir?«, fragte Paul, als sie nebeneinander in der U-Bahn saßen.

»Zum Justizpalast.«

»Oh, nein!«, Paul schwante Böses. »Doch nicht schon wieder! Katinka wird von unserem Besuch nicht gerade begeistert sein.«

Blohfeld hob beschwichtigend die Hände. »Keine Sorge. Ich werde meinen persönlichen Kontakt zu Ihrer Paragrafenhüterin auf das Notwendigste begrenzen. Wir warten schön brav vorm Hauptportal.«

Paul konnte sich nicht vorstellen, worauf der andere hinauswollte, und Blohfeld ließ sich Zeit, bevor er sein neuestes Vorhaben preisgab. »Sie haben doch in der Presse verfolgt, dass die Polizei die Witwe des Schreiners verhört hat.«

»Ja«, sagte Paul, »und auch, dass bei ihr eine Gegenprobe zu den am Tatort gefundenen Spuren gemacht wurde. Nur über das Ergebnis habe ich nichts mehr gelesen.«

»Heute«, sagte Blohfeld auftrumpfend, »steht sie vor dem Untersuchungsrichter.«

»Und?«, fragte Paul neugierig. Es nervte ihn, dass Blohfeld sich immer so wichtig machen musste.

»Er wird sich freundlich mit ihr unterhalten, sich für die entstandenen Umstände entschuldigen und sie dann nach Hause schicken.« Blohfeld dämpfte den Ton, als er erklärte: »Ich habe erfahren, dass die Vergleichsproben nicht übereinstimmen. Es gibt für die Ermittler also keinerlei Grund mehr, sie weiter zu behelligen.«

»Was wollen wir dann am Gericht?«, fragte Paul entgeistert.

Der andere sagte prompt: »Sie wird ziemlich sauer auf die Staatsgewalt sein. Wenn wir sie am Eingang abpassen, ist sie womöglich in der Stimmung, ihrem Ärger Luft zu machen.«

»Es geht also wieder mal ans Witwenschütteln«, folgerte Paul.

Die U-Bahn hielt an der Bärenschanze. Sie mussten sich zwischen einer Gruppe Senioren vorbeizwängen, die gegenseitig eingehakt die Treppe blockierten.

»Sie werden die Witwe aus sicherer Distanz abschießen, während ich sie anspreche«, ordnete Blohfeld an.

»Das können Sie ganz schnell vergessen«, sagte Paul entschieden. »Ich fotografiere nicht aus dem Hinterhalt.«

»Kommen Sie doch erst einmal mit, Kollege. Sie müssten ja auch daran interessiert sein, endlich mehr Licht ins Dunkel zu bekommen.«

Paul verlangsamte den Schritt, um nachzudenken. Wie eine Hammelherde zog die Rentnergruppe nun wieder an ihnen vorbei und trabte bedächtig auf den Justizpalast zu. Für Paul war dies nach wie vor kein Ort, an den es ihn zog. Die Lust, einen leibhaftigen mutmaßlichen Mörder oder Totschläger mit eigenen Augen zu sehen – für Paul hielt sie sich gerade nach seinen Erlebnissen der letzten Tage in Grenzen.

»Kommen Sie!«, trieb ihn Blohfeld an.

Paul folgte ihm unschlüssig. »Also gut«, willigte er ein. »Ich übernehme die Fotos, aber ich bleibe an Ihrer Seite. Entweder, die Witwe lässt die Aufnahmen zu, oder es wird keine Bilder von ihr geben. Die Arme hat schon genug gelitten.«

Der Reporter nickte mürrisch.

Blohfelds Informationen waren offensichtlich wieder einmal sehr präzise. Schon nach wenigen Minuten des Wartens öffnete sich die Tür der Hauptpforte und eine dickliche Frau von etwa fünfzig Jahren, bekleidet mit einem schlichten grauen Wintermantel, verließ das Gebäude. Blohfeld stieß Paul unsanft in die Rippen, und beide traten auf die verblüffte Frau zu.

Blohfeld stellte sich und Paul vor und kam dann gleich auf den Punkt: »Die Polizei hat Sie ziemlich unter Druck gesetzt. Wollen Sie auf Rufschädigung klagen?«

Die Witwe des Schreiners musterte ihn aus kleinen, wachen Augen, in denen Paul Misstrauen und Bauernschläue zu erkennen meinte.

»Nein«, sagte sie, und Paul begann zu fotografieren. »Ich habe doch ohnehin schon alles verloren. Ohne meinen Mann kann ich den Betrieb nicht weiterführen. Ich habe keinen Meisterbrief, und unsere Kinder wollen nichts mit dem Handwerk zu tun haben. Alles ist aus.«

»Haben Sie selbst eine Theorie, wer hinter dem ganzen Unglück stecken könnte?«, fragte Blohfeld.

Die Witwe schüttelte den Kopf.

Hier draußen vor der einschüchternd trutzigen Front des Gerichtsgebäudes wehte ein kalter Wind. Paul fühlte, dass sich niemand lange an einem solchen Ort aufhalten mochte und die Antworten der Frau deswegen so prompt und bereitwillig kamen. Sie wollte wahrscheinlich so schnell wie möglich fort. Ob Blohfeld das bewusst einkalkuliert hatte?

»Für mich bleibt Densdorf der Hauptschuldige«, sagte die Witwe bibbernd. »Auch wenn er inzwischen selbst tot ist, ändert das nichts an der Sache: Er hat meinem armen Mann diese Flöhe in den Kopf gesetzt und ihn angestiftet zu all dem Unsinn.«

»Flöhe?«, fragte Blohfeld.

»Ja, die Sache mit dem großen Geld, das er ihm versprochen hatte.«

Paul nahm wahr, wie Blohfeld unruhig von einem Fuß auf den anderen trat.

»Was genau war da vorgefallen?«, fragte der Reporter.

»Das kann ich Ihnen auch nicht sagen. Mein Mann war in geschäftlichen Dingen mir gegenüber immer sehr verschlossen. Aber die beiden haben sich kurz vor dem Tod meines Mannes getroffen und sind ganz dick essen gegangen. Mein Mann kam danach völlig euphorisch nach Hause. So ein Verhalten kannte ich gar nicht von ihm.«

Blohfelds Augen blitzten wissbegierig. »Wissen Sie zufällig, wie das Lokal hieß, in dem die beiden so üppig diniert haben?«

»Ja«, sagte die Witwe. »Das war im *Goldenen Ritter.*«

Blohfeld bedankte sich freundlich und ließ die vor Kälte schlotternde Frau ziehen. Als sie sich etwas von ihnen entfernt hatte, klopfte er Paul begeistert auf die Schultern. »Ich würde sagen: Bingo! Densdorf und der Schreinermeister hatten also irgendeine vielversprechende Sache am Laufen. Jetzt müssen wir nur noch im *Goldenen Ritter* nachfragen, ob jemand etwas von dem Gespräch der beiden mitbekommen hat. – Sie kennen nicht zufällig den Wirt des Lokals?«, fragte Blohfeld mit wissender Miene.

»Schon gut«, ging Paul darauf ein, denn schließlich war er genauso neugierig. »Jan-Patrick ist ein Nachbar und recht guter Bekannter von mir. Ich werde mal vorfühlen.«

»Sehr schön. Ich begleite Sie beim Vorfühlen. Auf geht's!«, drängte Blohfeld zum Aufbruch.

»Moment«, Paul sah den Reporter herausfordernd an. »Ich habe hier noch etwas zu erledigen.« Er zog einen braunen Umschlag aus seiner Manteltasche. »Ich werde dieses Kuvert beim Pförtner abgeben.«

Blohfelds Mund öffnete sich, doch er blieb stumm.

»Diese Fotos haben mir nur Unglück gebracht«, rechtfertigte Paul seine Entscheidung.

Blohfeld fand seine Worte wieder. »Tun Sie nichts Unüberlegtes. Ihre Staatsanwältin wird die Negative unter Verschluss halten, und Sie haben rein gar nichts davon. Von mir dagegen dürfen Sie Bares erwarten – und das nicht zu knapp.«

Paul lächelte den Reporter offen an, wandte sich um und verschwand im Haupteingang des Gerichts. Als er zurückkam, stand der Reporter noch immer unbewegt an derselben Stelle. Dicke Schneeflocken lagen auf seinem Hut und seinen Schultern.

Auf dem Weg zurück zur U-Bahn erwähnte Blohfeld die Fotos vom Christkindlesmarkt mit keiner weiteren Silbe. Offenbar, dachte Paul, hatte er seine Entscheidung akzeptiert – wenn auch widerstrebend.

»Gibt es etwas Neues über unsere Zweitverdächtige?«, brach Paul das Schweigen.

Blohfeld antwortete zwar, doch ihm war anzuhören, dass er immer noch ein wenig beleidigt war: »Nun, bei der Erlanger Kunsthistorikerin hat sich tatsächlich etwas ergeben: Gegen Evelyn Karczenko laufen Ermittlungen in ihrer Heimat. Ihr Doktortitel als Kunsthistorikerin ist höchstwahrscheinlich erschwindelt. Durchaus möglich, dass Densdorf dahintergekommen war und versucht hatte, sie zu erpressen oder zumindest zum Schweigen zu bringen.«

»Das wäre ein Motiv«, stellte Paul fest.

Blohfeld sah ihn zweifelnd an. »Ein sehr weit hergeholtes.«

»Was ist mit der Auslandsreise, die Densdorf angeblich geplant hatte?«, fragte Paul weiter.

»Fehlanzeige«, sagte Blohfeld. »Darüber konnte ich rein gar nichts herausfinden.«

Den *Goldenen Ritter* erreichten sie kurze Zeit später. Die Eingangstür war zwar nicht verschlossen, aber schon die Tatsache, dass die Auslage noch nicht mit frischem Fisch gefüllt war und das Putzlicht brannte, verriet ihnen, dass eigentlich noch nicht geöffnet war.

Als ihnen die adrette Kellnerin entgegenkam, ergriff Paul das Wort: »Hallo, Marlen. Keine Sorge, wir sind keine verfrühten Mittagsgäste. Wir hätten nur gern ein Wort mit Jan-Patrick gewechselt.«

Marlens Gesichtszüge entspannten sich. »Ach, du bist es. Das ist etwas anderes. Setzt euch. Darf ich euch etwas anbieten?«

»Nein, danke«, erstickte Paul Blohfelds Anstalten im Keim, auf das freundliche Angebot einzugehen. Sie setzten sich an die Theke.

»Tja, es tut mir Leid, aber der Chef ist nicht da«, sagte Marlen achselzuckend. Sie sah auf die Uhr. »Wahrscheinlich ist er noch beim Wild- und Fischgroßhändler.«

Blohfeld, den ein Weiterkommen in der Sache augenscheinlich unter den Nägeln brannte, sah enttäuscht aus. Paul bat Marlen, sich einen Augenblick zu ihnen zu setzen. »Vielleicht kannst du uns auch weiterhelfen. Es geht um ein gemeinsames Abendessen von Densdorf und dem Schreiner, der die Handwerksarbeiten im Dürerhaus leitete.«

Marlens waches Gesicht zeigte sofort, dass Paul einen Treffer gelandet hatte. »Aber sicher erinnere ich mich daran. Ich hatte an dem Abend Dienst und habe die beiden bedient.«

Blohfeld horchte auf. »Die Herrschaften haben es sich richtig gut gehen lassen, was?«

»Ja«, Marlen nickte eifrig. »Sie waren mit Abstand die besten Kunden an diesem Abend. Sie wollten nur das Feinste vom Feinen. Unsere Austernvorräte waren danach ausgeschöpft, und den Champagner haben die beiden heruntergestürzt, als wäre es Bier.«

»Gab es denn einen Grund zum Feiern?«, tastete sich Blohfeld vor.

Marlen dachte einen Moment lang nach. »Ich nehme an, sie hatten ein gutes Geschäft abgeschlossen.«

»Irgendwelche Details?«, fragte Paul nach.

»Nicht dass ich wüsste«, sagte Marlen nachdenklich. »Moment – eines ist mir in Erinnerung geblieben: Sie sprachen recht offen darüber, den Gewinn teilen zu wollen, statt ihn zu dritteln.«

Paul und Blohfeld sahen sich verblüfft an. Dann fragte Blohfeld: »Haben sie denn eine dritte Person erwähnt?«

»Nein«, sagte Marlen entschieden. »Jedenfalls nicht, solange ich in ihrer Nähe war.«

Paul war schon dabei aufzustehen, als Blohfeld eine Frage nachschob: »Ist Ihnen noch etwas anderes Ungewöhnliches im Gedächtnis geblieben?«

»Ja«, sagte Marlen prompt. »Die beiden haben oft miteinander angestoßen – und zwar auf Dürer, Albrecht Dürer.«

Paul und der Reporter verließen das Lokal und blieben vor der Eingangstür stehen.

»Densdorf und der Schreiner freuen sich über ein gutes Geschäft, das mit Dürer zusammenhängt, und wollen die Sache ohne ihren dritten unbekannten Partner durchziehen«, fasste Blohfeld das eben Gehörte zusammen. »Was sagt uns das?«

»Dass dieser dritte Geschäftspartner unser Mann sein könnte, beziehungsweise unsere Frau«, folgerte Paul.

Blohfeld stimmte zu. »Verflucht, wenn wir doch nur eine konkrete Spur hätten, die zu dieser Unbekannten führt!«

»Moment«, sagte Paul. Er fasste in seine Innentasche und zog ein Blatt Papier hervor. Als Paul das Papier auseinander faltete, blickte Blohfeld auf die ungewöhnliche Skizze, die Paul aus der Behausung des toten Stadtstreichers hatte mitgehen lassen.

»Was sind das für Augen?«, der Reporter sah starr auf die Skizze. »Ein unheimliches Bild, wo haben Sie es her? Das ist recht professionell gezeichnet.«

»Ich habe es bei dem dritten Toten gefunden«, sagte Paul und beobachtete aufmerksam Blohfelds Reaktion.

»Sie glauben an einen Zusammenhang, ja?«, fragte Blohfeld.

»Es liegt doch nahe. Dieser Kunststudent war es, der mich überfallen hat und der mir die Bilder von der Christkindlesmarkteröffnung stehlen wollte. Ich bin sicher, dass er im Auftrag gehandelt hat.«

»Und als Souvenir hat er die Augen seines Auftraggebers auf dieser Skizze dargestellt?«, fragte Blohfeld mit spöttisch verzogenem Mund.

»Das weiß ich nicht. Ich bin aber sicher, dass uns dieses Bild weiterbringt.« Paul hielt es Blohfeld hin, doch der griff nicht zu.

»Soll ich das Bild veröffentlichen? Unter dem Motto: Wer kennt diese Augen? Polizei bittet um sachdienliche Hinweise unter der Nummer einszweidrei?«, zog Blohfeld die Sache ins Lächerliche.

20

Paul war keine zehn Minuten zu Hause, als es an der Wohnungstür klingelte. Das kam ihm sehr ungelegen, denn er hatte wegen des frühen Termins mit Blohfeld bisher nur eine Katzenwäsche hinter sich und war wieder einmal nicht rasiert.

»Tagchen«, sagte Hannah, an deren blonden Locken große Schneeflocken klebten. »Achtung, ich tropfe«, warnte sie ihn, als sie sich an ihm vorbei in die Wohnung drängte.

»Schneit es wohl wieder?«, erkundigte er sich, ohne seine eigene Frage überhaupt mitzubekommen.

»Ja«, sagte das Mädchen und schaute sich aufmerksam um.

»Was willst du?«, fragte Paul und wandte sich in Richtung Badezimmer.

»Ich will Ihnen helfen.«

»Ach ja?«, Paul war wenig überzeugt.

»Ja«, Hannah schaute ihn an. »Die ganzen Sachen, die Ihnen passiert sind: Ich glaube, das ist kein Zufall. Ich glaube, Sie haben an dem Abend, an dem ich den Prolog aufgesagt habe, den Mörder fotografiert.«

»So weit war ich auch schon«, murmelte Paul und musterte sich kritisch im Spiegel über dem Waschbecken.

Hannah klang sehr ernst und überzeugt, als sie sagte: »Ich glaube, dass der Mörder alle drei Toten auf dem Gewissen hat.«

»Den Schreiner, den Tourismusdirektor und den Stadtstreicher? Wie kommst du darauf?« Warum stellte Hannah diese Zusammenhänge her? »Und woher weißt du überhaupt von dem Toten in der Sebalduskirche?« Paul knöpfte sein Hemd auf und suchte nach dem Rasierschaum.

Hannah zog sich diskret aus dem Bad zurück. »Das mit diesem Ex-Kunststudenten habe ich heute früh in der Zeitung gelesen. Da hat es klick gemacht.«

»Klick?«, rief ihr Paul nach. Er schäumte sich ein und griff zum Rasiermesser.

»Ja. Der Schreiner arbeitet im Dürerhaus. Der Fremdenverkehrsoberfuzzi wirbt fürs Dürerhaus. Der Kunststudent studiert Dürer. Da macht es ganz einfach klick.«

Paul schnitt sich.

»Was«, fragte Hannah, als sie nach einer Weile zurück ins Badezimmer trat, »sind das für Augen?« Sie hielt ihm das herausgerissene Blatt aus dem Skizzenblock des toten Kunststudenten hin. »Sie kommen mir bekannt vor. Es sind Menschenaugen. Aber irgendwie sehen sie aus wie die eines Huskys.«

Hannah durfte zum späten Frühstück bleiben. Das erwies sich für Paul als ausgesprochen vorteilhaft, denn sie bereitete für sie beide köstliche Ham and Eggs zu. Sie hatte das, wie sie sagte, während eines Schüleraustauschs in den USA gelernt, und es schmeckte tatsächlich amerikanisch, obwohl die Eier von freilaufenden fränkischen Hühnern stammten und der Schinken vom Metzger um die Ecke.

»Was werden Sie als Nächstes unternehmen?«, erkundigte sich Hannah, während sie sich zum dritten Mal den Teller füllte. »Ich meine«, ergänzte sie mit vollem Mund, »haben Sie einen Plan, wie man den Täter erwischen könnte?«

»›Erwischen‹ ist wohl kaum das treffende Wort«, schmunzelte Paul und goss sich eine zweite Tasse Kaffee ein. »Aber: Ja, ich habe einen Plan, zumindest ist es so etwas Ähnliches wie ein Plan: Ich spreche mit allen, die mit der Sache in Zusammenhang stehen.«

»Sind das nicht ziemlich viele?«, fragte das Mädchen.

Paul wiegte den Kopf. »Na ja, ich komme ganz gut voran.«

»Und wen haben Sie sich für heute noch alles vorgenommen?«

»Die Frau des Bürgermeisters«, flüsterte Paul und führte seinen Zeigefinger geheimnistuerisch vor den Mund. »Aber pssst. Verrat's niemandem.«

»Das ist ein guter Witz!«, lachte Hannah. »Schön, dass Sie Ihren Humor trotz des ganzen Ärgers nicht verloren haben.«

Paul machte keine Anstalten, den Wahrheitsgehalt seiner Antwort zu unterstreichen.

Gestärkt von Hannahs deftigem Frühstück setzte er sich wenig später in seinen Renault und brach in Richtung Mögeldorf auf, dem Stadtteil, in dem die Frommholds wohnten.

Er hatte die richtige Straße schnell gefunden, und noch während er die Hausnummer suchte, traf er unverhofft auf sein Ziel. Ein rotes Mercedes-Sportcoupé stieß rückwärts aus einer Einfahrt und nahm Paul die Vorfahrt. Er konnte gerade noch bremsen und erkannte deutlich eine schwarzhaarige Frau mit Pagenschnitt und energisch leuchtenden Augen hinterm Steuer: Beate Frommhold!

Sie warf ihm einen verärgerten Blick zu, als ob er es gewesen wäre, der sich nicht an die Vorfahrtsregeln gehalten hätte. Er nickte ihr mit gespielter Freundlichkeit zu, setzte ein Stück zurück und ließ sie ausscheren.

Kaum hatte sich ihr Wagen zwanzig Meter entfernt, nahm Paul die Verfolgung auf. Mit dezentem Abstand heftete er sich der Frau des Bürgermeisters an die Fersen, was nicht einfach war: Beate Frommhold pflegte einen sportlichen Fahrstil – trotz der widrigen Wetterverhältnisse.

Der rote Flitzer verließ Mögeldorf mit hohem Tempo stadtauswärts. Zweimal konnte Paul nur mit Mühe aufschließen, um nicht durch rote Ampeln abgehängt zu werden. Ihrer Fahrweise nach zu urteilen, musste Beate Frommhold eine sehr temperamentvolle junge Frau sein. Paul konzentrierte sich darauf, den Mercedes im Sichtfeld zu behalten und sich gleichzeitig auf der glatten Fahrbahn nicht selbst in Gefahr zu bringen.

Sie hatten die Stadt gerade verlassen, als Beate Frommhold abermals das Tempo erhöhte. Paul musste sich fragen, ob sie ihren Verfolger inzwischen bemerkt hatte und nun versuchte ihn abzuhängen. Aber der Grund für die hohe Geschwindigkeit konnte ihm bald ohnehin egal sein, denn sein Wagen war eindeutig nicht ausreichend motorisiert, um in diesem Rennen länger bestehen zu können.

Als sich der rote Mercedes so weit entfernt hatte, dass Paul die Rücklichter nur noch erahnen konnte, hakte er seinen ersten Beschattungsversuch als gescheitert ab.

»Das war's dann wohl«, sagte er verärgert über sich selbst und seinen amateurhaften Auftritt als Privatdetektiv und suchte nach einer Gelegenheit zum Wenden. Er musste dafür allerdings bis in die nächste Ortschaft fahren, denn links und rechts der Landstraße blockierten hohe Schneehaufen die Feldwege und Wendebuchten.

Das kleine, triste Örtchen, das er nach wenigen Minuten erreichte, bot dann endlich die Gelegenheit zum Kehrtmachen. Er wählte eine Seitenstraße und wollte gerade den Rückwärtsgang einlegen, als er plötzlich das auffällige Rot von Beate Frommholds Wagen in einer Einfahrt erblickte.

Paul, glücklich über diese Fügung, stellte seinen Renault am Straßenrand ab und stieg aus. Er näherte sich vorsichtig der Einfahrt und musterte neugierig das dazugehörige Einfamilienhaus. Nichts Besonderes; Paul tippte auf die frühen siebziger Jahre. Er sah einen zweiten Wagen weiter hinten in der Einfahrt parken. Dann bemerkte er einen Fahrradschuppen mit geöffneter Tür, an die ein Kinderroller gelehnt war.

Paul trat gerade einen Schritt näher, als sich die Haustür öffnete. Blitzschnell beugte er sich nach unten, stieß sich den Kopf dabei an einem Zaunpfosten aus Waschbeton und blieb leise fluchend in der Hocke sitzen.

»Ich bitte dich: Was erwartest du, Baby?«, hörte Paul eine dominante männliche Stimme.

»Dasselbe könnte ich dich fragen«, antwortete eine Frau theatralisch. Paul tippte auf Beate Frommhold. »Du kannst dich nicht ewig in deinem Kaff verstecken, während mir die Polizei in Nürnberg die Hölle heiß macht!«

»Rede keinen Unsinn. Die Polizei wird dich in Ruhe lassen.

Die weiß ja gar nicht, dass du und Densdorf …«, deutete der Mann mit beschwichtigendem Ton an.

»Ach nein? Mein Mann scheint da jedenfalls anderer Ansicht zu sein. Er setzt alle Hebel in Bewegung, um die Affäre zu vertuschen.«

»Na, prima, dann kannst du mich ja aus der Sache heraushalten!«

»Da täuschst du dich gewaltig, mein Lieber!« Die weibliche Stimme überschlug sich vor Ärger.

»Pssst«, ermahnte sie der Mann. »Die Nachbarn.«

»Deine Nachbarn sollen ruhig wissen, was für einen charakterlosen Polygamisten sie nebenan wohnen haben!«

»Beate!«, zischte der Mann. »Wenn du nicht sofort aufhörst, dann …«

»Dann?« Beate Frommhold lachte hysterisch. »Wenn mich die Polizei ins Kreuzverhör nimmt, werde ich keine Sekunde zögern, mein Alibi für die Mordnacht zu nennen.«

»Das kannst du nicht tun!«, der Mann klang jetzt beinahe flehend.

»Hast du Angst, dass dich Frau und Kinder verlassen?«, abermals stieß sie ein übertrieben lautes Lachen aus.

»Verdammt«, fluchte der Mann.

Unmittelbar danach hörte Paul, wie eine Tür zuschlug. Er wagte sich aus seinem Versteck und stellte fest, dass die beiden nicht mehr zu sehen waren. Wahrscheinlich hatte der Mann sich umentschieden und Beate Frommhold wieder ins Haus gelotst.

Paul rappelte sich auf und ging langsam zum Auto zurück. Er hatte genug gehört, um eine weitere Verdächtige aus dem Kreis der möglichen Täter zu streichen.

Sicher: Bürgermeister Frommholds Sorge wegen der Umtriebigkeit seiner jungen Frau war gerechtfertigt – nur ahnte er wohl nicht, dass die fesche Beate Frommhold sogar mehrere Eisen gleichzeitig im Feuer hatte. Und am Tag der Christkindlesmarkteröffnung ganz offensichtlich nicht mit Helmut Densdorf unterwegs war, dachte sich Paul, während er den Motor anließ.

21

Dürer erschien Paul im Schlaf: als Federzeichnung in finsterer Schwermut, sein Körper ausgezehrt und von Krankheit gezeichnet in erschreckender, realistischer Nacktheit. Zusammengesunken, erschöpft, mit hängenden Schultern und zerzaustem Haar, mit qualvoll zur Seite gerichtetem Fieberblick.

Ein grausiges Spiel von hundert Waldhörnern setzte ein, als Dürer seine Blicke aus dunklen, tiefen Augenhöhlen heraus unheilschwanger auf ihn richtete. Paul warf sich in seinem Bett hin und her, aber das Bild wollte nicht weichen. Die Waldhörner wurden schriller und ähnelten nun einer Klarinette. Paul drückte sich die beiden Enden seines Kopfkissens auf die Ohren, doch der Lärm wurde intensiver und aufdringlicher. Jetzt klang es wie ein elektronisches Flöten.

Paul riss die Augen auf, und Dürers Antlitz zerfiel. Der Waldhornchor entpuppte sich schlicht als sein Telefon. Paul schielte zur Uhr. Ein Uhr nachts.

»Was würden Sie dazu sagen, wenn Densdorf und der Schreiner ihr krummes Ding im Dürerhaus von langer Hand geplant hätten? Was würden Sie sagen, wenn der Schreiner es dann ohne Densdorf durchziehen wollte und der ihn deswegen im Streit getötet hätte? Damit hätten wir endlich ein überzeugendes Motiv!«, schallte die sonore Stimme Victor Blohfelds durch den Hörer, unterbrochen von deutlichen Schmatzgeräuschen.

Paul zog seine Zudecke dichter an sich heran. »Sitzen Sie etwa noch in Ihrer Redaktion?«, fragte er schlaftrunken.

»Ja«, Blohfeld unterdrückte einen Rülpser. »Beim verspäteten Weißwurstfrühstück. Oder beim verfrühten, je nachdem, wie man es sieht. Aber ich muss mich entschuldigen, Sie haben wahrscheinlich schon geschlafen.«

Paul hörte Blohfeld abermals beherzt zubeißen. Sein Magen

begann heftig zu knurren, und er sehnte sich nach einem getrüffelten Petersiliensüppchen oder irgendeiner anderen erlesenen Kleinigkeit aus Jan-Patricks Küche.

»Ich habe inzwischen weiter recherchiert. Es hat sich gelohnt, die Story wird immer besser«, setzte Blohfeld fort.

Paul vergrub sich in seiner Decke und beschloss, einfach nur zuzuhören.

»Densdorf und der Schreiner haben sich vor ihrem Tod ja bekanntlich getroffen, vermutlich sogar mehrmals. Aber die Polizei hat dem bisher keine sonderliche Bedeutung beigemessen. Denn dass der Leiter vom Tourismusamt mit Handwerkern aus dem Dürerhaus Kontakt hält, ist ja auf den ersten Blick nicht ungewöhnlich.« Blohfeld machte eine bedeutungsschwangere Pause und sog hörbar Luft ein. Wohl eine Zigarre. »Wissen Sie, Flemming, die Bullen haben einfach nicht die richtigen Schlüsse gezogen: Bei den Treffen der beiden ging es nämlich nicht um das Dürerhaus an sich, sondern um etwas im Dürerhaus.«

»Rauchen Sie Zigarre?«, fragte Paul gegen die Müdigkeit ankämpfend.

»Ja, allerdings keine besonders hochwertige. Aber immerhin schmeckt sie nach Karibik. Das gibt mir die Illusion, statt in der Tristesse des Großraumbüros auf leer gegessene Papierteller mit schrumpeligen Weißwurstresten auf den weißen Strand einer tropischen Insel zu blicken – mit Palmen und Kokosnüssen. Und mittendrin liegt ein mit schweren Goldketten behängter, braun gebrannter Helmut Densdorf.«

Paul musste lachen.

»Flemming«, sagte Blohfeld dann salbungsvoll. »Die beiden wollten den ganz großen Coup im Dürerhaus landen. Ich weiß noch nicht genau, wie und mit welchem dritten Partner, aber ich bin sicher, den Knoten bald lösen zu können. Wir sind der Wahrheit dicht auf den Fersen.«

»Mit Dürer-Bildern kann es jedenfalls kaum zu tun haben«, sagte Paul nach längerem Nachdenken. »Denn im Dürerhaus hängt ja kaum eines.«

»Während der Eröffnung eben doch!«, sagte der Reporter. »Halten Sie also morgen die Augen offen. Ich bin sicher, dass unser Mann oder unsere Frau unter den Gästen sein wird.«

Der nächste Morgen, der Tag der Dürerhaus-Eröffnung, begann mit einem wichtigen Telefonat, das Paul von seinem gläsernen Schreibtisch aus führte. Vor sich eine halb geleerte, inzwischen lauwarme Tasse Cappuccino mit einem dünnen Rest Milchschaum, daneben ein halb verzehrtes Laugenbrötchen und die aktuelle Tageszeitung, die sich noch einmal mit dem Todesfall in der Sebalduskirche beschäftigte und in einem Kommentar einen besseren Schutz der Kirche vor unerwünschten Eindringlingen, sprich: Landstreichern, verlangte.

Der Anruf erreichte ihn genau nach dem ersten Biss in sein Brötchen.

»Büro des Bürgermeisters. Bitte bleiben Sie am Apparat, ich verbinde«, sagte eine Frauenstimme.

»Mein lieber Herr Flemming«, begrüßte ihn Bürgermeisteradlatus Dr. Winkler, und schon diese kurze Floskel enthielt mehr als die Andeutung einer Drohung.

Paul richtete sich in seinem Stuhl auf. »Guten Tag«, sagte Paul bemüht lässig. »Wie geht es denn so? Sie rufen sicher wegen der Negative an.«

Er ahnte, wie sein Gesprächspartner am anderen Ende der Leitung langsam und bestimmt nickte. Winkler ließ sich Zeit, bevor er mit gesenkter Stimme sagte: »Ich für meinen Teil habe unsere kleine Verabredung eingehalten. Ihr Honorar für die Dürerhaus-Eröffnung ist überwiesen worden und müsste bereits auf Ihrem Konto eingegangen sein. Ein Zeichen meines guten Willens.« Und nach einer weiteren rhetorischen Pause: »Sie werden uns doch nicht enttäuschen?«

»Nein.« Paul rang mit sich. »Das heißt: in gewisser Weise schon.«

»Was soll das heißen? Haben Sie die Negative denn nicht abgeschickt?« Winklers Ton wurde langsam schärfer.

Paul konnte nicht anders, holte einmal tief Luft und sagte dann: »Die Aufnahmen haben keinerlei Bedeutung für Sie beziehungsweise für Dr. Frommhold.«

»Drücken Sie sich bitte etwas klarer aus«, sagte Winkler gereizt.

»Ich habe die Bilder wiederholt genauestens angesehen. Es ist mit Sicherheit nichts darauf zu sehen, was Dr. Frommhold in irgendeiner Weise in Schwierigkeiten bringen könnte.«

»Ihr Wort in Ehren«, sagte Winkler, »aber das genügt mir nicht. Überlassen Sie uns die Negative!«

»Wie ich schon sagte: Die Bilder stellen keine Gefahr für den Bürgermeister dar. – Ich habe inzwischen einige Erkundungen eingezogen: Frau Frommhold war am Abend der Christkindlesmarkteröffnung nicht mit Densdorf unterwegs, das können Sie mir glauben.«

Schweigen am anderen Ende der Leitung. Dann ein letzter Versuch von Winkler: »Ich bestehe darauf, dass Sie sich an unsere Verabredung halten!«

Paul hielt inne und überlegte, wie er am besten aus dieser Situation herauskam. Schließlich entschied er, dass nur die Wahrheit helfen würde: »Hören Sie mal«, beendete er die Farce, »die Negative und Abzüge sind dort, wo sie hingehören: bei der Staatsanwaltschaft. Richten Sie dem Bürgermeister aus, dass er nichts zu befürchten hat. Die zuständige Staatsanwältin Frau Blohm wird das Beweismaterial ohnehin äußerst vertraulich behandeln. Ich denke, mit dieser Lösung ist uns beiden gedient.«

»Hm.« Winkler brauchte offensichtlich Zeit zum Nachdenken. Dann sagte er: »Ich werde die Angelegenheit mit Dr. Frommhold besprechen.«

»Das ist eine gute Idee«, sagte Paul erleichtert.

Doch Winkler gab sich nicht so leicht geschlagen. »Ich kann allerdings nicht dafür garantieren, dass Sie Ihr volles Honorar behalten dürfen.«

22

Paul war fasziniert: Das Herzstück des Dürerhauses bildete das zweite Obergeschoss mit einer großen Werkstatt, einer Farbküche und einer Druckerei. Hier hatte sich der Künstler verwirklicht: Die breiten Fensterreihen der nordöstlichen Seitenwände boten ihm mildes Licht für seine Arbeiten mit Staffelei und Grabstichel.

Es war zehn Minuten vor neun. Paul betrachtete einige Regalvitrinen, die mit Farbrohstoffen pflanzlicher und mineralischer Herkunft gefüllt waren. Das meiste verblichen und in Ockertönen. Im Glasschrank gleich daneben ruhten giftige Substanzen wie Arsensulfid und Bleiweiß. Paul studierte eine Erläuterungstafel und dachte sich, wie froh er doch sein konnte, im Zeitalter der modernen Fotografie zu leben: Dürers Farbstoffe bestanden in ihrer Rohfassung aus groben Brocken, die erst in mühseligen Verfahren zerrieben und mit Ölen, Harzen und Eiweiß vermengt werden mussten, bevor der Meister richtig loslegen konnte. All diese Utensilien waren wahrscheinlich auch Grund für den undefinierbaren Geruch, der das Haus durchströmte.

Ein Geruch, der sich jetzt allerdings mit dem köstlichen Duft nach Gebackenem und einem Strauß frischer Kräuter vermischte: Zwei Etagen tiefer tischte Jan-Patrick für den großen Empfang auf. Auf Pauls bis eben zusammengepressten Lippen entspann sich ein Lächeln. Er bewegte sich gerade auf die Tür zum Treppenhaus zu, als ihm Bürgermeister Frommhold entgegentrat. Dessen Blick tastete ihn mit kalter Arroganz ab. Er blieb jedoch nicht stehen.

Doch gerade, dass Frommhold ihn ignorierte, bestätigte Paul sein nach wie vor großes Interesse an den Bildern: Frommhold fürchtete ganz sicher immer noch, seine eigene Frau wäre auf den Fotos in flagranti mit Densdorf zu sehen. Paul wusste es zwar besser, dachte aber nicht daran, einen weiteren Versuch zu starten, Frommhold zu überzeugen. Die Andeutungen, die Winkler seinem Chef überbracht hatte, mussten ausreichen.

Stimmen aus dem Erdgeschoss kündeten die erste Gästewelle an. Paul stieg hinunter. Er konzentrierte sich auf seine Arbeit und lichtete zufriedene Gesichter von hochgestellten Herrschaften ab, die von Jan-Patricks Flusskrebssülzchen mit Weinlaub kosteten.

Als er anschließend einige Schritte hinter Frommhold den festlich geschmückten Empfangsbereich betrat, ließ der Koch gerade Styroporbecken herumreichen, in denen die rosafarbenen, handtellergroßen Krebse zappelten und die Frische des zu erwartenden Menüs bekundeten. Die Gäste waren angetan – und Paul hatte vielversprechende Motive. Er setzte einen kompakten Achtundzwanzig- bis Zweihundert-Millimeter-Megazoom auf den Bajonettverschluss seiner Nikon. Das Varioobjektiv erlaubte ihm dank des Weitwinkels Totalen vom gesamten Raum und ohne lästigen Objektivwechsel Nahaufnahmen. Paul richtete seinen Blitz aus und legte los.

Köpfe erschienen im Sucher seiner Kamera, die ihm von der täglichen Zeitungslektüre vertraut waren. Bankdirektoren, Wirtschaftsgrößen, der Präsident der Industrie- und Handelskammer. Die Kulturreferentin, eine schmucke Erscheinung mittleren Alters, schenkte ihm ein Zahncremewerbungslächeln. Dann erwischte er Jan-Patrick mit einem besonders prächtigen rosaroten Exemplar, das er mit beiden Händen bändigen musste. Paul drückte drei Mal den Auslöser und verfolgte seinen Freund mit der Kamera auf dem Weg durch das sich füllende Foyer. Jan-Patrick hielt den Flusskrebs Frommhold entgegen, der jetzt eine große goldene Amtskette über der Brust trug. Paul prüfte, ob auf seinem Film noch genügend Aufnahmen frei waren, und ließ das Blitzlicht flackern.

Der Bürgermeister nahm Jan-Patrick den Krebs ab, der sich von den Bindfäden um seine Scheren befreit hatte und jetzt noch wilder um sich schnappte. Er hielt ihn mit ausgestreckten Armen vor sich und wendete ihn hin und her.

»Ich verstehe gar nicht«, bemühte Frommhold sich um einen Witz, »warum Dürer diesen Hasen gemalt hat. Ein Flusskrebs ist doch viel interessanter.«

Beifall brandete auf. Paul schwenkte ins Publikum und knipste lachende Gesichter, mittendrin auch Lena, fröhlich und ausgelassen.

Paul setzte seine Kamera wieder an und fotografierte, ohne wirklich bei der Sache zu sein. Er wechselte die Patrone. Ein Mal, zwei Mal, sechs Mal. Jan-Patrick kündigte den nächsten Gang an, »Silvaner-Schnee mit geräuchtem Krebs«, als Paul Lena fast auf die Füße trat.

Sie nickte ihm unverbindlich zu. »Aha, der Herr Fotograf.«

»Die Frau Architektin«, sagte Paul, sich vollauf im Klaren darüber, wie wenig originell er war.

»Nimmt dich dein Job so mit, oder warum siehst du so schlecht aus?« Eine Prise Sarkasmus lag in ihrer Stimme.

»Entschuldige, dass ich mich wegen unserer Weihnachtsplanung noch nicht wieder bei dir gemeldet habe. Ich bin im Moment einfach … zu sehr in Gedanken.«

»In Gedanken. Soso.« Sie sah ihn forschend an. »Aber Heiligabend rückt von Tag zu Tag näher, bald solltest du dich entscheiden, mit wem du feiern willst, du schwer beschäftigter Fotograf.« Sie zog ihn am Tragegurt seiner Kamera zu sich heran und zischte ihm ins Ohr: »Wenn du Weihnachten unbedingt allein deinen trüben Gedanken nachhängen willst, werde ich mich für morgen Abend ganz frech selbst zum Adventsessen einladen, um wenigstens ein bisschen besinnliche Stimmung in dein trostloses Singleleben zu bringen.« Sie ließ ihn wieder los.

Paul wusste, dass sie keine Antwort erwartete. Er wäre auch gar nicht dazu gekommen, denn Jan-Patrick klopfte an ein Mikrofon und pries eine Rieslaner Spätlese sowie eine Bacchus-Auslese vom Jahrgang Fünfundneunzig an. Paul flüchtete sich ins nächste Stockwerk, wo jetzt ebenfalls Jan-Patricks Köstlichkeiten serviert wurden. Auch hier Prominenz in höchster Konzentration – im Hintergrund einige Dürer-Originale, die für diesen Abend von anderen Museen ausgeliehen worden waren.

Paul gab sich Mühe, die Bilder auf seinen Fotos gebührend zu würdigen und sie zumindest bei einigen seiner Aufnahmen anstelle der Promis in den Vordergrund zu rücken. Denn die anderen Städte hatten sich nicht lumpen lassen und für die Eröffnungsfeierlichkeit einige wahre Prachtstücke ausgewählt, die nur sehr selten auf Reisen gingen: Paul schaltete zum Schutz der Bilder seinen Blitz aus, legte einen empfindlichen Film ein und lichtete Dürers weltbekanntes *Selbstbildnis* von 1500 ab, eine Leihgabe der Alten Pinakothek München. Wien hatte zwar nicht den *Feldhasen* herausgerückt, immerhin aber die *Kopfstudie eines Afrikaners* aus dem Jahr 1508. Die meiste Zeit jedoch verbrachte Paul vor *Adam und Eva*, der Version von 1507 in Öl auf Holz, überlassen vom Museo del Prado in Madrid. Wachpersonal war dezent neben den Gemälden postiert.

Nur ungern riss er sich wieder von den Dürer-Originalen los, um sich wieder den Besuchern zu widmen. Er fotografierte zwei Hoteldirektoren im Gespräch, eine Delegation der Bundesagentur für Arbeit, einen auf jugendlich getrimmten Parteifunktionär – im innigen Plausch mit einer knapp berockten Kellnerin. Die provisorischen Glasvitrinen, in denen einige Dürer-Utensilien ausgestellt waren, reflektierten seinen Blitz und warfen störendes Streulicht zurück.

Paul trat an eine der Vitrinen heran. Auf einem schwarzen Sockel ruhte die matt angelaufene Mine eines Federhalters. Er klopfte an das Glas, welches das nach Jahrhunderten wiederentdeckte Unikum vor unberechtigtem Zugriff schützte. Es klang satt und sicher. Dürer-Liebhaber, erinnerte er sich an Pfarrer Finks Worte, würden ein kleines Vermögen für dieses Stück Blech zahlen. Und ein großes für eines der ausgestellten Dürer-Originale …

23

Die Stadt ruhte erhaben unter einer samtenen Schneedecke, die täglich dicker und flauschiger wurde. Es war das Bild einer Kitschpostkarte, das sich Paul auf seinem Weg durch die Gassen des Burgviertels bot. Die vereinzelt durch die Wolkendecke brechende Wintersonne gab der Zuckergusslandschaft eine zusätzliche romantische Note und ließ sogar die wenig schönen Fassaden der Fünfzigerjahrebauten, die die historische Kulisse durchbrachen, in mildem Licht erscheinen.

Wie war Densdorf wirklich gewesen?, fragte sich Paul. Ein Unschuldslamm sicher nicht. Das war ihm klar, schon bevor er die vielen neuen Details über die diversen Frauengeschichten gehört hatte. Aber immerhin hatte Densdorf über Jahre einen verantwortungsvollen Posten bekleidet. Und er hatte seine Sache gut gemacht, zumindest war es so immer in den Zeitungen zu lesen gewesen. Der Tourismus boomte unter Densdorfs strengem Regiment, mit dem er die Hotel- und Gaststättenmaschinerie der Stadt am Laufen gehalten hatte. Er hatte seine Werbestrategen um die ganze Welt geschickt und Flugreisen zum Christkindlesmarkt, zur Spielwarenmesse und anderen Großevents organisiert.

Selbst Dürer hätte wohl kaum ein solches Comeback feiern können ohne den unermüdlichen Dauereinsatz des Tourismusamtsleiters. Densdorf hatte alle namhaften Museen besucht, um Dürer-Originale für die Sonderausstellung nach Nürnberg zu holen. Vielleicht waren die Dürer-Bücher, die Paul in Densdorfs Arbeitszimmer gesehen hatte, doch nur der Ausdruck von dessen beruflichem Interesse und Ehrgeiz.

Die Konspiration mit dem Schreiner, die Marlen beobachtet haben wollte, passte jedenfalls nicht in das Bild, das Paul von Densdorf hatte: Die beiden Männer agierten auf verschiedenen

Ebenen. Zwischen ihnen lagen – gesellschaftlich betrachtet – Welten. Es wäre ganz einfach unter Densdorfs Würde gewesen, sich mit einem einfachen Handwerker einzulassen oder – wie es Blohfeld angedeutet hatte – zu verbünden, um gemeinsam ein krummes Ding zu drehen.

Paul wickelte den Schal fester um seinen Hals, als ihm eine eisige Böe entgegenschlug. Er erreichte den Friedrich-Ebert-Platz und setzte sich in die Straßenbahn nach Erlenstegen. Die herrschaftlichen Villen links und rechts seines Weges registrierte er diesmal kaum noch, so sehr war er auf sein Vorhaben fixiert.

Er hatte sich vorgenommen, noch einmal bei Densdorf selbst anzusetzen. Er wollte nicht mehr länger an der Oberfläche kratzen, sondern hatte das dringende Bedürfnis herauszufinden, was Densdorf eigentlich wirklich für ein Mensch gewesen war. Worin hatten seine wahren Absichten gelegen? Paul wollte zumindest einen Versuch starten, die Witwe Densdorfs doch noch für sich einzunehmen und zum Reden zu bringen. Denn sie wusste mit Sicherheit weit mehr, als sie bisher hatte preisgeben wollen.

Bei dem Gedanken an seinen letzten Besuch und die unerfreuliche Bekanntschaft mit dem Hund graute ihm zwar in gewisser Weise vor einer weiteren Begegnung, aber sie war notwendig, wenn er Antworten auf seine Fragen über Densdorf finden wollte. Und immerhin gab es ja noch einen weiteren triftigen Grund dafür, Frau Densdorf erneut zu behelligen: das angeblich vernichtete Flugticket mit dem Namen von Densdorfs letzter Flamme.

Keine fünf Gehminuten von der Straßenbahnhaltestelle entfernt, hatte er sein Ziel bereits erreicht. Er stand vor dem schmiedeeisernen Gartentor und vergewisserte sich, dass er allein war. Und tatsächlich: Weder eine ungebetene alte Freundin der Witwe noch ihr gemeingefährlicher Hund erwarteten ihn.

Ganz sachte betätigte Paul den Klingelknopf und wartete. Er drückte noch einmal. Doch genau wie bei seinem letzten Besuch tat sich rein gar nichts. Paul konnte sich zwar kaum vorstellen, dass die Witwe noch immer mit Gartenarbeiten im Dauerfrost beschäftigt war, doch er beschloss, sich auf das Wagnis einzulassen und nachzusehen.

Vorsichtig öffnete er das Gartentor, gefasst darauf, dass der Hund jeden Augenblick um die Ecke schießen könnte. Paul stapfte durch die blendend weiße Schneemasse, die die Wiese rund um die Villa bedeckte. Er näherte sich sehr langsam der kleinen Laube, in deren Nähe er Frau Densdorf beim letzten Mal angetroffen hatte.

Er war nun inmitten des parkähnlichen Gartens und stellte damit ein gefundenes Fressen für den Hund der Witwe dar. Doch noch immer tat sich nichts. Nicht einmal aus dem Zwinger, den Paul in einigen Metern Entfernung an der Hauswand erkannte, ertönte ein Geräusch. Kein Winseln, geschweige denn ein Bellen.

Paul hatte bald die Rabatte erreicht, an der Frau Densdorf bei ihrem letzten Treffen so fleißig beschäftigt gewesen war. Die Schnittstellen waren noch frisch. Im Schnee erkannte Paul einen Gegenstand und bückte sich. Als er danach griff, hielt er Frau Densdorfs Heckenschere in der Hand.

Nachdenklich erhob er sich und schaute sich um: Der Garten lag weit und einsam vor ihm. Alles deutete darauf hin, dass Frau Densdorf nicht zu Hause war. Was also hatte er hier noch zu suchen? Pauls Blick fiel auf die Gartenlaube, ein betagtes, aber gut gepflegtes Holzhäuschen im Schatten einer stattlichen, schneebedeckten Linde. Mehr aus Unschlüssigkeit als aus Neugierde ging Paul die wenigen Meter bis zur Laube hinüber. Die Tür war nur angelehnt, daher hatte er keine Skrupel, sie ganz zu öffnen.

Im Inneren gab es kaum Licht. Doch das, was Paul in Umrissen erkannte, ließ ihn bis ins Mark getroffen zurückweichen. Keuchend und mit wild schlagendem Herzen blieb er vor der Laube stehen. Es vergingen mehrere Minuten, bis er sich wieder gefasst hatte. Er zwang sich, die Laube noch einmal zu betreten.

Paul atmete dreimal tief durch und stieß die Tür erneut auf. Er ging nun zielgerichtet in den dunklen Raum und zog die dichten Vorhänge vor zwei kleinen Fenstern auf.

Der Anblick, der sich ihm bot, löste einen starken Brechreiz aus: Von zwei Metallhaken an der Decke hingen Seile herab. Eines sehr dick und solide, das andere etwas dünner. Paul stand wie angewurzelt da und betrachtete das Unfassbare: An dem dünneren Seil hing der Hund, die Augen verdreht, die Zunge aus der weit geöffneten Schnauze hängend.

Das andere Seil hatte Frau Densdorf für sich selbst reserviert.

Paul hatte nach diesem erschütternden Erlebnis eine Weile gebraucht, um wieder zu sich zu kommen. Dann hatte er zwei Nummern in sein Handy getippt: die von Katinka und einige Minuten später die des Polizeinotrufs. In dieser Reihenfolge trafen die Alarmierten am Tatort ein.

Paul gab das Wenige, das er zu diesem Vorfall sagen konnte, zu Protokoll. Katinka schaffte es dann, ihn relativ schnell loszueisen. Mit ihrem Wagen, einem schwarzen 3er-BMW, fuhren sie wortlos bis zum Stresemannplatz, wo Katinka das Auto spontan abbremste und in eine Parklücke steuerte.

»Ich lade dich auf einen Kaffee ein«, sagte sie.

Sie gingen ins *Metropolis*, ein Café mit angeschlossenem Kino. Das gut besuchte Lokal ließ Paul bald auf andere Gedanken kommen. Katinka setzte sich ihm gegenüber, strich ihre Haare zurück, schlug die Beine übereinander. Paul entspannte sich. Ja: Ein heißer Milchkaffee war jetzt genau das Richtige. Auch Katinka wirkte langsam gelöster. Sie beugte sich zu ihm vor, um etwas zu sagen. In diesem Augenblick surrte ihr Handy. Sie machte eine entschuldigende Handbewegung und nahm ab. Paul hörte eine weibliche Stimme aus Katinkas Handy.

»Was soll das heißen: Es ist nichts im Kühlschrank?«, fragte Katinka gereizt. »Dann schnapp dir eine Tasche und geh um die Ecke in den Supermarkt.«

Paul schaute verlegen in eine andere Richtung.

»Nein«, verbesserte Katinka ihre Gesprächspartnerin. »Nein, ich bin nicht dein Diener. Du hast selbst zwei Beine, um einkaufen gehen zu können.«

Paul hörte unfreiwillig jedes Wort dieser Unterhaltung mit. Er hatte zwar gewusst, dass Katinka verheiratet war und ein Kind hatte, kannte aber sonst keine Details.

»Kein Geld?«, presste Katinka heraus. »Ich habe dir erst gestern zehn Euro gegeben. Wo sind die schon wieder geblieben?«

Katinka schrumpfte bei jedem Satz ihrer Tochter um einen Zentimeter.

»Okay. Ich bringe auf dem Nachhauseweg etwas vom Imbiss mit. Küsschen und tschüss.« Katinka klappte ihr Handy zusammen und steckte es wütend weg. Unaufgefordert erklärte sie: »Ich bin das Musterbeispiel der geschiedenen Ehefrau, deren Kind ständig zu kurz kommt. Der Beruf stand bei mir immer an erster Stelle, und ich bin nie bereit gewesen, einen Kompromiss zugunsten der Familie einzugehen.«

Paul hörte aufmerksam zu, ohne Anstalten zu machen, sie zu unterbrechen.

Katinka lehnte sich zurück und erzählte weiter: »Als Quittung für meinen Egoismus hat mir mein Mann eines Tages die intelligente, schöne Sonja präsentiert. Ohne Frage eine patente und wirklich sehr hübsche Konkurrenz mit einem großen Herz für Kinder. Was mich besonders wurmt, ist aber die Tatsache, dass Super-Sonja als Chefärztin beruflich genauso erfolgreich ist wie ich und in der gesellschaftlichen Hackordnung sogar noch über mir steht.«

Eine Niederlage auf allen Ebenen, dachte sich Paul. Das kratzte sicher an ihrem Ego – und jeder Kontakt mit ihrer heranwachsenden Tochter machte es für sie bestimmt noch schwieriger.

»Immerhin hast du überhaupt ein Kind auf die Welt gebracht. Damit bist du schon entscheidend weiter gekommen als ich«, übte sich Paul im Trösten.

»Naja, ich will mich ja gar nicht beschweren. Meistens kommen wir ganz gut miteinander aus. – Aber zurück zur Sache: Dank deiner fleißigen Recherchearbeiten bin ich ein ganzes Stück vorangekommen.« Ungeduldig nahm sie sich einige Unterlagen, die sie in einer eleganten silbergrauen Aktentasche mitgebracht hatte, vor. Sie breitete sie vor Paul auf dem kleinen runden Bistrotisch aus. Sie zeigte ihm die polizeilichen Protokolle, die Interviews mit Zeugen und Hinterbliebenen sowie einige Tatortfotos.

»Wie schon vermutet hat das Motiv möglicherweise in einer gemeinsam vorbereiteten Straftat im Zusammenhang mit der Dürerhaus-Sanierung gelegen.« Sie beugte sich vor, um das Handy in ihre auf dem Boden abgestellten Handtasche zu stecken. »Die simpelste Erklärung wäre eine gemeinsame Absprache über eine manipulierte Baukostenabrechnung.«

»Du meinst, Densdorf und der Schreiner haben Rechnungen getürkt, um sich zu bereichern?«

»So ungefähr. Bei einem millionenschweren Bauprojekt wie dem Dürerhaus kann da schon ein hübsches Sümmchen zusammenkommen, wenn man sich geschickt anstellt. So etwas haben wir alles schon gehabt.«

Katinka hatte ihre schmalen Hände ineinander verschränkt. Das half ihr wohl bei der Konzentration, dachte Paul. Ihr Gesicht verriet kein Zeichen der Überanstrengung oder des Stresses, dem sie sich beruflich wie privat ausgesetzt fühlen musste. Auf ihrer Stirn, die zur Hälfte von ihrem glatten blonden Haar verborgen war, ließen sich nicht die Ansätze einer Falte erkennen. Auch die oft verräterischen Fältchen um die Augen suchte man bei ihr vergeblich.

Katinka gelang es, ihr wahres Alter ebenso zu verschleiern wie ihren Werdegang als Juristin, über den Paul aber inzwischen mehr in Erfahrung gebracht hatte: Durch eine ungeplante frühe Schwangerschaft war Katinka schnell erwachsen geworden. Sie hatte sich nicht in das Schicksal fügen wollen, das ihr alle – auch ihre Eltern – vorhergesagt hatten: als Alleinerziehende auf unabsehbare Zeit von der Sozialhilfe zu leben. Sie meisterte den Kraftakt, Baby und Studium parallel zu managen und legte einen Abschluss mit summa cum laude hin, um ihren Eltern und allen anderen endlich zu beweisen, dass sie kein kleines Mädchen mehr war.

Das Handy klingelte erneut. Katinka richtete sich in ihrem Stuhl auf, die Hände noch immer gefaltet. »Entschuldige bitte, Paul«, sagte sie dann und löste zögernd ihre ineinander verwobenen Finger. Sie nahm langsam, fast widerstrebend das Handy aus der Tasche.

Paul meinte, wieder die weibliche Stimme zu hören. Dieses Mal noch ein wenig forscher.

Katinka hörte einen Augenblick lang zu, wobei sich ihre Brauen verengten. Dann fauchte sie in den Hörer: »Das wirst du nicht tun!« Mit ihrer Selbstbeherrschung war es vorbei, und Paul wandte sich abermals diskret ab.

»Du verdirbst alles! Das passt einfach nicht zusammen. Du schadest am Ende nur dir selbst.« Katinka legte auf und blieb regungslos sitzen.

Paul betrachtete aufmerksam ihr Profil. Sie hielt den Kopf gesenkt, den Blick noch aufs Handy gerichtet. Ihre Kiefer mahlten.

Trotz ihrer angespannten Haltung wagte Paul einen Vorstoß. Er beugte sich vor, legte seine Hand auf ihre Schulter und erkundigte sich: »Ärger mit dem Nachwuchs?«

Katinka sah ihn merkwürdig verhalten an. »Ich frage dich: Was ist schlimmer? Eine Tochter vor, während oder nach der Pubertät?«

Paul zuckte mit den Schultern und war froh, als endlich die Kellnerin kam, um ihre Bestellung aufzunehmen.

24

Lena machte ihre Androhung von der Dürerhaus-Eröffnung tatsächlich wahr: Sie stand am nächsten Abend mit einem nett verpackten Geschenk vor seiner Tür. Pauls schlechtes Gewissen war riesig, denn er hatte natürlich kein Geschenk für sie besorgt.

»Pack es ruhig aus«, sagte Lena auffordernd, um ihm die Anspannung zu nehmen. »Es ist nichts Besonderes. Betrachte es als nachträgliches Nikolausgeschenk – denn zu einem gemeinsamen Weihnachtsfest mit mir kannst du dich ja offenbar nicht durchringen.«

Paul ließ sich neben Lena auf sein Sofa fallen. Er zog das blassblaue Papier mit aufgedruckten goldenen Engelchen auseinander und staunte: »Ein Sechzehnmillimeter-Weitwinkelobjektiv!«

»Ja«, sagte Lena glücklich. »Du hast erzählt, die Einbrecher hätten so eines bei dir mitgehen lassen. Ich dachte, der Nikolaus könnte ja für Ersatz sorgen.«

Paul drückte Lena spontan an sich und umarmte sie. »Danke«, sagte er. »Aber das Gestohlene war alt und angeschlagen. Dieses hier muss ein Vermögen gekostet haben. Die Lichtstärke ist ja fantastisch!«

»Du übertreibst«, sagte Lena. »Sicher ist der goldene Ring, den du für mich besorgt hast, viel mehr wert.«

Paul grinste verlegen. »Da muss ich leider passen. Aber wie heißt es so schön: Liebe geht durch den Magen. Hast du heute schon etwas Anständiges gegessen?«

»Was hast du denn an Vorräten im Haus?«, fragte Lena voller Elan und schaute sich um.

»Alles für ein Menü à la *Goldener Ritter* – naja, zumindest reicht es für das Gericht eines Azubis im ersten Lehrjahr.«

Lena öffnete seinen Kühlschrank und brachte zwei schrumpelige Zucchini zu Tage. Aus dem Tiefkühlfach holte Paul eine Packung Fischfilet, während Lena sich an einer Dose Linsen zu schaffen machte. Paul kratzte die letzten Reste Gemüse und Obst zusammen und stellte eine Flasche Champagner bereit.

In einvernehmlichem Schweigen verbrachten die beiden die nächsten eineinhalb Stunden schnipselnd, rührend, kochend und bratend vor dem Herd.

»Kann ich deinen Tisch frei machen?«, fragte Lena und wartete keine Antwort ab, um Platz für ihr gemeinsam vorbereitetes Festessen zu schaffen.

Strahlend und von einem Aperitif eingestimmt, setzten sich beide vor den liebevoll gedeckten Tisch.

»Darf ich die Tageskarte verlesen?«, imitierte Paul Jan-Patrick.

»Sehr gern.« Lena lächelte.

»Zur Vorspeise servieren wir ein Knoblauchsländer Zucchinicremesüppchen.« Salbungsvoll schwang Paul seinen angelaufenen silbernen Suppenlöffel.

»Darf man nachwürzen?«, fragte Lena und zwinkerte ihm zu.

»Aber gern.« Paul reichte ihr die Salzmühle.

Die beiden aßen ihre Suppe, warfen sich zufriedene Blicke zu und schwiegen.

Paul genoss diese Minuten tiefer Verbundenheit, bevor er fragte: »Warst du eigentlich mit der Dürerhaus-Eröffnung zufrieden?«

»Im Großen und Ganzen schon«, sagte Lena.

»Ich fand den Auftritt des Bürgermeisters etwas misslungen.«

»Naja«, Lena lächelte verstohlen, »der Arme stand unter ziemlich großem Druck.«

»Ach ja?«

Lena kicherte in sich hinein. »Allein schon das große Medieninteresse hat ihn überfordert und nervös gemacht. Und dann noch die Gerüchte über seine Frau …«

Paul horchte auf. »Was lassen die bösen Zungen denn verlauten?«

»Nun – es ist ja ein offenes Geheimnis, dass Frommholds Frau etwas mit Densdorf hatte. Frommhold befürchtete sicherlich, dass sich die Leute darüber während der Eröffnungsfeier die Mäuler zerreißen.«

»Ach …«, sagte Paul.

»Vielleicht war dieses Phantom, das auf deinen Fotos zu erkennen war, ja sogar Beate Frommhold. Wundern würde es mich nicht.«

»Nein, nein, die war es ganz sicher nicht …«, stammelte Paul grüblerisch.

Dann riss er sich von diesen Gedanken los und widmete sich wieder seiner – gar nicht mal so üblen – Kochkunst: »Gebratenes Zanderfilet in der Kräuterkruste an Rapunzel-Linsen-Salat«, kündigte er den nächsten Gang an. Das war eine etwas abenteuerliche Zusammenstellung, über deren Verfeinerung er noch mit Jan-Patrick plaudern musste. Aber Lenas Reaktion nach dem ersten Bissen zeigte ihm, dass er richtig lag.

Nach dem hausgemachten Apfel-Marillen-Strudel an Champagnersauce ließen sie den Abend allmählich ausklingen. Lena stand auf, und Paul begleitete sie zur Tür. Sie trennten sich in dem sicheren Gefühl, damals wie heute viel zu wenig miteinander unternommen zu haben, dies aber in Zukunft nachholen zu wollen.

25

»Siehst du das?«

»Allerdings.« Paul war erstaunt.

»Die Museumswärter in der pompejischen Ausgrabung zeigen etwas Vergleichbares nur gegen ein Trinkgeld«, sagte Pfarrer Fink und strich einer schwarz angelaufenen Bronzefigur sanft über das gekräuselte Haar.

»Das wäre es auch wert«, gestand Paul ehrfürchtig ein.

»Sagenheld Simson höchstpersönlich – mit übergroßem erigiertem Penis«, sagte Fink mit dem Stolz des Wissenden. »Für jeden Besucher unserer Kirche gibt es den hier am Sebaldusgrab gratis zu begutachten.«

Paul wunderte sich einmal mehr über die freizügigen Offenbarungen des Gotteshauses, das er seit Ewigkeiten kannte, aber eben auch nicht kannte.

»Du suchst mal wieder Rat«, stellte Hannes Fink trocken fest, als er sich neben der Simson-Figur niedergelassen hatte.

»Ja, so kann man es wohl formulieren.«

»Geht dir der Tod nicht aus dem Sinn?«

»Eher das Leben – mein Leben!«, antwortete Paul und setzte sich neben ihn. Er legte den Kopf in den Nacken und schaute in die erhabene Weite des Kirchengewölbes. Die kreisrunde Öffnung in der Decke sah von hier wie ein kleines Loch aus, harmlos und weit, weit weg. Paul dachte nach, bevor er auf die Frage seines Freundes näher einging. Gedankenverloren faltete er die Hände. Als er merkte, dass diese Geste den Eindruck erweckte, als würde er beten, zog er sie schnell wieder auseinander.

»Was wäre an einem Gebet falsch?«, fragte Fink prompt. »Gerade jetzt, in deiner Situation.«

»Hannes«, sagte Paul ohne jede Lust auf eine solche Diskussion, »du kennst meine Ansichten. Ich bin Atheist.«

Der Pfarrer nickte, und ein Lächeln ließ seine Pausbacken rosig leuchten. »Trotzdem suchst du in Gottes Mauern Rat. Das freut mich.« Er wehrte ab, als Paul Anstalten machte, ihm zu widersprechen. »Lass nur. Es ist gut so, wie es ist. Also? Redest du jetzt, oder muss ich erst eine Aufmunterung aus dem geheimen Vorrat des Küsters für uns holen?«

Paul verneinte. »Ich habe das Gefühl, dass ich durch die ganze Aufregung in der letzten Zeit mein eigentliches Leben aus den Augen verloren habe«, machte Paul seinem Unmut Luft. »Es ist kurz vor Weihnachten, und an mir zieht die ganze festliche Stimmung spurlos vorbei. Zu mehr als ein paar Adventspostkarten hat es bei mir nicht gereicht.«

»Na und?«, Fink zuckte mit den Schultern. »Wenn du es nicht vermisst, ist das doch absolut in Ordnung. Ich für meinen Teil halte den Firlefanz rund ums Fest auch für maßlos übertrieben.«

»Das meinte ich nicht«, sagte Paul geknickt. »Meine alte Freundin Lena hat mir ein sehr nettes Geschenk gemacht – es hat mich ziemlich gerührt.«

»Das Geschenk oder die Tatsache, dass sich Lena Mangold wieder verstärkt für dich interessiert?«, fragte Fink mit unverhohlener Neugier.

Paul sah ihn betrübt an. »Vielleicht«, sagte er leise, »ist tatsächlich etwas dran an der These, dass die Weihnachtszeit alleinstehende Menschen noch einsamer machen kann.«

»Bist du denn gern mit Lena zusammen?«, fragte Fink.

Paul antwortete nicht sofort, denn so konkret hatte er sich diese Frage bisher selbst nicht gestellt. Er rief sich sein letztes Treffen mit Lena in Erinnerung, und dann dachte er unvermittelt wieder an die Aufregung um Densdorf, den Schreiner – und Dürer.

Dürer. Wie war er wohl mit ähnlichen Gefühlswallungen umgegangen? Wie hatte er sich in seelischen Krisen aufgemuntert? Um das Gespräch in eine andere Bahn zu lenken und um nicht länger über sein Verhältnis zu Lena nachdenken zu müssen, fragte er Fink danach.

Der stieg prompt auf den Themenwechsel ein und tischte ein Mal mehr eine von seinen deftigen Dürer-Anekdoten auf. Finks Wangen glühten, und seine großen dunklen Augen traten noch stärker hervor als sonst, als er berichtete: »Dürer hatte seine Mittel und Wege, sich im Bedarfsfall ein wenig aus dem weltlichen Geschehen auszuklinken.«

»Wie denn?«, fragte Paul.

»Nun – man spricht zwar nicht gern darüber, aber Dürer hat gekifft.«

Paul lachte auf. »Das wird ja immer doller. Was hat Dürer eigentlich nicht gemacht?«, fragte er amüsiert.

Pfarrer Fink zog die Stirn in Falten, was wohl den Wahrheitsgehalt seiner Worte unterstreichen sollte. »Du brauchst dir nur Dürers Bild *Das große Rasenstück* genauer anzuschauen. Experten gehen davon aus, dass Dürer sich mit den abgebildeten Gräsern nicht allein aus Studienzwecken beschäftigt hat – er hat sie geraucht.«

Paul lachte erneut, doch der Pfarrer fuhr unbeirrt fort. »Man hat in Schafgarbe und Breitwegerich stimulierende, bewusstseinserweiternde Substanzen nachgewiesen.« Über Finks verschmitzten Gesichtsausdruck legte sich mit einem Mal ein nachdenklicher Zug. »Der verstorbene Stadtstreicher war wohl ähnlich experimentierfreudig«, sprach er auf die Tragödie in seiner Kirche an. »Armer Kerl. Er hat dermaßen beeindruckende Qualitäten an den Tag gelegt, dass er bei Dürer in die Lehre gegangen sein könnte – und dann folgte dieser selbstverachtende Abstieg …«

Paul sah ihn skeptisch an. »Wenn er wirklich so gut gewesen wäre, wäre es wohl kaum so weit mit ihm gekommen.«

Fink hob die Hände. »Täusch dich nicht in ihm, nur weil er dich einige Male ein wenig grob angefasst hat.«

»Grob angefasst?«, fragte Paul empört. »Das ist die Untertreibung des Tages!«

»Er war eine echte Koryphäe. Er hatte sein Studium mit recht guten Zwischennoten gemeistert, bevor er es abbrach. Er hätte später sicher gute Berufschancen gehabt. Wenn ihm nicht sein Hang zum Trinken und was weiß ich für Drogen im Wege gestanden hätten. – Und seine impulsive Art.«

»Unter impulsiv verstehe ich etwas anderes«, entgegnete Paul. »Der Kerl war völlig überspannt. Der wäre zu allem fähig gewesen.« Er versuchte sich ein stimmiges Bild von dem toten Stadtstreicher zu machen, scheiterte aber. »Vor allem finde ich es fragwürdig, dass ausgerechnet ein verhindertes Kunstgenie – ein Feingeist also – zu einem Einbrecher und Schläger mutiert.« Nachdenklich geworden fragte er: »Gibt es denn irgendwelche Neuigkeiten?«

Fink nickte heftig: »Und ob: Jedes Mal, wenn ich mich die tausendundeine Stufe auf den Dachboden hochquäle, entdecke ich neue Vermächtnisse unseres Kunststudenten, die die Polizei übersehen hat.«

»Suchst du denn etwas Konkretes?«

»Weiß ich selbst nicht genau. Aber dieser Fall – im doppelten Sinn – lässt dem Landesbischof keine Ruhe. Du weißt, er ist selbst Nürnberger, und dass sein Amtssitz in München liegt, hält ihn nicht davon ab, uns genauestens zu beobachten.«

»Deine Kircheninterna in Ehren – aber was genau hast du entdeckt?«

»Dürer«, sagte Fink lapidar. »Jede Menge Dürer. In jeder Ausführung. Stümperhafte Kopierversuche. Erbärmlich laienhafte Nachahmungen des *Hasen* und der *Betenden Hände*. Und dann immer gekonntere Zitate. Dicke Skizzenblöcke mit Dürer-Motiven, die sich dem Strich des Meisters immer mehr angleichen. Heute früh bin ich auf *Das Rosenkranzfest* gestoßen. Nicht koloriert, aber die Konturen sind vom Original kaum zu unterscheiden. Er muss ein absoluter Dürer-Fan gewesen sein.«

Mit schwerem Quietschen öffnete sich die Tür des Seiteneingangs. Eine Frau mit rotblondem, kurzem Haar und lebendigen Augen kam ihnen entgegen. Hinter ihr ragten bereits die Köpfe einer Reisegruppe neugierig durch den Türspalt.

»Wir müssen gehen«, beendete Fink das Gespräch mit Paul. »Eine Führung. Wir sind im Weg.«

26

Paul flickte endlich die Mokkabraune. Er hatte sie – oder besser: ihre Reste – von der Wand genommen, die zerrissenen Fetzen Fotopapier wie ein Puzzle neu zusammengefügt und war nun dabei, sie auf einen großformatigen Karton zu kleben. Ein neuer Abzug in dieser Größe war ihm zu aufwendig, außerdem liebte er das Original.

Dieses Puzzeln war eine Vorbereitung auf eine weit größere Herausforderung. Eben auch ein Puzzle. Aber ein gigantisches. Eines, das mehrere Jahrhunderte überspannte. Paul hatte beschlossen, sich an diesem sonnigen, wenn auch weiterhin eiskalten Vormittag auf eine Wallfahrt um die Welt zu begeben. Ausgangspunkt war die Stadt, die er durch die großen Fenster zu seinen Füßen liegen sah und die in klirrendem Frost erstarrt war. Nur wenige Menschen wagten sich auf die Straßen. Und diese wenigen waren mit Ohrenschützern und bis zu den Augen hochgezogenen Schals bis zur Unkenntlichkeit vermummt.

Er wandte sich seinem Schreibtisch zu. Er hatte alle neuere Literatur, die er zum Thema Dürer finden konnte, und sämtliche relevanten Internetinformationen vor sich liegen. Dürer war ein Kosmopolit und Visionär gewesen, der ein Zeitalter geprägt hatte, das bis in das heutige hineinreichte. Wieder einmal erschloss sich Paul eine völlig neue Persönlichkeit aus der Lektüre der Porträts, Abhandlungen und Lithographiesammlungen.

Paul drang immer stärker ins Bewusstsein, wie wenig von Dürers Vermächtnis seiner Heimatstadt verblieben war. Kaum eines der berühmten Originale befand sich noch in Nürnberg. Das Erbe war weit über den Globus verstreut. Vieles verschollen oder über dunkle Kanäle verschoben.

In Gedanken ging Paul die Möglichkeiten durch, echte Dürer-Werke erleben zu können. Mögliche Stationen: der Louvre in Paris, wo das *Selbstporträt mit zweiundzwanzig* hing. Die National Gallery in London mit dem Porträt von Dürers Vater kurz vor dessen Tod 1497. Die Uffizien in Florenz mit der *Anbetung der Könige* von 1490. In der National Gallery in Washington, D.C., die *Madonna mit Kind*. Die weltbekannten *Vier Apostel* in der Alten Pinakothek in München. Und und und.

Die typischen Nürnberger Krämerseelen waren für den Ausverkauf ihres Großmeisters verantwortlich gewesen, denn Dürer hatte sich schon früh als gewinnbringender Exportschlager erwiesen. Die *Vier Apostel* hatte Dürer der Stadt vermacht, der Ältestenrat hatte das Werk aber schon 1627 an München abgetreten. Dem englischen König überließ man 1636 bereitwillig das Porträt von Dürers Vater.

Auch nicht schlecht die Story vom *Selbstbildnis im Pelzmantel*, über das Paul gerade las: Ein findiger Geschäftsmann verhökerte das Meisterwerk 1801 für sechshundert Gulden nach München – Nürnberg behielt bloß eine Kopie.

»Das war's auch schon«, dachte er laut. Bilder für viele, viele hundert Millionen Euro waren weit verstreut, machte er sich klar. In Nürnberg selbst waren seines Wissens nach lediglich sieben Dürer-Originale verblieben: das Bildnis *Barbara Dürer*, geborene Holper, die Mutter Dürers also. *Die Beweinung Christi*, entstanden zwischen 1498 und 1500. Dann *Herkules im Kampf gegen die stymphalischen Vögel* von 1500, das Idealbildnis Kaiser Karls des Großen von 1511 bis 1513 und Bildnisse von Kaiser Sigismund, Kaiser Maximilian und von Dürers Lehrer Michael Wolgemut, allesamt entstanden zwischen 1511 und 1519.

Er setzte sich auf die Truhe in seinem Flur. Betrachtete die wie Phönix aus der Asche auferstandene Mokkabraune. Seine Lebensgeister erwachten, und er beschloss aktiv zu werden: Sein Telefon steckte – erstaunlicherweise – in der Basisstation und war voll aufgeladen. Er wählte die Nummer von Victor Blohfeld.

Der andere meldete sich erst nach langem Tuten, und eine Veränderung der Tonlage des Ruftons signalisierte ihm, dass der Anruf auf ein Mobilfunknetz weitergeleitet worden war.

Blohfeld erklärte knapp, dass er gerade in einem überfüllten Raucherabteil des ICE München–Nürnberg saß. Er sagte unmissverständlich, dass er den Anruf nur widerwillig entgegennahm, denn der Tag, der hinter ihm lag, ließe sich für ihn nur mit der konkreten Aussicht auf eine Flasche teuren Rotweins aus seinem Weinkeller und ein Entspannungsbad mit einer guten Havanna als Begleiterin retten.

Paul erkundigte sich vorsichtig nach dem Grund für die schlechte Laune des Reporters. Der schien seine Unwilligkeit zu telefonieren augenblicklich vergessen zu haben und holte weit aus:

»Lassen Sie es mich einmal so ausdrücken: Ich trage einen Anzug samt korrekt gebundener Krawatte, was nicht unbedingt der Standardkleidung eines Boulevardreporters entspricht. Na, dämmert es jetzt bei Ihnen?«

Paul hatte keinen blassen Schimmer, auf was Blohfeld hinauswollte.

Der wurde konkreter: »Ich habe mich dazu hinreißen lassen, ein Vorstellungsgespräch in Rosenheim zu führen. Als Lokalchef der dortigen Provinzgazette wollte ich würdevoll und gut bezahlt meinem Ruhestand entgegenschreiben. Die Sache war mir bombensicher erschienen. Den Rosenheimern hätte gar nichts Besseres passieren können, als einen Mann von meinen Qualitäten beschäftigen zu dürfen.«

Paul konnte sich lebhaft ausmalen, wie Blohfeld gedanklich bereits ausgiebig die Vorzüge der Rosenheimer Gastlichkeit und die Reize der Landschaft genossen hatte, während er seine Mitarbeiter den angestaubten Lokalteil auf Vordermann bringen lassen wollte. Paul, angenehm überrascht von Blohfelds seltener Offenheit ihm gegenüber, konnte eine gewisse Schadenfreude nicht unterdrücken. Denn er ahnte bereits das Ende der Geschichte.

»Die haben nichts verstanden. Die haben weder meine Kompetenzen als Journalist noch meine herausragenden organisatorischen Befähigungen, weder meine Kenntnisse in Menschenführung noch meine Vita mit großer Zeitschriftenvergangenheit in Hamburg gewürdigt«, ärgerte sich Blohfeld am Telefon. »Zumindest der Chefredakteur, ein graumelierter Langweiler in meinem Alter, hat mir die gebührende Wertschätzung entgegengebracht. Aber der Personalchef, ein Sturkopf von höchstens Mitte dreißig, ist mir mit Fragen auf den Leib gerückt, die unter aller Würde waren.«

Das Gespräch war Blohfeld zufolge alles andere als einvernehmlich verlaufen. Jetzt, im Zug zurück nach Nürnberg, zweifelte er offenbar mehr denn je an seinem Beruf und an dem, was dieser Job aus ihm gemacht hatte. Paul konnte sich nur zu gut in ihn hineinversetzen.

Er wechselte das Thema: »Ich wollte vorschlagen, dass wir uns mal wieder treffen. Ich denke, es wird Zeit, dass wir uns abstimmen, wie wir weiter vorgehen sollen.«

»Ja!«, schnauzte Blohfeld noch immer gereizt in sein Handy. »Wir werden uns heute Abend treffen und dann weiterreden.« Er gab den Treffpunkt durch. Die Verbindung war gleich danach beendet und Paul war sich nicht sicher, ob der andere ohne Abschiedsgruß aufgelegt hatte oder ob das Netz bei der Durchfahrt eines Tunnels zusammengebrochen war.

Blohfeld würde in schätzungsweise einer Stunde in Nürnberg eintreffen. Genug Zeit, um noch ein paar Einkäufe zu erledigen. Paul zog sich seinen Mantel über und ging hinunter zum Obststand. Dort wurde er offenbar schon erwartet.

»Es ist gut, dass ich Sie sehe, Herr Flemming.« Seine Obstverkäuferin streckte ihre Arme aus. In den Händen hielt sie eine schwere, prall gefüllte Plastiktüte, durch die das kräftige Orange frischer Südfrüchte schimmerte und aus deren Öffnung die harten grünen Blätter einer Ananas ragten. »Nehmen Sie! Sie waren seit Tagen nicht mehr bei mir einkaufen. Vitamine sind sehr wichtig, besonders jetzt im Winter!«

Verlegen nahm Paul die Tüte entgegen und holte seinen Geldbeutel aus der Hosentasche.

»Nein!« Die Obstfrau griff Paul am Ärmel. »Ich wollte Ihnen etwas Wichtiges sagen.« Als müsste sie sich weiter rechtfertigen, holte sie aus: »Nachbarn müssen sich ja helfen. Das hat nichts damit zu tun, dass Sie ein guter Kunde bei uns sind.«

»Was möchten Sie mir denn sagen?«, fragte Paul.

»Dass dieser tote Obdachlose – der aus der Kirche – vor seinem Tod um Ihr Haus gestrichen ist. Ich habe ihn mehrmals beobachtet und überlegt, ob ich die Polizei anrufen sollte. Es sah ganz so aus, als ob er bei Ihnen einbrechen wollte.«

»Vielen Dank«, sagte Paul für diesen verspäteten und damit wertlosen Hinweis.

»Bitte. Entschuldigung, aber Sie sollten noch etwas wissen: Der Stadtstreicher war nicht allein.«

»Hatte er etwa seine Kumpels dabei, als er bei mir eingestiegen ist?«, fragte Paul jetzt interessierter.

»Nein, nein.« Die Obstfrau trat unsicher einen Schritt zurück und zupfte verlegen an ihrem Kittel. »Es war so, dass er sich einmal an eine Besucherin gehängt hat, die in Ihr Haus ging.«

»Na ja«, wiegelte Paul ab, »das ist ja nicht allein mein Haus, leider. Hier leben sechs Parteien. Kann schon sein, dass ihn jemand aus Unwissenheit eingelassen hat.«

»Unwissend sah die Frau nicht aus.«

»Kannten Sie sie?«

Die Obstfrau trat noch einen Schritt zurück. »Nein. Jedenfalls nicht direkt. Vielleicht würde ich sie wiedererkennen. – Aber ich muss jetzt weiterarbeiten.« Sie deutete auf die Tüte, die sie Paul gegeben hatte. »Geben Sie den Orangen Raum zum Atmen. In der Heizungsluft schimmeln sie sonst leicht.«

Paul ging wortlos und sah sich nach einigen Metern noch einmal um: Am Gemüsestand standen bereits zwei neue Kundinnen, denen sie sich sofort mit entschuldigenden Gesten widmete. Er beobachtete, wie sie sich die Handschuhe auszog, um die Äpfel, Mandarinen und Kiwis besser greifen zu können.

Wer diese Unbekannte wohl war, über die sie gesprochen hatte? Er fragte sich, ob die Unbekannte den Stadtstreicher tatsächlich bewusst in sein Haus eingelassen hatte oder doch nur von ihm überrumpelt worden war.

27

Der Treffpunkt, den Blohfeld für die Verabredung am Abend gewählt hatte, passte aus Pauls Sicht zum halbseidenen Charakter des Reporters. Paul ließ die Leuchtreklamen der Etablissements in der Luitpoldstraße mit einem Schmunzeln auf sich wirken. Die neonbeschienenen Schenkel, die in verlockendes Rot getauchten Dekolletées und die anderen bilderreichen Botschaften in den Schaufenstern buhlten um Kundschaft.

Aus einem irischen Pub wankten ihm drei heftig betrunkene junge Männer entgegen, ihrem Aufzug nach zu urteilen Mitglieder einer Studentenburschenschaft. Ihre rosigen Wangen glühten, als sie den direkten Weg in ein Stripteaselokal gegenüber einschlugen. Im Eingang stießen sie beinahe mit einem Geschäftsmann zusammen, der peinlich berührt sein Revers hochschlug.

Gackernd wie die Belegschaft eines kompletten Hühnerstalls verließen einige Frauen eine Sexboutique direkt daneben. Mit ihren gut gefüllten Einkaufstüten versperrten sie Paul den Weg, und er musste die muntere Truppe umgehen, um zu Blohfelds Treffpunkt zu gelangen: einer Bar, die zwar ebenfalls in rotes Licht getaucht war, mit dem Rotlichtmilieu aber nichts zu tun hatte.

Freundlich souverän wurde er von einem korrekt gekleideten Kellner begrüßt. In den dezent beleuchteten Räumlichkeiten musste sich Paul erst orientieren, bevor er den Reporter unter einer historischen Ansicht der Luitpoldstraße vor einem beachtlich großen Rotweinschwenker sitzen sah.

»Mir gefällt die reizvolle Umgebung dieser Kneipe«, sagte Blohfeld zur Begrüßung.

»Ja, reizvoll ist wohl das richtige Wort«, gab Paul amüsiert zurück. »Ich wette, Sie kennen jedes dieser Häuser von innen.«

Blohfeld hatte augenscheinlich Mühe, auf diese Vorlage nicht mit einer deftigen Anekdote einzugehen, und zündete sich stattdessen eine Zigarre an.

Paul legte seine Jacke ab und platzierte seine gefütterte Baseballkappe neben sich auf einer mit Samt bezogenen Bank. Dann legte er seine rudimentäre Namensliste auf den Tisch: eine Auflistung der letzten verbliebenen Verdächtigen. Blohfeld zog sich das Blatt Papier näher heran. Er lächelte feinsinnig und holte sein Notizbuch hervor. »So eine habe ich auch. Gehen wir unsere beiden Listen systematisch durch und gleichen sie ab«, entschied er.

»Mit wem fangen wir an?«, fragte Paul.

»Mit den schwarzen Witwen. Zunächst die Nummer eins, die Frau des Schreinermeisters.« Blohfeld zitierte aus seinem Büchlein: »... beteuerte die Hinterbliebene, niemals Rachegedanken irgendwelcher Art gegen den Mörder oder die Mörderin ihres Mannes gehegt zu haben«.

Paul ahnte, dass Blohfeld aus den geheimen Verhörprotokollen der Polizei vorlas, und wollte lieber nicht wissen, woher er diese hatte. »Wenn die Witwe so sehr auf ihre Unschuld pocht ...«, setzte er an.

»... ist sie wahrscheinlich das genaue Gegenteil von unschuldig«, führte Blohfeld den Satz zu Ende.

»Sie spielen auf die Theorie an, dass sie nicht nur aus Rache, sondern auch aus verletzten Gefühlen gehandelt haben könnte – nämlich als verstoßene Geliebte von Densdorf?«

»Ja, diese Theorie gefällt mir sogar besonders gut. Sie ist so schön schmutzig.«

»Aber wir haben sie doch selbst gesehen und persönlich mit ihr gesprochen. Die Frau ist viel zu geschwächt und wohl auch zu einfältig für eine solche Affäre. Sie ist einfach nur eine brave Spießerin. Außerdem war sie weder Densdorfs Typ, was ihre Rolle als heimliche Geliebte gerechtfertigt hätte, noch deckt sie sich von Figur und Größe mit dem Phantom auf meinen Fotos.«

»Vor allem gab es ja keine Gewebe- oder Haarspuren von ihr am Tatort«, gab sich Blohfeld geschlagen und strich ihren

Namen durch. »Kommen wir zu Witwe Nummer zwei: Frau Densdorf.«

»Die ist selbst tot«, wandte Paul ein.

»Was nicht bedeuten muss, dass sie nicht die Täterin war.«

»Aber für sie gelten die gleichen Ausschlusskriterien wie für die andere Witwe«, sagte Paul.

»Das ist leider wahr«, sagte Blohfeld und malte den nächsten dicken Strich in sein Notizbuch. »Kommen wir zu Bürgermeister Frommhold und seiner Frau.«

»Beate Frommhold hat ein Alibi«, sagte Paul in Anspielung auf seine beinahe missglückte Beschattung der flotten Mercedes-Coupé-Fahrerin und ihres heimlichen Liebhabers.

»Das Gleiche gilt für den Bürgermeister selbst. Er stand am Abend der Christkindlesmarkteröffnung am Fenster des Neuen Rathauses – mit sämtlichen wichtigen Referenten und Amtsleitern als Zeugen.«

Paul sah ratlos auf. »Es ist immer dasselbe, wenn ich die Liste durchgehe. Es gibt jede Menge Verdächtige, aber am Schluss ist es niemand gewesen.«

»Machen wir weiter«, forderte ihn Blohfeld auf. »Was ist mit der kleinen Kellnerin, die so viel und doch so wenig über das Treffen von Densdorf und dem Schreiner weiß?«

»Marlen?«, Paul schluckte. »Wenn sie tatsächlich hinter das Geheimnis der beiden gekommen wäre, hätte sie womöglich ein Motiv gehabt.«

»Und sie deckt sich mit den Proportionen Ihres Phantoms, habe ich Recht?«

Der Kellner unterbrach sie, als er Paul ein Bier servierte. Sobald er sich entfernt hatte, nahm Paul den Faden wieder auf: »Aber sie hätte keinen wirklichen Grund gehabt, die beiden zu töten. Und erst recht keinen, den Stadtstreicher vom Dachboden der Sebalduskirche zu stoßen.«

»Sie kam aus meiner Sicht ohnehin nicht in Frage. Viel zu gutmütig, die Kleine.« Blohfeld machte den nächsten Strich. »Merken Sie etwas?«, fragte er mit Blick auf die beiden Namenslisten.

»Ja«, sagte Paul. »Es bleibt im Grunde genommen immer nur ein Name stehen, bei dem es letzte Zweifel gibt.«

»Die Karczenko«, sagten beide wie aus einem Mund.

Sie hoben ihre Gläser. Mit gemischten Gefühlen prostete Paul Blohfeld zu.

Sollten sie der Lösung die ganze Zeit über wirklich so nahe gewesen sein? Paul rief sich sein Treffen mit der Kunsthistorikerin ins Gedächtnis und die Eindrücke, die er von ihr gewonnen hatte. Dann dachte er an die Dinge, die nach und nach über sie durchgesickert waren. An erster Stelle die Sache mit dem falschen Doktor.

Der Reporter legte sein Notizbuch beiseite. »Es ist viel einfacher, als wir uns das vorgestellt haben«, sagte er. Seine Wangen waren gerötet. »Wir müssen uns von Hirngespinsten wie den unglücklichen Liebesaffären, geheimen Schätzen und Revanchegelüsten wegen des Rufmords an Dürer endlich lösen! Die einzige logische und widerspruchsfreie Theorie ist folgende: Wir haben ein schlagkräftiges Trio bestehend aus Densdorf, dem Schreiner und der Karczenko – also dem Kopf, dem Praktiker und der Theoretikerin. Dieses Trio plant von langer Hand einen millionenschweren Coup. Es war bekannt, dass im Rahmen der Dürerhaus-Eröffnung einige Leihgaben von Dürer-Originalen nach Nürnberg gebracht und im Dürerhaus ausgestellt werden.«

Blohfeld trank und sprach – kaum hatte er heruntergeschluckt – weiter: »Das Trio sucht zunächst noch nach einem Handlanger und findet ihn in dem abgebrochenen Kunststudenten, dem Penner aus der Sebalduskirche.« Blohfeld nahm einen weiteren Schluck, diesmal mit mehr Hingabe. »Mmm, ein guter Spanier. Gran Reserva, das schmecke ich an der ausgeprägten Holznote.«

»Jaja«, sagte Paul ungeduldig. »Und weiter?«

»Das liegt auf der Hand: Der verhinderte Künstler perfektionierte in den vergangenen Monaten seine Fähigkeit, Dürer zu kopieren, und schuf Duplikate seiner wichtigsten Werke. Die

Karczenko kam ihm dabei zu Hilfe, denn sie weiß ja, worauf man bei Fälschungen besonders achten muss.«

»Das sagen Sie so leicht dahin?«, wandte Paul ein. »Um einen Dürer auch nur halbwegs glaubwürdig kopieren zu können, muss man selbst ein Meister sein.«

Blohfeld lächelte ihn nachsichtig an. »Wie heißt es so schön: Übung macht den Meister. Der Mann hatte Wochen, vielleicht sogar Monate Zeit, um sich auf seine große Aufgabe vorzubereiten. Außerdem kam ihm wie gesagt die Karczenko bei seiner Arbeit zu Hilfe, denn sie weiß ja, worauf es bei Kopien ankommt.«

»Das klingt ziemlich wüst, aber es ergibt Sinn«, sagte Paul anerkennend.

Blohfeld nickte. »Nun kommt der Schreiner ins Spiel: Er war auch für die Ausstellungsräume und speziell für die Ausstellungsflächen zuständig. Er kannte die Aufhängungsvorrichtungen und Sicherheitsvorkehrungen deshalb aus dem Effeff.«

»Lassen Sie mich raten«, folgerte Paul. »Der Plan war, in der Hektik der Feierlichkeiten Dürer-Werke durch Fälschungen auszutauschen und sich dann mit den Originalen abzusetzen. Damit hätte auch das Flugticket einen Sinn, auf das Frau Densdorf in den Unterlagen ihres Mannes gestoßen war.«

Blohfeld nickte abermals und schaute Paul verschwörerisch an.

Doch der blieb skeptisch. »Wären die Fälschungen nicht bei der ersten Gelegenheit erkannt worden?«

Bedächtig schüttelte der Reporter den Kopf. »Niemand hat damit gerechnet, dass die Dürer-Originale ausgetauscht werden sollten – folglich hätte für einen gewissen Zeitraum auch niemand so genau hingesehen, um die Bilder als Fälschungen enttarnen zu können. So, wie ich die Sache sehe, wäre der Bluff wahrscheinlich erst dann aufgeflogen, wenn die Bilder zurück an ihre Heimatmuseen geliefert worden wären.«

»Densdorf hatte sich sein Team also mit Bedacht ausgewählt«, sah Paul ein und nahm einen Schluck Bier. Doch dann erkannte er einen Widerspruch. Er wischte sich den Schaum vom Mund und sagte: »Densdorf und die Karczenko waren doch zutiefst zerstritten. Wie passt das mit Ihrer Theorie zusammen?«

Blohfeld lachte. »Sie glauben wohl auch noch an den Osterhasen, was?« Genüsslich nippte er erneut an seinem Wein und zog ausgiebig an seiner Zigarre, bevor er fortfuhr: »Das nach außen zur Schau getragene Zerwürfnis der beiden spielte ihnen in diesem Fall natürlich in die Hände. Alle – inklusive uns beiden – hätten nie und nimmer eine Komplizenschaft zwischen Densdorf und der Karczenko erwartet.«

Paul nickte abermals anerkennend. »Am Ende hat Densdorf seine Kontrahentin dann aber doch unterschätzt.«

»Ja«, sagte Blohfeld. Er legte die Zigarre beiseite. »Wir haben es hier mit einem Profi zu tun. Es würde mich nicht wundern, wenn wir bei Karczenkos Vorgeschichte noch auf so manch andere Leiche im Keller stoßen würden.«

Paul hob sein Glas und schaute nachdenklich auf die in sich zusammenfallende Schaumkrone. »Was fangen wir nun mit unserem Wissen an?«, fragte er.

Blohfeld dachte einen Moment lang angestrengt nach. »Zunächst einmal sacken lassen und schauen, ob unsere Theorie morgen noch genauso gut klingt und Bestand hat. Wenn ja, informieren wir Ihre Freundin, die Staatsanwältin.«

Aufgewühlt machte sich Paul gemeinsam mit Blohfeld auf den Weg. Die Luitpoldstraße war trotz oder gerade wegen der fortgeschrittenen Stunde noch belebt. Die verheißungsvollen Auslagen in den Schaufenstern konnten aber wohl nur den wenigsten ausreichend innere Wärme vermitteln. Die klirrende Kälte nahm Paul und seinen Begleiter beim Verlassen des Lokals in ihren Griff. Eines der Sexplakate erregte Pauls Aufmerksamkeit. Nicht wegen seiner Freizügigkeit, denn davon gab es in dieser Straße ohnehin genug. Das Bild zeigte lediglich einen Mund: überdimensional vergrößerte Lippen, die ein wollüstiges Lächeln formten. Paul blieb stehen und betrachtete ein anderes Bild in dem Schaufenster. Auch dabei handelte es sich um eine Detailaufnahme.

»Was ist? Törnt Sie der Laden an?«, fragte Blohfeld.

Paul schüttelte den Kopf. Das zweite Bild zeigte ein Paar Augen. Halb geschlossene Augen mit sinnlich geschwungenen Brauen.

»Ich kenne einen besseren Laden«, Blohfeld wollte ihn von dem Fenster wegziehen. Doch Paul blieb unbewegt stehen.

»Warten Sie«, sagte er leise, »mir ist gerade eine Idee gekommen.« Paul wandte sich dem Reporter zu. »Erinnern Sie sich an die Skizze mit den Augen?«

»Die, die Sie aus der Behausung des Penners haben mitgehen lassen? Aber natürlich erinnere ich mich. Worauf wollen Sie hinaus?«

»Dieser Penner kannte die Mörderin. Ich bin mir jetzt sicher, dass er versucht hat, sie zu malen.«

»Ja, das ist anzunehmen. Aber dummerweise ist er nicht fertig geworden.«

»Leider nicht«, räumte Paul ein. »Doch es ist ein Anfang. Haben Sie noch Zeit für einen kurzen Abstecher in mein Atelier? Ich möchte Ihnen das Bild gern noch einmal zeigen, vielleicht erkennen Sie Ähnlichkeiten mit der Karczenko.«

Die beiden Männer legten den Weg ins Burgviertel im Eiltempo zurück und nutzten jeden Schleichweg, um der Eiseskälte so schnell wie möglich zu entkommen.

Wortlos betraten sie den Flur von Pauls Haus und stiegen die knarrende Treppe hinauf in die Dachgeschosswohnung. Paul setzte den Schlüssel an und öffnete die Tür. Noch im Rahmen stehend stutzte er.

»Was ist nun schon wieder?«, erkundigte sich der Reporter. Seine Himmelfahrtsnase war vom Frost rot gefärbt.

Paul drehte noch einmal den Schlüssel im Schloss. »Ich weiß nicht. Normalerweise schließe ich doppelt ab. Eben musste ich den Schlüssel aber nur ein Mal umdrehen.«

Blohfeld legte ihm kumpelhaft die Hand auf die Schulter. »Mein lieber Herr Fotograf: Sie sehen Gespenster. Wahrscheinlich haben Sie vorhin im hektischen Aufbruch zu unserem Treffen ganz einfach vergessen zwei Mal abzuschließen. Seien Sie froh, dass Sie überhaupt zugesperrt haben.«

Paul nickte zweifelnd. Er ging zielstrebig zum Couchtisch. Er hockte sich neben den Stapel aus Zeitungen und Zeitschriften und suchte nach der Zeichnung. Zunächst langsam und geordnet, dann hektischer.

»Sagen Sie nicht, dass Sie das Bild auch verschlampt haben«, höhnte Blohfeld.

»Moment mal: Selbst wenn es anders aussehen mag – bei mir ist noch nie etwas abhanden gekommen.«

»Na ja.« Blohfeld schien von Pauls Ordnungssinn nicht überzeugt zu sein.

»Verflucht, das gibt es doch nicht!«, schimpfte Paul und durchsuchte zunehmend panisch den Raum. »Das darf nicht wahr sein!« Er suchte jetzt auch hinten in der Küchenzeile. Dann gab er auf und wandte sich an Blohfeld.

Dieser setzte sich an die aufgebockte Glasplatte, die Paul als Schreibtisch diente. Er hob einen Stoß Rechnungen auf. Darunter lag ein zerknittertes DIN-A3-Blatt. Er drehte es zu sich herum und brachte es in die richtige Position. Paul trat dazu und betrachtete die Skizze.

Die beiden Augen starrten sie an. Es waren die Augen eines sehr selbstsicheren Menschen. Paul konnte noch immer nicht sagen, ob er in die Pupillen eines Mannes oder einer Frau blickte, geschweige denn, ob es diejenigen der Karczenko waren. Aber er wusste instinktiv, dass es sich um eine Person handelte, vor der er sich hüten – oder sogar Angst haben musste. Unangenehm berührt bemerkte er, wie ihm ein kalter Schauer den Rücken herunterlief.

28

Paul und Blohfeld waren schnell darin übereingekommen, dass Paul die Ergebnisse ihrer Überlegungen an Katinka herantragen sollte, während Blohfeld eine entsprechende Schlagzeilenstory für seine Zeitung vorbereiten wollte.

Paul rief Katinka an, blieb am Telefon aber zurückhaltend und bestand auf einem persönlichen Treffen. Er wollte es sich nicht nehmen lassen, ihren Gesichtsausdruck zu sehen, wenn er ihr seine und Blohfelds Erkenntnisse präsentierte. Da er Blohfeld mit keiner Silbe erwähnte, sagte Katinka zu. Nach der obligatorischen U-Bahnfahrt stand Paul keine zwanzig Minuten nach ihrem Telefonat in Katinkas Büro.

Dieses Mal saß sie nicht abwartend und zurückhaltend hinter ihrem Schreibtisch, sondern hatte schon an der Tür auf ihn gewartet.

»Ich bin neugierig«, sagte sie.

»Du musst einen Haftbefehl erlassen. Sofort!«, sagte Paul ohne Einleitung und sichtlich aufgeregt.

Katinka lächelte, aber es war deutlich zu erkennen, dass es kein geringschätziges Lächeln war, als sie sagte: »Jawoll, Herr Kommissar.«

»Wir wissen jetzt, wer es gewesen ist. Und wir wissen auch, warum.«

Katinka nickte und ging nun doch zu ihrem Schreibtisch.

»Blohfeld hat eine Theorie entwickelt, die alle offenen Fragen klärt. Wir müssen die ganze Zeit über blind gewesen sein.«

Katinka wandte sich einer Akte zu und klappte sie bedächtig auf.

Als Katinka nicht reagierte, fragte er irritiert: »Willst du denn gar nicht wissen, von wem ich spreche?«

Katinka zog mit zufriedener Geste ein Blatt Papier aus der Akte, augenscheinlich die Kopie eines hochoffiziellen Amtsschreibens. Paul erkannte sofort das Bayerische Staatswappen auf dem Kopf des Blattes und ganz am Ende des Textes Dienstsiegel und Unterschrift. Auch die oberste Zeile war aus seiner Position gut zu lesen: In großen Lettern stand dort das Wort *Vorladung*.

Paul trat näher, und Katinka reichte ihm bereitwillig das Schriftstück. Es war auf den Namen Karczenko ausgestellt. »Woher …?«, Paul schaute Katinka verblüfft an.

»Auch die Staatsanwaltschaft kann eins und eins zusammenzählen.« Große Erleichterung klang in ihrer Stimme mit, als sie berichtete: »Ich habe meinen Chef endlich davon überzeugen können, dass Gefahr im Verzug ist. Den Ausschlag dafür, dass er mir grünes Licht gegeben hat, haben aber nur in zweiter Linie die Morde gegeben.« Sie lächelte süffisant. »Erst als ich ihm sagte, dass womöglich einige von Dürers Meisterwerken gefährdet sind, ist er hellhörig geworden. Wir lassen jetzt von Sachverständigen prüfen, ob bereits ein Austausch von Originalen gegen Kopien stattgefunden hat – sehr dezent, versteht sich. Hattet ihr den gleichen Zusammenhang im Kopf?«

»Ja«, Paul verstand: Die Angelegenheit sollte noch immer nicht an die große Glocke gehängt werden. Er mochte gar nicht daran denken, was Katinka sagen würde, wenn sie Blohfelds Artikel in der Zeitung lesen würde …

Paul setzte sich auf die Kante des Schreibtisches und musterte Katinka nachdenklich. »Trotzdem – es ist schon merkwürdig, dass wir alle gemeinsam tagelang im Trüben gefischt haben und jetzt plötzlich unabhängig voneinander die Erleuchtung gehabt haben«, meldete er letzte Zweifel an.

Katinka grinste selbstbewusst. »So merkwürdig ist das wiederum auch nicht: Die Karczenko gehörte ja von Anfang an zum Kreis der Verdächtigen. Was mich letztendlich aufhorchen lassen hatte, war die Nachricht von einer Reise in die USA in zwei Tagen. Die Karczenko wollte dort an mehreren Universitäten als Gastdozentin vortragen – volle sechs Monate lang.«

»Das macht sie zum jetzigen Zeitpunkt zwar verdächtig, kann aber andererseits eine lange geplante Vortragsreise gewesen sein.«

»Das war es eben nicht!«, trumpfte Katinka auf.

»Sie hat das Ganze erst in den letzten Wochen eingefädelt. Für mich klingt das nach einem überstürzten Aufbruch unter dem Deckmantel eines akademischen Austauschprogramms.«

»Ja«, sagte Paul, der nun auch seine letzten Vorbehalte über Bord warf. »So viele Zufälle auf einmal kann es nicht geben. Wann nehmt ihr sie fest?«

Katinka sah auf die Uhr und sagte mit kaum unterdrückter Genugtuung: »In diesen Minuten dürfte Frau Dr. Karczenko bereits das kühle Metall der Handschellen spüren.« Sie schob ihren Stuhl zurück, erhob sich und zog den Saum ihres Rockes gerade. »So. Und nun ist es Zeit für einen vorgezogenen Feierabend. Gehen wir einen Cappuccino trinken?«

Zufrieden mit sich und der durch Katinka bestätigten Mordtheorie passierte Paul an Katinkas Seite das riesige, schmiedeeiserne Portal. Den Blick zielorientiert auf die U-Bahnstation gerichtet, zuckte er jäh zusammen:

Das Christkind kauerte mit abgelegten Flügeln auf der Motorhaube eines am Straßenrand geparkten Kombis. Katinka reagierte ebenfalls überrascht und eilte zu dem Mädchen, das das Gesicht in den Händen vergraben hatte. »Hannah! Was machst du hier in deinem Kostüm? Hast du einen Auftritt geschwänzt?«

Hannah blickte auf und nickte traurig. »Ja, Mama.« Die Goldlöckchen hingen ihr schneedurchnässt in die Stirn, ihre Wangen waren gerötet, die Schmolllippen fahl von der Kälte.

Paul, der langsam nachgekommen war, konnte es kaum fassen: »Hannah ist – deine Tochter?«

Katinka Blohm nickte flüchtig. Hannah, die Paul erst jetzt registrierte, schaute ihn einige Augenblicke voller Erstaunen und dann mit aufblitzender Wut im Blick an. Gleich darauf fing sie sich aber und ignorierte ihn. Katinka hakte ihre Tochter unter und zog sie mit sich in Richtung U-Bahn. »Was denkst du dir dabei? Wenn du dich für einen solchen Job bewirbst, musst du ihn ernsthaft ausüben«, schimpfte sie. »Wen hast du versetzt? Einen Kindergarten? Oder den Bürgermeister bei einem wichtigen Empfang?«

Hannah schüttelte die Haare, von denen in dicken Tropfen geschmolzener Schnee perlte. »Ein Altenheim, das Heigei.«

»Umso schlimmer!«, Katinka verdrehte die Augen. Gemeinsam mit dem noch immer verblüfften Paul stiegen sie in die U-Bahn zur Innenstadt. »Wir werden jetzt zusammen zum Heilig-Geist-Spital fahren, und du wirst deinen Auftritt hinter dich bringen. Ich möchte nicht in der Zeitung lesen, dass das Christkind hundert Neunzigjährige versetzt hat.«

»Kati«, sagte Hannah mit wieder gewonnenem Mut, »ich lasse Aktfotos von mir machen und veröffentlichen.«

Paul war gespannt auf die Reaktion, denn die Raison der Staatsanwältin war nun endgültig dahin. Ihre Augen sprühten Funken. »Warum machst du diesen abgedroschenen Mist mit? Gibt es nicht genug Mädchen, die sich für die Öffentlichkeit ausziehen?«

»Es bringt eine Menge Geld«, wandte Hannah ein.

»Geld kannst du von deinem Stiefvater haben. Oder von mir. Das ist unser geringstes Problem. Es geht dir doch in Wahrheit nur darum, uns eins auszuwischen.« Paul machte sich allmählich ernsthafte Sorgen, denn Kantinka Blohm kochte vor Wut, als sie sagte: »Wenn ich denjenigen erwische, der diese Fotos von dir macht, kann er was erleben!«

Paul versuchte, sich in seinem Sitz klein zu machen. Glücklicherweise verhielt sich Hannah so fair, ihn jetzt nicht direkt anzusehen.

Am Hauptbahnhof verließen sie die U-Bahn und bahnten sich ihren Weg durch die im vorweihnachtlichen Einkaufsgetümmel verstopfte Innenstadt.

»Du bist erwachsen, Hannah, und musst selbst wissen, was du tust«, sagte Katinka schließlich eine Spur milder.

Hannah nickte. Sie lächelte gequält, als sie ein kleiner Junge um ein Autogramm bat. Im Nu waren sie von anderen Kindern umringt und konnten ihren Weg nur mit Mühe fortsetzen.

»Trotzdem verbiete ich dir, die Fotos zu machen«, zischte Katinka.

»Wir haben schon damit angefangen«, gab Hannah giftig zurück und warf Paul nun doch einen scheelen Blick zu.

»Wer sind ›wir‹?«, fragte Katinka und verstellte ihrer Tochter den Weg.

»Ich muss ins Altenheim, Mama. Halt mich bitte nicht auf«, sagte Hannah trotzig.

»Und ob ich dich aufhalte!«, Katinka umfasste mit beiden Händen Hannahs Schultern. »Wer ist dieser Kerl, der die Naivität einer Minderjährigen so schamlos ausnutzt?«

»Ich bin neunzehn«, verbesserte sie Hannah, »ich bin nicht mehr dein Baby.«

»Ich will es trotzdem wissen!«, beharrte Katinka. Inzwischen hatte sich wieder eine Menschentraube um sie herum versammelt und sie war gezwungen, ihre Tochter loszulassen.

Hannah strich ihr Kostüm glatt. »Weder bin ich naiv noch ist es Paul Flemming.«

»Paul?«, Katinka wandte sich ihm zu und starrte ihn fassungslos an.

»Ja«, sagte Paul leise und dachte fieberhaft über eine Erklärung seiner Rolle nach: Er hätte sich leicht rechtfertigen und sagen können, dass er ja nur harmlose Porträtfotos gemacht hatte und nie etwas anderes im Sinn gehabt hatte. Im Gegenteil: Er war anfangs sogar fest entschlossen gewesen, Hannah die Sache mit den Akten auszureden. Andererseits wäre sie dann womöglich zu einem anderen Fotografen mit geringeren Skrupeln gegangen, und in diesem Fall wäre es letztlich doch besser gewesen, wenn Paul selbst fotografierte …

Hannah nutzte die Chance seiner Unentschlossenheit, um die Pegnitzbrücke in Richtung Hauptmarkt zu überqueren.

»Ausgerechnet du?«, fragte Katinka.

Hannah eilte weiter und war bald in der Menge verschwunden.

Katinka Blohm stand wie angewurzelt auf der Museumsbrücke, und Paul hatte keinerlei Vorstellung davon, was er als Nächstes sagen sollte. Auf der Brücke wimmelte es vor Menschen und die beiden wirkten wie Fremdkörper im hektisch-besinnlichen Weihnachtsrummel. Paul registrierte kaum, wie er nacheinander von verschiedenen Passanten angerempelt wurde. Erst als ein Mann mit Glühweinfahne auf sie zutrat und ihnen eine blinkende Nikolausmütze verkaufen wollte, fasste er sich. Paul zog sich mit Katinka an die steinerne Brüstung der Brücke zurück. Er schlug vor, dass Katinka ihn in seine Wohnung begleiten könnte, um über alles in Ruhe zu reden.

Sie bahnten sich ihren Weg quer über den Christkindlesmarkt ins Burgviertel.

Hier verloren sich die Menschenströme, und als sie in den Weinmarkt einbogen, waren sie gänzlich unter sich. Paul spürte eine gewisse Ruhe in sich einkehren, als sie die alten Gebäude links und rechts des kleinen Platzes passierten.

Wenig später saßen sie bei frisch aufgeschäumtem Milchkaffee auf dem Sofa unter dem ovalen Oberlicht. Katinka hatte sich die Standpauke tatsächlich schenken können, denn in Paul hatte sie keinen Gegner, sondern eher einen Verbündeten gefunden.

Paul erzählte ihr von seinen eigenen Bedenken, was die Fotoserie mit Hannah betraf. Andererseits betonte er, dass ein Fotograf viele Möglichkeiten habe, Bildern eine bestimmte Richtung zu geben.

Interessiert betrachtete Katinka eine Mappe mit Akten von Frauen und Männern, in Farbe und Schwarzweiß, dezente Weichzeichneraufnahmen ebenso wie Bilder mit klar strukturierten Details.

»Die Fotos sind schön«, sagte Katinka versöhnlich. »Ich verstehe nichts davon, aber die Bilder gefallen mir.«

»Ich könnte dich auch fotografieren«, schlug Paul halb im Spaß vor.

Katinka lachte etwas verlegen auf und legte die Mappe beiseite. Ihre Blicke tadelten Paul scherzhaft für seine Forschheit.

Paul schob die Fotomappe beiseite. »Es ist bald Weihnachten«, sagte er unvermittelt. »Ich werde mir wohl ein Geschenk für deine Tochter einfallen lassen müssen.« Auf Katinkas fragenden Blick hin ergänzte er: »Als Wiedergutmachung dafür, dass ich mich jetzt ein für alle Mal dazu entschlossen habe, die Aktfotos nicht zu machen.«

29

Irgendwie war es ein komisches, ein ungewohntes Gefühl. Ein Gefühl, das Paul in dieser Form nicht kannte, das er aber dennoch auskosten wollte: Während er im ockergelb getünchten und von flackernden Neonröhren beleuchteten Flur der Redaktion auf Geheiß einer forschen Volontärin darauf wartete, zu Blohfeld vorgelassen zu werden, reflektierte er über seinen ersten Erfolg als Detektiv. Denn es war ja – wenn auch nicht ganz freiwillig – sein Fall gewesen, den sie letztendlich gemeinsam gelöst hatten.

Er konnte den Reporter durch eine Glasscheibe beobachten: Blohfeld saß – wie oft um diese Uhrzeit – fast allein in der Redaktion. In der Luft stand der kalte Zigarettenrauch seiner Kollegen, die längst bei ihren Familien, Geliebten, in der Bar oder auf einem Abendtermin waren. Blohfeld brütete sicherlich vor der mit der Asche seiner Zigarren verdreckten Tastatur über der Schlagzeilenstory zur Mordserie. Aber er wirkte nicht so recht zufrieden. So, als würde ihm dieses Mal jeder seiner typischen stakkatoartig verfassten Sätze schwer fallen.

Paul sah näher hin: Blohfeld quälte sich augenscheinlich. Dann bemerkte er offenbar, wie er zu schwitzen anfing, und wischte mit einem großen weißen Taschentuch über die Stirn. Paul entschied, sich nicht länger nach den Anordnungen der Volontärin zu richten und Blohfeld in seiner Konzentration zu stören. Er klopfte an die Tür zur Lokalredaktion, die ohnehin nur angelehnt war. »Passt es jetzt?«, fragte er in den Raum.

»Kommen Sie rein«, sagte Blohfeld geistesabwesend.

Seine Augen waren rot umrandet, er lächelte bemüht. Paul musterte die Schreibtische mit ihren abgewetzten Oberflächen, die wüsten Papierberge, das ungespülte Geschirr auf einem altersschwachen Sideboard. Blohfelds Platz war durch eine

Sperrholzwand, die in halber Höhe mit Scheiben versehen war, vom Rest des Großraumbüros getrennt. Wenigstens ein kleiner Komfort in dieser trostlosen Buchstabenschmiede. »Sie kommen wohl nicht recht voran mit Ihrem Text, was?« fragte Paul. »Zu komplizierter Sachverhalt?«

Blohfeld schüttelte bedächtig den Kopf. »Ganz im Gegenteil. Es ist insgesamt alles zu glatt und geradlinig.«

»Aber es ist Ihre eigene Theorie«, betonte Paul.

»Sicher«, sagte der Reporter zögerlich. Seine grauen Haare wirkten strähnig und fielen ihm in die Stirn. »Soll ich Ihnen sagen, was mir an der Sache nicht passt? Mir passt es nicht, dass ich das Gefühl habe, das alles schon einmal erlebt zu haben.«

Paul ahnte den Grund für Blohfelds innere Konflikte. War es nicht damals in Hamburg, bei dem großen Magazin, ähnlich gewesen? Hatte Blohfeld dort nicht auch angefangen, sich die Dinge zurechtzulegen, wie sie ihm passten, und hatte er nicht ebenso starrsinnig versucht, der vermeintlichen Wahrheit auf die Sprünge zu helfen?

Paul ließ seinen Blick noch einmal über den Arbeitsplatz des Reporters gleiten. Er sah Unordnung, jede Menge sogar, aber keinen Hinweis auf etwas Persönliches. Auch die Wände waren kahl bis auf ein paar Cartoons und das Zitat eines Unbekannten, das aus irgendeinem Buch herauskopiert und vergrößert worden war: *Vielleicht ist er nur ein Reporter, weil, Reporter sind auch nie zu Haus, weil sie nur rauchen und saufen, und dann kommen die Weiber zu Besuch.*

Paul dachte über die Belanglosigkeit dieses Satzes nach und bemerkte im gleichen Moment, dass er mit dem Spruch eben doch etwas Persönliches entdeckt hatte. Sogar mehr als das. Blohfeld gab sich preis mit diesem Satz – er zeigte seine innere Leere.

»Sie glauben also, dass wir doch einen Fehler begangen haben?«

»Vor allem ich«, sagte Blohfeld matt. Sein Gesicht wurde plötzlich ganz grau. »Ich werde Ihnen mal etwas erzählen, und ich erwarte, dass Sie darüber ebenso schweigen, wie ich meinen Mund halten werde, was Ihre Beteiligung an der Verhaftung der Karczenko anbelangt.«

Blohfeld sprach über eine andere Zeit – die vor seinem alles verändernden Skandal. Er sparte nicht mit Worten und schilderte ein Leben in Farben, die Paul zunächst viel zu schrill und hell erschienen im Vergleich zur trostlosen Eintönigkeit des Redaktionsbüros, in dem er nun saß.

Der Reporter blendete zehn Jahre zurück und offenbarte zu Pauls großem Erstaunen Details über seine kurze, goldene Karriere als Kunstfahnder mit halbjährlich neuen, rekordverdächtigen Außer-Tarif-Gehältern. Die Verlagsleitung spielte bereitwillig mit, denn durch Blohfelds Einsatz tauchte ja so manches vermeintliche Highlight auf.

»Mein Verlag bezahlte mir am Schluss sogar ein Ticket nach Kalifornien. Natürlich erster Klasse.« Dort engagierte Blohfeld einen Schauspieler. Mit einer gecharterten Yacht und einer gemieteten Limousine – Insignien in der Welt des Kapitals – sollte der Mann einen steinreichen Kunstmäzen geben und Interesse am Kauf eines angeblich von den Nazis konfiszierten Renoir vortäuschen.

»Kurz danach flog dann auf, dass ich die ganze Zeit über diesem Betrüger auf den Leim gegangen war.« Blohfeld schmunzelte wehmütig. »Es war ein feines Leben mit Austern, Champagner und wirklich tollen Frauen. Aber leider habe ich die Illusion mit der Realität verwechselt. Wie auch jetzt.«

»Das heißt?«, fragte Paul zögernd.

»Dass ich die Story nicht bringen kann.«

»Aber die Karczenko wird in diesen Minuten verhört. Das ist Ihre Chance auf Rehabilitierung! So eine gute Geschichte finden Sie in den nächsten Jahren bestimmt nicht wieder.«

»Danke für Ihre Bemühungen, aber ich lasse mich von Ihnen nicht zum Jagen tragen. Nein bedeutet bei mir Nein.«

Paul war perplex. Ratlos sah er den Reporter an. »Woher kommen diese plötzlichen Zweifel?«

»Wie gesagt: Es läuft mir alles zu glatt. Ich möchte nicht derjenige sein, der an dem verborgenen Haken hängen bleibt. Ich bin raus aus der Sache.«

»Das können Sie nicht machen!« Paul war entrüstet.

»Doch, das kann ich«, sagte Blohfeld sehr ruhig und diszipliniert.

30

Der Winter hielt die Stadt fest in seinem Griff. An den steil abfallenden Hängen des Burgbergs lieferten sich Kinder erbitterte Wettstreits um die Bestzeit im Schlittenrennen. Unten warteten die Mütter und Väter mit Kinderpunsch und Laugenbrezeln auf die erschöpften Kleinen. In Sichtweite dieses lautstarken Treibens hoffte in seiner wohlig warmen Atelierwohnung Paul Flemming auf Erleuchtung.

Die letzten beiden Tage waren ereignislos verstrichen und hatten ihn mehr und mehr zermürbt. Durch Zeitungsartikel hatte er erfahren, dass die Karczenko wieder aus der Haft entlassen worden war.

Auch die letzte plausible Theorie hatte sich – wie von Blohfeld erahnt – als Flop erwiesen. Wie er schwarz auf weiß der Presse entnehmen konnte, stimmten die von der Karczenko offenbar freiwillig abgegebenen Haar- und Gewebeproben nicht mit den an den Tatorten sichergestellten Vergleichsproben überein. Zudem hatte sich ihre Amerikatour keineswegs als eine übers Knie gebrochene Aktion erwiesen, sondern als eine ganz offizielle Rundreise auf Einladung der deutsch-amerikanischen Gesellschaft für Kunstgeschichte. Auch Katinka hatte mit ihren Anschuldigungen also danebengelegen.

Zu allem Überfluss hatte sich sogar der falsche Doktortitel der Karczenko als tote Spur erwiesen. Der in Tschechien erworbene Titel war zwar in Deutschland nicht anerkannt, doch die Karczenko hatte ihre offizielle Dissertation längst nachgeholt.

Paul spürte die Unruhe erneut in sich aufkommen. Er musste etwas unternehmen, um dieses mörderische Rätsel, das sein eigenes Leben beträchtlich tangierte, ja sogar bedrohte, endgültig zu lösen.

Solange er auch darüber nachdachte, so blieb doch immer eine Konstante: Dürer. Alle Fäden liefen bei Dürer zusammen. Aber was hieß das schon, fragte er sich voller Ungeduld, als er sich auf den Weg machte. Er kniff die Augen zusammen, um sich vor dem scharfen Ostwind zu schützen, der ihm nahezu horizontal Schneeflocken ins Gesicht blies.

Dürer, Dürer, Dürer.

Paul war seinem Instinkt gefolgt, als er Lena telefonisch um ein Treffen im Dürerhaus gebeten hatte. Er erhoffte sich die dringend benötigte Inspiration von diesem Ort. Nun stand er vor dem noch immer teilweise eingerüsteten Gebäude, das stolz aufragende Dach mit Schnee bedeckt, das Fachwerk sorgsam herausgeputzt, als hätte der frühere Bewohner die Restaurierung auf seine penible Art selbst überwacht. Das Dürerhaus war um 1420, in der Spätgotik, gebaut worden, Dürer selbst hatte hier zwischen 1509 und 1528 gelebt. Paul wusste auch, dass er höchstpersönlich Hand angelegt hatte, um das Gebäude seinen Bedürfnissen entsprechend zu gestalten. Da wurden unter seiner Regie Mauern versetzt, und seiner Mutter hatte er angeblich nachträglich eine Küche einbauen lassen.

Paul trat ein. Lena erwartete ihn gleich im Foyer an der Theke, an der die Kopfhörer für Touristenrundgänge ausgegeben wurden.

»Müssen diese Dinger wirklich sein?«, fragte Paul skeptisch und nahm sich einen Kopfhörer vom Ständer. Asiatischer Singsang drang in sein Ohr.

»Ja«, sagte Lena lächelnd.

»Tut's nicht auch der gute alte Fremdenführer?«, provozierte Paul, zwinkerte ihr dabei aber zu, wohl wissend, dass er mit solchen Fragen den Ehrgeiz der Architektin anstachelte.

»Mein lieber unwissender Herr Fotograf. Das Dürerhaus besuchen bis zu hunderttausend Touristen im Jahr. Ein beträchtlicher Teil davon sind Ausländer. Über die Kopfhörer kannst du die Führung in fünf Sprachen anbieten – welcher Fremdenführer beherrscht die schon? Und wem's zu unpersönlich ist: Wir haben ja noch die Agnes.«

»Aber die Schauspielerin, die die Agnes mimt, wird wohl kaum Japanisch sprechen«, wandte Paul ein.

Lena lächelte nachsichtig. Sie winkte Paul hinter sich her. Während sie die Treppe nach oben nahm, sagte sie: »Die Schauspielerin? Es sind etliche. Weißt du«, sie konnte ein Kichern kaum unterdrücken, »wenn ich es drauf angelegt hätte, wäre ich mit der Dürerhaus-Sanierung bundesweit in die Schlagzeilen gekommen.« Sie kamen an einem Aufseher im zweiten Stockwerk vorbei, der Paul argwöhnisch musterte, dann aber mit einem Nicken grüßte. »Nach den ersten statischen Untersuchungen hätte ich das Haus schließen müssen. Akute Einsturzgefahr.«

»Du übertreibst«, sagte Paul.

»Nein, nein.« Lena nahm die nächsten Treppenstufen mit der Leichtigkeit eines Kindes in der gewohnten Umgebung der elterlichen Wohnung. Sie schlug eine Plane zurück, die das noch nicht zum Abschluss gebrachte Dachgeschoss vom Rest des Gebäudes abtrennte. Beide standen jetzt in einem geräumigen Dachboden, von wuchtigen Balken gehalten, die roten Dachschindeln frei von jeder Isolierung auf frisch eingezogenen Querlattungen ruhend. Lena deutete auf einen alten Stahlträger, der, in drei Teile zersägt, auf seinen Abtransport wartete. »Sieh dir das an. Die Bausünden meiner Vorgänger!«

Paul sah sich um, und das Balkenlabyrinth machte auf ihn tatsächlich den Eindruck, als hätten zu viele Köche in einem Brei gerührt. »Ich bin kein Experte«, sagte er.

»Dafür hast du mich. Ich versuch's mal auf die einfache Art: 1503 ist aus dem ursprünglichen Dach ein Frackdach gemacht worden, das allerdings nur zu einer Seite abgestützt wurde. Die andere drückte seit diesem Eingriff auf die Wände der Geschosse darunter. Das führte immer wieder zu Druckverbiegungen und Verschiebungen. An den Kehlbalken zum Beispiel sind dem Kräfteverlauf entsprechende Druckverbindungen herzustellen, aber das hat niemand erkannt.«

»1503? Warum ist das Haus dann nicht schon viel früher in sich zusammengefallen?«

»Ein Gebäude hilft sich selbst, indem es das Gewicht neu verteilt.« Lena setzte eine bedauernde Miene auf. »Aber einzelne Unterzüge sind unter der Last durchgebrochen wie Streichhölzer. Jahrhundertelang wurde dann Flickschusterei betrieben.«

»Und der Stahlträger?«

»Der kam erst nach dem Krieg. Er sah spektakulär aus, brachte aber nichts.« Lena ging zu einer schmalen Stiege, die auf einen weiteren kleinen Dachboden führte. Sie kletterte zwei Stufen hinauf und strich mit ihrer Hand über das durch Versatzstücke stabilisierte Holz eines Balkens. »Man muss sich mit einem alten Haus wie mit einem Kranken befassen: Wo gibt es Verstauchungen, wo sind Rippen gebrochen? Wo genau liegen die Schwachpunkte, die die Statik gefährden?«

»Du hast dem Kranken wieder auf die Beine geholfen«, sagte Paul anerkennend.

»Na ja«, sagte Lena mit ihrem stolzen Kleinmädchenlächeln. »Ich würde sagen: Der alte Herr ist dem Sensenmann noch einmal entwischt und hat gute Chancen, die nächsten fünfhundert Jahre zu überdauern.« Lena stieg zurück. Nachdenklich kam sie auf Paul zu. »Was mich begeistert hat, ist die Authentizität dieses Gebäudes. Weißt du, in den sechziger Jahren hat kaum ein Nürnberger ernsthaft daran geglaubt, dass vom original Dürerhaus überhaupt noch etwas übrig ist. Aber wir haben heute ja Methoden, das festzustellen.« Sie fasste Paul an den Schultern. »Vom Dachstuhl abwärts sind neunzig Prozent echt und immer noch solide. Wir stehen hier wahrhaft und tatsächlich in einem der, wenn nicht in dem ältesten Gebäude Nürnbergs!«

Pauls Interesse war mehr als geweckt, als sie den Dachboden in Richtung des Raumes verließen, der ihn hierher gelockt hatte. »Ein so altes Gebäude hat Geheimnisse.«

»Und ob«, bestätigte Lena. »Aber wir kennen nur die wenigsten.«

»Du meinst die Federkiele, die gefunden worden sind?«

»Ja. Und einige Inschriften, Kritzeleien und Zeichnungen von Zimmerleuten, die wir in einem schmalen Zwischenraum unterm Boden entdeckt haben. Teilweise sind sogar original Wandfassungen mit schrillen Mustern aufgetaucht. Der Geschmack des Dürer-Clans war ziemlich poppig.«

Sie betraten das Zimmer, in dem der Schreinermeister gestorben war. Sofort fiel Pauls Blick auf die dunkelrote Verfärbung auf den Holzdielen. Die scheinbar magnetisierende Wirkung, die von dem eingetrockneten und für alle Zeiten konservierten Blut des toten Handwerkers ausging, ließ gar keine andere Blickrichtung zu. Paul schauderte.

Sie standen in dem Raum, und Lenas Redefluss versiegte.

»Du weißt, warum ich hier bin«, sagte Paul, nachdem sie einen Augenblick geschwiegen hatten.

Sie nickte. »Du hast es ja am Telefon angedeutet: Der Fall Densdorf treibt dich noch immer um. Böse Sache. Ich glaube bald, die Angelegenheit wird sich nie aufklären lassen.«

»Hast du alles vorbereitet, worum ich dich gebeten hatte?«, fragte Paul.

»Ja, aber ich kann noch immer nicht den Sinn der Sache erkennen.«

»Warte es ab.«

Lena kniete neben dem Blutfleck auf dem Boden und öffnete einen bereitstehenden Werkzeugkoffer. »Es gibt Orte und Momente …« Mehr sagte sie nicht.

Paul hatte selbst noch keine klare Vorstellung von dem, was er sich von dieser Aktion erhoffte, aber er war fest entschlossen, seinen Plan durchzuziehen. Alles, worauf er sich dabei berufen konnte, war sein vager Verdacht, dass in diesem Zimmer etwas verborgen sein könnte. Bereits bei seinem ersten Besuch im Dürerhaus, als er mit dem Bürgermeisteradlatus Dr. Winkler den Schauplatz des Verbrechens besichtigt hatte, waren ihm die neu glänzenden Nägel in den Bodendielen aufgefallen. Ein Zeichen dafür, dass hier erst vor kurzem einzelne Dielen neu befestigt worden waren. Zum damaligen Zeitpunkt hatte das für ihn noch keine Bedeutung gehabt. Inzwischen aber sah er alles mit anderen Augen – und es gab nur einen Weg, seine Ahnung bestätigen zu können: Sie hoben die Dielen aus.

Sie schwiegen, als das erste Brett nachgab, ächzte und sich schließlich aus seiner Verankerung löste. Zwei weitere Bohlen folgten. Paul wischte Staub und Mörtel beiseite und machte ziemlich schnell den Blick auf eine mattsilbern glänzende Umfassung frei: der Deckel eines Behälters.

Paul sah Lena an, die zuckte mit den Schultern. Er nahm sich einen langen Schraubenzieher und stocherte am Rand des Metallschubers herum. »Denkst du auch, was ich denke?«, fragte er.

Lena schaute ihn gleichsam erstaunt wie ausdruckslos an. »Ich habe nicht die leiseste Ahnung.«

Paul kratzte, zerrte und kam ins Schwitzen. Schließlich zog er ein schweres Ungetüm aus dem Boden. Bleiumfasst, schmal und lang, von den Abmessungen eines kleinen Aktenkoffers. »Was …«, stöhnte er, »was ist das für ein Ding?«

Lenas Blick war verwirrt und nachdenklich. »Ein Schuber. Ich denke, du hast etwas Wesentliches entdeckt.«

Paul nickte. Der Deckel der Kiste gab schnell nach und ließ sich aufklappen. Paul fasste hinein. Sein Herz klopfte.

Die Ernüchterung folgte auf dem Fuß: Paul förderte Wachspapier zutage, das spröde und widerstrebend in seinen Händen zerbröselte. Ansonsten war der Schuber leer.

»Hat dich das weitergebracht?«, fragte Lena.

Paul schüttelte nachdenklich den Kopf.

»Nein«, sagte er dann. Und dachte: Ja.

31

Als Paul durch die Gassen der Sebalder Altstadt eilte, war er von einer beängstigenden Entschlossenheit erfüllt. Er nahm nichts um sich herum wahr und hatte nur ein Ziel vor Augen. Um es schneller zu erreichen, hätte er gern die Zeit beschleunigt.

Außer Atem bog er in die Lammsgasse ein. Als die Türme der Sebalduskirche vor ihm auftauchten, rief er von seinem Handy aus bei Pfarrer Fink an.

»Gemeinde St. Sebaldus, Pfarrer Fink am Apparat. Was kann ich für Sie tun?«

»Hannes, du musst mir helfen«, presste Paul heraus.

Der Pfarrer schwieg einige Augenblicke und fragte dann salopp: »Brauchst du mal wieder einen Schluck trockenen Rotwein aus den Beständen unseres Kirchendieners?«

»Mir ist gerade nicht nach Scherzen zumute. Ich muss noch einmal auf euer Kirchendach. Kannst du in fünf Minuten mit dem Schlüssel vor dem Hauptportal stehen?«

»Ich sitze gerade an einer Predigt. Geht es nicht in drei Stunden oder besser noch morgen?«

»Fünf Minuten, Hannes«, sagte Paul bestimmt. »Keine Sekunde mehr.«

Paul erreichte die Kirche wenig später. Die Tür stand schon offen. Er trat ein, von Fink war aber keine Spur. Seine Blicke glitten unruhig hin und her. Er erspähte einen aus dem Stein gehauenen Engelsputto, der mit kleinen Schlägern auf zwei Trommeln einhieb, als wollte er Paul damit antreiben. Dann sah er eine Abbildung des heiligen Sebald selbst, der sich am Trugbild eines Feuers wärmt, das in Wahrheit nur aus Eiszapfen besteht. Wieder ein Symbol, das auf seine Situation zutraf. Auch Paul würde demnächst ein Feuer entfachen müssen. Eines, für das er seine Gefühle auf Eis legen musste.

»Was gibt es so Dringendes?«, fragte der Pfarrer, der plötzlich aus dem Dunkel des unbeleuchteten Kirchenschiffs auftauchte.

»Wie gesagt: Ich muss auf den Dachboden. Jetzt und sofort.«

»Bei aller Eile möchte ich doch zumindest eine kurze Erklärung.«

Paul warf ihm einen gehetzten Blick zu. »Dafür ist jetzt wirklich keine Zeit. Es geht darum, weitere Morde zu verhindern. Reicht das nicht aus?«

Fink machte keine weiteren Anstalten, sich seinem Freund in den Weg zu stellen. Paul folgte ihm die steinernen Stufen hinauf, wobei Finks Pferdeschwanz bei jedem schnellen Schritt wippte.

Das Schloss quietschte, als er die Feuertür zum Dachgeschoss öffnete. Endlich stand Paul dort, wo es ihn so zwingend hingetrieben hatte. Er streckte die rechte Hand aus und berührte den grobporigen, rosa schimmernden Sandstein mit den Fingern. Die Giebelwand aus seemannskistengroßen Quadern ragte stolz und wuchtig vor ihm auf. Ein gemauertes Dreieck, an den Ecken und Kanten stark lädiert, aber auch nach Jahrhunderten Zeugnis trotziger Standfestigkeit.

Paul stand vor dem Giebel der alten romanischen Kirche. Der längst vergessenen Kirche in der Kirche.

»Was genau suchst du?«, fragte Fink und beobachete, wie sein Freund auf allen vieren um den Sockel der Mauern kroch.

»Ein ganz bestimmtes Bild«, ächzte Paul, als er sich seine Hose auf dem rauen Fußboden aufriss. »Dein Ex-Untermieter muss mehr hinterlassen haben als die Skizzen, die du gefunden hast.« Er las eine rostige Stahlstrebe vom Boden auf und stocherte damit in den Löchern, mit denen der Sandstein übersät war. »Er gab sich alle Mühe, ein perfekter Kopierer von Dürer-Werken zu werden.«

Fink nickte. Er holte aus einem Vorsprung neben der Feuertür eine Stablampe, mit der er Paul die Suche erleichtern wollte.

»Warum treibt jemand, der jeden Ehrgeiz längst über Bord geworfen hat, einen solchen Aufwand? Die vielen Zeichnungen, die überall rumlagen – das waren Fingerübungen. Aber ich bin sicher: Der Tote hat das, was er erreichen wollte, geschafft. Er hat es uns hinterlassen. Wir müssen es nur finden.« Paul hatte den Boden abgesucht und machte sich nun daran, die Nischen in Kniehöhe zu untersuchen.

Zwei Stunden, die Paul den armen Fink geduldig warten ließ, verstrichen. Für die höheren Steinreihen benötigte Paul eine Leiter. Auch die stellte Fink bereitwillig zur Verfügung.

Doch das, was beide schließlich fanden, ließ Paul zweifeln. Ganz oben, im spitzen Winkel des Firsts, lag tatsächlich eine weitere Zeichnung, die offensichtlich aus der Hand des Toten stammte. Aber die war genauso rudimentär wie all die anderen losen Blätter, die Fink in den letzten Tagen auf dem Dachboden aufgelesen hatte. Eine Frau war darauf zu sehen. Im typischen Dürer-Stil gehalten. Die Körperfülle von beinahe barocken Ausmaßen, Perspektive, Linienführung und Detailreichtum deuteten ganz klar auf Dürer hin.

Und doch.

»Irgendetwas stimmt da nicht«, sagte Fink, nachdem er die erste Enttäuschung, die auch Paul kleinlaut gemacht hatte, überwunden zu haben schien.

Paul hockte ermattet neben dem Pfarrer am Fuß der romanischen Mauer. Im diffusen Licht der Deckenbeleuchtung – die Batterie der Stablampe war mittlerweile leer – musterten beide wieder und wieder die Zeichnung.

»Der Blick von dieser Dame ist ziemlich …«, Fink suchte offensichtlich nach den passenden Worten.

»Lasziv«, sagte Paul.

»Ja«, stimmte Fink zu und zog das Bild näher heran. »Auch die Körpersprache ist selbst für Dürer sehr freizügig. Allzu offene sexuelle Anspielungen hat er normalerweise vermieden. Für die damalige Klientel hat es ja voll und ganz gereicht, die Dinge anzudeuten. Aber das hier – diese Lady ist mehr als nackt.«

»Sie spielt mit ihren Reizen«, sagte Paul und holte sich die Skizze zurück.

»Von denen sie reichlich bieten kann«, sagte Fink. »Möchte nicht wissen, was Agnes gesagt hat, als sie das Bild sah.«

Paul blickte auf. »Musste sie es denn sehen?«

»Ich verstehe nicht ganz.«

»Hat sie es tatsächlich sehen müssen?« Paul durchfuhr ein Ruck. »Hannes – dieses Bild ist zwar nach Dürer-Art gemacht, kupfert aber keines der bekannten Werke ab. Es ist gleich und doch anders.«

»Worauf willst du hinaus?«

»Ich denke, es ist abgemalt wie alle anderen Bilder auch, die hier verstreut sind. Aber als Vorlage hat ein unbekanntes Original gedient. Ein Bild, das nicht einmal Agnes Dürer zu Gesicht bekommen hat, weil …«

»Weil?«

»Weil es Dürers Geheimnis bleiben sollte.«

»Du meinst …«

»Ja. Es zeigt seine heimliche Geliebte, seine …«

» … Mätresse.«

32

Auf Paul wartete eine Herausforderung, die er am liebsten nicht angenommen hätte. Aber ihm blieb kaum eine Wahl. Er spielte nicht nur mit in diesem Spiel, sondern war längst Bestandteil davon.

Er richtete sich auf. Unter seinem Mantel wurde es warm, doch er dachte nicht daran, ihn zu öffnen.

Paul hatte zwei neue Fragen zu beantworten. Wenn es womöglich wirklich ein Original von *Dürers Mätresse* geben sollte, wo war es dann? Und warum hatte überhaupt jemand Interesse daran, das Bild zu kopieren?

Seine Wohnung war seit den Einbrüchen entweiht. Er konnte keinen vernünftigen Gedanken mehr fassen an diesem Ort. Nicht, solange die ganze Sache ungeklärt war. Er stand auf und verließ das Haus erneut. Seine Füße trugen ihn automatisch zu der Adresse, die sie unzählige Male aufgesucht hatten. Er würde dieses Ziel im Schlaf finden: Jan-Patricks *Goldener Ritter*.

Seine Analyse setzte er fort, kaum dass er saß. Er war in seinen Gedanken bei den Opfern. Es gab keine Zufälle bei der Auswahl, so viel war ihm inzwischen klar. Der, der das Bild – sorgfältig vor den Wirren der Zeit geschützt in Wachspapier gehüllt – in dem Metallschuber unter den Fußbodenbohlen im Dürerhaus gefunden hatte, musste sterben. Und der, der es sich unter den Nagel gerissen hatte, musste es ebenfalls.

Paul saß an der Theke des *Goldenen Ritters* und beobachtete gedankenverloren Jan-Patricks Eifer.

»Zucchini-Blüten im Bierteigmäntelchen auf einem Klecks Auberginen-Püree, darauf platziert zwei Wachteleier und Kaviar, beträufelt mit einer Consommé von Hummer und Scampi«, tuschelte der Koch, während seine Finger über die Zutaten wirbelten. »Ist es nicht herrlich?«, sagte der Küchenchef in schwärmerischem Ton, als seine Hände in eine aufgezogene Schublade voller Kräuter griff. »Der Duft des Mittelmeeres. Frisch eingetroffen von der Insel Unije südöstlich von Istrien.« Jan-Patrick rieb die Kräuter zwischen seinen Fingern. »Dort beginnt bald der Frühling. Blau blühender Rosmarin und lila Thymian, danach entfaltet der wilde Salbei seinen starken Duft …« Schließlich riss er sich los und fragte: »Was darf ich dir servieren?«

»Eine Antwort«, sagte Paul lapidar. »Was würdest du tun, wenn du an – sagen wir mal – zehn Millionen Euro kommen würdest?«

Die Antwort des Kochs kam wie aus der Pistole geschossen: »Zwanzig Sorten Mineralwasser auf die Karte setzen. Und fünf Sorten Salz zum Käsedessert. Zwölf Sorten Kaffee. Und vielleicht auch so ausgefallene Nachspeisen wie Kastanieneis mit Birnenragout auf weißen Trüffeln. Oh, klingt gut. Muss ich mir unbedingt aufschreiben.« Damit entfernte sich Jan-Patrick selbstversunken und ließ Paul mit dem Gefühl zurück, dass jeder, aber wirklich jeder ausreichend Grund dafür hatte, auf ein bisher unbekanntes Dürer-Bild im Wert von mehreren Millionen Euro scharf zu sein, was die Suche nach dessen Verbleib nicht einfacher machen würde.

Die zweite Frage, nämlich warum eine Kopie erstellt worden war, erwies sich als weniger pauschal zu beantworten. Womöglich, dachte Paul, war die Kopie ein Selbstzweck. Eine Rückversicherung. Aber eine Rückversicherung für was?

33

Das Hochdruckgebiet war stabil. Es sorgte für wohltuend intensives Sonnenlicht. Die frostige Kälte klammerte sich zwar weiterhin verbissen an die Stadt, aber wenigstens war es hell und der Himmel blau, so dass die Menschen hoffen konnten. Paul strich suchend durch die Gassen des Burgviertels. Immerhin hatte er einen Plan.

Er kreuzte den hoffnungslos vereisten Tiergärtnertorplatz, auf dem sich im Sommer die Touristen drängten und an lauen Abenden die Studenten bis tief in die Nacht diskutierten, tranken, musizierten und auf dem die Pärchen knutschten. Er bog in den Tunnel unter der Burgmauer ein, kehrte dann aber um. Er setzte seinen labyrinthischen Weg fort. Vor dem Obststand am Ende der Lammsgasse fand er schließlich, was er suchte.

Der Kontaktbeamte war gerade dabei, ein Bündel Apfelsinen in die Höhe zu halten. So, als suchte er nach Mängeln, um den Preis drücken zu können.

Paul überredete den Polizisten zu einem schnellen Espresso bei Jan-Patrick, und der bohnenstangendürre Beamte kam tatsächlich mit. Jan-Patrick war in Pauls neueste Pläne inzwischen eingeweiht und hielt sich zurück, als Paul und sein Begleiter eine stille Nische in dem Lokal aufsuchten.

Die beiden steckten die Köpfe zusammen. Es entspann sich eine lange Diskussion; genau, wie Paul es erwartet hatte.

»Ich habe einen sehr konkreten und begründeten Verdacht, und ich möchte, dass Sie mir helfen, diesen Verdacht zu erhärten«, sagte Paul ernst.

»Wenn es um die Einbrüche bei Ihnen geht, ist die Sache doch längst geklärt«, wandte der Kontaktbeamte ein.

»Nein, nein«, stellte Paul klar und klärte ihn darüber auf, dass der Fall Densdorf aus seiner Sicht kurz vor dem Abschluss stand.

Der Polizist starrte ihn ungläubig an. »Sie reden tatsächlich … also, Sie sprechen mit mir hier und jetzt gerade über … die Rede ist von …«

»Die Rede ist von Mord, beziehungsweise von bis zu dreifachem Mord. Ja, genau darum geht es«, bestätigte Paul beschwörend.

Der Polizist erschrak. »Was wollen Sie von mir?«

»Wie schon gesagt: dass Sie mir helfen«, sagte Paul ruhig. »Ich kann mich momentan noch nicht an die richtige Polizei wenden.«

»Aber ich bin die richtige Polizei!«, protestierte sein Gegenüber entrüstet.

»Entschuldigung, ich wollte andeuten, dass es noch zu früh ist, um die Kriminalpolizei einzuschalten.«

Dieses Argument schien dem Kontaktbeamten einzuleuchten. Er spannte die Schultern und sagte: »Ich verstehe. Manche Dinge sollte man doch besser uns Uniformierten überlassen; da haben Sie absolut Recht.«

Als Paul spätabends die Tür zu seiner Wohnung aufschließen wollte, stolperte er fast über Hannah. Sie schlief auf den Stufen, einen Energy-Drink in die rechte Hand gepresst.

Paul verkniff sich ein Fluchen. Weißt du, was deine Mama dazu sagen würde, dass du um diese Uhrzeit hier rumhängst?, hätte er am liebsten geschimpft. Stattdessen rüttelte er Hannah mehr oder weniger sanft am Arm.

Mit Hannah im Schlepptau ging Paul in die Küche. Er wählte eine Packung asiatische Nudeln, die er durch zwei frische Karotten und eine Zwiebel vom Gemüsestand anreicherte und mit einem Löffel Frischkäse verfeinerte.

»Yum Yum à la Paul mit der Extraportion Käse«, sagte er und kredenzte Hannah mit umständlichen Bewegungen sein Blitzmenü.

Sie stocherte unmotiviert in den Instantnudeln. »Sie haben mit meiner Mutter gesprochen, ja?«

Paul nickte. Er schüttete sich eine Extraportion Parmesanverschnitt über seine Nudeln.

»Ich hoffe, Sie haben sich nicht in sie verliebt.«

Paul sah erstaunt von seinem Teller auf. »Wieso sollte ich?«

»Das tun die meisten. Auf meine Mutter sind schon viele hereingefallen«, sagte sie.

Paul ließ die Gabel, auf der er eben eine Portion Nudeln gedreht hatte, sinken. »Was heißt hier ›reingefallen‹?«

Hannah verdrehte vielsagend die Augen. »Sie wirkt so brav, aber sie hat es faustdick hinter den Ohren.«

Paul legte sein Besteck beiseite. »Ich finde es unfair, dass du so über deine Mutter redest.« Er musterte Hannah ausgiebig und sah die vielen Fragezeichen in ihrem Blick. »Deine Mutter hat nichts gesagt, das uns im Wege steht. Aber für deine Wunschfotos war ich sowieso von Anfang an der falsche Mann.«

Hannah machte einen unschlüssigen Eindruck, der zwischen Enttäuschung, Wut und Verständnis zu wechseln schien. Sie kostete von den Nudeln. Aber sie war wohl nicht wirklich hungrig.

»Ich habe nachgedacht«, sagte sie, nachdem sie Paul aufmerksam angeschaut hatte. »Darf ich diese Skizze noch einmal sehen?«

Paul wusste sofort, wovon sie sprach. Die Skizze, die das Gesicht verschwieg und doch alles wiedergab, was ein Gesicht ausmacht.

»Die Augen eines Huskys«, sagte Hannah.

Paul suchte nach einem Foto, das er ihr dann zeigte.

Es wunderte ihn nicht, dass Hannah nickte. »Ja, dieselben Augen«, sagte Hannah selbstsicher, »von der Frau, die ich mit Densdorf bei einem meiner Auftritte als Christkind gesehen habe. Ja. Die beiden haben sogar Händchen gehalten.«

Paul sah wieder den zu Stein erstarrten heiligen Sebald vor sich – an einem Feuer aus Eiszapfen kauernd.

34

Pauls Weg führte ihn in den Blumenladen unterhalb der Sebalduskirche. Ein romantisch verspieltes Kleinod, das derjenige aufsucht, der Liebe schenken will. Er zögerte vor dem Eintreten. Das uralte Haus mit seinen schiefen, aus grob gehauenen Steinquadern zusammengesetzten Wänden war mit Blumengebinden in weihnachtlicher Farbenpracht geschmückt. Samtenes Rot, sattes Grün, darüber lag das Funkeln feinster Stanniolsternchen. Das Schaufenster war beschlagen, und unter der hölzernen Ladentür quoll feuchtwarme Gewächshausluft hervor.

Die Türglocke bimmelte altmodisch. Paul trat auf kahlen Steinfliesen in einen prächtig überfüllten Raum. Subtropisch. Pflanzen wie aus einem Reiseprospekt für die Antillen. Sofort war ein junger Mann zur Stelle. Klein, höflich und wie aus dem Ei gepellt. Mit großer Geste fragte er Paul nach dessen Wünschen.

Paul wusste nicht recht. Er bewunderte still den akkurat geschorenen, modernen Spitzbart des lackschwarzhaarigen Floristen. »Ich brauche etwas für jemanden, den ich sehr schätze, aber kränken muss«, sagte er und wunderte sich selbst über seine Offenheit.

Der Verkäufer hob kaum merklich die Brauen und ließ sofort die Blicke schweifen. Im Nu hatte er aus dem Dickicht eine langstielige exotische Blume herausgesucht. Er hielt Paul eine blutrote Blüte entgegen. »Rot wie die Liebe, aber auch rot wie eine tiefe Wunde. Ist es das, was Sie suchen? Sie wollen sich von jemandem trennen?«

»So kann man es nicht sagen«, zögerte Paul. »Nicht direkt jedenfalls.«

Trotzdem entschied er sich für den Vorschlag des Floristen. Paul blätterte dreißig Euro auf die Ladentheke und verließ das Geschäft mit einem voluminösen, in mattschwarzes Papier gehüllten Strauß.

Er hatte es nicht weit. Paul klingelte. Keine halbe Minute später surrte der Türöffner. Er nahm die Treppen bis zu ihrer Wohnung im zweiten Stock ohne Eile. Als er vor der Wohnungstür stand, begann er damit, das Papier vom Strauß zu lösen. Sein Blick streifte das blank geputzte Messingschild mit dem verspielt geschwungenen Namenszug *Lena Mangold*.

»Hallo, Paul«, sagte sie und ihm fiel auf, dass sie die Lippen kaum bewegte.

»Sind die für mich?«, fragte sie und nahm ihm die Blumen ab. Lena trug Jeans und ein schlichtes blaues Sweatshirt mit Kapuze. Ihr Gesicht war frisch und ausgeruht, sie wirkte um Jahre jünger. Auch die Augen, in die Paul jetzt blickte, waren klar und jung.

Und eisblau. Die Augen eines Huskys.

Paul vergegenwärtigte sich Hannahs Worte und gab ihr nun Recht. Arktische Schlittenhunde waren intelligente und zuverlässige Wesen. In ihrem naturgegebenen Existenzkampf aber auch unerbittliche Charaktere.

Lena hatte die Blumen in eine große Vase gestellt und neben dem Couchtisch platziert. Sie setzte sich auf ihr weißes Ledersofa und schlug die Beine übereinander. Paul nahm auf einem zum Sofa passenden Sessel Platz, im Nacken eine grotesk verfremdete Büste, wahrscheinlich die eines klassischen Architekten.

Er musste nicht viel sagen, um sie zum Sprechen zu bringen.

»Erotik«, begann sie völlig unerwartet, »setzt sich zusammen aus Charisma, Stärke und sicherlich auch aus Erfahrung.« Sie machte eine dramaturgische Pause. »Und aus Verweigerung.«

»Von wem oder was sprichst du?«, Pauls Blicke strichen über ihr seidenes schwarzes Haar, das sich zärtlich über die schmalen Schultern legte.

»Von dir, mein Prinz.«

»Du weißt, dass ich dich immer gemocht habe«, sagte der Prinz und fühlte sich überhaupt nicht als ein solcher. »Du weißt auch, dass das jetzt ziemlich nebensächlich ist.«

Lena lächelte. Tiefgründiger als sonst. »Aber Paul, hör mir zu, ich will es dir doch erklären. Du bist perfekt darin, deine Erotik permanent zu bewahren. Für mich bist du immer derjenige gewesen, der … na, du weißt schon.«

»Danke, aber du weißt auch, dass ich aus anderen Gründen hier bin.«

»Ich habe dich immer … verehrt«, sagte Lena tonlos.

Paul richtete sich auf. »Du bist für mich eine außergewöhnliche Frau. Ich kenne niemand anderen von deinem Format. Umso weniger verstehe ich, dass …«

Lena unterbrach ihn mit einem gekränkten Lachen. »Das ist ja schmeichelhaft, aber keine Frau möchte auf oberflächliche Attribute wie ›außergewöhnlich‹ reduziert werden. Was für ein langweiliges Leben!«

Lena stand auf. Sie ging in die Küche, die von dem Wohnraum nur durch eine hüfthohe Anrichte getrennt war. Paul schaute ihr dabei zu, wie sie zwei Gläser aus dem Wandschrank nahm, sie halb mit Mineralwasser und zur anderen Hälfte mit Apfelsaft füllte. Anschließend öffnete sie eine verschnörkelt bemalte Blechdose, wohl die Replik einer historischen Lebkuchendose. Sie holte einen transparenten Beutel mit weißem, traubenzuckerähnlichem Pulver heraus, tauchte einen Teelöffel hinein und rührte das Pulver in eine der Apfelschorlen.

Paul beobachtete ihr Tun wortlos. Lena nahm die Gläser und ging zu Paul zurück. Dabei konnte er sie für einen Moment, während sie ein paar Meter durch den Flur ging, nicht sehen. Die Apfelschorlen sahen nun, da sie vor ihm auf dem Tisch standen, absolut identisch aus. Er konnte nicht sagen, in welchem Glas das Pulver war.

Lena griff sich zielsicher das linke Glas und leerte es bis auf einen kleinen Rest in einem Zug.

Paul rührte sein Glas nicht an. »Was hast du da hineingeschüttet?«

»Magnesium«, sagte Lena. »Meine Tagesration. Kann dir auch nicht schaden.«

Paul forschte in ihrem Gesicht: die reine weiße Haut, die kleine, schmal zulaufende Nase, die Augen so blau wie ein Gebirgssee, die Haare als rabenschwarzer Rahmen um ein perfektes Porträt. Ihre Miene verriet nicht die Spur einer Falle. Da war nichts Heimtückisches herauszulesen.

Paul hob das Glas an und hielt es gegen das Licht der Deckenstrahler. Im trüben Gelb trudelten winzige Schwebkörper. Das konnten Apfelfasern sein.

»Hast du die drei Männer tatsächlich …?«, deutete er dann beinahe ängstlich an.

Lena zuckte nicht einmal mit der Wimper. »Nein, nicht einen von ihnen«, sagte sie. »Aber das wirst du mir nicht glauben. Niemand wird mir das glauben. Meine Lage ist – so abgedroschen das klingen mag – aussichtslos.«

Paul stellte das Glas ab. Er spürte, wie die Adern an seinen Schläfen pochten. Sein Ton war schärfer, als er sagte: »Ich werde die Polizei rufen. Freundschaft hin oder her – du bist eine Mörderin!« Er fuhr sich durchs Haar und atmete tief durch. »Lena, du warst mir immer vertraut. Was ist in dich gefahren?«

»Kannst du deinen Anruf so lange aufschieben, bis ich dir ein paar Dinge erklärt habe?«, fragte Lena.

»Da bin ich aber gespannt«, sagte Paul kalt.

»Dieser Kunststudent …«, begann sie.

»… den ich mit zertrümmertem Schädel neben dem Grab des heiligen Sebald gefunden habe«, setzte Paul fort.

Lena nickte. Ihre blasse Haut wirkte jetzt noch blutleerer. »Er war ursprünglich gelernter Kirchenmaler. Das hat ihn nicht ausgefüllt. Das monotone Blattgoldkleben, bei dem er weder niesen noch sich hektisch bewegen durfte, ödete ihn an. Er schmiss den Job und begann Kunstgeschichte zu studieren, worin er anfangs auch gut vorankam. Aber der arme Mensch hat sich verzettelt, war bald pleite. Sein Elternhaus unterstützte ihn schon lang nicht mehr. Dann kam der Alkohol ins Spiel, und den Rest der traurigen Geschichte kennst du ja.«

»Da tratest du auf den Plan, nehme ich an«, folgerte Paul.

»Ja, ich bin auf seine Fähigkeiten schon vor längerer Zeit in der U-Bahn-Passage Weißer Turm aufmerksam geworden, wo er sich nach dem gescheiterten Studium etwas dazuverdienen wollte. Er hatte mit bunter Kreide ein richtiges kleines Wunderwerk auf das Pflaster gezaubert, woraufhin wir ins Gespräch gekommen waren. Irgendwie habe ich ein Faible für diesen armen Kerl entwickelt und ihn immer mal wieder aufgesucht und mich mit ihm unterhalten. – Nun, da ich auf der Suche nach jemandem war, der ein historisches Gemälde einschätzen kann, erinnerte ich mich an ihn und machte ihm ein Angebot. Ich wusste inzwischen, dass er in Erlangen eine Zeit lang recht erfolgreich studiert hatte. Er verfügte über ein gutes Basiswissen, gerade was die Dürer-Dekade anbelangte, und war damit für meine Zwecke genau der Richtige. Schließlich konnte ich wohl kaum einen etablierten Kunstsachverständigen hinzuziehen.«

»Das Gemälde, von dem du sprichst, konntest du demnach nicht zu einem Sachverständigen ins Museum bringen.«

»Schwerlich. Man hätte es mir abgenommen.«

»Wie vornehm du dich ausdrückst, wenn du von ganz normalem Diebesgut sprichst.«

»Ich dachte, du kennst mich? Dann müsstest du ahnen, dass die Sache anders gelaufen ist«, protestierte Lena.

Paul fixierte wieder das Glas auf dem Tisch vor ihm, dessen Inhalt bernsteinfarben funkelte. »Lass uns das Pferd nicht von hinten aufzäumen: Wie bist du – beziehungsweise seid ihr – auf das Bild gestoßen?«

Lena hatte etwas Melancholisches in ihrem Blick. Sie strahlte mit einem Mal eine Ruhe aus, als hätte sie mit allem abgeschlossen und als ob es nicht mehr der Mühe wert wäre, sich zu erklären.

»Ich hatte vierzehn Stunden durchgearbeitet«, sagte sie mit leiser Stimme. »Dieser Job frisst mich auf. Für was mache ich das eigentlich alles? Ich hasse es, wenn die anderen auf einen pünktlichen Feierabend drängen, weil sie ihren Kindern vorm Schlafengehen unbedingt noch eine Gute-Nacht-Geschichte erzählen müssen. Das Dürerhaus sei eine Nummer zu groß für mich, hat die Konkurrenz behauptet. Jetzt sehen sie, wie sie sich getäuscht haben. Wir sind voll im Zeitlimit geblieben – auch wenn ich mich dabei aufgerieben habe. Saubere Arbeit. Ich bin stolz. Ja, ich liebe es, abends durch dieses Gebäude zu gehen. Wenn wir allein sind, erzählt es mir Geschichten, und es sagt Danke zu mir. Danke dafür, dass ich mir so viel Mühe mit ihm gebe. Seht ihr, ich habe auch ein Kind. Ein anspruchsvolleres, als ihr es habt.«

Paul hörte ihr gebannt zu und musterte sie mit einer Mischung aus Erstaunen, Mitleid und Abneigung. »Was ist in jener Nacht geschehen?«, zwang er sie zurück aufs Thema.

»Wie gesagt: Ich habe meine Baustelle gern und oft nach Feierabend besucht. In dieser Nacht aber war etwas anders als sonst. Ich sollte um diese späte Stunde allein sein – aber da war noch jemand. Ich spüre noch, wie mein Herz schlug. Paul – ich hatte Angst. Aber irgendetwas trieb mich dazu nachzusehen.

Ich ging schnell die Treppe hoch. Als ich die Plane beiseite schob, war ich verblüfft. Mein Schreinermeister stand mir gegenüber. Sein Gesicht war vor Schreck verzerrt. Er wirkte verstört. Seine angespannte Körperhaltung sagte mir, dass ich ihn bei irgendetwas überrascht hatte. Er trat einige Schritte zurück, aber er konnte nicht verbergen, dass er etwas hinter seinem Rücken versteckte.

Im gleichen Moment sah ich das Loch im Boden. Er war wohl gerade dabei, die Bohlen auszubessern, als er auf das gestoßen war, was er jetzt vor mir zu verheimlichen versuchte. Ich sah die Metallkiste auf dem Boden stehen. Sie war aus Blei gefertigt, und an ihrem Zustand erkannte ich sofort, dass sie sehr alt sein musste. Daneben lag aufgerissenes, schon sehr brüchiges Wachspapier.«

Lenas Gesichtszüge wurden starr. Sie hustete und musste einen Schluck trinken, um weitersprechen zu können. »Dann sah ich ihn. Densdorf hatte sich in einer dunklen Nische versteckt. Die Situation überrumpelte mich völlig. Densdorf grinste zynisch, was es für mich noch schwerer machte, die Situation einzuschätzen.

Ich stellte die beiden zur Rede. Der Schreiner trippelte von einem Fuß auf den anderen, während Densdorf ganz ruhig blieb. Schließlich hielt mir der Schreiner ein zusammengerolltes Leinentuch entgegen. Dann erkannte ich, dass es kein Tuch war, sondern eine Art Pergamentpapier. Grobes Papier, wie es vor Jahrhunderten in Gebrauch war. Mein Atem setzte aus, als er es entrollte. Ich sah eine überwältigend filigrane Federzeichnung – eine nackte Frau in aufreizender Pose. Ich sah den typischen Stil des Zeichners – und die Initialen A. D.«

»Also doch«, entfuhr es Paul.

Lena lächelte schwach. »Für Sekunden war ich sprachlos. Ich wehrte mich zunächst selbst dagegen, die richtigen Schlüsse zu ziehen, zu unwahrscheinlich kam mir alles vor. Denn ich konnte mir beim besten Willen nicht vorstellen, ein bislang unbekanntes Original vor mir zu haben. Es war schlichtweg unglaublich – fantastisch! Schließlich hatte ich mich wieder einigermaßen gefangen und versuchte, die Lage einzuschätzen: Meinem Schreinermeister stand die pure Gier in den Augen. Er konnte sich denken, was dieses Bild wert ist. Ich war völlig fertig, aber ich riss mich zusammen. Ich hob besänftigend die Hände und ging auf ihn zu.«

Lenas Blick war wie entrückt. Sie schien die ganze Situation noch einmal zu durchleben. »Das Bild muss sofort in Sicherheit gebracht werden, sagte ich zu ihm. Es war jahrhundertelang konserviert. Ihm drohten in der kühlen, feuchten Abendluft irreparable Schäden. Wir müssten uns mit dem Kurator des Germanischen Nationalmuseums in Verbindung setzen. Zufällig hätte ich sogar seine Handynummer dabei, sagte ich ihm. Aber mein Gegenüber nahm mich gar nicht wahr. Zumindest nicht als die,

die ich war. Der Schreiner starrte mich leer an und umklammerte das Bild mit zitternden Händen. Mir wurde die Situation immer unheimlicher. Ich kämpfte gegen meine Furcht und trat näher an ihn heran. Er entzog sich mir mit einem weiteren Schritt zurück. Ich sagte ihm, dass er das Bild auf keinen Fall behalten könne. Ich sprach von der Bedeutung dieses historischen Fundes. Von der Ehre, die ihm allein gebühren würde. Doch ich verstand meine eigenen Worte kaum noch, solche Angst hatte ich vor dem unsicheren Ausgang dieser Situation.«

Lena schwieg. Sie brauchte lange, um sich wieder zu fassen. »Es gibt Situationen, die kann man eigentlich nicht beschreiben. – Ich hatte kaum mitbekommen, wie Densdorf sich einmischte. Er hatte die ganze Zeit wortlos im Hintergrund gestanden. Ich hatte ihn fast vergessen. Jetzt war er plötzlich zwischen mir und dem Schreiner. Man mag meinen, dass ein Handwerker kräftig ist und sich wehren kann – aber Densdorf hatte den Überraschungseffekt auf seiner Seite. Er handelte vollkommen entschieden und ohne zu zögern. Es ging alles ganz schnell – oder wahrscheinlich auch nicht. Ich weiß es nicht mehr.«

»Er hat ihn getötet«, sagte Paul.

Lena nickte, und Tränen liefen ihr über die Wangen. »Ja, obwohl der Schreiner schon nach dem ersten Schlag das Bild fallen gelassen hatte. Ich weiß nicht, was in ihn gefahren war: Densdorf hat ihn angebrüllt und bis ins Treppenhaus getrieben. Der Schreiner war sicher viel kräftiger als er, aber er war durch Densdorfs cholerischen Ausbruch völlig verunsichert. Densdorf schrie weiter auf ihn ein und versetzte ihm einen Stoß. Ich weiß noch immer nicht, ob Densdorf ihn umbringen wollte oder ob es ein Unfall war – jedenfalls geriet der Schreiner durch den Stoß ins Stolpern. Er versuchte sich abzufangen, griff nach meinen Haaren, doch dann taumelte er und fiel rückwärts die Treppe herunter.« Lenas Stimme wurde unsicher, als sie weiter berichtete: »Wir sind ihm sofort hinterhergelaufen. Densdorf fühlte seinen Puls. Dann befahl er mir, mit anzufassen und den Mann zurück nach oben zu tragen.«

»Aber Lena!«, protestierte Paul. »Wenn du unschuldig warst, wie du behauptest, warum hast du dann nicht sofort einen Notarzt verständigt?«

»Unschuldig war ich zu diesem Zeitpunkt schon lange nicht mehr. Mir war klar, dass Densdorf später alles genau umgekehrt hätte darstellen können. Dann wäre ich diejenige gewesen, die den Schreiner gestoßen hätte.«

»Ihr habt den armen Mann zurückgetragen, um ihn dort sterben zu lassen?«, fragte Paul fassungslos.

»Ich kann es dir nicht genau sagen«, wich Lena aus. »Ich habe Densdorf beim Schleppen geholfen. Danach habe ich das Zimmer sofort verlassen – ich konnte das alles nicht länger ertragen.«

»Densdorf war also allein mit ihm und hat womöglich noch einmal nachgeholfen?«

»Ich weiß es nicht«, sagte Lena flehentlich. »Ich will es nicht wissen.«

»Was hat Densdorf gesagt?« Paul ließ Lena keine Pause. »Wie hat er dich mit ins Boot geholt? Es muss doch einen ganz konkreten Grund dafür geben, dass du nicht sofort einen Arzt oder die Polizei gerufen hast.«

»Die Angst«, sagte Lena bestimmt. »Die Angst davor, dass mir niemand glauben wird.«

Paul sah sie unschlüssig an. »Ist das nicht ein abwegiger Gedanke in einem solchen Moment?«

Lena schüttelte entschieden den Kopf. »Es gibt keine schlüssigen Gedanken in einer solchen Lage. Überhaupt keinen. Die Logik setzt aus. Erst kam die Angst – und dann die Versuchung. Die Versuchung, alles hinter mir zu lassen. Um das zu tun, was ich wirklich will.«

»Vor deinen Augen haucht ein Mensch sein Leben aus, und du denkst über deine Zukunft nach?«, Paul schrie die Worte beinahe heraus.

»Ja. – Ein Gedanke«, sagte Lena schließlich, »war tatsächlich der, dass ihr alle mich mal am Arsch lecken könnt.«

Sie lächelte. Nicht bösartig. »Das Geld, das Densdorf und ich mit dem Bild machen konnten, hätte es mir ermöglicht, meinem ewigen Alptraum zu entkommen: irgendwann einmal als einsame Jungfer zu sterben. Ich hätte meinen alten Zielen und unerfüllten Träumen abschwören können und wäre zur unbeschwerten Weltenbummlerin geworden. Klingt das nicht herrlich kitschig? Zu schön, um wahr zu sein, was?«

»Du hast sie ja nicht alle beisammen«, sagte Paul. »Wie konntest du dich auf so eine Sache einlassen?«

»Ich möchte gern wissen, wie du an meiner Stelle gehandelt hättest. Du hättest den toten Schreiner auch nicht wieder zum Leben erwecken können.«

Paul deutete ein Nicken an. »Aber der Rest der Geschichte macht dich zur Kriminellen.«

Lena strich sich mit den Zeigefingern über den schlanken Nasenrücken. »Ich habe es immer für eine abgedroschene Floskel gehalten, wenn jemand sagte, er sei in etwas einfach so hineingerutscht. Aber so etwas kann passieren.«

»Wie?«, fragte Paul. »Warum gab es dann weitere Tote? Wollte dich Densdorf um deinen Anteil bringen?«

»Nein«, sagte Lena, und die vertraute Milde kehrte in ihre Gesichtszüge zurück. »Ich sagte ja, dass dies alles verführerische Gedanken waren. Aber in Wirklichkeit hatte ich Angst vor meiner eigenen Courage und habe mal wieder gekniffen. Ich habe Densdorf gesagt, dass er sich der Polizei stellen und wir das Bild abgeben müssten.«

»Jetzt verstehe ich gar nichts mehr.«

»Am Tag nach dem Drama mit dem Schreinermeister wollte ich ehrlich aussteigen. Selbst auf die Gefahr hin, dass Densdorf vor Gericht den wahren Ablauf zu seinen Gunsten verdrehen würde. Aber dann wurde mir Schlag auf Schlag klar, dass ich bereits viel stärker belastet war, als ich zunächst angenommen hatte: Densdorf hatte während des ganzen Vorfalls seine Handschuhe nicht ausgezogen – ich hatte dagegen gar keine angehabt. Er trug einen glatten Synthetikmantel – meiner dagegen hinterlässt ständig und überall Fussel. Und dann waren da noch meine Haare an den Händen des Toten.« Sie rang nach Luft. »Selbst du musst zugeben: Ich hätte schlechte Karten gehabt.«

»Densdorf hat deine Situation also ausgenutzt«, stellte Paul fest.

Lena nickte. »Er hat mich erpresst. Schlicht und einfach. Mitgefangen, mitgehangen.«

Paul wollte seine Freundin nicht so einfach davonkommen lassen. »Du hast Densdorf also ermordet. Du hattest dafür zwar einen guten Grund, aber das rechtfertigt deine Tat nicht.«

Lenas Pupillen weiteten sich. »Weißt du, dass ich alles versucht habe, um den Ausgang dieser Geschichte anders zu gestalten? Weißt du, dass ich mich zur Hure gemacht habe, um Densdorf von seinem Vorhaben abzubringen?«

Paul senkte den Blick. »Ich verstehe es noch immer nicht: Warum bist du nicht sofort zur Polizei gegangen? Nach dem Vorfall im Dürerhaus? Oder spätestens als Densdorf dich erpresst hat?«

»Ich konnte doch nicht«, beharrte Lena, wobei ihre Stimme schrill und metallisch klang. »Densdorf war eiskalt. Er hätte mich zu seinem nächsten Opfer gemacht.«

»Ihm genügte es nicht mehr, dass du schwiegst – er wollte Sex von dir«, sagte Paul.

»Ja«, sagte Lena mit versteinertem Ausdruck, und sie tauchte ein zweites Mal in die Vergangenheit ab. »Das fette Schwein drückte mich fest an sich. Ich roch seinen Altmännerschweiß, der durch den dicken Stoff seines Wintermantels drang. Ich ekelte mich vor ihm. Aber vielleicht hätte er ja nach diesem Abend Ruhe gegeben.« Lena mied seinen Blick und sagte knapp: »Wie gesagt: Es stand einfach zu viel auf dem Spiel. Ich dachte mir, dass ich mir mit dieser Affäre sicher keinen Zacken aus der Krone brechen würde.«

Paul musste tief durchatmen. »Ich bin mir nicht sicher, ob ich dein Verhalten nachvollziehen kann. Aber, bitte, erzähl weiter.«

Lena nahm den Faden wieder auf: »Diesen Abend zog ich noch durch, dann musste Schluss sein. Er schlenderte über den Christkindlesmarkt, ich stocksteif an seiner Seite. Dass er sich nicht schämte! Man hätte uns erkennen können. War es ihm wirklich ganz egal, was seine Frau gedacht hätte? Schnell tauchten wir in das Gedränge ein. Er trank viel zu viel. Er lallte. Aber das war fast schon egal. Seine Worte waren ohnehin nur belanglose Anzüglichkeiten.

Als die Lichter ausgingen und Ruhe einkehrte und alle Welt auf den Prolog des Christkinds wartete, schwelgte er im Rausch.«

»Lena«, unterbrach Paul die Gedanken, die sich hinter der glatten, weißen Stirn der Frau abspielten, die er seit vielen Jahren zu kennen glaubte, aber wohl nie ganz verstanden hat. »Lena«, wiederholte er ihren Namen. Leiser, beinahe zärtlich. »Mit jedem deiner Worte wird deine Schuld klarer. Ich werde am Ende nicht viele Möglichkeiten haben.«

»Du willst mich wirklich anzeigen, ja?« Lena beugte sich zu ihm vor. Sie blickte ihm geradewegs in die Augen. »Dann hör weiter gut zu. Ich bin froh, wenn ich mit diesen Gedanken nicht mehr allein bin: Alles war still und dunkel. Man hörte nur das Gekicher von Kindern, und selbst das war verdächtig leise. Andächtige Stille, die jeder achtet. Nur Densdorf nicht. Er zerrte an meinem Ärmel. Wir drängten uns durch die Menge, wütende Blicke verfolgten uns. Densdorf kannte sich gut aus in der Budenstadt. Er wusste, dass er hier tun und lassen konnte, was er wollte. Schwärzte ihn ein Markthändler an, kassierte Densdorf beim nächsten Christkindlesmarkt seine Lizenz. Und das ist eine Lizenz zum Gelddrucken. Wir zwängten uns durch eine enge Gasse zwischen zwei Buden. Dahinter waren wir unter uns. Ich sah Versorgungsrohre, Kabel, zum Spülen bereitstehende Paletten mit gebrauchten Glühweinbechern. Densdorf steuerte zielstrebig einen tonnenförmigen Container an, der im Schatten der Buden lag. Beim Näherkommen sah ich, dass es kein Container war, sondern ein Fass. Ein riesiges, aufrecht stehendes Fass. Es stank penetrant nach billigem, süßem Alkohol. Von seinem eigenen Alkoholpegel war wenig zu merken, als Densdorf vor mir die Stufen einer schmalen Treppe hinaufstieg. Er blickte sich nach mir um, befahl mir ihm zu folgen. Aber ich hielt mich im Hintergrund. – Zum Glück, sonst hättest du mich auf deinen Fotos sofort erkannt.«

»Was ist dann passiert? Wie konnte Densdorf am Ende in die Pegnitz stürzen?«, drängte Paul.

Lena fuhr fort: »Ich hörte sein kehliges Lachen, als er den Deckel des Fasses beiseite stieß. Er beugte sich tief hinab. Seine Stimme klang merkwürdig hohl und dumpf – und für einen Moment dachte ich darüber nach, ob ich ihn nicht einfach in das Fass stoßen sollte.

Doch als er tatsächlich abzurutschen drohte, half ich ihm: Ich krallte meine Finger in seinen Hosenbund. Als sich eine zweite Gelegenheit ergab – auf der Brücke ... Er taumelte ja ohnehin schon gewaltig. Ein Schubs war gar nicht nötig. Nenn es meinetwegen unterlassene Hilfeleistung.« Lena musste Pauls Skepsis ahnen, denn sie ergänzte: »Er kam tatsächlich auf einer gefrorenen Pfütze ins Rutschen, ganz so wie es die Polizei später nachgestellt hat. Er fand es anfangs sogar lustig und machte sich einen Spaß daraus, seinen angeschlagenen Gleichgewichtssinn auf die Probe zu stellen. Ich ging also bis ganz dicht vor die Brüstung, er schlidderte lachend auf mich zu, und dann trat ich einen Schritt zur Seite. Er bekam gerade noch kurz den Ärmel meines Mantels zu fassen, bevor er fiel.«

Paul nestelte an seinem Rollkragen. In Lenas Wohnung war es warm, viel zu warm. Die Luft war staubtrocken. Er fühlte sich in eine ausweglose Situation gebracht. Ein guter Freund gesteht einem, dass er in ein furchtbares Verbrechen verwickelt ist. Gleichzeitig sprechen die Umstände für ihn. Alles fügt sich so, als sei es vom Schicksal vorbestimmt. Die Bösen bekommen, was sie verdienen. Paul brauchte Zeit zum Rekapitulieren, die aber hatte er nicht.

»Zeig mir das Bild«, sagte er unvermittelt.

»Willst du nicht wissen, warum der Kunststudent sterben musste?«

»Nein«, sagte Paul, »noch nicht.« Er wiederholte seine Aufforderung: »Zeig mir das Bild.«

»In Ordnung.« Lena stand auf. Sie zog sich ein Paar elegante, anthrazitfarbene Hausschuhe über und ging zum Schlüsselbord. Paul folgte ihr unaufgefordert. Sie verließen die Wohnung und gingen hinab. Paul stutzte einen Moment, als sie die Tür zum Kellergeschoss aufschloss, ging ihr aber hinterher. Der Keller war spärlich beleuchtet, Paul erkannte jedoch sofort, dass er Jahrhunderte älter war. Die Wände waren aus groben Steinen gemauert, es war feucht und muffig. Geduckte Säulen verbanden die steinernen Bögen eines historischen Gewölbekellers miteinander. An den Mauern, von denen kieselsteingroße Stücke bröckelten, erahnte er Reste von Arkaden.

»Okay, hier ist es«, sagte Lena und schloss die aus Leisten gezimmerte Tür zu ihrem Kellerabteil auf. Sie bemerkte Pauls bewundernden Blick, als er die zerfurchten Reste einer gotischen Säule betrachtete. »Ich habe mir dieses Haus nicht von ungefähr ausgesucht. Es ist eines der ältesten in Nürnberg. Gotische Decke mit Verzierungen aus dem fünfzehnten Jahrhundert. Vorher war es wahrscheinlich ein romanischer Wohnturm.«

Paul merkte, wie sie ihre Professionalität schützend vor ihre Emotionen stellte. Er ging darauf ein. Zumindest einen Moment lang. »Was war das hier einmal? Ein Weinkeller?«

»Ja«, sagte Lena. »Ein Kontor. Bis zur Decke voll mit Frankenwein. Mein Abteil war früher mal das Kabinett. Hier stimmt das Klima, um die Besten der Besten zu lagern. Siehst du das Regal dort? Ich habe auch einige, die nicht zu verachten sind«, sagte sie, und es klang fast wie eine Einladung.

Doch Paul ließ sich nicht beirren. »Das Bild, Lena. Wir sind wegen des Bildes hier.«

Lenas schwarzes Haar schimmerte im dünnen Licht der Kellerlampe wie Seide. Sie bückte sich, um einen Verschlag zu öffnen, aus dem sie einen langen Pappzylinder holte.

Paul trat ehrfürchtig einen Schritt zurück, als sie den Zylinder öffnete. »Bist du sicher, dass ein Weinkeller die ideale Lagerstätte für eine uralte Zeichnung ist?«

»Du meinst eine, die Millionen wert ist? Ja, das bin ich. Das Papier ist absolut geschützt durch eine Folie. Keine Chance für die Feuchtigkeit. Und der zweite Feind alter Kunstwerke, das Licht, ist hier unten zu hundert Prozent eliminiert.«

»Lass es mich sehen«, sagte Paul. Seine Stimme zitterte vor Erregung.

»Weißt du, was die Leute für solche alten Meister zu zahlen bereit sind?«, fragte Lena und machte keine Anstalten, den Inhalt des Zylinders auszurollen. Ihre Worte bildeten kleine weiße Wolken in der eiskalten Luft.

»Ich schätze, man kann damit recht viel Geld verdienen – oder verlieren«, sagte Paul und starrte auf die Rolle in Lenas Händen. »Um ehrlich zu sein: Ich habe keine Ahnung.«

»Ich schon«, sagte Lena. »Aus nahe liegenden Gründen bin ich auf dem Laufenden. Carl Spitzwegs *Der arme Poet* ist 1989 gestohlen worden. Er wird auf fünfhunderttausend Euro geschätzt. Caspar David Friedrichs *Ansicht eines Hafens* wird auf vier Millionen Euro taxiert. William Turners *Licht und Farbe* ist seit 1994 spurlos verschwunden. Wer es findet, darf fünfzehn Millionen Euro Finderlohn einstreichen. Aber das ist nichts gegen Peter Paul Rubens' *Bethlehemitischer Kindermord* – er ist vor ein paar Jahren für mehr als siebenundsiebzig Millionen Euro verkauft worden.«

»Ein echter Dürer …«, überlegte Paul und spürte die Kälte des Raums.

»… dürfte da mühelos mithalten können«, vollendete Lena seinen Satz. »Noch dazu, weil es ein unbekanntes Werk ist. Ich denke, wir kommen da in Kategorien wie bei Vincent van Gogh. Ich habe mich schlau gemacht: Für sein *Porträt des Dr. Gachet* hat ein japanischer Industrieller zweiundachtzigeinhalb Millionen US-Dollar bezahlt. Ich habe bereits angefangen, mich dezent auf dem Schwarzmarkt umzuhören. Aber so etwas ist gefährlich.

Man braucht Zeit, um einen sicheren Abnehmer zu finden. Zwei weitere Wochen hätten mir gereicht, und ich hätte das Bild verkaufen können«, mit diesen Worten ließ sie ein Gummiband zur Seite gleiten, und das Bild entrollte sich im Zeitlupentempo.

Paul war überwältigt. Seine Augen versuchten, jedes Detail des Bildes gleichzeitig in sich aufzunehmen. Die Formen, die Schattierungen, die Linienführungen. Er sah Unebenheiten, die rau und willfährig wirkten und doch die Hand des Meisters zeigten, ein Ausdruck von Emotion und Stärke.

»Dieser Mann konnte mit einer einfachen Zeichnung das Blut des Betrachters in Wallung bringen«, sagte Lena mit Feuereifer in der Stimme. Ihre Hände zitterten. »Siehst du den Seidenschal auf ihrem Oberschenkel? Obwohl es eine Schwarzweißzeichnung ist, weiß man, dass der Schal rot ist. Vielleicht wusste Dürer, dass dieses Werk viel Übel auslösen kann.«

Auch Paul ahnte intensive Farben hinter den feinen, schwarzen Linien. Er war beeindruckt von der Intensität der Zeichnung. Wenn Dürer Frauen malte, strotzten sie vor Üppigkeit und Lebenskraft. Die Frau auf dem Bild übertraf all seine anderen Darstellungen. Diese Frau atmete das Leben!

Die rätselhafte Unbekannte füllte das Bild weitgehend aus. Es war kaum ein Hintergrund zu sehen. Nur ein paar an Buchstaben erinnernde Zeichen waren am oberen Rand aneinander gereiht worden, allesamt für Paul so sinngebend wie Hieroglyphen.

Die Frau saß auf einem Sofa oder einem Bett. Sie war keine Schönheit und die altertümliche Kleidung wirkte nicht gerade sexy. Sie trug ein Nachthemd, keineswegs geschlossen. Ihre Brüste waren voll, jedoch asymmetrisch. Sie hingen nach unten, und der Bauch entsprach nicht im Entferntesten modernen Schönheitsidealen. Speckringe wurden nicht kaschiert, trotzdem hatte Paul selten zuvor ein erotischeres Bild gesehen. War es die Haltung der Frau, die bedingungslose Offenheit signalisierte? Oder das Gesicht, das ihn verrucht, unschuldig, fordernd und verspielt, verträumt und anstachelnd zugleich ansah und ihn damit herausforderte, wie es eigentlich nur ein Gegenüber aus Fleisch und Blut könnte?

»Sie ist vor ein paar hundert Jahren beerdigt worden. Du musst dir keine Hoffnungen mehr machen«, sagte Lena, der Pauls Reaktion nicht entgangen war. »Eine bemerkenswerte Frau. Dürer muss sie vergöttert haben.«

Lenas Blicke ruhten noch versonnen auf dem Bild, als Paul sie aufs eigentliche Thema zurückzwang. »Der Student sollte die Echtheit des Bildes bestätigen.«

Lena nickte, aber Paul merkte sofort, dass ihr Blick diesmal verschlossen war. Da war nichts Geständiges mehr. »Wie gesagt: Ich konnte es ja kaum ins Museum tragen. Ich habe ihm Geld gegeben, und er sollte mir sagen, ob ich das Bild richtig eingeordnet hatte oder völlig falsch lag. Später hätte ich dann mehr investieren müssen, um an eine Expertise für einen möglichen Schwarzmarktkunden zu kommen.«

»Und nebenbei durfte er für dich die Drecksarbeit erledigen«, spielte Paul auf den Einbruch in seiner Wohnung und den nächtlichen Überfall an.

Lena rollte das Bild behutsam wieder zusammen. »Ich hätte auf einem der Fotos, die du auf dem Christkindlesmarkt geschossen hast, zu erkennen gewesen sein können. Das Risiko war mir einfach zu groß.«

»Das ist doch Unsinn«, sagte Paul harsch. »Jeder konnte dich mit Densdorf durch die Menge schlendern sehen.«

»Das glaube ich nicht: Mein Gesicht war mit Schal, Kragen und Kapuze quasi vermummt. Wir waren an dem Abend außerdem immer in Bewegung. Und die Markthändler haben über Densdorfs Eskapaden geschwiegen. Und den Streit am Glühweinfass konnte nur jemand beobachten, der über dem ganzen schwebte oder eben sehr weit oben stand – du mit deinem Teleobjektiv! Deswegen habe ich die Fotos unbedingt haben wollen und war erst dann einigermaßen beruhigt, als ich sie mit dir gemeinsam angesehen und erkannt hatte, dass sie keine echte Gefahr für mich darstellten.«

»Das erklärt viel, macht aber nichts wieder gut. Du hast mich von Anfang an für dumm verkauft.« Paul nahm Lena mit einem entschiedenen Griff das Bild ab. »Lass uns zurück nach oben gehen.«

In ihrer Wohnung war es nach wie vor sehr warm, der totale Kontrast zum kühlen Weinkeller. Paul ging zielstrebig zum Couchtisch und setzte sich. »Du bist mir noch eine Erklärung über den Tod des Stadtstreichers schuldig«, sagte er bestimmt.

Lena kam langsam auf die Couch zu und setzte sich. »Diese gescheiterte, traurige Figur hatte eine Kopie angefertigt. Ohne jede Rücksprache hatte dieser Idiot einfach ein Duplikat gezeichnet! Ich hatte ihn um seinen Rat gebeten. Den habe ich ihm teuer bezahlt. Er hätte sich nicht beschweren können.

Dieser arme Irre. Er hatte mir oft von seinem Leben erzählt. Von seiner Lehre als Kirchenmaler. Die haben ihn ein halbes Jahr in die tiefste Provinz geschickt. Er sollte im letzten Winkel von Oberbayern eine Kapelle im Schwarzen Barock restaurieren. Nur die Farbe schwarz und Gold als einziger Kontrast. Eine einsame Arbeit. Abends keine Zerstreuung außer der Dorfkneipe.

Der Job ödete ihn an, er wollte mehr. Doch im Studium war er ganz auf sich gestellt, scheiterte daran, sich selbst zu organisieren, und hatte einen Hang zum Alkohol, den er nicht unter Kontrolle bekam. Er stürzte ab. Die Kirche schützte ihn, aber er hatte kein Geld und keine Zukunft. Vielleicht hätte ich es ahnen müssen. Kann man einem Säufer vertrauen? Kann man überhaupt einem Menschen vertrauen? Er hatte seine Kopie versteckt. Er hatte ja jede Menge Möglichkeiten in seinem Labyrinth auf dem Kirchendach. Er redete wirr daher, aber ich bestand darauf, dass er das Bild herrausrückte, weil er sonst meinen ganzen Plan gefährdet hätte.

Er jonglierte über den Balken des Gewölbes wie ein Zirkusaffe und lachte aufgesetzt. Schließlich hielt er das Duplikat in den Händen. Er spielte mit mir, lief weg, wedelte mit dem Bild durch die Luft. Mir wurde angst und bange. Ich bot ihm erneut Geld an. Er hätte davon gut und gern ein Jahr leben können. Sorgenfrei. Vielleicht die Chance für einen Neuanfang. Er kletterte auf den dünnen Planken des Mittelschiffs herum. Er schrie und brüllte und zog dumme Grimassen. Völlig durchgedreht, der Typ. Ich hatte Angst, riss mich aber zusammen und versuchte mich ihm langsam zu nähern. Schritt für Schritt. Ich streckte meine Arme aus, unter mir die Kuppeln des Gewölbes, wenig Vertrauen erweckend, bestimmt nicht trittsicher.

Ich bekam das Bild zu fassen. Aber er zerrte daran und schimpfte. Beleidigte mich. Ich musste all meine Kräfte aufwenden. Es war ein bisschen so wie bei den alten Kinderspielen. Der Stärkere gewinnt. Sein Handikap war, dass er an diesem Tag schon früh damit angefangen hatte zu trinken. Ein Ruck, und das Bild war frei, die Rolle Papier sicher in meinen Händen. Ich lachte. Es hallte laut wider. Der Dachboden ist riesig. Der Ruck ließ den Studenten nach hinten fallen. Direkt in das Loch, die kreisrunde Öffnung über dem Sebaldusgrab. Ich sah ihn an, sah, wie er ins Leere fiel.«

Paul war wie erstarrt. Er brauchte einige Minuten, um das Gehörte zu verarbeiten. »Lena«, sagte er dann matt. »Ich kann kaum glauben, dass du dich auf sein Versteckspiel eingelassen hast! Wie konntest du ernsthaft annehmen, dass der Mann nicht noch mehr Spuren hinterlassen hat, die zu dem Bild geführt hätten? Natürlich gab es mehr als nur eine Kopie!«

Lena wirkte nicht sonderlich überrascht. »Ich habe jedenfalls nur von der einen gewusst.«

»Ich selbst habe auf dem Kirchendachboden ebenfalls eine gefunden«, brauste Paul auf. »Sie war gut versteckt, aber nicht unmöglich zu finden. Deine Auseinandersetzung mit dem Ex-Studenten war absurd, denn sie hat rein gar nichts zu deiner Sicherheit beigetragen.«

Lena war anzumerken, dass sie diese Wahrheit nicht an sich heranlassen wollte: »Es gibt Augenblicke, in denen rationales Handeln einfach nicht möglich ist«, rechtfertigte sie sich. »Mir ging es einzig und allein darum, mein Geheimnis zu schützen – weiter habe ich in dieser Situation nicht gedacht.«

Paul sah Lena noch eine Weile unschlüssig an. Dann raffte er sich auf. »Ich habe für heute genug gehört und gesehen«, sagte er. »Es sind drei Menschen gestorben für dieses Bild. Ich durchschaue deine Rolle noch nicht ganz. Ich kann dir nur glauben, dass du in keinem der Fälle vorsätzlich gehandelt hast. Wobei ich mir beim Tod des Studenten am wenigsten sicher bin.«

Er hob das Glas und bewegte die Flüssigkeit darin durch sanfte Kreiselbewegungen. Er versuchte, die eben bestätigten Taten seiner langjährigen Freundin gegen seine bisherige Einschätzung ihrer Persönlichkeit aufzurechnen. Er musste eine schwierige Entscheidung treffen: Konnte er Lena noch einen Funken Vertrauen entgegenbringen oder musste er sich hier und jetzt von ihr distanzieren und alle Brücken abbrechen?

»Ich werde dich morgen früh abholen«, sagte er schließlich. »Wir werden gemeinsam zur Polizei gehen. Du wirst alles zu Protokoll geben.« Er wartete eine Reaktion von ihr ab, aber da kam nichts, nur ungläubiges Staunen. »Ich bin dein Freund. Ich werde dir beistehen und dir helfen, einen guten Anwalt zu besorgen.« Jetzt führte er das Glas zu seinem Mund und trank. Er hatte sich dafür entschieden, Lena zu vertrauen – zumindest, was sein eigenes Leben anbelangte. »Wie du siehst, gehe ich nicht davon aus, dass du mich vergiften wolltest. Dennoch habe ich eine kleine Vorsorgemaßnahme ergriffen – für den Fall, dass du noch einmal auf dumme Gedanken kommen solltest: Draußen im Flur steht ein Polizist. Es ist noch nicht die Kripo, sondern unser Stadtteilpolizist. Er wird ein Auge auf deine Wohnung haben, während du in dich gehst.«

Paul griff nach seinem Mantel. Lena, noch immer stumm und mit undurchschaubarer Miene, wollte ihm den Zylinder mit dem Bild wieder abnehmen, aber Paul hielt ihn fest.

»Der Dürer bleibt über Nacht bei mir. Er hat dir kein Glück gebracht«, sagte Paul.

»Aber …«, war alles, was Lena entgegnete, bevor ihre Arme schlaff und willenlos nach unten fielen.

»Er ist mein Pfand.« Paul ging ohne ein weiteres Wort.

35

Die Nacht mit *Dürers Mätresse* war schlaflos.

Paul hatte – kaum zu Hause – die Zeichnung vorsichtig entrollt und sorgsam an einer Staffelei aus seinem Fundus befestigt. Er hatte das Bild direkt unter dem Oberlicht aufgestellt, über dem die grelle Sichel des Mondes stand, und den Hocker aus seinem Labor davorgeschoben. Er hatte diese unbequemste aller Sitzgelegenheiten gewählt, um wach zu bleiben. Bloß nicht entspannen.

Er beugte sich weit vor und starrte auf die Zeichnung. Die Frau, wenige Zentimeter vor ihm, war eine zweidimensionale Zeichnung, doch Dürer hatte eine dritte Dimension geschaffen. Er hatte sie so geschickt in Szene gesetzt, dass sie plastisch wirkte und aus dem Bild heraustrat.

Die Frau, die Pauls Blick kokett zu erwidern schien, war eine erfahrene Liebhaberin. Männer konnten ihr nichts vormachen, das verrieten ihr wissender Blick und der zynische Zug um ihren sinnlich aufgeworfenen Mund. Dürer hatte tief und feinfühlig gearbeitet. Ein Frauenakt, derb und grob und gleichzeitig voller Zartgefühl und Liebe.

Paul bemerkte erneut die merkwürdigen Schriftzeichen im Hintergrund, die bei näherem Hinsehen wie verdrehte Buchstaben wirkten. Doch er konnte beim besten Willen keinen Sinn in ihnen entdecken. Es fiel ihm ohnehin schwer, sich auf die Buchstaben zu konzentrieren, denn immer wieder wurden seine Blicke abgelenkt und auf das Seidentuch geführt – und damit auf die Schenkel. Das weiße Fleisch glänzte und schimmerte, es wirkte beinahe so authentisch wie auf einer Fotografie. Die Beine, die scheinbar willkürlich dahingestreckt lagen, hatte der Künstler so angeordnet, dass sie ein geschickt kaschiertes Netzwerk der Linienführung bildeten. Linien, die sich trafen und gemeinsam zu einem Zentrum führten. Ein wollüstiges Zentrum – im Schoß der Frau.

Die grelle Wintersonne riss Paul am nächsten Morgen aus dem Schlaf. Ihm schmerzten die Glieder. Er war doch noch auf seinem Sofa eingeschlafen. Paul blickte benommen zu der Zeichnung hinüber. Die *Mätresse* hatte viel von ihrer Magie verloren. Die Frau auf dem Bild wirkte jetzt weit weniger verrucht und verführerisch als in der Nacht. Sie schaute ihn mit erbauender Frische an, als wollte sie ihm im nächsten Moment das Frühstück ans Bett bringen.

Paul ließ sich Zeit beim Zähneputzen und Duschen.

Er ging wie jeden Morgen zum Bäcker. Die Semmeln waren zu groß. Wie immer. Ihm verging der Appetit schon beim Anblick dieser kalkweißen Pappdinger. Er nahm die Tageszeitung mit, bereitete sich an seinem gläsernen Schreibtisch routinemäßig ein Frühstück mit englischer Marmelade und amerikanischer Erdnussbutter. Die Zeitung blätterte er durch, ohne auch nur eine Meldung wahrzunehmen. Seine Brötchen blieben aufgeschnitten und mit Konfitüre bestrichen auf dem Teller liegen.

Er hob den Blick und hatte es sofort wieder vor sich: Das markante Antlitz von *Dürers Mätresse* bildete sich im Flurspiegel ab, und Paul bemerkte erstaunt, dass sich der Gesichtsausdruck abermals verändert zu haben schien. Verblüfft stand er auf und näherte sich dem Spiegelbild. Noch deutlicher als in der vergangenen Nacht meinte er, einen zynischen Zug um den Mundwinkel der *Mätresse* zu erkennen. Und ihre Augen schienen ihn plötzlich zu verhöhnen.

Paul nahm den Spiegel mit beiden Händen von der Wand und brachte ihn unmittelbar gegenüber der Zeichnung in Position. Er wollte das Phänomen der wechselnden Gesichtsausdrücke gerade aus der Nähe studieren, als ihm noch etwas anderes auffiel: Auch die seltsame Schrift im Hintergrund hatte sich nun verändert. Paul erkannte, dass es sich tatsächlich um lateinische Buchstaben handelte. Die antiquiert verzierte Schreibschrift war als solche erst im Spiegel zu erkennen gewesen und stand jetzt lediglich auf dem Kopf.

Mit klopfendem Herzen drehte Paul die Zeichnung um und schaute wieder in den Spiegel. Die Buchstaben waren nun klar lesbar: Paul saß einige Minuten lang regungslos da. Er las das kurze lateinische Wort ein ums andere Mal: *Scortator*. Danach drehte er die Zeichnung behutsam wieder richtig herum. Er sah *Dürers Mätresse* nachdenklich an und meinte, sie würde ihm nun wissend zulächeln.

»Schade, dass du eine Lüge bist«, sagte er nach langem Zögern. Dann nahm er das Bild und rollte es zusammen.

36

Paul registrierte beiläufig, dass es taute. Der Schnee und das verkrustete Eis auf den Gehwegen war einer schmutzig braunen, matschigen Masse gewichen, die bei jedem Schritt nass klatschend über seinen Schuhen zusammenschlug. Letzte Nacht war ihm klar geworden, dass drei – oder zählte er Frau Densdorf mit – sogar vier Menschen grundlos gestorben waren und eine seiner engsten Freundinnen für eine sinnlose Tat ins Gefängnis würde gehen müssen.

Paul ging langsam über den Weinmarkt auf Lenas Wohnhaus zu, während er sich fragte, wie sich Lena, Densdorf und vor allem ihr angeblicher Experte so grundlegend getäuscht haben konnten.

Zugegeben: Auch Paul war dem Fälscher zunächst auf den Leim gegangen, obwohl er sich lange genug mit Dürers Werken befasst hatte, um dessen Stil nachempfinden und erkennen zu können. Die eigentliche Kunst des Fälschers hatte denn auch eher in der Ablenkung gelegen: Die *Mätresse* war für einen echten Dürer übertrieben deutlich in ihren Absichten dargestellt worden. Der Fälscher hatte die ganze Szenerie emotional überhöht. Er hatte schlichtweg zu dick aufgetragen – und gerade damit die Erwartungen von laienhaften Betrachtern erfüllt.

Ja, gestand sich Paul ein, auch er hatte sich blenden lassen, und wenn die Zeichnung nicht mit diesem verräterischen lateinischen Wort versehen worden wäre, würde er sicherlich nicht an der Authentizität der *Mätresse* zweifeln.

Paul erreichte Lenas Haus, als bereits drei Polizeifahrzeuge mit eingeschaltetem Blaulicht davorstanden.

Dann kamen sie heraus. Es zerriss ihm fast das Herz, als er sah, dass Lena wie eine gewöhnliche Verbrecherin abgeführt wurde. Da war keine Spur von Rücksichtnahme, nichts Charmantes, mit dem man die Peinlichkeit der Situation hätte überspielen können.

Die Polizei tat ihre Pflicht. Genau das hatte Paul erwartet. Seinen persönlichen Frust musste er nun hintanstellen. Mitleid war fehl am Platz.

Paul drängte sich an den Polizisten vorbei und kam Lena für wenige Momente noch einmal sehr nahe. Er blickte in ihre Augen. Das Blau war jetzt vollends eingefroren. Blau wie der Ozean, aber unbewegt und nach innen gewandt. Doch um die schmalen Lippen zuckte wie früher ein leicht versnobtes, wehmütig liebevolles Lächeln. Dann wurde sie in einen der Polizeiwagen geschoben. Lena leistete keinen Widerstand.

37

Nach Lenas Festnahme gab es nicht viel zu tun. Die Staatsanwaltschaft hatte die Fäden jetzt in der Hand. Namentlich Katinka Blohm, die durch die erfolgreiche Festnahme mächtig auftrumpfte, was Paul ihr natürlich gönnte.

Und er selbst? Paul Flemming war Fotograf und wurde dafür bezahlt, dass er fotografierte. Sein Draht zum Rathaus war inzwischen beachtlich stabil. Er konnte sich über einen Mangel an Aufträgen nicht beklagen. Das hatte er nicht zuletzt auch Victor Blohfeld zu verdanken. Er musste zugeben, dass Blohfeld ihm in dieser ganzen unangenehmen Zeit mehr als hilfreich zur Seite gestanden hatte.

Blohfeld war natürlich auch der Erste, der anrief, nachdem sich der Trubel gelegt hatte. »Oscar Wilde hat einmal gesagt: ›Der Erfolg enthält immer etwas, das deinen besten Freunden missfällt.‹ Sie haben der Wahrheit zum Erfolg verholfen, und das allein zählt. Denken Sie daran, wenn Ihr schlechtes Gewissen Ihrer alten Freundin Lena gegenüber allzu groß werden sollte«, sagte er tröstend. »Sie lagen übrigens wieder einmal richtig mit Ihrem Gefühl«, meinte der Reporter dann salbungsvoll, und Paul konnte seiner Stimme anhören, dass er ihn offenbar schwer beeindruckt hatte. »Bei dem Bild, das Sie in Ihrer wahnwitzigen Kamikaze-Aktion aus der Wohnung der Mörderin geholt haben, handelte es sich tatsächlich um eine Fälschung. Ich frage mich noch immer, wie – um Himmels willen – Sie das ahnen konnten. Für mich wäre die *Mätresse* als echter Dürer durchgegangen.«

Paul kratzte sich am Kinn, während er über seine Antwort nachdachte. Denn er war ja großenteils intuitiv vorgegangen. »Wissen Sie, Blohfeld: Ich beschäftige mich seit vielen Jahren intensiv mit Dürers Werken, und ich habe mich eine ganze Nacht lang mit dem Bild auseinander gesetzt.«

»Und dabei ist Ihnen der Sinn dieser kopfstehenden Buchstaben klar geworden«, folgerte Blohfeld.

»Kopfstehend und spiegelverkehrt. Ja, der Fälscher hat sich mit seiner eigenen Enttarnung einen hinterlistigen Scherz erlaubt.« Paul schmunzelte bei dem Gedanken daran, wie verblüfft er selbst gewesen war. »*Scortator*«, sagte Paul. »Es war das erste Mal seit der Schulzeit, dass ich mein Großes Latinum einmal sinnbringend anwenden konnte.«

»Solche Worte lernt man in der Schule?«, fragte Blohfeld mit gespielter Entrüstung.

»Ja, aber nur in der letzten Stunde vor den Sommerferien. Schon zu meiner Schulzeit haben sich die Lehrer manchmal bemüht, zumindest ein Mal im Jahr ihre Schüler zu unterhalten: *Scortator*, auf deutsch: Hurenbock oder Ehebrecher. – Der Fälscher hat Dürer ganz eindeutig vorgeführt. Er konnte ihn nicht leiden.«

»Was angesichts dieser Beleidigung wohl untertrieben ist«, sagte Blohfeld.

Paul stimmte ihm zu. »Aber auch ohne das verräterische Wort hätte das Machwerk wohl nur als sehr kurzlebige Täuschung getaugt. Ich denke, Lena hat ganz einfach auf den falschen Mann gesetzt, als sie ausgerechnet den Kirchenmaler als Gutachter einsetzte – der Arme hatte den größten Teil seines früheren Sachverstandes durch seine Sucht wohl schon längst eingebüßt. Und Lena selbst war zu verblendet, um die Wahrheit erkennen zu können.«

Blohfeld stellte noch einige Fragen, und Paul wusste sehr wohl, dass sein Interesse nicht von ungefähr kam: Als Reporter mit wieder entflammtem journalistischen Feuer hatte er sich sofort in die Sache hineingehängt. Seine Zeitung trat großspurig als Sponsor der aufwendigen Untersuchungen des angeblichen Dürer-Bildes auf. Das Blatt finanzierte die Expertise mit, die Wissenschaftler am Germanischen Nationalmuseum erstellten.

Der Reporter listete die Ergebnisse auf: »Wir haben das Bild mit UV-Licht bestrahlt und mit allen nur denkbaren anderen wissenschaftlichen Methoden untersuchen lassen. Ich bin kein Experte in diesen Dingen, aber ich habe mir sagen lassen, dass die Zeichnung bei näherer Betrachtung uneinheitlich und voller Flecken ist. Eine für Dürer untypisch unsaubere Arbeit.«

Paul lauschte fasziniert und hoffte gleichzeitig, dies alles nicht hören zu müssen.

»Nun ist noch die Karczenko am Zug«, setzte Blohfeld trocken fort. »Sie und ihre Studenten sind schon ganz wild darauf, das Bild unter ihre Scanner zu kriegen. Spätestens nach deren Computeranalyse wissen wir es hundertprozentig. Aber ich rechne da mit keinen Überraschungen mehr. – Fragt sich, von wem die Zeichnung stammt und wer sie unter die Dielenbretter im Dürerhaus gelegt hat. Papier und Tusche stammen jedenfalls tatsächlich aus der Dürer-Zeit.«

»Ich glaube, Dürer hat das Bild wirklich selbst dort deponiert«, sagte Paul nachdenklich.

»Wie kommen Sie darauf?«

»Die *Mätresse* ist eine beachtlich gute Zeichnung. Dürer muss sich über diese dreiste Fälschung maßlos geärgert haben. Ich denke, er hat dem Schwindler eine Stange Geld dafür geboten, dass er das Bild abgibt und keine weiteren Pseudo-Dürer anfertigt. Dann jedoch konnte er sich nicht überwinden, die *Mätresse* zu zerstören, und ließ sie stattdessen im Gebälk seines Hauses verschwinden.«

»Klingt nach einer guten Story«, meinte Blohfeld, »aber nicht unbedingt nach der Wahrheit.«

»Ich habe eine zweite, noch plausiblere Idee: Die dargestellte Dame war wirklich eine von Dürers Geliebten. Ein Neider, der Dürer den Erfolg als Künstler und Frauenschwarm missgönnte, porträtierte sie annähernd in dem für Dürer typischen Stil, um den Meister damit zu erpressen. Dürer sah sich genötigt, auf den Erpresser einzugehen, und bewahrte das Bild an unzugänglicher Stelle auf«, erklärte Paul. »So oder so ähnlich könnte es sich abgespielt haben.«

Dann – und das konnte Paul durch das Telefon geradezu sehen – schmunzelte Blohfeld. »Mmm. Dieser Fall hat beinahe tragikomische Momente: dass ausgerechnet ein anzüglicher weiblicher Akt im Mittelpunkt der ganzen Sache steht. Und ausgerechnet Sie ihn gelöst haben – als stadtbekannter Fotografen-Schmutzfink …«

»Fall?«, fragte Paul barsch. »Ich betrachte das Ganze eher als eine Aneinanderreihung von unglücklichen Schicksalswendungen. Ich hoffe, der Richter würdigt Lenas Zwangslage.«

»Ich fürchte, Katinka Blohm wird weit weniger emotional an die Sache herangehen, als Sie es tun. Mir ist zu Ohren gekommen, dass sie bereits freudig die Messer wetzt.«

Schweigen. Paul hörte ein feines Zischen und Knistern und folgerte daraus, dass Blohfeld sich eine seiner geliebten Zigarren ansteckte. In Paul kam ein Anflug von Neid auf: Neid auf Blohfelds vermeintlich sorgloseres Leben, auf sein erhabenes Über-den-Dingen-Stehen.

Paul lud Hannah auf ein Abendessen bei Jan-Patrick ein. Er tat dies vordergründig als Wiedergutmachung für seine Weigerung, die ersehnten Nacktfotos von ihr zu schießen. In Wahrheit wollte er versuchen, durch sie eventuell etwas über Katinkas Prozessvorbereitungen zu erfahren. Denn mit der Staatsanwältin selbst wollte er nicht über Lena sprechen. Doch vielleicht brauchte er diesen Abend an der Seite eines attraktiven jungen Mädchens auch schlicht und einfach für sein eigenes Ego.

»Es ist mir eine besondere Ehre, einen Tag vor dem Heiligen Abend mit dem Christkind höchstpersönlich essen gehen zu dürfen«, begrüßte Paul Hannah und führte sie zu einem reservierten Erkertischchen. Hannah, tatsächlich noch mit Resten der Christkind-Schminke auf Augenlidern und Wangen, ließ sich nicht lange bitten.

Jan-Patrick kredenzte nach dem Aperitif ein deftiges Abenddiner speziell für Ausgehungerte.

»Vorneweg bringe ich euch Gans und Gansleber im Rieslingsgelee«, kündigte Pauls Freund salbungsvoll an.

Sie saßen einträchtig in der romantischen Erkerecke, als der Koch anschließend Kürbisgnocchi mit Schafspilzen auftischte. Zu einem Wein mit dem Bukett eines ganzen Erdbeerfeldes servierte Jan-Patrick dann Saibling auf Fenchel-Birnen-Gemüse, bevor er seine Gäste mit Rehrücken, Schokoladenblaukraut und Walnusskartoffelpüree verwöhnte.

Beim Holunder-Zwetschgen-Ragout mit Apfeleis sprach Hannah erstmals das Thema Lena an. Jan-Patrick wechselte gerade die bis auf den Stumpf herabgebrannten Tafelkerzen auf dem Tisch aus.

»Sie hat sich getäuscht«, sagte Paul nur. »Schwer getäuscht. Und nicht nur, was die Echtheit von *Dürers Mätresse* angeht. Sie hätte sich früher jemandem anvertrauen sollen und nicht versuchen sollen, alles alleine zu lösen.«

»Die *Mätresse*?«, fragte sie, inzwischen reichlich beschwipst. »Sie sind nicht verheiratet, Flemming. Wollen Sie sich nicht auch bald wieder eine Mätresse suchen?«

Wollte das Christkind ihn etwa anbaggern?, fragte sich Paul amüsiert und geschmeichelt zugleich und antwortete gespielt ernst: »Du bist zu jung, so einfach ist die Sache.«

Hannah setzte das breiteste Christkindlächeln auf, das je ein Christkind gelächelt hat. »Was Sie nicht sagen.« Sie tupfte sich den Mund mit der Serviette ab. »Danke für die Einladung.« Von draußen drang das Geräusch einer Autohupe durchs Lokal. »Mein Freund wartet auf mich.« Sie drückte Paul ein flüchtiges Küsschen auf die Wange. »Ich muss jetzt gehen.«

Jan-Patrick brachte die Rechnung dezent gefaltet auf einer Porzellanuntertasse.

Dieses Buch ist ein Roman. Die Mitwirkenden sind, genau wie ihre Namen, ein Produkt der Phantasie und nicht des wirklichen Lebens. Auch das Amt für Hotelwesen und Fremdenverkehr gibt es in dieser Form in Nürnberg nicht. Gleichwohl waren an der Entstehung des Romans durchaus reale Personen beteiligt.

Ich möchte meiner Familie, meinen Freunden und Förderern für ihre wertvolle Hilfe danken. Ich danke Dr. Uwe Meier dafür, dass er mich bei der Entstehung der Story – wie seit vielen Jahren – mit Kritik und Vorschlägen begleitet hat.

Spezieller Dank für Tipps und Anregungen gebührt außerdem Sabine Gräwe, Hans Loth, Astrid Seichter, Kerstin Hasewinkel und vor allem Sabine Cramer für die intensive Lektoratsarbeit, die der Geschichte viele neue, schöne Impulse gegeben hat.

Jan Beinßen